KATHARINA HERZOG

MARIE

JEDER TAG ZÄHLT

HERZOG-VERLAG

1. Auflage 2013
Erschienen im Herzog-Verlag, 24975 Husby
www.katharina-herzog.de

Umschlagfoto mit freundlicher Genehmigung von
Doris Henze
Fotostudio: www.photomappe.de
Umschlaggestaltung: Sonja Tramsen und Carola Jacobs
www.grafik-kunst.de
Lektorat: Birgitta Totzek
Satz und Layout: Ingolf Becher
Druck und Bindung: GGP Media GmbH, Pößneck
Printed in Germany
ISBN 978-3-00-043974-2

Für Marion, Christian und Gerhard
zur Erinnerung an eure Eltern

Neuer Anfang

Die ersten Tage nach ihrer zweiten Hochzeit mit Hans blieb Marie noch in dem Haus, das in den letzten Jahren ihr Zuhause gewesen war. Trotz aller Freude viel es ihr nicht leicht auszuziehen. Sie war immer ein treuer Mensch gewesen. Ging es nun um Freundschaften, ihre Liebe zu den verstorbenen Eltern, ihr Auto oder um eine Eckbank, von der sie sich jetzt trennen musste.
Dann war der Tag des Umzugs gekommen. Hans und ihr Bruder Christian kamen mit ihren Treckern und luden Möbel und Kartons auf die Anhänger. Ein letztes Mal ging sie durch alle Zimmer und nahm Abschied. Sie schloss die Tür und fuhr mit ihrem Käfer davon.
Marie war aufgeregt wie ein junges Mädchen. Gleich würde sie Anna, ihrer Schwiegermutter, begegnen. Seit der Hochzeitsfeier hatten die beiden sich nicht mehr gesehen. Wie würde Anna sich verhalten? Plötzlich entschloss Marie sich zu einem kleinen Umweg und hielt am Friedhof an. Beklommen stieg sie aus und ging zum Grab ihrer Eltern. *Ach, Mama, vor fast dreißig Jahren haben Hans und ich das erste Mal geheiratet. Nun sind wir wieder ein Ehepaar und ich habe genauso viel Angst vor Anna wie damals.*
Marie eilte nun zu Lisas letzter Ruhestätte. Immer wenn sie das Grab ihrer besten Freundin betrachtete, beschlich sie eine unsagbare Sehnsucht nach der Vertrautheit, die einst die beiden verbunden hatte. *Lisa, ich habe richtig Angst. Was soll ich nur tun? Was soll ich nur machen, wenn Anna mich wieder so schrecklich behandelt? Wenn sie wieder anfängt, von Jakob, von Carsten, … - du weißt schon. Davon, dass ich ihren Hansi…*
Und wie so oft war es ihr, als würde Lisa spöttisch antworten:
„Heilige Hühnerkacke, Marie. Nun stell dich doch nicht so an. Heute liebst du Hans und kommst freiwillig auf den Hof. Außerdem steht Anna schon bis zum Knie auf der Seite, auf der ich jetzt

bin. Da wirst du es doch wohl mit ihr aufnehmen können!"
Endlich wieder lächelnd stieg Marie ins Auto und fuhr zum Hendrikshof. Und richtig. Anna stand ganz in schwarz gekleidet vor der Tür und fuchtelte statt einer Begrüßung mit ihrem Handstock herum:
„Wo warst du die ganze Zeit? Das fängt ja wieder gut an. Hansi und Christian sind schon lange hier und fast fertig. Willst du nicht wenigstens ein paar Brote schmieren und Kaffee kochen?"
Es bestand kein Zweifel. Marie war wieder auf dem Hendrikshof und zumindest ihre Schwiegermutter hatte sich nicht geändert.

In den ersten Nächten lag Marie lange wach und dachte viel an früher, und sie überlegte wie sie endlich das Herz von Anna erweichen könnte. Mit über 90 Jahren konnte man doch erwarten, dass ein Mensch weicher und nachsichtiger wurde. Wie sagte man: altersweise und gelassen. Vielleicht traf das auf die Hälfte der Menschheit zu, aber nicht auf Anna. Nur ein einziges Mal hatte Anna ihr gestattet, einen Blick in ihre Seele zu werfen. Das war vor einer halben Ewigkeit auf dem Friedhof gewesen. Dort hatte sie weich und zerbrechlich gewirkt und Marie hatte sie für einen Moment sogar in ihr Herz geschlossen. Sie hatte gehofft, dass sie sich endlich näher kämen. Pustekuchen! Nach fünf Minuten wurde Annas Herz wieder zu Stein.
In diesen schlaflosen Nächten nahm Marie sich vor, mit Hans und den Kindern wieder eine richtige Familie zu werden und Anna so zu nehmen wie sie war und wohl auch bleiben würde: hart und verletzend. Wenigstens ihr gegenüber.
Seit ihrer Scheidung war sie nur einmal zu Weihnachten auf dem Hendrikshof gewesen. Aber außer dem neuen Esszimmer hatte sie nichts zu sehen bekommen. Schon kurz nach Kriegsende hatte Hans begonnen, aus der ärmlichen und schon fast verwahrlosten Hofstelle einen stattlichen Hof zu machen: Ein geräumiges Haus mit Altenteil, moderne Ställe und schließlich das Hüttendorf, das noch immer viele Urlauber anzog. Inzwischen waren neue Möbel

hinzugekommen und eine schöne Einbauküche. Erst vor ein paar Jahren hatte Hans endlich das schreckliche Loch zum Kellereingang, an dem so furchtbare Erinnerungen lasteten, zuschütten lassen. Die Gestapo hatte nach ihrer Freundin Klara gesucht, die sie auf dem Hof versteckt hatte. Klara war Jüdin und für beide Frauen war es eine Zeit voller panischer Angst gewesen.
Marie stand Gedanken verloren in der Küche und schaute wie gebannt auf die Ecke des Zimmers, in der vor vielen Jahren ein quadratisches Loch war. Notdürftig mit Holzplatten verdeckt. Darunter waren ein paar Regale mit Vorräten. Es war die Speisekammer. Klaras Versteck aber war auf dem Heuboden.
In ihrer Erinnerung hörte sie Männerstimmen und schwere Wehrmachts-Stiefel und den Satz, den sie wohl nie vergessen würde: „Abnehmen, sofort abnehmen."
Marie wischte sich über die Stirn.

Nach dem Mittagessen hatte sie begonnen, das Geschirr in den Schränken umzuräumen. Anna stand wutschnaubend in der Tür.
„Nane und ich haben die Küche damals eingeräumt. Und ich will, dass es so bleibt! Hast du mich verstanden? Stell alles wieder zurück, so wie ich es gewohnt bin!"
„Nein, Mutter, ich werde nichts mehr zurückstellen. Du hast deine eigene Küche und das hier ist meine."
Anna bebte vor Zorn. Sie schnaubte. Ihr Mund war nur noch ein Strich. Sie drehte sich, so schnell sie eben noch konnte, um und rief:
„Hansi, Hansi. Du musst sofort kommen!"
Hans glaubte wohl, es sei etwas passiert, denn nur Sekunden später kam er aus dem Wohnzimmer in die Küche gestürmt. Er sah die Teller und Tassen auf dem Tisch stehen.
„Was ist denn los, Mutter?"
Fragend sah er erst seine Mutter und dann seine Frau an.
„Marie fängt schon wieder an! So wie damals. Kaum ist sie hier, verändert sie alles. Aber das ist unser Haus! Es ist mein Haus und

meine Küche. Und hier bleibt alles so, wie ich es will!"
„Mutter, beruhige dich. Das hier ist auch das Haus von Marie. Und das hier ist unsere Wohnung, unsere Küche. Du hast doch eine eigene. Aber das hier, das ist Maries Reich. Hier kann sie hinstellen was sie will und wohin sie es will."
„So ist das also", fauchte Anna. „Kaum ist diese Frau wieder hier, wickelt sie dich um den kleinen Finger und kann tun und lassen was sie will. Ich zähle überhaupt nicht mehr. Jahrelang habe ich mich für dich aufgeopfert. Und was ist der Dank? Kaum ist sie wieder hier, fängt alles von vorne an! Wie damals. Wenn ich an die Schande denke, die sie über uns gebracht hat. Was für eine Schande! Aber du bist blind vor Liebe. Pass bloß auf, dass sie uns nicht wieder zum Gespött der ganzen Nachbarschaft macht. Pass bloß auf!"
Marie war den Tränen nahe. Hans versuchte sie zu beschwichtigen. „Sie ist alt, Marie. Du darfst nicht jedes Wort auf die Waagschale legen. Sie wird sich daran gewöhnen müssen, dass du wieder hier bist."
Hans ging zu seiner Buchführung zurück, Marie arbeitete lustlos weiter. In Gedanken sprach sie mit Lisa: *Von wegen, die steht schon bis zu den Knien auf der anderen Seite. Die wird uns noch alle überleben!*

Obwohl Anna eine schöne und geräumige Abnahme hatte, war sie fast den ganzen Tag bei den jungen Leuten, wie sie es nannte. Das konnte Marie verstehen. Was sollte Anna auch den ganzen Tag machen, wenn sie sich nicht wenigstens mit Marie streiten konnte. Und trotzdem – eigentlich hatte Marie damit gerechnet, dass sie wenigstens am Abend ein oder zwei Stunden mit Hans allein war. Bauern gingen früh ins Bett und daher waren die Abende kurz. Doch Anna machte ihr einen Strich durch die Rechnung. Jeden Abend saß sie bei den jungen Leuten. Erst wenn Marie und Hans ins Bett wollten, erhob sich auch Anna. Hans spürte, wie sehr Marie die Vertrautheit zwischen ihnen vermisste. Und wenn er ehrlich war, ging es ihm genauso. Sie hatten so viele Jahre

gebraucht, um sich endlich richtig zu finden. Nun war Marie wieder seine Frau, dieses Mal so richtig - und schon stand wieder etwas zwischen ihnen. Was sollte er nur tun? Als er eines Abends neben Marie im Bett lag, sagte er:
„Wir können ja ein Mal in der Woche einfach früh ins Bett gehen. Und dann erzählen wir uns alles und so. Wir müssten natürlich auf die Flimmerkiste verzichten. Was meinst du?"
Hans robbte zu ihrem Bett hinüber, wie jeden Abend. Sie brauchten gar kein Doppelbett, denn sie schliefen immer auf Maries Seite.
„Gute Idee, das machen wir."

Bauernhochzeit

Marie und Hans schreckten gleichzeitig hoch. Was war das für ein Krach mitten in der Nacht? Hans rieb sich die Augen und stand auf.

„Bleib ruhig liegen“, flüsterte er, „ich schau nach.“

Marie stand trotzdem auf und suchte im Dunkeln nach ihren Pantoffeln. Sie stolperte verschlafen hinter ihrem Mann her. Die Geräusche kamen aus der Küche. Je näher sie der Küche kamen, desto deutlicher war das Klappern von Geschirr und Lachen zu hören. Hans wandte sich Marie zu und hielt sich einen Zeigefinger vor den Mund. Marie hatte verstanden. Nebeneinander standen sie in der Küchentür und betrachteten die Spiegeleier-Schlacht, die gerade geschlagen wurde. Natascha, die jüngste ihrer Töchter, gab wie immer den Ton an und sagte gerade zu ihrer Schwester Marlene:

„Du kannst auch mal helfen! Deck doch wenigstens den Tisch, wenn ich schon Essen koche.“

„Von Kochen kann ja wohl keine Rede sein“, mischte sich Johanna ein.

„Seit einer geschlagenen halben Stunde versuchst du Eier zu braten. Hättest du mich nur machen lassen, aber nein, die liebe Nane kann ja immer alles besser und ist immer der Chef. Aber so warst du ja schon als Kind.“

Giftpfeile flogen vom Herd zum Tisch und wieder zurück. Hans konnte sich ein Grinsen nicht verkneifen. Es stimmte was Johanna sagte. Die jüngste seiner vier Töchter war wirklich immer und überall der Chef und das war sie auch schon als kleines Mädchen gewesen. Marie fand, dass es reichlich verbrannt roch und wollte schon einschreiten, als Lilli kichernd sagte:

„Glaubt ihr, dass unser lieber Vetter Justus überhaupt zu seiner eigenen Hochzeit kommen kann? Mensch, war der blau. Ob der bis heute Mittag wieder nüchtern ist? Hoffentlich fällt er bei seiner Trauung nicht aus Versehen ins Taufbecken." Die Schwestern wollten sich totlachen. Marlene stand auf und nahm Natascha energisch die Pfanne aus der Hand.

„Was für eine Sauerei. Mindestens drei Eier liegen auf dem Fußboden und zwei neben dem Herd. Nun setz dich mal hin, ich mach das schon. Sonst wird das ja nie was."

Beschwipst setzte sich Nane zu den Schwestern. Marlene kam mit den ersten gebratenen Eiern und friedlich aßen die vier jungen Frauen morgens um halb vier Spiegeleier.

„Also", begann Lilli, „wenn Justus heute ins Taufbecken fliegt, dann ist das Nanes Schuld. Ich habe genau gesehen, wie du ihm immer wieder nachgeschenkt hast."

Sie kicherte und alle prusteten gleichzeitig los. Nane versuchte sich wieder zu fangen, wurde dann jedoch von einem Lachkrampf daran gehindert.

„Gabriele war ganz schön wütend", nahm Johanna wieder das Gespräch auf. „Ich habe gehört wie sie Justus andauernd ins Ohr schrie: „Genug, Justus. Es ist genug. Soll ich morgen allein auf unsere Hochzeit gehen?"

„Ach, die Gaby", lästerte Nane weiter, „ich weiß gar nicht, was Justus mit der will. Die kann ja eine Stimmgabel noch nicht einmal von einer Mistgabel unterscheiden und das auf einem Bauernhof. Hoffentlich verwechselt sie nicht Kälber mit Ferkeln. Was ist sie jetzt eigentlich? Unsere Schnapscousine?" Wieder brachen die vier in schallendes Gelächter aus. Lilli begann zu singen und die anderen stimmten mit ein:

„Ich trag auch munter den Mülleiner runter, für Gaby tu ich alles…"

Plötzlich wurde es still. Ganz offensichtlich hatten die Schwestern endlich ihre Eltern im Türrahmen entdeckt.

„Mama, Papa, was macht ihr denn hier?" Nane betrachtete das Paar im Türrahmen, das dort nur mit Schlafanzug und Nachthemd bekleidet stand.

„Nun ja", antwortete Hans lächelnd, „wir wohnen hier." Wieder prusteten die Schwestern los.
„Habt ihr auch Hunger?" Nane sah ihre Eltern an.
„Nein", antwortete Marie. „Ich hoffe aber, Nane, ihr räumt noch auf und könnt heute zur Hochzeit erscheinen. Und das nüchtern."

Wie immer, wenn Marie in der Kirche war, sah sie gebannt auf das Kreuz. Alles verändert sich, dachte sie, nur Jesus nicht. Obwohl, war sein Gesichtsausdruck nicht heute etwas anders? Die Glocken läuteten und Marie erhob sich wie alle anderen von ihrem Platz. Matthias Willert, der Pastor und Freund schritt vor dem Brautpaar auf den Altar zu. Ein Raunen ging durch die Reihen. Die Braut sah umwerfend aus. Sie leuchtete geradezu überglücklich von innen heraus. Ihr Brautkleid war ein Traum aus weißer Seide, Spitzen und Perlen. Justus sah dagegen wirklich etwas blass und angestrengt aus. Als die Zeremonie begann, schaute sich Marie verstohlen und suchend nach allen Seiten um. Die ganze Nachbarschaft war da, soviel stand fest. Hans zupfte sie am Ärmel. Erneut erhoben sich alle von den Plätzen. Doch kaum, dass sie wieder saßen, knarrte die Kirchentür. Wie auf Kommando sahen sich alle um. Carsten und Anne schlichen durch die Reihen und suchten nach zwei freien Plätzen. Marie lächelte. Na endlich waren die beiden da. Beruhigt lehnte sie sich zurück und hing ihren Gedanken nach. Marie versuchte sich auf die Trauung zu konzentrieren und hörte nun endlich zu, was Matthias vom heiligen Stand der Ehe erzählte. Nachdem die Brautleute die Ringe getauscht hatten, ertönten wieder die Glocken.
Vor der Tür begrüßte Marie ihren Sohn Carsten und seine Frau Anne. Auch heute noch beschlich sie ein wehmütiges Gefühl, wenn sie Carsten sah. Der Blick ihrer klaren blauen Augen kreuzte sich für einen Moment mit dem Blick aus Jakobs dunklen Augen. Marie legte flüchtig eine Hand auf ihre Stirn, als wolle sie das Bild der Erinnerung wegwischen. Es half. Ihr Blick kreuzte sich jetzt mit dem Blick ihres Sohnes. Gemeinsam gingen sie den

kurzen Weg bis zur Gastwirtschaft. Carsten und Justus hatten sich angefreundet. Manchmal gingen sie zusammen angeln. Deshalb waren auch Anne und Carsten ganz selbstverständlich zur Hochzeit eingeladen worden. Sie betraten den Saal und Marie hielt Ausschau nach ihrem Hans. Er war gerade damit beschäftigt, den Platz für seine Mutter zu suchen. Nachdem er ihn endlich gefunden hatte, setzte sich Anna missmutig hin. Dann winkte Hans Marie zu und zeigte auf einen weit entfernten Stuhl. Was für ein Glück, dachte diese, doch wo waren eigentlich ihre Töchter? Sie kamen gerade zur großen Saaltür herein, ein paar Jungbauern hinterher. Marie sah, wie Hans stolz seine vier Mädchen betrachtete, die gerade Platz nahmen. Der Brautvater stand auf und begrüßte die Gäste. Hans flüsterte:
„An die 100 Leute sind hier, ich hab das eben durchgezählt. Da kommt ja noch einiges auf uns zu. Am besten heiraten die vier auf einen Schlag." Er lächelte.
Marie nickte. Die Brauteltern richteten die Hochzeit aus. So war es schon zu ihrer Zeit gewesen und so war es auch noch heute. Allerdings machten ihre Mädchen keine Anstalten zu heiraten. Sie selbst war 23 gewesen, als sie Hans das erste Mal geheiratet hatte. Hör auf, so zu denken, Marie Salzmann, das ist ungerecht, raunte ihre innere Stimme ihr zu. Marie schämte sich ein wenig und wollte sich darüber keine weiteren Gedanken machen. Wenigstens nicht an diesem Tag.
Nach dem reichhaltigen Essen - Spargelsuppe, Schweine- und Rinderbraten mit Kartoffeln, Rotkohl und Schnippelbohnen und der Eisbombe - sagte Justus ein paar Worte. Er bekam dabei ganz rote Ohren. Beim Brauttanz konnte man spüren, wie eine schwere Last von dem zurückhaltenden Justus abfiel. Den Polterabend und die kleine Rede hatte er überstanden. Was konnte jetzt noch schiefgehen?

Hans tanzte erst mit Marie und dann der Reihe nach mit seinen Töchtern. Nach einigen Darbietungen der Nachbarn rief der

Alleinunterhalter in sein Mikrofon:
„Marschwalzer“ Die Damen links rum und die Herren rechts rum.“
Kaum jemand hielt es noch auf seinem Platz. Der Marschwalzer war der Höhepunkt einer Veranstaltung. Da machte man mit. Harry, der Mann an der Orgel stimmte an:
„Wozu ist die Straße da, zum Marschieren...“
Die Gäste sangen mit, was das Zeug hielt.
„Und jetzt die Damen in die andere Richtung!“
Plötzlich erklang der Schneewalzer. Die Herren machten kleine Verbeugungen und tanzten nun mit den Damen, die ihnen gerade gegenüberstanden, einen Walzer. Und weiter ging es.
„Die Damen links rum, die Herren rechts rum. Mein Vater war ein Wandersmann und mir...“
Als die ersten Takte des nächsten Walzers erklangen, stand Marie vor ihrem Sohn. Sie hatten noch gar keine Gelegenheit gehabt, viel miteinander zu reden und man merkte den beiden an, dass der Tanz etwas ganz besonderes war. Carsten legte verlegen einen Arm um Marie und zum ersten Mal tanzten die beiden miteinander. Viel zu schnell wechselte Harry wieder den Takt und alle nahmen wieder Aufstellung. Marie stand nah bei ihrer Schwiegermutter, die mit einer anderen alten Frau allein am Tisch saß und den Tanzenden zusah. Herrisch hob Anna ihren Gehstock und zeigte auf Marie. Die scherte aus der Reihe aus und ging zu ihr.
„Sag Hansi, dass ich nach Hause will. Sofort.“
„Aber Mutter, willst du nicht noch ein bisschen bleiben? Warte doch wenigstens ab, bis der Marschwalzer vorbei ist. Es ist doch gerade so schön.“
„Ich sagte sofort. Ich kann nicht mehr sitzen und das Getue mit deinem Sohn ist nicht zu ertragen.“
Marie bebte. Vor einigen Jahren hatte Anna noch gesagt, dass sie sich mit Marie freue, ihren Sohn wiedergefunden zu haben. Anna war eine Hexe. Neben ihr saß man immer wie auf einem Pulverfass. Nie konnte man wissen, was als nächste Gemeinheit

kam. Wortlos drehte sich Marie um und suchte Hans. Sie schritt neben ihm als zweite Person her und sagte ihm, was seine Mutter wollte. Er schüttelte den Kopf, was heißen sollte, nach dem Tanz. Marie schummelte sich wieder in die Damen-Reihe und nach einem weiteren Walzer war der Tanz zu Ende. Gemeinsam gingen sie zu Anna, die sie gleich mit Vorwürfen überschüttete:
„Was ist das nur für ein Benehmen, seine alte Mutter einfach sitzenzulassen. Aber es geht ja immer nur um Marie. Und dann tanzt sie noch mit ihrem Sohn, als wären die beiden ein Liebespaar. Pfui Deibel!"
In diesem Moment kam Natascha an den Tisch gestürmt und rief schon von weitem:
„Ich hab ja gar nicht gewusst, dass mein einst verschollener Bruder so gut tanzen kann."
Sie hatte sich nichts bei den Worten gedacht und riss die Augen weit auf, als ihr Vater scharf erwiderte:
„Natascha. Behalte deine Bemerkungen für dich. Du musst nicht immer und überall den Clown spielen!" Beleidigt zog Natascha ab. Hans half seiner Mutter hoch und sah auf die Uhr. Es war fast Mitternacht.
„Sollen wir auch, Marie?"
Sie merkte wie seine Stimmung umschlug und hielt es für besser, mit ihm nach Hause zu fahren.
„Ja, ich verabschiede mich nur bei Nina und Christian und hole unsere Mäntel."
Schweigend fuhren die drei zum Hendrikshof.

Hans und Marie bemühten sich, am nächsten Tag so zu tun, als wäre nichts gewesen. Die Mädchen kamen nach und nach aus ihren Zimmern und es war schon fast Mittag, als auch Nane schlecht gelaunt erschien. Hans war bei den Pferden und normalerweise wäre das auch der erste Weg seiner Tochter gewesen. Die jungen Frauen saßen bei Kaffee in der Küche und Marie, die vor der Tür stand, hörte, was Marlene gerade sagte:

„Was ist denn mit Papas Liebling? Hat sie Papa beim Tanzen gegen das Schienbein getreten?“ Nane, die gemeint war, stürmte aus der Küche und wäre fast mit ihrer Mutter zusammengestoßen. Marie hielt sie am Arm fest:
„Komm mit, ich muss mit dir reden!“
Mutter und Tochter setzten sich ins Wohnzimmer. Steif saßen sie sich gegenüber.
„Hör zu, Natascha“, begann Marie, „das war wirklich nicht witzig, gestern Abend. Du weißt ganz genau wie Anna auf Carsten reagiert, aber du musst nicht auch noch Papa einen Stich versetzen.“
„Stich versetzen?“, brüllte Nane. „Ich habe doch gar nichts Schlimmes gesagt. Wenn hier alle so empfindlich auf Carsten reagieren, dann muss er in Zukunft eben wegbleiben, oder Papa.“
„Nane, jetzt stell dich nicht dümmer, als du bist. Du weißt ganz genau, was ich meine. Hans mag Carsten gern. Er ist immer herzlich willkommen. Er hat ihn als meinen Sohn und deinen Bruder akzeptiert. Für Anna ist Carsten ein rotes Tuch. Sie wartet nur darauf, dass jemand eine Bemerkung über ihn macht und sei sie in Wirklichkeit auch gar nicht schlimm. Es geht nur um ihre Wahrheit, nicht um die tatsächliche Wahrheit. Gestern Abend hast du Öl in ihr Feuer gegossen. Mach das nicht wieder, Nane. Du tust auch Papa damit weh!“
Nane stand auf und lief zu den Pferdeboxen. Sie lehnte sich neben ihren Vater an eine Boxtür und sah angestrengt das wunderschöne Pferd an.
„Papa, ich habs nicht so gemeint. War blöd von mir.“
„Schon gut, Nane. Ich hab es schon vergessen.“
Gemeinsam gingen sie von Box zu Box und betrachteten die Pferde. Zwei Stuten waren trächtig. Täglich konnte der Nachwuchs kommen. Plötzlich sagte Hans unvermittelt:
„Wie lange willst du eigentlich noch auf dem Gut in Malente bleiben? Planst du noch deine Zukunft bei uns? Willst du den Hof wirklich übernehmen? Wir müssen das rechtzeitig klären, Nane. Mit 65 will ich den Hof übergeben. Wenn du ihn nicht willst,

dann werden wir ihn verkaufen. Was ist also, Nane?"
„Ach, Papa. Bis du 65 bist, ist es ja noch etwas hin. Ich brauche etwas mehr Zeit, um mich zu entscheiden. Und im Moment brennt es doch auch gar nicht."
Hans war enttäuscht. Er zwang nun wirklich keine seiner Töchter, den Hof zu übernehmen. Ihm wäre aber ein klares Nein oder Ja lieber gewesen, als die ständigen Ausflüchte seiner jüngsten Tochter. Sie selbst hatte schon von Kindesbeinen an gesagt, dass sie den Hendrikshof eines Tages unbedingt übernehmen wolle. Nun rückte der Tag näher und sie wusste nicht, was sie wollte. Unwillkürlich dachte er an die Hochzeitsfeier von Justus und Gaby und er dachte an Marie. Sie war als junge Frau genauso gewesen, sie konnte sich einfach nicht entscheiden.

Frauengeschichten

Jeden Donnerstag fuhr Marie zum Vereinshaus, dessen Vorsitzende sie immer noch war. Und jedes Mal, wenn sie das ehemalige Elternhaus von Lisa betrat, wurde sie eine andere. Hier war sie die selbstbewusste Leiterin eines Vereines, die voller Energie neue Pläne verfolgte. Sie freute sich immer besonders darauf, Matthias zu treffen. Eines Tages nahm er sie zur Seite.

„Ist alles in Ordnung, Marie? Geht es zu Hause gut? Mechthild und ich haben schon oft über dich gesprochen. Wir glauben, dass du auf dem Hendrikshof noch immer nicht richtig angekommen bist; jedenfalls hatten wir bei unseren letzten Treffen den Eindruck."

Marie überlegte kurz. In den letzten Jahren waren Matthias und Mechthild gute Freunde geworden, auch für Hans. Die Ehepaare trafen sich regelmäßig. Manchmal kam Matthias sogar auf den Hof, um Hans ein paar Stunden zu helfen. Aus Freude an der Landwirtschaft und wegen der frischen Luft, wie Matthias gern betonte. In Wirklichkeit suchte er auf dem Hof einfach nur Ruhe. Als Pastor in einem Dorf, wo jeder jeden kannte, war er so etwas wie Allgemeingut geworden. Und gelegentlich ging ihm das auf die Nerven. Deshalb fuhr er zu Hans.

„Ach, weißt du, Matthias, eigentlich ist alles in Ordnung, wenigstens mit Hans und mir. Aber zwischen Anna und mir hat sich nichts geändert. Wenn ich ihr gegenüber stehe, komme ich mir immer noch wie ein dummes Mädchen vor, das nicht alleine bis drei zählen kann. Ich komme mit allen gut aus, nur bei Anna ist das anders. Manchmal habe ich Angst vor mir selber. In Gedanken verfluche ich sie und wünsche ihr sogar den Tod an den Hals. Wenn ich an meine eigene Mutter denke, dann finde ich das alles sehr ungerecht. Sie ist schon so lange tot und sie fehlt mir heute noch. Oder wenn ich an Lisa denke, die viel zu jung gestorben ist.

Und Anna? Die führt immer noch Krieg gegen mich und lebt und lebt."

„Marie, du darfst dir das Leben nicht von ihr zur Hölle machen lassen. Du bist kein kleines Mädchen mehr, sondern eine reife und lebenskluge Frau. Gib ihr doch mal Zunder!"

„Wenn das so einfach wäre. Was soll ich denn tun? Wenn eine Wand weiß ist, und Anna sagt, sie ist schwarz, dann ist sie schwarz, verstehst du. Alles, was ich mache oder sage, ist falsch. Sie stellt sich mir immer entgegen. Und sie ist so gemein. Die einzige Zeit, wo sie halbwegs normal zu mir war, dass war die Zeit, als ich nicht auf dem Hendrikshof wohnte. Und wie sie erst Carsten behandelt! Anne will schon gar nicht mehr mit zu uns, deshalb sehe ich auch die kleine Greta so selten. Noch heute sagt sie, ich sei ein Flittchen und würde jedem Schornsteinfeger schöne Augen machen. Von der Schande, die ich über sie gebracht habe, ganz zu schweigen." Traurig schaute Marie Matthias an.

„Du bist du, Marie. Du kannst nicht zwei Leben leben: Das eine mit deiner Schwiegermutter und das andere ohne sie. Zeig ihr, wer du wirklich bist, versteck dich nicht, gib nicht immer nach. Sie merkt doch ganz genau, dass sie mit dir machen kann, was sie will."

„In einem hat sie aber recht, Matthias. Ich habe Hans nun mal betrogen und ich habe ein Kind von einem anderen. Was für ein Wunder, dass ich Carsten nach seiner Adoption überhaupt wiedergefunden habe, doch für Anna ist das nur ein weiterer Beweis für meine Schlechtigkeit. Warum sollte ich nach einem Kind gesucht haben, dass gar nicht von ihrem Hansi ist." Marie brach in Tränen aus. Es war einer der Momente in ihrem Leben, in dem sie von ihrer eigenen Vergangenheit unbarmherzig eingeholt wurde. Matthias stand hilflos daneben und tätschelte verlegen ihren Arm. Beide hatten gar nicht bemerkt, dass Mechthild ein paar Schritte entfernt stand und wohl die letzten Sätze gehört hatte. Sie mischte sich in das Gespräch ein.

„Marie, nichts lässt sich rückgängig machen, aber es braucht sich ja nicht zu wiederholen. Du musst aber ehrlich zu dir selbst sein. War deine Schwiegermutter, sagen wir mal, vor deinem Fehltritt anders zu dir? Sie war doch schon immer neidisch und eifersüchtig auf dich. Immerhin hast du ihr den Sohn genommen, wohl den einzigen Menschen, den sie je geliebt hat. Aber du kannst nicht jeden Tag ihre Gemeinheiten in dich hineinfressen. Du wirst sonst krank oder du explodierst eines Tages. Matthias hat recht. Zeig ihr, dass du kein dummes Mädchen mehr bist, zeig endlich Zähne!"

Die drei gingen in das Spiegelzimmer und allmählich fasste sich Marie wieder. Nach der Vorstandssitzung, in der beschlossen wurde, was für Veranstaltungen in der nächsten Zeit stattfinden sollten, löste sich die kleine Gruppe auf. Hedwig und Marie blieben als einzige noch da und räumten auf. Obwohl die beiden Frauen sich in den letzten Jahren näher gekommen waren, eine tiefe Freundschaft war nicht entstanden. Sie mochten sich, aber viel mehr war es nicht. Woran das lag? Marie hatte sich so manches Mal den Kopf darüber zerbrochen. Sie wusste es nicht. Hedwig sah schlecht aus. Sie hatte stark abgenommen und war ganz grau im Gesicht. Marie überlegte, ob sie etwas sagen sollte, als Hedwig von sich aus begann:

„Ich weiß, ich sehe furchtbar aus. Aber es geht mir gut. Du brauchst also nicht zu fragen."

Irritiert sah Marie sie an. Als die letzte Tasse wieder im Schrank stand und nichts mehr zu tun war, stand Hedwig unentschlossen in der kleinen Teeküche herum. Marie wusste nicht, ob sie noch etwas sagen sollte, als Hedwig verlegen zu husten begann.

„Wenn du noch hierbleiben willst, Hedwig, ich kann dir den Schlüssel geben und du schließt dann ab." Hedwig setzte sich auf einen Stuhl.

„Weißt du, Marie, ich kann mich noch gut erinnern, wie es war, als wir den Verein gegründet hatten."

„Was meinst du?"

„Du hast damals gesagt, jeder hat einen Fleck auf seiner weißen

Schürze und sowas. Das hat uns alle ziemlich beeindruckt. Du warst auf einmal ganz stark und ganz anders, als wir dich sonst kannten. Ich habe viele Flecken auf meiner Bäckerschürze, das heißt, eigentlich mein Mann."

Hedwig sagte einige Sekunden nichts mehr, sondern schaute verlegen auf ihre Hände. Erst jetzt fiel Marie auf, dass sie ihren Ehering nicht trug.

„Walter hat eine andere", platzte es plötzlich aus Hedwig heraus. „Er will die Scheidung. Er will unser Geschäft verkaufen und mit der anderen woanders nochmal neu anfangen, wie er sagt. Verstehst du, Marie, er wirft mich weg wie ein altes Brötchen. Ich habe ein Bild von ihr gefunden. Sie sieht nicht besonders aus und ist auch nicht jünger als wir. Das mit den beiden geht schon seit vier Jahren. Und ich habe überhaupt nichts gemerkt. Gott, ist das alles peinlich. Wenn er schon nicht an mich denkt, dann muss er doch wenigstens an die Kinder denken. Jahrzehntelang habe ich ihm morgens um drei in der Backstube geholfen, den ganzen Tag über habe ich im Geschäft gestanden, unsere vier Kinder habe ich alleine großgezogen und jetzt, wo wir uns einen Gesellen und eine Aushilfe leisten können, gibt er mir einen Fußtritt. Was sollen nur die Leute denken? Das ist doch nicht gerecht, Marie." Sie wandte sich Marie zu.

Da war es wieder, das Wort „gerecht", dachte Marie. Sie wusste für einen Moment nicht, was sie sagen sollte.

„Magst du Walter denn noch?", fragte sie unbeholfen.

„Ob ich ihn noch mag? Er ist mein Mann, Marie, das sagt ja wohl alles", erwiderte Hedwig entrüstet.

„Vielleicht renkt sich ja alles wieder ein", versuchte Marie Hedwig zu beruhigen.

„Nein, Marie. Ich habe alles versucht. Er will die Scheidung und er will nicht mehr mit mir darüber reden. Was habe ich nur falsch gemacht? Ich habe für zwei gearbeitet, ob es mir gut ging oder nicht. Ich habe unsere Kinder alleine großgezogen. Und ich kann doch nichts dafür, dass keiner unserer Jungen das Geschäft über-

nehmen will."
„Das wusste ich gar nicht", sagte Marie. „Ich dachte immer, dass Martin den Betrieb übernehmen will."
„Nein, Martin hat seine Meinung geändert. Er hat jetzt eine Freundin. Sie kommt aus der Stadt und möchte nicht bei uns im Dorf leben, das hat Martin wenigstens gesagt. Und schon gar nicht wolle sie ihr Leben in einer Backstube verbringen. Deshalb kam es zum Bruch. Walter und ich haben uns geweigert, sie kennenzulernen. Martin hat sich deshalb so mit meinem Mann gestritten, dass man es bis Flensburg hören konnte. Es ist doch eine gute Existenz, Marie. Wir haben doch alles für unsere Kinder getan. Aber wenn eine junge Frau noch nicht einmal zu uns ziehen will, dann wollen wir sie auch nicht kennenlernen. Seit über einem Jahr haben wir nichts mehr von Martin gehört."
„Das habt ihr nicht richtig gemacht, Hedwig. Es geht doch auch um das Leben der jungen Frau und nicht nur um eures. Und wenn Martin sie liebt, was soll er dann tun?
„Liebe, Liebe", unterbrach Hedwig sie gereizt. „Die Tochter von den Breuers wäre gern mit Martin zusammen. Die hätte wirklich gut zu uns gepasst.
Bei uns war es auch nicht die große Liebe und wir hatten trotzdem eine gute Ehe."
Marie sah sie verständnislos an.
„Du weißt doch selbst wie das damals war, Marie. Wir wurden doch nicht lange gefragt, ob wir heiraten wollten oder nicht. Hauptsache, es kam überhaupt jemand infrage. Und was wussten wir schon von Liebe? Trotzdem war es gut wie es gekommen ist."
„Hedwig, das ist doch wohl nicht dein Ernst! Was hast du nur für eine komische Einstellung! Es ist wahr, über uns haben unsere Eltern bestimmt und später der Mann. Wenn wir nicht mit 20 Jahren verheiratet waren, gehörten wir zu den späten Mädchen. Für uns war das normal. Wie viele Frauen haben Männer geheiratet, die sie gar nicht mochten. Die eigentlich etwas ganz anderes wollten, sich aber nicht trauten. So wie ich. Trotzdem habe ich mit

Hans großes Glück gehabt, auch damals schon. Aber was ist mit den vielen anderen? Es gibt doch noch mehr als Kinderkriegen und Arbeit. Und wenn schon viel Arbeit, dann muss das doch alles passen. Und wenn es nicht passt, hat es keinen Zweck. Gerade wir sollten das wissen. So kann es doch nicht weitergehen. Ihr könnt doch Martin nicht zwingen, sich zwischen euch und einer Frau zu entscheiden!"

„Das ist ja jetzt egal. Der Laden wird sowieso verkauft, Walter hat schon einen Interessenten. Martin wird das noch leid tun. Aber was soll ich jetzt machen?"

„Du wirst schon nicht verhungern", sagte Marie etwas zu scharf. „Walter wird schon für dich sorgen, er muss es. Die Welt geht deswegen nicht unter."

Hedwig schaute auf die Uhr und sprang auf:

„Oh je, es ist schon spät. Ich muss in den Laden." Und wohl ganz in Gedanken sagte sie im Singsang: „Auf Wieder-se-hen." Marie musste lächeln, dachte an Lisa und sagte laut zu sich selbst: „Das kommt wohl wirklich vom vielen Mehl."

Nachdenklich blieb Marie zurück. Nie hätte sie erwartet, dass Hedwig und Walter sich trennten. Aber auch nicht, dass Hedwig solche altmodischen Ansichten hatte.

Sie kannte Walter seit der Schulzeit. Er war so alt wie Hans. Schon als Kind war er ruhig und zurückhaltend gewesen. Die Bäckerei hatte er von seinen Eltern übernommen. Das war damals ganz normal gewesen. Ob er das wirklich gewollt hatte, wusste sie nicht. Und ob er Hedwig wirklich gewollte hatte, wusste sie auch nicht. Und umgekehrt? Hans und Hedwig hatten vor einer halben Ewigkeit auf einem Feuerwehrball geknutscht. Da waren sie natürlich noch nicht verheiratet gewesen. Aber immerhin.

Marie konnte nachempfinden, dass Hedwig enttäuscht und vielleicht auch verbittert war. Nach so vielen Ehejahren vor den Trümmern seines Lebens zu stehen, war nicht einfach. Außerdem wurde man nicht jünger. Aber trotzdem hatte das eine nichts mit

dem anderen zu tun. Man konnte seine Kinder nicht zwingen, den gleichen Weg zu gehen wie man selbst. Marie dachte plötzlich an ihr Poesiealbum aus der Schulzeit. Mindestens fünf Mitschüler hatten den gleichen Spruch geschrieben: *Was du ererbt von Deinen Vätern hast, erwirb es, um es zu besitzen.* War das nicht von Goethe? Marie wusste es nicht so genau. Egal. Natürlich war die Vorstellung schön, wenn der Sohn den Bauernhof weiter führte und durch seine Liebe zur Landwirtschaft und harter Arbeit den Hof eines Tages besitzen würde. Das traf bestimmt genauso auf Bäcker zu. Trotzdem konnte man den Sohn oder die Tochter nicht zwingen. Sie dachte an ihre jüngste Tochter Natascha. Hans war immer davon ausgegangen, dass sie den Hof übernehmen würde. Die Vorstellung war ja auch schön. Andererseits - Nane brauchte einen Mann an ihrer Seite, der genau dasselbe wollte. Was aber, wenn sie nun nicht den richtigen fand? Marie wollte nicht weiter darüber nachdenken. Ihre Gedanken schweiften zu Hedwig zurück.
War Hedwig einfach nur durcheinander gewesen? Gab sie in Wirklichkeit ihrem Sohn die Schuld, dass ihre Ehe in die Brüche gegangen war? Oder einer jungen Frau, die sie gar nicht kannte. Glaubte sie etwa, es wäre anders gekommen, wenn Martin die Bäckerei übernommen hätte?

Sie dachte an die Trauung von Justus und Gaby.
Was Gott zusammengeführt hat, darf der Mensch nicht scheiden. Bis das der Tod euch scheidet. Was waren das eigentlich für komische Sätze? Es konnte auch etwas anderes als der Tod dazwischen kommen, nämlich das Leben.

Es dunkelt schon in der Heide

Obwohl Hans nicht wollte, dass Marie im Stall half und schon morgens um fünf die Kühe melkte und fütterte, tat sie es trotzdem. Auch wenn Melkmaschinen inzwischen eine große Arbeitserleichterung waren, mussten jeden Tag über 100 Tiere versorgt werden. Marie kam selbst von einem Bauernhof. Sie hatte das Landleben immer geliebt, aber sie wusste auch, dass auf einem Bauernhof niemals die Zeit still stand. Tiere fragten nun mal nicht nach dem Wochentag, ihnen war es egal, ob es Sonntag oder gerade Ostern war. Sie wollten fressen und gemolken werden, und das zwei Mal am Tag. Als Hans aus der Gefangenschaft nach Hause gekommen war, hatte er Marie geradezu aus dem Stall geworfen. Heute war das anders. Heute war er froh, sie an seiner Seite zu wissen. Also hatten die beiden eine Abmachung getroffen: Wenn Marie mit der Vereinsarbeit beschäftigt war oder im Hüttendorf Bettenwechsel war, verrichtete er am Abend die Arbeit allein. Ansonsten half sie ihm ganz selbstverständlich.

Auch in den Wintermonaten gab es eine Menge zu tun. Im Januar war Hans fast den ganzen Tag über in der kalten Scheune damit beschäftigt, Arbeitsgeräte instand zu setzen. Er fuhr oft zu Christian auf den Julehof, um mit Justus zusammen Holz aus dem Wald zu holen. Im Februar wurde das Holz geschlagen und im März mussten auf den Wiesen und Äckern die Wassergräben gereinigt werden. So ging es Monat für Monat, bis hin zur Aussaat und Ernte, und dann fing alles wieder von vorne an. Wohl in keinem anderen Beruf wurden die Jahreszeiten manchmal herbeigesehnt und manchmal verflucht. Hans und Marie klagten nie. Beide hatten von Kindesbeinen an gelernt, ihre Zeit gut einzuteilen und für beide war das Leben auf einem Bauernhof das Schönste, was es auf dieser Welt gab. Manchmal jedoch machte sich Marie Sorgen um

Hans. Er mutete sich zu viel zu und er wollte fast alles alleine machen. Aber Hans wischte all ihre Bedenken immer lächelnd weg. Ein Bauer ist ein Bauer. Punkt. Marie dachte so manches Mal, dass sie viel mehr Abwechslung hatte als Hans. Sie hatte ihren Verein, lernte die Urlauber kennen, die in den Hütten Urlaub machten, sie fuhr auch mal mit Mechthild zusammen in die Stadt, um zu bummeln oder einfach nur in einem Cafe zu sitzen. Gut, das war nicht oft, aber immerhin. Hans hatte deswegen einmal zu Marie gesagt, er gönne ihr alles, was sie machen möchte und er sei überhaupt nicht neidisch. Denn er habe das Wertvollste überhaupt, er habe sie. Ein Hobby habe er mit seinen Pferden, ebenso zwei gute Freunde: Christian und Matthias. Und selbst die Urlauber würde er kennenlernen. Aber ihm kam es auf die Reihenfolge an. Es war für einen Mann wie Hans eines der größten Komplimente, das er Marie machen konnte. Und Marie wusste das. Und außerdem, das sagte er, hatten sie doch noch einen großen Traum vor Augen, der sie für vieles entschädigen würde: die Reise nach Kanada. Ja, die Reise nach Kanada! Vor ihrer erneuten Hochzeit hatte Hans oft davon gesprochen, einmal Urlaub in Kanada zu machen. Es fehlte ihnen nicht an Geld, es fehlte ihnen einfach an Zeit. Zudem musste sich jemand um Anna kümmern. Sie konnte wohl kaum mit. Sie sollte natürlich nicht mit.

Während der Ernte halfen junge Leute aus dem Dorf. Marie sorgte für das leibliche Wohl. In den Sommermonaten vermisste Marie ihr Elternhaus besonders. Sie konnte sich gut daran erinnern, wie ihr Vater und die Brüder noch mit Sense und Sichel den Roggen geschnitten hatten und Marie und ihre Mutter mit dem Binden beschäftigt waren. Wenn der letzte Roggen eingefahren worden war, hatten die Eltern voller Dankbarkeit in den Himmel geschaut und für die gute Ernte gedankt. Dann hatte Jule einen Schnaps getrunken, sich seine geliebte Pfeife angezündet und sie hatten sich alle in der Küche versammelt. Oft war auch Lisa dabei gewesen. Gemeinsam sangen sie das Lied:

Es dunkelt schon in der Heide, nach Hause lasst uns gehen. Wir haben das Korn geschnitten, mit unserem blanken Schwert…
Danach hatte Christine für jedes der Kinder ein Stück Schokolade aus ihrer Schürzentasche geholt, manchmal sogar zwei. Und nach dem Abendbrot hatte es noch ein Stückchen gegeben. Oh, wie hatte Marie die Ernte geliebt.

Im Jahr 1970 wurde der Roggen natürlich nicht mehr mit der Sense geschnitten, sondern mit dem Mähdrescher und trotzdem schwelgte Marie auch dieses Jahr wehmütig in Erinnerungen längst vergangener Tage. Vieles war früher körperlich sehr anstrengend gewesen und trotzdem irgendwie leichter.
Hans kam gerade auf dem Mähdrescher zurück. Es war ziemlich warm, aber er trug auch heute ein langärmeliges Unterhemd, das er allerdings ausnahmsweise bis zum Ellenbogen aufgekrempelt hatte. Seitdem er aus der russischen Gefangenschaft zurückgekehrt war, konnte es für ihn nicht warm genug sein. Er musste unsagbar gefroren haben.
Abends waren sie bei Matthias und Mechthild eingeladen, um den Geburtstag von Mechthild zu feiern. Sie freuten sich beide darauf, denn die vier waren gute Freunde. Marie hatte einen Kuchen gebacken, den sich Mechthild gewünscht hatte. Marie und Hans waren gerade im Schlafzimmer, um sich für den Abend umzukleiden, als Anna von draußen mit schwacher Stimme rief:
„Hans, du musst kommen. Hansi!"
Es ging ihr nicht gut. Ihre Hände zitterten stark und kleine Schweißperlen tropften von ihrer Stirn.
„Komm, Mutter, stütz dich auf mich. Ich bring dich in dein Schlafzimmer. Geht's?"
Marie ging hinterher. Als sie Anna ins Bett helfen wollte, stieß diese sie weg. Also ging Marie. Hans kam mit sorgenvoller Miene zurück.
„Sie hat gesagt, wir können ruhig fahren, aber ich weiß nicht, Marie. Mutter ist fast auf der Stelle eingeschlafen, aber was ist,

wenn sie wach wird und Hilfe braucht? Vielleicht sollte ich einen Arzt rufen, obwohl sie das natürlich nicht will." Ratlos sah er Marie an.
„Lass uns zu Hause bleiben, Hans. Ich rufe die Willerts an, Sie können doch zu uns kommen." Hans lächelte Marie dankbar an.
Mechthild und Matthias kamen mit einiger Verspätung und stellten einen großen Korb mit belegten Brötchen, Wein und Bier auf den Tisch. Es wurde noch ein gemütlicher Abend. Ab und zu sah Hans nach seiner Mutter, sie schlief tief und fest. Ein paar Gläser Wein weiter, erzählte Marie von der Ernte im Elternhaus und von dem krönenden Abschluss, nämlich dem Stückchen Schokolade und dem Lied. Wie immer, wenn sie ein halbes Glas zu viel hatte, passten das „S" und sie nicht mehr zusammen. Marie lispelte.
Mechthild war sehr gerührt:
„Es sind immer die kleinen Dinge, die Rituale, an die wir uns so gern erinnern. Vielleicht denken wir deshalb voller Wehmut zurück. Bei uns zu Hause haben wir zu Pfingsten immer einen kleinen Ausflug gemacht. Und ihr glaubt gar nicht, wie lange ich mich schon vorher darauf gefreut habe. Wir hatten nicht viel. Das Geld reichte nie. Und trotzdem war das immer ein ganz besonderer Tag. Wir waren an diesem Tag ganz bei uns selbst. Nur meine Geschwister, meine Eltern und ich."
Alle am Tisch wussten, was Mechthild meinte. Für einen Moment war es still. Jeder hing seinen Kindheitserinnerungen nach. Matthias sah seine Frau an und begann zu singen: *Es dunkelt schon in der Heide nach Hause lasst uns gehen. Wir haben…*

Der Sohn

Carsten kam an einem Sonntag mit seiner Frau Anne und der kleinen Greta. Es war ein wunderschöner Herbsttag. Marie war glücklich, endlich wieder ihre kleine süße Enkeltochter im Arm zu halten. Anna, die sich wieder erholt hatte, saß am Tisch und beobachtete nach der kühlen Begrüßung jede Geste von Marie.

Nach dem Essen hielt Greta in Maries Bett ein Mittagsschläfchen und auch Anna zog sich zurück. Carsten kam in die Küche:
„Soll ich dir helfen, Marie? Anne und Hans sind zu den Pferden gegangen. Meine Frau fällt also leider für den Abwasch aus." Er lächelte Marie an und griff nach einem Geschirrtuch. Als Carsten die letzte Gabel abgetrocknet hatte, fragte er:
„Wie hältst du es nur mit Anna aus? War sie schon immer so, oder erst seitdem sie von mir weiß?"
„Bis jetzt war sie doch ganz friedlich", entgegnete Marie lächelnd. „Sie war schon immer so, Carsten. Ich habe so oft versucht, einen Weg zu ihr zu finden, aber es gibt keinen. Es tut mir so leid, dass sie dich und Anne nicht beachtet. Sie interessiert sich nicht einmal für die Kleine, und ich ärgere mich darüber."
„Ach, mir ist das ziemlich egal. Nur Anne leidet darunter und will am liebsten gar nicht mehr mitkommen. Weißt du, Annes Großmutter ist auch ein Drachen. Sie hat einen Putzfimmel. Neulich waren wir da, und stell dir vor, ihre Oma hatte alle Sessel und das Sofa in der Stube mit Zeitungspapier abgedeckt. Sie hatte Angst, dass wir etwas schmutzig machen. Da hättest du mal meine Frau erleben sollen. Wenigstens wird sie wohl nie wieder ihre Großmutter besuchen."
„Sie hat alle Sessel mit Zeitungspapier zugedeckt? Heilige Hühnerkacke! Die hat ja nicht ihr Heu im Schober!" Sie lachten.

„Anne meint, Anna sei genauso wie ihre Oma. Nur dass sie nicht Sessel, sondern ihr Herz zudeckt." Mutter und Sohn setzen sich auf die Küchenstühle.
„Carsten, ich wollte dich schon immer etwas fragen." Sie sah ihrem Sohn direkt in die Augen
und dann aus dem Fenster. Ihre Finger strichen nervös über das bunte Wachstuch.
„Nun rück schon heraus mit der Sprache. Was willst du wissen, Marie?"
„Na ja, ich möchte eigentlich so viel wissen. Was warst du für ein Junge? Warst du gut in der Schule? Warst du manchmal krank, hattest du viele Freunde?"
Jetzt sah Carsten aus dem Fenster. Schon lange hatte er solche Fragen erwartet. Er kämpfte einen Augenblick mit sich und dann begann er zu erzählen:
„Ich war ein ganz normaler Junge, glaube ich, manchmal auch sehr anstrengend. Ein Einzelkind eben. In der Schule bin ich immer gut mitgekommen. Ich hatte ein paar Freunde. Krank war ich nie, bis auf ein paar Kinderkrankheiten." Carsten sah Marie an. Er wusste, was sie eigentlich hören wollte und er wusste auch warum.
„Marie, ich habe es immer gut bei meinen Eltern gehabt. Sie haben gut für mich gesorgt, ich hatte nie das Gefühl, nicht ihr Kind zu sein. Mein Vater war bis zu seiner Pensionierung Lokführer. Manchmal durfte ich mit ihm fahren und sogar im Führerhaus sein. Kannst du dir vorstellen, wie toll das war? Jeder Junge will doch Lokführer werden.
Ich bin aus allen Wolken gefallen als ich von der Adoption erfuhr. Ich war so wütend auf meine Eltern, für mich brach eine Welt zusammen. Ich habe ihnen vorgeworfen, dass sie Lügner und Betrüger seien."
Er schlug sich mit der flachen Hand gegen die Stirn:
„Ich war so blöd und so ungerecht. Weißt du, es war wie ein Kopf-Gewitter. Ich kann das gar nicht beschreiben.
Marie, du musst kein schlechtes Gewissen haben. Mir ging es

wirklich immer gut. Aber die Zeit, Marie, die können wir nicht zurückholen. Es geht einfach nicht. Als wir uns kennenlernten, habe ich kein gutes Haar an dir gelassen. Ich habe dich gehasst. Nur aus Neugierde bin ich zu unserem ersten Treffen gegangen und da hatte ich wieder dieses Kopf-Gewitter. Ich wollte dir heimzahlen, was du mir angetan hast. Später habe ich dann gedacht, du hast mir gar nichts angetan, sondern nur dir selbst. Heute verstehe ich vieles besser. Du musst wirklich kein schlechtes Gewissen haben, Marie."
Carsten legte seine Hand auf ihre. Marie sah ihn dankbar an.
„Eines möchte ich noch gerne wissen, Carsten. Hat Jakob sich bei dir gemeldet? Ich habe ihm damals gesagt, dass du ihn finden wirst, wenn du es willst. Aber ich glaube, dass du es nicht versucht hast."
Carstens Stirn legte sich in Falten und er sagte einsilbig:
„Er hat ein paar Mal geschrieben. Ich habe ihm nicht geantwortet."
„Jakob ist kein schlechter Mensch, Carsten. Willst du ihn nicht wenigstens kennenlernen?"
„Nein, Marie. Ich will das nicht. Ich habe schon einen Vater. Lass es gut sein."

Marie erwiderte nichts mehr. Hans kam mit Anne von den Pferden zurück und die kleine Greta meldete sich lautstark aus dem Schlafzimmer.
Zum Kaffee hatte Marie auch Justus und Gaby eingeladen. Sie wusste, dass die beiden jungen Paare sich angefreundet hatten. Hans holte seine Mutter und kurze Zeit später saßen sie gemütlich um die Torte herum. Greta saß auf dem Schoß ihrer Mutter und brabbelte vor sich hin. Marie saß neben den beiden und versuchte zu verstehen, was Greta aufgeregt erzählen wollte. Plötzlich legte Greta ihre kleine Hand auf Maries Arm und sagte immer wieder:
„Oma, Oma..."
Marie schluckte schwer. Tränen schossen in ihre blauen Augen. Anne sah es, Carsten sah es auch. Er fühlte was in Marie vorging

und strich seiner Tochter über die roten Wangen:
„Ja, Greta. Das ist deine Oma."

Hans versuchte, die eingetretene Stille zu überspielen und fragte deshalb Justus und Carsten:
„Wollt ihr demnächst wieder zusammen angeln? Ich würde gerne mal mitkommen."
Es klappte. Angeregt unterhielten sich die Männer über gemeinsame Angelausflüge. Sie fachsimpelten darüber, welche Würmer man so nimmt, und dass Frauen von Haus aus nicht für das Angeln geschaffen seien, sie könnten nämlich einfach nicht still sein. Marie knuddelte ihre Enkeltochter und war erleichtert, dass Anna anscheinend nicht gehört hatte, was Greta gesagt hatte. Aber sie war auch dankbar. Dankbar für einen Sohn, der sie nicht aus seinem Leben ausschloss, obwohl sie sich so viele Jahre nicht um ihn gekümmert hatte.

Töchter

Marlene und Lilli überraschten ihre Eltern an Weihnachten mit der Nachricht, heiraten zu wollen. Sie planten eine Doppelhochzeit im Mai. Die zukünftigen Schwiegersöhne hatten sie gleich mitgebracht, sowie ihre Vorstellungen von der Hochzeitsfeier. Marie und Hans waren nicht gerade von dem unverhofften Besuch zweier fremder Männer begeistert. Ausgerechnet zu Weihnachten! Die beiden Auserwählten, Thomas und Frank, waren Freunde. Alle vier lebten und arbeiteten in Hamburg, und auf einer Party hatte es gefunkt. Vierfach sozusagen. Nachdem sich Hans und Marie von dem ersten Schreck erholt hatten, bemühten sie sich, den beiden verliebten Paaren nicht die Stimmung zu verderben. Doch das war leichter gesagt als getan. Hans wollte den beiden die Pferde zeigen, aber das ging nicht, denn Frank hatte eine Heuallergie und Thomas eigentlich auch. Dann eben nicht. Natascha und Johanna warfen sich vielsagende Blicke zu und kicherten.

Es kostete Marlene und Lilli einige Anstrengung, ihrer Oma zu erklären, wer die fremden Männer waren, die auf dem Sofa saßen. Anna hörte seit einiger Zeit sehr schlecht, was sie jedoch bestritt. Hans war schon ein paar Mal drauf und dran gewesen, sie einfach ins Auto zu verfrachten und zu einem Ohrenarzt zu fahren. Aber Anna wollte nicht. Sie würde ausgezeichnet hören. Basta. Nun schrien also die beiden heiratswilligen Enkeltöchter um ihr Leben, damit Anna verstehen konnte, warum die beiden fremden Männer auf dem Sofa saßen.

„Oma, das ist Frank."

„Was, er ist krank, was macht er dann hier?"

„Nein, Oma, er ist nicht krank, er heißt Frank. Wir beide wollen heiraten. Deshalb ist er hier."

„Was, er friert? Es ist doch gar nicht kalt. Hol ihm doch eine

Wolldecke, Lilli, wenn er friert. In meiner Schlafstube ist eine."
Frank stand die ganz Zeit mit ausgestreckter Hand direkt vor Anna. Für seinen Geschmack reichte es doch, wenn er der alten Dame einfach die Hand gab. Aber es reichte Lilli nicht. Sie brüllte in Annas Ohr:
„Nein, Oma, er friert nicht und er ist auch nicht krank! Er heißt Frank und wir werden heiraten!"
„Was schreist du denn so? Sag das doch gleich!" Endlich reichte sie Frank die Hand. Natascha konnte sich nicht mehr halten vor Lachen. Sie stürmte in die Küche und schüttete sich geradezu aus. Es war bis ins Wohnzimmer zu hören und Lilli fand das äußerst peinlich.
„Meine Schwester ist manchmal so blöd, Frank. Die rennt immer irgendwo hin um zu lachen." In diesem Moment konnte sich auch Johanna nicht mehr beherrschen und flüchtete ebenfalls in die Küche. Nur mit äußerster Mühe gelang es Marie, keine Miene zu verziehen. Sie sah stur auf die Tapete und konzentrierte sich auf einen Fleck. Hans rettete mal wieder die Situation.
„Ja, dann, herzlich willkommen ihr zwei. Ich finde, wenn ihr meine Schwiegersöhne werdet, sollten wir ruhig du sagen."
In den nächsten zwei Stunden schwärmten die Bräute von ihren Freunden, besonders Lilli: „Also, der Frank hat in seiner Firma etwas ganz tolles erfunden." Sie blickte vielsagend in die Runde. „Es geht um Preisschilder. Ihr ahnt nicht, was er sich ausgedacht hat! Das könnt ihr euch wirklich nicht vorstellen!"
„Was hat er sich denn ausgedacht?", fragte Nane mäßig interessiert. Frank griff in seine Brusttasche, holte Stift und einen Zettel hervor und begann fast feierlich:
„Das Preisschild an sich ist nur ein Preisschild. Nun habe ich mir gedacht, dass es für uns, also für das Personal, doch geradezu sensationell wäre, wenn der Einkaufspreis verschlüsselt auf dem Preisschild stehen würde. Versteht ihr? Ein Preisschild, auf dem man nicht nur den Verkaufspreis sehen kann, sondern auch den Einkaufspreis."

Nane wollte gerade wieder anfangen zu prusten, fing sich aber im letzten Moment wieder.
„Also. Sagen wir mal, ein paar Damen-Pumps kosten im Verkauf 20,00 DM und im Einkauf 12,00 DM. Die Rechnung ist vom 28.12.1960. Nur mal so als Beispiel. Dann machen wir das so: Ich schreibe also auf das Preisschild als erstes: 28.12. Und jetzt kommt's und jetzt kommt's. Als nächstes verschlüssele ich den Einkaufspreis. Ich muss jetzt immer bis zur Zahl Eins oder Elf aufrechnen. Wir haben also die Zahl 12,00. Von Eins bis Eins ist es Null. Von Zwei bis Elf ist es Neun und von Null bis Eins ist es Eins." Er schrieb 0911 hinter dem Datum auf seinen Zettel und zum Schluss 1960." Strahlend sah er die anderen an.
„Und wozu ist das gut? Deshalb weiß man doch noch lange nicht den Preis." Hans sah seinen Schwiegersohn in spe fragend an.
„Ja", antwortete seine Tochter statt Frank, „das Geniale seiner Erfindung kommt jetzt." Frank erklärte weiter:
„Der Verkäufer sieht also jetzt, dass die Rechnung am 28.12.1960 ausgestellt ist. Er weiß also gleich, wie alt der Schuh ist. Wenn er aber jetzt von 0911 bis Eins oder Elf rechnet, was sieht er dann, was sieht er dann?"
Lilli konnte vor Begeisterung kaum noch stillsitzen.
„Rechnen wir also: Null bis Eins ist Eins, Neun bis Elf ist Zwei und Eins bis Eins ist Null. Also habe ich wieder 12.00."
„Das ist eine ganz tolle Erfindung, Papa, gerade zum Sommerschlussverkauf oder Winterschlussverkauf. Es müssen keine Rechnungen mehr herausgesucht werden. Frank kann sofort sehen, wie weit er reduzieren kann."
„Nicht schlecht, Herr Specht", sagte Hans anerkennend. „Gar nicht dumm."
„Ihr dürft das aber keinem sagen", mahnte Frank bedeutungsvoll. „Das ist immerhin ein Betriebsgeheimnis."

Frank war also Abteilungsleiter in einem Schuhgeschäft, das erste Haus am Platz und Thomas machte in einer Firma die Buchhaltung. Beide waren ein wenig blass um die Nase, aber wenn man immer Schuhe verkauft...

Doch das Beste kam zum Schluss: Sie wollten keine Hochzeit mit dem ganzen Tamtam, also bunte Gemüseplatte zu Rinder- und Schweinebraten und Danz op de Deel, nein, sie wollten im Hüttendorf feiern. Mit Bier und Bratwurst.

„Was sagt ihr nun?"

Gespannt sahen die beiden Schwestern ihre Eltern an. Als die nicht gleich reagierten, fuhr Marlene fort:

„Thomas hat das schon mal ausgerechnet. Alles in allem kostet die Feier für 100 Personen bedeutend weniger, als wenn jede von uns für sich heiratet und wir das in einer Gastwirtschaft feiern. Deshalb haben wir uns gedacht, dass die Differenz der beiden Feste, Thomas hat das schon mal ausgerechnet, also dass dieses Geld, euer Hochzeitsgeschenk für uns sein könnte."

Marie und Hans waren für einen Moment sprachlos. Da lag also der Hase im Pfeffer. Natascha saß mit offenem Mund da und sah ihre Schwester Johanna an. Sie sagte ziemlich patzig zu Marlene:

„Ihr habt sie ja nicht mehr alle! Hat dein Thomas auch schon ausgerechnet, was eine von uns bekommt, wenn sie gar nicht heiratet?"

Die Schwestern redeten laut durcheinander. Die Fronten waren geklärt. Lilli und Marlene gegen Johanna und Natascha. Anna versuchte, so gut es ging, alles mitzubekommen, und Marie und Hans sahen sich immer noch sprachlos an. Auf einmal wurde es gefährlich still. Die Schwestern blickten gespannt zu ihren Eltern. Die Zornesader von Hans war bedrohlich angeschwollen.

„Um was geht es hier eigentlich? Um euer Glück, um eine Hochzeitsfeier - von mir aus auch um zwei - oder um Geld? Wollt ihr mir allen Ernstes vorrechnen, wo ich Geld sparen kann, um es dann gleich wieder für euch auszugeben? Wir hätten in aller Ruhe darüber reden können, aber so nicht." Hans schaute auf die Uhr. Es war Zeit, in den Stall zu gehen. Wortlos verließen Marie und Hans das Wohnzimmer. Zurück blieben vier Schwestern, zwei Männer und eine Großmutter, die trotz aller Mühe kaum etwas verstanden hatte.

Nach der Arbeit saß Hans auf einer Futterkiste. Marie setzte sich dazu. Behutsam strich sie über seine Wange. Er hielt ihre Hand fest und sah ihr in die Augen. Er sagte:
„Was denken sich unsere Kinder eigentlich? Erst bescheren sie uns zwei junge Männer und dann wollen sie eigentlich nur Geld. Außerdem. Was wissen wir denn schon von Frank und Thomas? Nichts wissen wir! Es hätte sich gehört, dass sie dir Blumen mitbringen. Was ist das eigentlich für ein Benehmen!" Völlig unvermittelt fragte Marie:
„Wo hat deine Mutter eigentlich den Schnaps für den Postboten versteckt?"
„In der kleinen Milchkanne, da drüben." Hans zeigte in die Richtung. Marie stand auf und kam mit der Flasche zurück. Sie lächelte und sagte:
„Mein Vater hat immer gesagt: Ein Schnäpschen ist gut für alles." Hans nahm einen kleinen Schluck.
„Weißt du, Marie. Eigentlich ist die Idee der beiden ja gar nicht so schlecht. Man kann eine Hochzeit ja auch anders feiern. Und natürlich spart man viel Geld. Aber sowas bespricht man doch vorher in der Familie. Und warum muss alles so schnell gehen? Eigentlich stellt man doch die Freunde erstmal vor, verlobt sich und heiratet dann."
„Du hast recht, Hans. Wir kennen weder die beiden jungen Männer noch ihre Eltern. Ich glaube übrigens, sie sind schon verlobt. Sie tragen alle Ringe."
„Was? Das ist mir gar nicht aufgefallen." Hans schaute irritiert seine Frau an.
„Egal was passiert, Marie. Wir müssen einiges für die Zukunft regeln. Wir müssen ein Testament machen."
„Ein Testament. Hans, wie kommst du denn jetzt darauf?"
„Ich denke schon lange darüber nach. Bei uns ist nichts geregelt,

Marie. Stell dir vor, mir passiert etwas. Was soll dann werden? Dann sitzt du mit meiner Mutter, vier Töchtern und zwei Schwiegersöhnen da. Es wird Mord und Totschlag geben."
„Hans, jetzt hör aber auf! Das hat doch noch Zeit. Das kann man doch immer noch machen."
„Nein, manche Dinge kann man nicht immer verschieben. Bei anderen Bauern ist die Erbfolge geregelt, aber nicht bei uns. Wir wissen doch gar nicht, ob Nane jemals den Hof übernimmt. Dann wäre das alles einfacher. Aber so? Wir sind nicht reich, Marie, aber wir sind auch nicht arm." Schweigend saßen sie nebeneinander. Hans hielt immer noch die Flasche in der Hand.

Nane kam aus dem Stall zurück ins Wohnzimmer.
„Und wo sind sie?", fragte Lilli ungeduldig.
„Sie sitzen auf einer Futterkiste und betrinken sich." Natascha setzte sich zu den anderen. Anna nickte auf dem Sessel immer wieder ein. Es war Zeit für das Abendbrot, aber wenn sich keiner darum kümmerte... Frank und Thomas rutschten unruhig hin und her. Man konnte den beiden ansehen, dass sie sich weit weg wünschten. Das war ja gründlich in die Hose gegangen.
„Eure Mutter sieht übrigens toll aus." Thomas wollte nur etwas Nettes sagen, aber Johanna wollte das mit Absicht falsch verstehen:
„Was dachtest du denn? Dass sie zu Weihnachten mit Kopftuch und Schürze herumläuft? Du hast ja keine Ahnung von der Landwirtschaft!" Thomas zuckte förmlich zusammen. Jetzt nahm er sich ein Herz und erwiderte:
„Das habe ich gar nicht gemeint." Er wandte sich an die Runde: „Wir hätten nicht ausgerechnet zu Weihnachten kommen sollen. Und was unsere Hochzeitsfeier anbelangt, das war wirklich alles ein bisschen unglücklich. Was sollen sie nur von uns denken? Am besten ist es, wenn wir jetzt fahren. Dann kommen alle zur Ruhe. Und, Johanna, ich habe wirklich nicht viel Ahnung von der Landwirtschaft. Das kannst du mir aber nicht zum Vorwurf

machen." Er erhob sich und sah seinen Freund an. Der nickte ihm zu, stand auch auf und sagte zu den beiden Bräuten:
„Vielleicht ist es besser, wenn wir alleine fahren. Dann könnt ihr noch in aller Ruhe mit euren Eltern sprechen. Es gibt bestimmt eine ganze Menge zu erzählen und zu erklären."
Die Stimmung war auf dem Nullpunkt angelangt. Marlene und Lilli stimmten Thomas insgeheim zu. Die vier hatten sich benommen, wie der berühmte Elefant im Porzellanladen. Es wurde Zeit, die Scherben aufzusammeln. Die beiden Männer standen herum und wussten nicht, was sie tun sollten. Wollten ihre Bräute nun mit oder nicht. Die Frage erledigte sich von allein, denn plötzlich stand Hans in der Tür:
„Das Abendbrot ist fertig. Kommt ihr bitte. Und nehmt Oma mit!"

Doppelhochzeit

Im Mai 1972 wollten Marlene und Lilli heiraten. Die Hochzeit sollte tatsächlich im Hüttendorf gefeiert werden. In der Zwischenzeit hatten sich die Wogen geglättet und der holprige Start war fast vergessen. Thomas und Frank waren eigentlich ganz nett, fand Marie. Und außerdem wollte sie die beiden ja nicht heiraten.

Lange hatte vor allem Hans darüber nachgedacht, welches Geldgeschenk er seinen Töchtern machen sollte. Einerseits fand er, dass die Ausrichtung einer Hochzeitsfeier schon genug war, andererseits wollte er sich auch nicht lumpen lassen. Lange hatte er das Thema mit Marie besprochen. Eigentlich stand den Mädchen doch wenigstens eine Aussteuer zu, aber die hatten sie schon bei ihrem Auszug geschenkt bekommen. Nach langem Hin und Her legte Hans sich fest: Jedes der Mädchen würde 5000 Mark erhalten, die Hälfte davon in bar zur Feier und die andere Hälfte hatte Hans auf Sparbücher überwiesen. Er kannte seine Schwiegersöhne noch nicht lange und er wollte, dass seine Töchter eigenes Geld hatten. Man wusste ja nie. Beim Notar waren Marie und Hans noch nicht gewesen. Es gab also immer noch kein Testament. Dafür hatte Hans seine Mutter solange bearbeitet, bis sie mit ihm zu einem Facharzt gefahren war.

Sie hatte jetzt ein Hörgerät, allerdings trug sie es so gut wie nie. Das Ding störe sie und würde ständig pfeifen. Und außerdem höre sie nicht schlecht. Der Arzt hatte keine Ahnung. Punkt!

Fast zwei Wochen lang hatten Marie und Hans damit zugebracht, die Hütten auf Vordermann zu bringen. Marie hatte alles blitzblank geputzt, Möbel umgestellt und Berge von Geschirr zu den Hütten gebracht. Christian und Justus kümmerten sich um die Lichterketten. Nina und Gaby hatten mit Marie um die Wette

Kuchen gebacken und sich auch ansonsten um das leibliche Wohl gekümmert. Von wegen Bratwurst und Bier! Hans hatte die Schäden des Winters repariert und Fenster und Türen gestrichen. Auf dem Anhänger transportierte er Tische und Stühle. Von wegen ganz zwanglos. Eines stand jetzt schon fest: Nie wieder! Die nächste Hochzeit würde in einer Gastwirtschaft gefeiert!

Es wurde eine unvergessliche Feier. Alles spielte mit: Das Wetter, die Gäste und selbst Anna.

Die beiden Brautpaare erahnten wohl, was Hans und Marie in den vergangenen Wochen geleistet hatten, denn immer wieder bedankten sie sich dafür. An den langen Tischen wurde gegessen, getrunken und geplaudert. Es waren 130 Gäste da, ein bunter Kreis aus Freunden der Brautleute, Verwandten und Nachbarn. Für die zahlreichen Damen war es anscheinend ein Problem gewesen, die richtige Garderobe zu finden. So kamen einige in langen Abendkleidern, andere in legerer Kleidung.

Marlene und Lili waren nach der Trauung und dem Termin beim Fotografen zu ihrem Elternhaus geeilt und hatten ihre weißen Brautkleider gegen bunte Kleider getauscht. Stolz blickten Hans und Marie auf ihre Mädchen. Vergessen war der ganze Ärger und die viele Arbeit. Es war das Fest ihrer Töchter und die fühlten sich sichtlich wohl. Erst an diesem Tag lernten Marie und Hans auch die Eltern ihrer Schwiegersöhne kennen. Das war ungewöhnlich. Auf dem Land kannte jeder jeden. Nun gut. Sie kamen nicht vom Land, sondern aus der Großstadt. Marie hielt gerade Greta auf dem Arm, als sie zur Straße blickte. Schon das zweite Mal fuhr ein schwarzer Mercedes ganz langsam vorbei. Merkwürdig, dachte sie. Kommen noch Gäste? Übermütig tanzte sie danach mit ihrer kleinen Enkeltochter, die gar nicht genug bekommen konnte. Die kleine Greta sah genauso aus, wie Marie als kleines Mädchen ausgesehen hatte. Auch sie hatte viel zu viel blaues Wasser in den Augen.

So gut es ging, kümmerte Marie sich um die Gäste. Hatte jeder zu trinken? Wollte noch jemand etwas essen? Sie saß mal bei einem Nachbarn, mal bei den Schwiegereltern ihrer Töchter. Als sie eine erneute Runde um die Tische gedreht hatte, setzte sie sich zu Matthias und Mechthild. Die beiden genossen das Fest. Wenn Matthias auf dem Hof war, dann war er einfach nur Matthias und nicht der Herr Pastor Willert. Sie prosteten sich zu und tranken einen Schluck Wein. Zufällig schaute Marie auf die Straße und sah wieder den dunklen Mercedes vorbeifahren. Matthias war ihren Blicken gefolgt:

„Ich habe das Auto auch schon ein paar Mal gesehen. Wer mag das nur sein?" Er schaute erst Marie und dann seine Frau an. Beide Frauen zuckten mit den Schultern. Hans kam und setzte sich. Gut gelaunt ließ er den Blick schweifen und griff nach einem Glas.

„Was für ein schönes Fest, findet ihr nicht? Und dann gleich zwei auf einen Schlag. Prost!"

Mechthild lächelte wehmütig. Matthias legte eine Hand auf ihren Arm und drückte ihn leicht. Sie sah ihn dankbar an. Marie wusste, was in den beiden vorging. Die Trauer hört nie auf, dachte sie. Auch nicht nach Jahrzehnten. Auch Hans hatte die kleine vertraute Geste gesehen und stand nun auf:

„Mechthild, möchtest du tanzen?" Matthias sah ihn dankbar an und die zwei gingen zur Grünfläche, die als Tanzboden diente. Auf einmal sprang Matthias auf und tippte sich mit dem Finger an die Stirn.

„Ich habe meinen Fotoapparat im Auto vergessen. Ich hole ihn schnell." Marie lachte. Matthias war ein Tanzmuffel. Damit er Marie nicht auffordern musste, kam ihm der vergessene Fotoapparat gerade recht. Mit schnellen Schritten marschierte er an die Straße. In diesem Moment fuhr der schwere Wagen direkt an Matthias vorbei. Er glaubte nicht, wen er auf dem Beifahrersitz erkannt hatte. Zerstreut schloss er die Wagentür auf und holte seine Kamera aus dem Handschuhfach. Er drehte sich um und sah das fremde Auto nun endgültig zur Hauptstraße fahren. Nachdenklich ging er zurück. Marie saß jetzt zwischen Anne und

Carsten, Hans tanzte noch mit Mechthild. Umständlich hantierte Matthias an seinem Fotoapparat herum. Was sollte er tun? Auf einmal kam Natascha angestürmt:
„Also Herr Pastor, jetzt sind Sie fällig. Es ist Damenwahl. Darf ich also bitten?“
Matthias konnte den Tanz nicht abschlagen und ging neben Nane zur Tanzfläche. Um ehrlich zu sein, er war nicht nur ein Tanzmuffel, er konnte nicht tanzen. Und heute schon gar nicht. Natascha hatte alle Mühe sich seinem eigenartigen Stil anzupassen. Sie dankte Gott, als der Tanz endlich zu Ende war. Matthias hatte die ganze Zeit geschwiegen und lächelte sie jetzt entschuldigend an. Er ging wieder zu seinem Platz zurück und Natascha lief in die entgegengesetzte Richtung. Eingehakt kamen Hans und Mechthild zurück.
„Hat meine Tochter den Tanz unfallfrei überstanden?“ Hans zwinkerte Matthias zu. Marie stellte sich hinter Hans und berührte leicht seine Schultern. In diesem Moment sprang Matthias förmlich auf und lief auf Marie zu:
„Darf ich bitten?“ Ohne ihre Antwort abzuwarten, zog er sie hinter sich her. Mechthild und Hans sahen sich verdutzt an. Matthias tanzte, und das freiwillig? Marie war wohl ebenso verdutzt. Was war nur mit ihrem Freund los. Sie standen mehr, als sie denn tanzten. Wenigstens hatte Matthias pro forma den Arm um sie gelegt. Er sah ihr in die Augen und sagte leise:
„Im Auto war Jakob!“
Marie wurde von einer Sekunde auf die andere leichenblass. Stocksteif hing sie an seinem Arm. Hätte er sie nicht gestützt, sie wäre wohl gefallen. Abwesend brachte sie den Tanz irgendwie zu Ende und schien erst jetzt aus ihrer Starre zu erwachen:
„Das kann nicht sein, Matthias. Du hast dich bestimmt geirrt.“ Flehend sah sie ihn an.
„Nein, Marie, ich habe mich nicht geirrt. Es war Jakob. Du brauchst aber keine Angst zu haben, ich werde Hans nichts sagen. Es ist ein so schönes Fest und so soll es auch bleiben.“

Mit lautem Hallo wurden die beiden anschließend von Hans und Mechthild begrüßt. Hans lästerte noch ein bisschen, dann tanzte er mit Marie. Es kostete sie viel Kraft, ihn nicht spüren zu lassen, was in ihr vorging. Marie glaubte Matthias. Sie wollte keine Heimlichkeiten mehr. Aber schließlich hatte sie ja nicht einmal mit Jakob geredet. Es zählte also nicht. Was wollte Jakob hier? Suchte er verzweifelt seinen Sohn? Das war die einzige Erklärung, die sie fand. Er suchte nach Carsten.

Marie war so geschockt, dass sie später nicht mehr sagen konnte, wie sie die vielen Stunden der Feier überstanden hatte. Niemand hatte ihr angemerkt, wie aufgewühlt sie war. Nicht Hans, nicht die Kinder und auch nicht Anna.

Als sie endlich zu Hause waren, war der lange Tag noch längst nicht zu Ende. Die Brautleute und die Töchter übernachteten auf dem Hendrikshof. Es war sehr unruhig, denn ständig lief jemand in der Küche herum oder sie hörte lautes Gelächter. Hans lag wie immer auf ihrer Seite und war fast augenblicklich eingeschlafen. Marie hingegen lag noch lange wach und wagte kaum, sich zu bewegen. Was war das nur? Warum warf sie der Gedanke an Jakob so aus der Bahn? Sie konnte es sich nicht erklären und deshalb war sie umso verzweifelter. Es ging ihr viel besser, wenn sie nicht an ihn dachte. Aber jetzt war er wieder da. Sie hörte die dunkle Stimme der Leander, sie sah seinen kahlgeschorenen Kopf, sie lag in den Wehen und bekam einen Sohn, von dem sie sich sofort trennen musste, sie hörte immer wieder das Lied, ihr Lied: *Der Wind hat mir ein Lied erzählt …*

Irgendwann in dieser Nacht schlief Marie doch noch ein. Und das, was ihr in den vergangenen Jahren nie passiert war, passierte ausgerechnet heute. Marie verschlief. Hans hatte sie nicht geweckt, sondern war leise aufgestanden. Erschrocken fuhr sie hoch. Es war schon fast sieben. In Windeseile erledigte sie ihre Morgentoilette und zog sich an. Sie schlich förmlich in die Küche und hoffte, dass noch niemand wach war. Sie hatte Glück. Selbst Anna, die manch-

mal schon vor sieben am Tisch saß und auf das Frühstück wartete, schien noch zu schlafen. Marie machte innerlich drei Kreuze und begann den Tisch zu decken. Hans kam gerade aus dem Stall: „Mensch, Hans, warum hast du mich denn nicht geweckt? Gott, das ist mir ja ewig nicht passiert! Mensch, Hans, es tut mir leid."
„Ach, nun mach doch kein Drama daraus, Marie. Du hast so schön geschlafen. Es macht doch nichts. Die Kühe sind auch ohne dich satt geworden und wurden gemolken. Ich sehe mal nach meiner Mutter. Die hat wohl auch verschlafen." Kurze Zeit später saßen die drei am Frühstückstisch und tranken Kaffee. Im ganzen Haus war es still. Marie hatte sich wieder gefangen. Der Spuk der letzten Nacht war verflogen. Wie hatte sie der Gedanke an Jakob nur so verstören können? Heute konnte sie das selbst nicht mehr begreifen. Außerdem hatte sich Matthias geirrt. Ja, er musste sich getäuscht haben. Warum sollte Jakob hier herumfahren?

Um zehn erschienen die unverheirateten Töchter und eine Stunde später die jungen Ehepaare. Nachdem endlich alle mit dem Frühstück fertig waren, überreichte Hans schon fast feierlich den beiden jungen Paaren die Geldgeschenke und gab dann seinen Mädchen die Sparbücher. Marlene und Lilli flogen erst Hans und dann Marie um den Hals. Die Schwiegersöhne bedankten sich artig. Keine Stunde später war das Haus wieder leer. Für Hans und Marie war die Hochzeitsfeier aber noch nicht zu Ende. Was sie alles zu den Hütten geschleppt hatten, musste wieder zurück. Sie waren sehr froh, dass Justus und Gaby angeboten hatten, zu helfen. Immer wieder sprachen sie über das tolle Fest. Als sie endlich fertig waren, sagte Hans im Brustton der Überzeugung:
„Es war wirklich schön. Aber eines schwöre ich euch: Nie wieder!"

Wenn der Wind sich dreht

Die Buchungen für die Hütten gingen zurück. Ferien auf dem Bauernhof war zwar immer noch etwas ganz besonderes, aber viele Urlauber zog es nach Spanien oder Italien. Auch wenn es für die Stadtkinder ein Paradies war, manchen Eltern wurde die Ruhe zu viel. Und dann das Wetter! Manchmal regnete es tagelang. Was sollte man da den ganzen Tag treiben? Selbst die Kinder quengelten und die Erwachsenen lagen sich in den Haaren. Hans und Marie waren machtlos. Vieles konnten sie bieten, aber kein schönes Wetter. Es kostete eine Stange Geld, die Hütten zu unterhalten, Schäden zu beseitigen und dafür zu sorgen, dass die Gäste sich wohl fühlten. Früher hatte Natascha sich um die Kinder gekümmert. Das passte auch viel besser. Jung und selbst noch ein großes Kind hatte sie die Herzen im Sturm erobert. Schnitzeljagden rund um den Hof, schlafen im Stroh oder ein Räuberessen im Wald, direkt beim Julehof. Und natürlich das Reiten. Was gab es für Mädchen schöneres, als wenigstens für die Ferien ein Pony zu haben?

Nane machte nach wie vor keine Anstalten auf den Hof zurückzukehren. Und sie sagte nichts. Nicht ja und auch nicht nein.

Hans fühlte sich von seiner jüngsten Tochter verschaukelt. Warum sagte sie nicht klipp und klar, was sie wollte. Auch ein Nein wäre besser, als ihre ständigen Ausflüchte. Hans und Marie hatten ein Leben lang hart gearbeitet. Hans kannte eigentlich gar nichts anderes. Ein halbes Dutzend Mal war er in Flensburg gewesen, einmal in Hamburg. Gut, in Dänemark öfter, aber das zählte nicht so richtig. Es waren ja nur 10 Kilometer bis zur Grenze. Das Fernsehen hatte ferne Länder in die Wohnstuben gebracht. Immer, wenn er besonders schöne Bilder von wunderschönen Flecken der Erde sah, hätte er am liebsten seine Koffer gepackt und wäre den schönen Bildern hinterhergereist. Einmal nach Kanada, einmal in

die Südsee, einmal nach Russland. Ja, selbst nach Russland wäre Hans gerne gefahren. Was konnten die einfachen Menschen dafür, dass er in russischer Gefangenschaft gewesen war. Dass er seitdem erbärmlich fror und doch niemals über diese Zeit sprach. Nur sehr selten sprach er mit Marie über seine Wünsche. Sie konnte ihn gut verstehen. Sein Leben war nicht einfach gewesen. Wann war er endlich dran?
Zwischen Natascha und Hans kam es immer öfter zum Streit. Sie ließ sich ohnehin nicht oft bei den Eltern blicken. Über ihr Leben nach der Arbeit redete sie nie. Es war die Enttäuschung, die Hans manchmal laut werden ließ. Er wollte ein Leben nach der Arbeit planen, aber einzig Nane hinderte ihn daran.
Und dann natürlich seine Mutter. Was sollte aus ihr werden, wenn Marie und er durch die Weltgeschichte reisen würden? Auch deshalb wollte er endlich eine Entscheidung.

Der Juni war total verregnet. Die Gäste im Hüttendorf waren vorzeitig abgereist. Eine Familie aus Berlin kam im August, wie jedes Jahr. Mehr Anmeldungen gab es nicht. Marie kam völlig fertig und humpelnd auf den Hof. Sie war übel gelaunt, sah Hans nur kurz an und sagte:
„Ich habe mich gestoßen. Erst habe ich mich eine geschlagene halbe Stunde mit diesem Anwalt aus Bochum gestritten und dann bin ich auch noch gegen ein Bett gerannt."
„Warum hast du dich mit ihm gestritten?"
„Weil ich das Geld für die ganzen drei Wochen wollte und nicht nur für fünf Tage. Aber der hat mich mit seinen Paragraphen so fertiggemacht, dass ich am Ende so klein mit Hut war."
Mit Daumen und Zeigefinger zeigte sie Hans, wie klein sie mit Hut war.
„Wir können uns ja vor Gericht wiedersehen, hat der Lackaffe gesagt. Als ich dann in die Hütte kam, hat mich fast der Schlag getroffen. Heilige Hühnerkacke, was für Schweine. Oben hui und unten pfui, sag ich dir. Die Küchentür ist zerdeppert, überall lagen

dreckige Handtücher herum und das schmutzige Geschirr war von vorgestern. Was für Schweine!"

„Wir werden nicht mehr vermieten, Marie, jetzt ist Schluss. Von mir aus noch die Berliner Familie im August, aber dann ist Ende der Fahnenstange. Wir lassen uns doch nicht von solchen Idioten alles kaputtmachen. Dann stehen die Hütten eben leer. Das ist auch kein Beinbruch."

Der Traum von Ferien auf dem Bauernhof und dem Hüttendorf, das aus vier kleinen Holzhäusern und einem künstlichen See bestand, war an diesem Tag ausgeträumt. Trotz allem war Hans maßlos enttäuscht. Vor allem konnte er die Respektlosigkeit seinem Eigentum gegenüber nicht verstehen. Es war nicht das erste Mal, dass Feriengäste ein Trümmerfeld hinterließen. Der Gast ist König, er benahm sich allerdings nur selten so. Zu Hause essen sie Kitt aus den Fenstern und hier spielen sie Arschloch hoch Amerika, dachte Hans verärgert. Er war ungerecht, das wusste er. Es gab auch andere Gäste, nicht nur Anwaltspaare aus Bochum.

„Was guckst du mich so an? Ist etwas? Und warum humpelst du?"

„Mir wurde kurz schwarz vor Augen und dann habe ich mich gestoßen, es ist nichts weiter. Du wirst mir immer ähnlicher, deshalb hab ich so geguckt!"

Nane hakte sich bei ihrer Mutter ein und gemeinsam gingen sie ins Wohnzimmer. Sie begrüße erst ihre Großmutter und dann Hans. Die einzige weit und breit, die völlig entspannt mit Anna umging, war Natascha. Hans und Marie sahen es immer wieder mit Erstaunen.

„Na, Oma, du hast jetzt ein Hörgerät? Das ist ja perfekt. Und gut siehst du aus, auch mit dem Ding. Man sieht es ja kaum. Also, wenn ich es nicht wissen würde - wirklich Oma, einfach toll!"

Natascha setzte sich auf die Lehne von Annas Sessel und legte den Arm um sie. Für einen Moment schloss Anna die Augen und über ihren harten Mund huschte ein Lächeln.

Hans begann vom Hüttendorf zu erzählen, als seine Mutter ihn

barsch unterbrach:
„Ich habe ja gleich gewusst, dass das nicht gut geht. Und alle Nachbarn haben das auch gesagt. Aber wahrscheinlich hat sie dir diesen Floh ins Ohr gesetzt!“ Mit der rechten Hand zeigte sie auf Marie. „Was für ein Quatsch! Hütten bauen für andere Leute. Ich habe das ja gleich gesagt! Und was das für Geld gekostet hat!“ Die Worte hatte Anna förmlich ausgespuckt. Natascha sah betreten auf den Boden. Hans rutschte auf seinem Sessel hin und her und Marie schüttelte nur mit dem Kopf.
„Ich wollte unbedingt die Hütten, das weißt du ganz genau, Mutter. Und ein paar Jahre ging doch auch alles gut. Hast du deswegen irgendetwas entbehrt? Ist es dir nicht gut gegangen?“
Anna antwortete nicht, sondern murmelte nur vor sich hin. Sie tätschelte Nataschas Arm, was heißen sollte, du bist die Beste. Natascha kämpfte mit sich, man sah es ihr förmlich an. Auf der einen Seite die alte Großmutter, die sie trotz allem liebte und auf der anderen Seite ihre Eltern. Schon als Kind hatte sie die Spannungen zwischen den beiden Frauen gespürt und darunter gelitten. Sie war immer ein Vater-Kind gewesen, aber trotzdem liebte sie ihre Mutter nicht weniger. Sollte sie für jemanden Partei ergreifen? Sollte sie etwas sagen? Die Entscheidung wurde ihr für heute abgenommen, denn schrill begann das Telefon zu klingeln. Marie floh geradezu aus dem Zimmer. Nach einigen Minuten kam sie zurück:
„Es war Johanna. Ich soll alle grüßen.“
Mühsam versuchte Anna aufzustehen. Natascha half ihr. Wieder berührte Anna ihren Arm:
„Bringst du mich ´rüber?“
Marie stellte ein paar Gläser auf den Tisch und holte eine Flasche Saft aus der Küche. Sie setzte sich wieder. Hans sah sie an und hob entschuldigend die Schultern. Marie wusste, was er meinte. Auch er kam gegen Anna nicht an.
Natascha kam zurück und erzählte von ihrem Leben auf dem Gut. Ihre Eltern hörten aufmerksam zu, lachten manchmal oder stellten

eine Frage. Marie zwang sich, gut gelaunt zu sein, aber ihre Gedanken wanderten zu Anna. Sie konnte nichts dagegen machen. Anna, Anna, Anna, hämmerte es in ihrem Kopf.
Hans wollte heute mit Natascha wegen des Betriebes sprechen, das wusste sie. Es fiel ihm schwer, das wusste sie auch. Endlich fing er an:
„Natascha, wir müssen an diesem Wochenende über den Hof sprechen. Ich muss endlich wissen, wie du dir deine Zukunft vorstellst. Sonst können Mama und ich unsere Zukunft nicht vernünftig planen. Ich habe dir schon ein paar Mal gesagt, es ist nicht schlimm, wenn du nicht hier leben möchtest. Keiner ist dir böse. Aber wir müssen wissen, woran wir sind."
„Mensch, Papa, wir haben doch erst neulich darüber gesprochen. Das hat doch keine Eile. Das hat doch noch viel Zeit. Das muss man doch nicht übers Knie brechen."
Unschuldig sah sie von einem zum anderen. Hans begann von neuem:
„Nane, ich will an diesem Wochenende ein ja oder ein nein. Ich sage ja nicht, dass du morgen wieder auf den Hof ziehen sollst. Ich will aber wissen, ob du das überhaupt möchtest." Sein Ton hatte an Schärfe zugenommen. Marie konnte ihn verstehen. Hans hatte alles für seine Töchter getan, ihnen jeden Wunsch erfüllt, wenigstens wenn es ging. Auf sein Wort konnte man sich verlassen. Er war ein geduldiger und liebevoller Vater. Natascha aber redete bei diesem Thema immer um den heißen Brei herum, und dieses herumgeeiere wollte Hans nicht mehr. Er wollte Klarheit.
„Nane", begann er wieder, „ich will dich nicht mit dem König von Was - weiß - ich verheiraten. Ich will doch nur eine Antwort von dir. Du warst immer die einzige, die Interesse an der Landwirtschaft hatte. Deshalb will ich doch auch gerade dich nicht übergehen. Mensch, Nane, du weißt doch, wie das Erbrecht bei uns Bauern ist. Mama und ich wollen ein Testament machen. Du musst dich entscheiden. Denn wenn du den Hof nicht willst, bekommt ihr Mädchen irgendwann alle den gleichen Anteil. Dann

ist es zu spät. Außerdem haben deine Mutter und ich auch noch ein paar Wünsche. Wir haben immer nur gearbeitet. Wir sind auch mal dran, Nane. Also überlege es dir. Sag mir einfach morgen Bescheid."

„Weißt du eigentlich, wie du mich unter Druck setzt, Papa? Warum soll ich mich jetzt sofort Knall auf Fall entscheiden? Das hat doch wirklich noch Zeit." Sie wandte sich ihrer Mutter zu:

„Sag du doch auch mal etwas, Mama. Du hältst dich immer schön aus allem heraus. Nur nicht anecken."

„Das stimmt doch gar nicht, Nane. Papa spricht doch auch für mich. Und er hat recht. Es gibt Dinge, die müssen geregelt werden."

Nane stand wortlos auf und ging.

„Machen wir etwa alles falsch, Marie? Verlangen wir zu viel von Natascha?"

Alte Wunden – neue Wunden

Müde kam Marie aus dem Stall. Sie hatte schlecht und wenig geschlafen und fühlte sich wie erschlagen. Hastig wusch sie sich und zog sich um. Das Frühstück war noch nicht fertig, als Anna kam. Die Haare hingen ihr wirr ins Gesicht. Meistens half Marie ihr, die Haare zu einem Dutt zu stecken, heute hatte sie es noch nicht geschafft. Mürrisch setze Anna sich auf ihren Stuhl und fragte:

„Ist der Kaffee noch nicht fertig? Ich brauche morgens meinen Kaffee."

„Mutter, das Frühstück ist gleich fertig, auch der Kaffee. Es ist noch nicht einmal sieben und es ist Sonntag. Soll ich dir vorher noch schnell die Haare machen?"

Anna antwortete nicht, sondern trommelte mit dem Kaffeelöffel gegen ihre Tasse. Genauso verschlafen wie Marie kam Natascha in die Küche und murmelte einen Gruß. Marie hatte nicht vor dem Mittagessen mit ihr gerechnet und legte ein weiteres Gedeck auf.

„Oma, du bist noch gar nicht salonfähig. Soll ich dir bei den Haaren helfen?"

„Ja, gerne Nane. Meine krummen Finger wollen nicht mehr so und deine Mutter hat keine Zeit. Soll sie doch erstmal in mein Alter kommen, dann weiß sie wie das ist." Anna holte ein paar Haarnadeln aus der grauen Kittelschürze und reichte sie ihrer Enkeltochter. In diesem Augenblick spürte Marie eine so gewaltige Wut in sich hochsteigen, dass sie Mühe hatte sich zu beherrschen. Sie knallte die Kanne Kaffee auf den Tisch und lief aus der Küche.

„Mama, wo willst du denn hin?", fragte Natascha erschrocken und sah hinter ihr her.

„Deine Mutter ist in den Wechseljahren." Anna kicherte böse. Kurze Zeit später kam Hans.

„Wo ist Marie?" Nane zuckte nur mit den Schultern. Schweigend frühstückten die drei.

Marie hatte die Autoschlüssel vom Schlüsselbord gerissen und fuhr mit ihrem Käfer davon. Wie von ganz allein lenkte der Wagen sie zur Eiche. Sie hielt an und stieg aus. Tief atmete sie ein und aus und ging in den Wald. So früh am Morgen war es eigentlich am schönsten, zwischen alten Bäumen und Tannen zu gehen. Das Knistern unter ihren Schuhen beruhigte sie. Das aufgeregte Zwitschern der Vögel, der Morgentau auf den Sträuchern, der Geruch des Waldes, die Eiche. Marie liebte noch immer diesen Ort, er hatte nichts vom Zauber vergangener Jahre verloren. Behutsam streichelte sie den wuchtigen Stamm und setzte sich. Bilder der Erinnerung zogen an ihr vorbei. Sie dachte an Lisa und begann zu weinen. Das letzte Mal war sie mit ihrer todkranken Freundin hier gewesen. Nur Stunden später war sie gestorben. Nie hätte sie geglaubt, dass sie Lisa einmal so vermissen würde. Gut, sie hatte Hans, auf den sie sich immer verlassen konnte. Mechthild war zur Freundin geworden, Nina sowieso und auch Hedwig war mehr als eine flüchtige Bekannte oder Vereinsschwester. Sie hatte vier Töchter, die sie über alles liebte und sie hatte Carsten. Aber trotzdem. Manchmal fühlte sie sich so einsam, als wäre sie ganz allein auf dieser Welt. Kinder konnten keine Freundin ersetzen. Es gab eben Dinge, die konnte man nicht mit der Tochter, mit dem Sohn und auch nicht mit dem Mann besprechen. Vertraute Gespräche, alberne Lästereien, kleine und große gemeinsame Dramen, Lachen und Weinen. Und wenn es mal nichts zu lästern, weinen oder lachen gab, dann schwieg man einfach.
Marie war so in Gedanken versunken, dass sie gar nicht bemerkte, wie Nane auf sie zu ging. Wortlos setzte sie sich neben Marie. Aus ihrer Tasche holte sie eine Kanne Kaffee und zwei Tassen. Schweigend reichte sie ihrer Mutter, die sie fragend ansah, eine Tasse mit Kaffee.
„Ich habe mir gedacht, dass du hier bist. Was ist eigentlich zwischen dir und Oma? Was ist der Grund, dass sie dich wie ein Stück

Dreck behandelt? Ist es wegen Carsten? Wegen der Scheidung? Oder was ist passiert?"

„Ach, Natascha. Es war schon immer so. Oma meint wohl, ich habe ihr den Sohn weggenommen. Wir können einfach nicht miteinander. Wir konnten es noch nie. Ich weiß wirklich nicht, was ich ihr getan habe."

Die Sonne blinzelte zwischen den Wipfeln der Bäume hervor.

„Weißt du, Natascha", begann Marie wieder, „ich kann vieles ertragen, aber sie ist so verdammt ungerecht. Bevor du zum Frühstück kamst, hatte ich sie schon gefragt, ob ich ihre Haare machen soll. Nein, sie wollte das nicht. Und anschließend tut sie so, als würde ich mich nicht um sie kümmern. Ich bekomme keine Luft neben ihr. Ich ersticke. Und das schlimmste ist, je älter ich werde, je weniger Luft kriege ich."

„Mama, Du musst dir nicht alles gefallen lassen. Sie merkt, dass du die Schwächere von euch beiden bist. Außerdem ist Oma alt. Vielleicht darfst du nicht jedes Wort von ihr auf die Waagschale legen."

Marie unterdrückte mühsam die aufsteigenden Tränen. Sie wischte sich ein paar Mal mit der Hand durch das Gesicht. Eigentlich wäre sie lieber alleine gewesen. Nane schien das zu spüren. Sie legte einen Arm um die Schultern ihrer Mutter und sagte:

„Ich lass dir den Kaffee da."

Bevor Marie die Gelegenheit hatte, etwas zu erwidern, stand Natascha auf und ging. Marie war ihr dankbar. Es gab wohl Momente, da musste man einfach allein sein. Und es gab Dinge, die konnte man wirklich nicht mit der Tochter besprechen. Umgekehrt, ja, das ging. Die Probleme der Kinder zu teilen war etwas ganz anderes, als die Kinder mit dem eigenen Kummer zu belasten. So allmählich beruhigte sie sich. Sie trank einen Schluck Kaffee und genoss die wohltuende Ruhe. *Hätte ich Anna irgendwo getroffen, hätte ich sie dann näher kennenlernen wollen?*, dachte sie plötzlich. *Nein, ganz bestimmt nicht. Guten Tag und guten Weg, das wäre aber auch das Äußerste gewesen.*

Sie war wirklich die Schwächere. Aber warum eigentlich? Ihre Gedanken wanderten um Jahre zurück. Als sie noch ein Kind war, kam Anna manchmal auf den Julehof, sie meckerte herum und zwang Hans, mit ihr nach Hause zu gehen. Damals war Anna eifersüchtig auf Maries Eltern und auf Christian. Als Marie ein junges Mädchen war, kam Hans immer öfter ihretwegen. Und von nun an bekam sie für alles, was Annas Hansi anstellte, die Schuld. Dann die erste Hochzeit mit Hans. Marie hatte nie einen Hehl daraus gemacht, dass sie ihn gar nicht wollte. Das wusste auch Anna. Im Übrigen war sie genauso gegen die Heirat gewesen, wie Marie. Vom Tag ihres Einzugs auf den Hendrikshof wurde Anna nur noch gehässig. Gut, es gab ein paar wenige Ausnahmen, die aber fast nicht zählten. Dann die Kriegsjahre, ihre Schwangerschaft, die Geburt. Natürlich konnte ihr Verhältnis dadurch nicht besser werden. Erst nach ihrer Scheidung kehrte so etwas wie Normalität zwischen den beiden Frauen ein.

Seit der zweiten Hochzeit hatte alles wieder von vorne angefangen. Marie wusste nicht, wie lange sie die Gemeinheiten von Anna noch ertragen konnte. Ein paar Mal hatte sie versucht, mit Anna zu reden. Sie wollte erreichen, dass sie wenigstens irgendwie miteinander auskamen. Aber Anna hatte sie nur schroff zur Seite gestoßen. Sie wollte nicht mit ihr reden. Es gab nichts zu reden. Nur ein paar Worte hatte sie hervorgestoßen:

„Du taugst nichts. Ich habe es immer gewusst und ich habe recht behalten!“

Nach dem schweigsamen Mittagessen saßen Marie und Natascha alleine in der Küche.

„Hast du dich wieder beruhigt, Mama?“

„Ja, natürlich. Ich kann ja nicht ständig auf 180 sein. Das tut mir auch nicht gut.“

„War dir wieder schwindelig?“

„Ja, nein. Nur ein bisschen.“ Sie lächelte Nane an.

„Du solltest das nicht auf die leichte Schulter nehmen und dich

untersuchen lassen."
„Es ist nichts weiter, Nane, mach dir keine Sorgen."
Sie saßen sich gegenüber und tranken Tee. Nane knabberte auf einem Keks herum und wischte sich die Krümel vom Mund.
„Mama, ich muss dir etwas beichten. Ich weiß nur nicht, wo ich anfangen soll."
„Fang doch einfach irgendwo an, Nane. So schlimm wird es doch nicht sein."
„Doch, es ist ziemlich schlimm. Also, um es kurz zu machen, ich habe mich in meinen Chef verliebt." Jetzt war es `raus.
„In den Gutsbesitzer? Aber der ist doch verheiratet und hat zwei, oder waren es drei Kinder."
„Fabian hat zwei Kinder."
Marie sah ihre Tochter forschend an.
„Was heißt denn verliebt? Schwärmst du für ihn, oder wie soll ich das verstehen?"
„Fabian und ich sind zusammen. Wir lieben uns. Er wird sich von seiner Frau trennen, wenn der richtige Zeitpunkt gekommen ist. Deshalb kann ich auch unseren Hof nicht übernehmen. Ich weiß bloß nicht, wie ich das Papa beibringen soll. Aber wenn Fabian und ich erst verheiratet sind, werde ich natürlich bei ihm bleiben."
Marie wusste nicht, was sie sagen sollte. Damit hatte sie nicht gerechnet. Jetzt verstand sie, warum Nane immer um den heißen Brei herumgeredet hatte, wenn es um den Hendrikshof ging. Marie hatte immer gedacht, dass Natascha für eine so weitreichende Entscheidung noch zu jung war, aber sie hatte sich gründlich getäuscht. Nane sah sie glücklich strahlend an.
„Heißt das etwa, dass du seine Geliebte bist?"
„Wie du das sagst, Mama, hört sich das ja wie ein Verbrechen an. Ja, wir sind richtig zusammen."
„Seit wann?"
„Seit fast zwei Jahren", antwortete Natascha stolz. „Es ist nur noch eine Frage der Zeit, bis wir das offiziell machen können. Da ist noch etwas, Mama."

„Was denn noch? Bekommst du etwa ein Kind?"
„Nein, natürlich nicht. Wie kommst du denn darauf? Es ist etwas ganz anderes." Nane rutschte auf ihrem Stuhl hin und her und sagte dann mit kleinlauter Stimme:
„Ich möchte mein Erbe ausbezahlt haben. Auf dem Gut gibt es momentan einen kleinen finanziellen Engpass und ich will Fabian helfen."
Marie sah ihre Tochter entgeistert an. Sie hatte den ersten Teil von Nataschas Beichte noch gar nicht richtig begriffen, als schon der nächste Schlag kam. Sie wollte den Hof nicht, dafür wollte sie ihr Erbe und liebte einen verheirateten Mann? Marie umschloss ihr Gesicht mit beiden Händen und war unfähig sich zu rühren oder etwas zu erwidern. Wie kleine Pfeile schossen ihre Gedanken von der Stirn zum Hinterkopf, blieben für einen Moment über ihrem rechten Auge und wanderten dann zur Stirn zurück. Sie war so damit beschäftigt, Ordnung in ihren Kopf zu bekommen, dass sie gar nicht bemerkt hatte, dass Hans in die Küche gekommen war. Was hatte er gehört? Hatte er überhaupt etwas gehört?
Hans lehnte am Türrahmen und Marie erkannte, dass er alles gehört hatte. Was mochte in ihm vorgehen?
„Natascha", begann er, „du findest es also richtig, ein Verhältnis mit einem verheirateten Mann zu haben, uns zwischen Tür und Angel darüber zu informieren, das heißt deiner Mutter alles zu erzählen, und im gleichen Atemzug nach deinem Erbe zu fragen?" Hans war außer sich vor Zorn und vor Enttäuschung.
„Ich wollte es erst Mama erzählen, weil ich wusste, wie du reagieren würdest. Ich weiß, dass das eine große Enttäuschung für dich ist, aber, was das Geld betrifft, ist es ja nicht für irgendetwas, sondern für meinen zukünftigen Mann."
„Heilige Hühnerkacke", sagte Marie nun. „Bist du eigentlich so naiv oder tust du nur so? Wenn dieser Fabian finanzielle Probleme hat, warum geht er dann nicht zu seiner Bank? Er ist schließlich kein kleiner Hühnerwirt, sondern bewirtschaftet ein Gut mit vielen hundert Hektar Land. Und was heißt, kleiner finanzieller

Engpass? So klein kann der Engpass wohl nicht sein, wenn du deshalb dein Erbe willst."
„Hat er dich um Geld gebeten?", fragte Hans jetzt scharf.
„Nein."
Marie und Hans sahen sich hilflos an. Hans sagte gefährlich leise:
„Das mit dem Erbe kannst du dir aus dem Kopf schlagen. Weißt du eigentlich, was du uns allein mit einer solchen Frage antust? Kannst du es nicht abwarten, bis wir tot sind? Und was glaubst du eigentlich, wie viel Geld wir haben? Oder sollen wir unser Land verkaufen? Ein Bauer verkauft sein Land nicht, Natascha!"
Plötzlich sagte Marie zerstreut:
„Du hast doch eine hübsche Stange Geld von Lisa geerbt. Wenn du ihm unbedingt helfen willst, dann leihe ihm doch davon etwas."
Natascha senkte nun doch verlegen den Kopf.
„Er hat es also schon bekommen", flüsterte Marie mehr sich selbst zu. „Das ist ja nicht zu fassen. Alles was Lisa sich hart erarbeitet hat, wirfst du einfach so zum Fenster hinaus? Für einen Mann, der dir seit zwei Jahren erzählt, dass er sich von seiner Frau trennt, wenn der richtige Zeitpunkt gekommen ist?"
„Du solltest nicht den Moralapostel spielen, Mama. Du nicht!"
Vor Wut bebend und weinend stürmte Natascha an ihren Eltern vorbei aus der Küche.
Marie sah ihrer Tochter zitternd nach. Wahrscheinlich hatte sie wirklich kein Recht, Nane mit Moral und Anstand zu kommen. Vermutlich liebte ihre Tochter den Gutsbesitzer aufrichtig und ehrlich und wollte ihm nur helfen. Und was sie nicht sehen wollte, sah sie einfach nicht.

Hans setzte sich auf einen Stuhl. Marie konnte in seinem Gesicht wie in einem offenen Buch lesen. Er war unglaublich verletzt. Seine Nane, sein Sonnenschein, sein Papa-Kind hatte eine Seite von sich gezeigt, die er nie für möglich gehalten hatte. Er war immer fest davon ausgegangen, dass sie eines Tages den Hof übernehmen würde, ob nun mit oder ohne passendem Mann. Das würde sich alles finden. Natürlich war es ungewöhnlich, wenn die Tochter den Hof weiter führte. Aber es gab nun mal keinen Sohn, wenigstens keinen gemeinsamen.

„Ich hätte ihr doch bei der Arbeit geholfen, ich hätte ihr doch geholfen“, stammelte er immer wieder, während eine Träne über sein Gesicht lief.

Eiszeit

Hals über Kopf hatte Natascha ihr Elternhaus verlassen. Sie hatte sich nicht verabschiedet, auch nicht von Anna, sondern war mit quietschenden Reifen wütend vom Hof gefahren.

Mit Ach und Krach hatte Natascha damals die Mittlere Reife geschafft. Marie und Hans waren heilfroh gewesen, als die erste Runde der Ausbildung ihrer jüngsten Tochter zu Ende war. Nane war praktisch veranlagt, Schule und der ganze Mist, wie sie es nannte, waren ihr ein Graus. Ihr Interesse an Mathe und anderen Hauptfächern ging gegen Null. Das sollte sich erst ändern, als Nane eine landwirtschaftliche Lehre auf einem Hof in der Nähe von Niebüll begann. Schon als Kind stand für sie fest, den elterlichen Betrieb zu übernehmen. Ihre Lehre durchlief sie mit Bravour, in der Landwirtschaftsschule war sie eine der Besten und das einzige Mädchen. Mathematik wurde wieder zum Thema. Sie ärgerte sich so manches Mal, dass sie die Schuljahre eher verschlafen hatte. Nane musste viel nachholen, doch es gelang ihr mit eiserner Disziplin. Nach drei Jahren hatte sie es als Klassenbeste geschafft: Natascha war Landwirtin.

Hans hatte gehofft, seine Tochter würde ihm nun auf dem Hendrikshof helfen, aber Nane hatte andere Pläne. Eines Tages erklärte sie den verdutzten Eltern, noch Luft eines anderen Hofes schnuppern zu wollen, nämlich dort, wo es hauptsächlich um Pferdezucht ging. Sie hatte Glück. Schon ihre erste Bewerbung war erfolgreich. So kam sie zum Gutshof Falkenstein.

Seit fast einem halben Jahr hatten Marie und Hans nichts mehr von ihrer jüngsten Tochter gehört. Beide litten sehr darunter. Auch Anna vermisste sie und fragte ihren Sohn oft nach Nane. Seine Antworten waren einsilbig und wenig glaubhaft. Hans wus-

ste nicht, ob er seiner Mutter die Wahrheit sagen sollte, und ob sie die Wahrheit verkraften würde. Also erfand er immer neue Ausreden.
Marie hatte das Gefühl, zum zweiten Mal ein Kind zu verlieren. Sie machte sich Vorwürfe. Sie hatte Nane nicht einmal gefragt, wie alt dieser Fabian war, wie er aussah und warum sie sich ausgerechnet in ihn verliebt hatte. Vielleicht war Fabian ja ein anständiger Kerl, der einfach nur Schwierigkeiten hatte, privat wie geschäftlich. Sie wusste so gut wie gar nichts von dem Gut, obwohl Natascha schon länger dort lebte und arbeitete. Einzig, dass die Pferdezucht im ganzen Land bekannt war.

Es wurde Herbst. Mit jedem Tag wurde Marie trauriger. Wenn sich nicht bald etwas tat, dann wäre es das erste Mal, dass ihre jüngste Tochter nicht mit ihnen Weihnachten feiern würde.
Anna ließ sich nicht länger mit schlechten Ausreden abspeisen und so erzählte Hans ihr alles.
Sie reagierte ganz anders, als Hans es vermutet und befürchtet hatte. Die harte Anna hatte großes Mitleid mit ihrer Enkeltochter. „Das arme Kind. Sie hat sich verrannt und will alles für diesen Mann tun. Du musst ihr helfen, Hans! Du musst zu ihr fahren und nach dem Rechten sehen. Du bist doch ihr Vater!"
Ungläubig sah Marie ihre Schwiegermutter an. Immer wieder war sie überrascht, wie sehr Annas Herz an Natascha hing. Und was Anna gerade gesagt hatte, war richtig und wohl der einzige Weg, ihre Tochter nicht für immer zu verlieren. Hans legte seine Hand auf Annas Arm und sagte mit fester Stimme:
„Du hast recht, Mutter. Aber ich finde, Marie sollte fahren." Noch bevor Marie etwas erwidern konnte, bellte Anna los:
„Marie, Marie. Immer Marie! Ich will, dass du fährst. Nane ist deine Tochter und meine Enkelin. Wenn ihr jemand helfen kann, dann du, aber nicht eine Frau, die selbst genug Dreck am Stecken hat." Sie zeigte mit dem Finger auf Marie: „Vor ihr hat sie keinen Respekt. Wie sollte sie auch!" Marie ging wortlos aus dem Zim-

mer. Der arme Hans stand wieder einmal zwischen den Fronten. Er konnte die ewigen Streitereien fast nicht mehr ertragen. Warum konnten sie nicht in Ruhe und Frieden leben? Warum konnte seine Mutter nicht einmal den Mund halten, anstatt bei jeder Gelegenheit in der Vergangenheit zu wühlen und Marie weh zu tun? Ihm ging es nicht anders als Marie; die ewigen Auseinandersetzungen der letzten Jahre hatten ihn zermürbt. Neben seiner Mutter saß man wie neben einer tickenden Zeitbombe, die jeden Moment hochgehen konnte. Oft war der Anlass viel harmloser als jetzt. Ein falsches Wort während eines Besuchs, eine unbedachte Bemerkung und schon spie sie Feuer und explodierte.

Hans stand auf und ging hinter seiner Frau her. Er fand sie im Schlafzimmer. Sie saß auf der Bettkante, ihre Finger strichen über die Bettdecke. Immer wenn Marie sehr aufgeregt oder nervös war, suchten ihre Finger einen Halt. Sie waren wie ihre Augen - ein Spiegel ihrer Seele. Entweder rieb Marie ihre Finger gegen die Innenflächen ihrer Hände, ballte beide Hände zu einer Faust oder sie schrieb mit dem Zeigefinger ihr aufgewühltes Inneres in die Luft. Ihre blauen Augen wurden erst türkis und dann immer dunkler.

Hans setzte sich neben sie. Er konnte ihre Augen nicht sehen, aber ihre Finger sprachen Bände.

„Du solltest fahren, Marie. Ich bin zwar Nanes Vater, aber ich bin auch ein Mann. Ich glaube, sie braucht am ehesten dich und du kannst am besten mit ihr reden. Wenn wir beide fahren, macht sie das vielleicht gleich wieder aggressiv und sie denkt zwei gegen einen oder sowas. Was meinst du, Marie?“ Mit keinem Wort erwähnte er den Streit.

„Ich weiß nicht, Hans. Vielleicht hat deine Mutter recht und es ist besser, wenn du mit ihr redest. Ich habe nicht vergessen, was sie mir an den Kopf geworfen hat.“

„Ach Marie, du kennst doch Nane. Sie war wütend. Sie hat das bestimmt nicht so gemeint. Ich möchte Natascha nicht verlieren. Wenn sie im Moment keinen Weg zu uns findet, dann müssen wir

einen Weg zu ihr finden. Je mehr Zeit vergeht, desto schwieriger wird es. Fahr hin, Marie.“ Er legte ihr den Arm um die Schulter. Sie wandte sich ihm zu und streichelte sein Gesicht. Für einen Moment schwiegen sie, dann sagte Marie:
„Ich werde fahren. Am Freitag oder am Samstag.“ Hans nickte und vergrub sein Gesicht an ihrem Hals.
Marie machte sich viele Gedanken. Wie trat sie ihrer Tochter am besten gegenüber? Was war, wenn sie sich verleugnen ließ? Sollte sie vorher anrufen? Allerdings hatte Nane keinen eigenen Telefonanschluss. In der Vergangenheit hatte Marie immer direkt bei der Verwaltung angerufen, um Nane zu sprechen oder wenigstens etwas ausrichten zu lassen. Manchmal war eine Postkarte gekommen. Die gute Verbindung war schon vor dem Streit abgebrochen, aber weder sie noch Hans hatten es bemerkt. War Natascha zu Hause, dann erzählte sie nicht viel von ihrem Leben, ihrer Arbeit, von Freunden. Wenn Marie ehrlich war, wusste sie so gut wie nichts über ihre Tochter. Sie wusste nichts von der erwachsenen Tochter.
Anna spielte in den kommenden Tagen beleidigte Leberwurst. Obwohl sie es war, die erkannt hatte, dass Nane Hilfe brauchte, dankte man es ihr wieder einmal nicht, nicht ihr Sohn und schon gar nicht Marie.
Am Sonnabend machte Marie sich morgens auf den Weg zu ihrer Tochter. Hans hatte ihr aufgeschrieben, wie sie am besten fuhr. Das Gestüt lag in der Nähe von Lübeck. Es war gar nicht weit entfernt und leicht zu finden. Jedenfalls lange nicht so weit entfernt, wie ihre Tochter von ihnen weg war, und lange nicht so schwer zu finden wie der Weg zu ihrem Kind. Trotz allem genoss Marie die Fahrt. Hans hatte ihr alle möglichen Sachen auf die Rückbank gelegt: Eine Matte und einen Besen, einen Handfeger und eine Taschenlampe. Außerdem lagen zwei Wolldecken auf dem Beifahrersitz. Marie lächelte still in sich hinein. Hans schien einen gewaltigen herbstlichen Wintereinbruch zu erwarten. Nach ein paar Kilometern war sie allerdings froh über die Wolldecken. Eine

legte sie sich auf den Schoß, denn im Käfer war es verdammt kalt. Nachdem sie ein paar Mal angehalten und sich gestreckt hatte, waren es jetzt nur noch wenige Kilometer bis zum Gestüt. Die Wegbeschreibung von Hans war so gut, dass sie sich nicht verfahren hatte und niemanden fragen musste. Sie fuhr immer langsamer und bekam auf den letzten Metern kalte Füße, im wahrsten Sinne des Wortes. Schon von weitem konnte sie das Anwesen sehen. Sie hielt am Straßenrand und stieg aus. Ihr Herz pochte laut in ihrer Brust. Marie ging ein paar Schritte und sah durch eine herrliche Lindenallee auf das Haupthaus, vor dem sich unzählige Menschen versammelt hatten. Dutzende Autos parkten vor einem Nebengebäude. Vielleicht eine Veranstaltung oder eine Feier? So weit sie erkennen konnte, trugen die Leute normale Straßenkleidung und Stiefel. Was sollte sie jetzt tun? Sie hatte sich das alles etwas anders vorgestellt. Wie, das wusste sie nicht so genau, aber wenigstens nicht so. Marie überlegte gerade, ob sie einfach die Allee hindurch zum Haupthaus fahren sollte, als die vielen Menschen in kleinen Gruppen den Platz verließen. Eine Gruppe kam ihr durch die Allee entgegen, Männer und Frauen. Unter ihnen war Natascha. Schon wieder wusste Marie nicht, was sie machen sollte, doch Nane nahm ihr die Entscheidung ab. Verlegen standen sie sich gegenüber. Marie sah in das verstörte und verweinte Gesicht ihrer Tochter und breitete ihre Arme aus. Nane schmiegte sich an sie und ihre heißen Tränen liefen auch über Maries Gesicht.

„Was ist los, Nane. Was ist denn passiert?" Ihre Tochter konnte kaum sprechen und stammelte nur:

„Fabian. Fabian ist seit zwei Tagen verschwunden. Alle suchen ihn." Erst jetzt schien Natascha sich zu fragen, was ihre Mutter hier tat. Unter Tränen fragte sie:

„Was machst du eigentlich hier, Mama?"

„Ich wollte sehen, wie es dir geht. Papa und ich machen uns große Sorgen. Und wie es aussieht, komme ich gerade im richtigen Moment."

Natascha fuhr sich mit dem Jackenärmel durch das Gesicht. Marie reichte ihr ein Taschentuch.

„Ich muss suchen helfen. Im Dorf gibt es eine Gastwirtschaft mit Zimmern. Können wir uns nicht abends dort treffen? Kannst du nicht eine Nacht bleiben?" Marie überlegte nur kurz. Sie war nicht auf eine Übernachtung vorbereitet, aber sie stimmte zu:

„Ja, ich bleibe. Komm einfach, sobald es geht."

Natascha lief den anderen hinterher und war kurze Zeit später nicht mehr zu sehen.

Marie war neugierig geworden und ging die lange Allee entlang, bis sie vor dem Herrenhaus stand und auch die Nebengebäude gut sehen konnte. So ein Kasten verschlingt viel Geld, dachte sie und betrachtete die fehlenden Dachziegel, die zertrümmerten Fenster, die Farbe die von Fenstern und Türen abblätterte. Tiefe Löcher auf dem Hofplatz mussten dringend mit Kies aufgefüllt werden.

Aus dem Haupthaus kam eine junge Frau heraus, an jeder Hand ein Kind. Sie kam geradewegs auf Marie zu.

„Suchen Sie jemanden?", fragte sie freundlich.

„Ich habe mich verfahren. Können Sie mir sagen, ob es in der Nähe eine Gastwirtschaft oder eine Pension gibt?" Marie sah direkt in ein tief besorgtes Gesicht.

Die hübsche Fremde erklärte ihr den Weg und ging dann zu einem der Autos. Wenig später fuhr sie an Marie vorbei und winkte kurz. Marie atmete tief durch. Unvermittelt dachte Marie an Lisa. Du kannst nicht lügen, hatte sie einmal gesagt. Doch, sie konnte es.

Während sie zu ihrem Wagen ging, wurde ihr erst wirklich klar, mit wem sie da gerade gesprochen hatte. Es konnte nur die Frau vom Geliebten ihrer Tochter gewesen sein. Nett sah sie aus. Nett sahen auch die beiden Jungen aus, die vielleicht vier und sechs Jahre alt waren. Marie fuhr zur Gaststätte und nahm sich ein Zimmer für die Nacht. Im Ort gab es einen Kaufmann, bei dem Marie das Nötigste für die Übernachtung kaufte. Sie suchte nach Kleingeld und ging zur Telefonzelle, die direkt zwischen der Gaststätte und dem Geschäft stand. Nach kurzem Überlegen warf sie dann die Groschen in den Fernsprechautomaten. Erleichtert hörte sie die Stimme von Hans und erzählte ihm von den Geschehnissen. Das Gespräch brach abrupt ab, Marie hatte kein Kleingeld mehr.

„Es war Marie, Mutter. Sie bleibt über Nacht und kommt erst morgen wieder nach Hause.“
Hans hielt noch ein paar Sekunden den Hörer in der Hand und legte ihn dann behutsam auf die Gabel.
„Warum kommt sie erst morgen? Hat sie Nane nicht getroffen?“
„Doch, aber bis jetzt nur ganz kurz. Es ist irgendetwas passiert, hat Marie erzählt. Alle suchen nach dem Gutsbesitzer, also nach diesem Fabian. Er ist schon seit zwei Tagen verschwunden.“
„Aber Nane geht es gut?“ Anna sah ihren Sohn besorgt an. Hans nickte. Auch er war in großer Sorge. Was mochte das bedeuten? Ein Mensch verschwindet doch nicht so einfach. Oder steckte etwas ganz anderes dahinter? Er begann zu grübeln. Vielleicht war dem Gutsbesitzer alles zu viel geworden und er hatte sich aus dem Staub gemacht. Er verwarf den Gedanken. Unfug. Fabian hatte schließlich eine Familie und eine Reihe von Angestellten. Von Nane mal ganz zu schweigen. Ob es ein Unglück war? Ein Unfall? Wahrscheinlich waren die Angehörigen schon selbst auf eine solche Idee gekommen und hatten alle Krankenhäuser bereits abtelefoniert, oder waren direkt hingefahren. Es konnte auch alles ganz anders sein, versuchte Hans sich selbst zu beruhigen. Seine Gedanken wandten sich Marie und seiner Tochter zu. Hoffentlich war nichts geschehen, was seine Tochter total aus der Bahn werfen würde.

Marie saß in ihrem ungemütlichen Pensionszimmer und wusste nicht so recht, was sie tun sollte. Ein Bett, ein Stuhl, ein Kleiderschrank. In der Ecke vor der Tür ein Waschbecken. Sie schaute auf ihre Armbanduhr. Es war kurz vor vier. Marie wusste nicht, wann Natascha kommen würde und entschloss sich in die Gaststube zu

gehen, um eine Tasse Kaffee zu trinken.
Schon als sie die Stufen hinunterstieg, hörte sie lautes Stimmengwirr und Wortfetzen. Sie setzte sich an den einzigen freien Tisch am Fenster. Die Gespräche verstummten für einen Moment. Alle Augen richteten sich auf Marie. Es waren Männeraugen. Sie grüßte nach links und rechts und war froh, als der Wirt an den Tisch kam. Die Gespräche wurden wieder aufgenommen. Marie bestellte einen Kaffee und sah sich vorsichtig um. Der Wirt kam mit dem Kaffee zurück und lächelte ihr freundlich zu.
„Eigentlich ist es bei uns tagsüber immer sehr ruhig“, sagte er fast entschuldigend, „aber ein Nachbar wird vermisst. Die Männer lösen sich beim Suchen ab und treffen sich bei uns. Deshalb ist es heute so voll.“
„Hoffentlich ist ihm nichts passiert“, entgegnete Marie unbeholfen. Sie wusste nicht, was sie sagen sollte, aber irgendetwas musste sie ja sagen.
„Besuchen Sie jemanden?“, fragte er nun ziemlich neugierig.
Ja, ich treffe mich mit meiner Tochter. Sie arbeitet auf dem Gut Falkenstein.“
„Ach, das ist ja interessant! Nach dem Besitzer Fabian Falkenstein wird nämlich gesucht. Wie heißt denn Ihre Tochter? Vielleicht kenne ich sie.“
Marie fand, dass seine Fragerei zu weit ging. Gerade, als sie antworten wollte, kam eine Gruppe Männer in nassen Gummistiefeln in das Gastzimmer gestürmt. Die übrigen Gespräche verstummten wieder, der Wirt eilte zum Tresen.
„Nichts“, sagte einer nun. „Wir sind die ganze Straße entlanggegangen. Haben in alle Gräben geschaut. Nichts. Keine Ahnung, wo wir jetzt noch suchen sollen und ob es heute noch viel Zweck hat.“
Ratlose Gesichter. Plötzlich redeten alle durcheinander. Marie hörte halbe Sätze wie: „Ist bestimmt über alle Berge; Schuldenbaron; hat seinen Betrieb heruntergewirtschaftet; nein, das war doch nicht Fabian, sondern sein Vater…“

Marie blickte stur aus dem Fenster. Es war also kein Geheimnis, dass sich der heimliche Freund ihrer Tochter in finanziellen Schwierigkeiten befand; in großen Schwierigkeiten befand, denn sonst würden ja die Männer nicht darüber reden. Gott sei Dank hatte niemand der Männer etwas von Untreue gesagt. In Gedanken versunken spielten ihre Finger mit der Tischdecke, als es mucksmäuschenstill wurde. Marie hob ihren Kopf. In der Tür stand die junge Frau vom Gutshof. Auch sie trug Gummistiefel und hatte ein Tuch über ihr Haar geschlungen. Sie machte ein paar Schritte und sagte dann leise und mit ängstlicher Stimme:
„Danke, dass ihr alle da seid und nach Fabian gesucht habt. Ich komme gerade von der Polizei. Ich habe meinen Mann als vermisst gemeldet, denn wo sollen wir noch suchen? Die Beamten waren sehr nett. Sie werden sich ab morgen früh um den Fall kümmern, haben sie gesagt." Sie begann zu weinen, schnäuzte sich ein paar Mal und fuhr dann fort:
„Ja, für die Polizei ist das Verschwinden von Fabian ein Fall, für mich ist es ein Albtraum. Ich wollte also sagen, dass ihr nicht mehr zu suchen braucht. Ja, das wollte ich euch sagen. Ich muss gehen, unsere Kinder warten im Auto auf mich."
Bevor jemand der Nachbarn etwas erwidern, etwas Tröstendes sagen konnte, war sie aus dem Gastraum verschwunden. Keiner sagte mehr etwas. Nacheinander verließen Freunde und Nachbarn bedrückt das Gasthaus.
Marie stand auf und zahlte. Sie ging in das unpersönliche Zimmer und war ratlos. Es war jetzt fast 18.00 Uhr, so allmählich müsste doch Nane kommen. Erst eine knappe Stunde später klopfte es zaghaft an der Tür. Marie nahm ihre jüngste Tochter wortlos in die Arme, die sofort zu weinen begonnen hatte. Jetzt war nicht der richtige Zeitpunkt für Vorwürfe, dachte Marie, jetzt war nur wichtig, bei Nane zu sein, ihr beizustehen. Nachdem Natascha sich etwas gefangen hatte, setzten die beiden Frauen sich auf die Bettkante. Erst jetzt sah Marie, dass Nane noch nicht wieder auf dem Hof gewesen sein konnte, denn auch sie trug derbe Stiefel und

eine Arbeitsjacke.
„Pass auf, Nane. Ich gehe jetzt hinunter und bestelle uns etwas zu essen. Du kannst hier bleiben. Später fahre ich dich zum Gestüt."
Es dauerte fast eine halbe Stunde, bis Marie mit einem Tablett zurückkehrte. Nane saß wie ein Häufchen Elend auf der Kante des Bettes und hatte ihre Hände vor das Gesicht geschlagen. Wortlos reichte Marie ihrer Tochter einen Teller mit Schnitzel und Bratkartoffeln. Eine Flasche mit Wasser und zwei Gläser stellte sie auf den Tisch.
Erst stocherte Natascha nur zerstreut in den Bratkartoffeln herum, schob das Schnitzel von links nach rechts und wieder zurück. Dann begann sie doch zu essen.
Marie aß am Tisch. Manchmal sah sie ihre Tochter an. Wenn sich ihre Blicke kreuzten, nickte sie ihr aufmunternd zu. Was heißen sollte, komme was wolle, ich bin bei dir. Wenn du reden willst, ich höre dir zu.
Marie wischte sich mit der Serviette den Mund ab, stellte Nataschas Teller zu ihrem auf den Tisch und setzte sich neben die verstörte Tochter. Nane wandte sich ihr zu und wieder fiel Marie auf, wie ähnlich sie sich sahen. Nane war ihr wie aus dem Gesicht geschnitten. Es kam ihr vor, als säße sie selbst neben sich. Eine junge, schöne Frau.
Auf einmal begann Natascha zu erzählen:

Natascha und die große Liebe

„Ach, Herr Falkenstein, gut dass Sie kommen. Cinderella hat heute Nacht gefohlt. Wir müssen noch die Formalitäten erledigen und Sie wollen doch bestimmt das Fohlen begutachten."
„Schön, schön", antwortete der Gutsbesitzer zerstreut. „Ich muss noch etwas Wichtiges erledigen, aber dann sehe ich mir das Fohlen an."
Natascha stand direkt neben dem Stallmeister, aber Fabian Falkenstein schien sie gar nicht zu bemerken. Dafür hatte Nane ihn bemerkt. Das erste Mal stand sie ihm gegenüber und starrte ihn geradezu an. Was für ein Mann! Was für eine Stimme, was für ein Mann!
Fabian Falkenstein war schon längst gegangen, als sie immer noch verträumt und wie angewurzelt neben einer Pferdebox stand.
„Fräulein Hendriks, hören Sie auf zu träumen. Die Boxen müssen ausgemistet werden." Die harte Befehlsstimme des Stallmeisters holte Nane auf die Erde zurück. Am Nachmittag sah sie Fabian Falkenstein wieder. Er stand neben dem Stallmeister Brix und sah sich das Fohlen an. Als die beiden nebeneinander gingen, kamen sie direkt an Nane vorbei. Herr Falkenstein ging zurück und blieb direkt vor Nane stehen:
„Und wer sind Sie?" Bevor sie antworten konnte, tat es Brix:
„Das ist Fräulein Hendriks. Sie ist seit ein paar Wochen bei uns."
Und eher widerwillig an Nane gewandt:
„Das ist Ihr Chef, der Besitzer des Guts, Herr Falkenstein."
Fabian reichte ihr die Hand. Sein Gesichtsausdruck war ernst, fast ein wenig verwundert.
„Sie sind schon ein paar Wochen hier und ich kenne Sie nicht?"
Wieder mischte sich Brix ein.
„Es hat sich nicht ergeben, Herr Falkenstein."
„Meinen Sie nicht, Herr Brix, Fräulein Hendriks kann für sich

selbst sprechen?" Seine Stimme war eine Spur schärfer geworden. Brix sah ihn beleidigt an und eilte dann mit schnellen Schritten aus dem Stall. Fabian hielt immer noch die Hand von Nane und in diesem kurzen Moment war es geschehen. Die beiden hatten sich auf den ersten Blick ineinander verliebt. Abrupt nahmen beide gleichzeitig ihre Hände zurück und wichen etwas voneinander ab. „Ja, Fräulein Hendriks, dann wünsche ich Ihnen eine gute Zeit bei uns auf dem Hof." Er ließ Nane stehen und eilte seinem Stallmeister hinterher.

Abends, im Bett ihres Zimmers, hatte Nane sich diese Szene immer wieder ins Gedächtnis gerufen. Und jedes Mal spürte sie, wie sie rot wurde. Rot ist die Farbe der Liebe. Das zeigte sich im schönen Gesicht Nataschas. Das zeigte sich selbst bei Nacht.

Ein paar Tage später sahen sie sich wieder. Natascha war gerade dabei, einen bildhübschen Trakehner zu striegeln, als Fabian Falkenstein sie ohne Gruß ansprach:

„Können Sie eigentlich reiten, Fräulein Hendriks?" Sie war so perplex, dass sie nur nickte.

„Dann satteln Sie meinen Braunen und für sich ein Pferd."

„Aber, ich muss erst Herrn Brix fragen, Herr Falkenstein", wagte sie einzuwenden.

„Ach was, das übernehme ich. Machen Sie schon!"

Kurze Zeit später kam sie mit zwei Pferden auf den Hofplatz. Sie reichte ihrem Chef einen Zügel. Wortlos stieg er auf das Pferd. Er half Nane nicht, aber das brauchte er auch nicht. Sie schwang sich in den Sattel und im Schritt verließen sie den Platz durch die herrliche Lindenallee hindurch.

Zwei Stunden später kamen sie zurück. Es war der Beginn einer Liebe, ihrer Liebe. Einer Liebe zwischen Heimlichkeit, Sehnsucht und Verlangen. Einer Liebe, die immer am Abgrund stand. Einer Liebe, die unter keinem guten Stern stand.

Fabian war fast zehn Jahre älter als Natascha, verheiratet und hatte zwei kleine Söhne. Das Gut hatte er als ältester Sohn von seinem

Vater geerbt. Und mit ihm einen Berg voller Schulden und Sorgen. Britta, seine Frau, war seine Sandkastenliebe. Er hatte nie eine andere gewollt, nie eine andere angeschaut, bis er Natascha traf. Seit dem Beginn ihrer Liebe wurde er von Gewissensbissen geplagt. Er liebte Britta und er liebte geradezu abgöttisch seine beiden Söhne. Aber er liebte auch Natascha.
Nachdem Nane ihre ersten Ängste ihm gegenüber abgelegt hatte, ihn nicht mehr nur als Chef und Arbeitgeber sah, kam immer mehr die wirkliche Nane zum Vorschein. Eine junge Frau, die temperamentvoll, selbstbewusst und leidenschaftlich war. Wenn er mit Natascha zusammen war, vergaß er für ein paar Stunden seine großen Sorgen. Er lachte mit ihr und war ganz bei sich und bei ihr. In diesen Stunden sagte er ihr immer wieder, dass er nur mit ihr sein weiteres Leben verbringen wolle. Und in diesen Stunden glaubte er selbst seinen Worten. Kam er aber nach Hause, liebte er seine Frau und seine Kinder und konnte sich ein Leben ohne seine Familie nicht vorstellen.
Natascha hatte nie etwas von ihm verlangt. Er war es gewesen, der nach fast einem Jahr der Heimlichtuerei ihre gemeinsame Zukunft angesprochen hatte, der ihr von nun an immer wieder versicherte, nur auf den günstigsten Zeitpunkt zu warten. Er wollte nicht auf sie verzichten, aber auch nicht auf seine Familie. Immer öfter wurde er von seinen Gewissensbissen geplagt. Fabian war stets ehrlich und gradlinig gewesen. Jetzt hatte er diesen Pfad verlassen und er litt wie ein Hund.
An einem Abend hatten sie sich, wie so oft, in seinem kleinen Jagdhaus getroffen. Nachdem sie sich geliebt hatten, lagen sie engumschlungen nebeneinander.
„Fabian, ist etwas mit dir nicht in Ordnung? Du bist in letzter Zeit so anders. Wenn dich etwas bedrückt, dann sag es doch einfach." Und ganz leise: „Wenn es wegen mir ist, dann musst du mir es auch sagen."
Jetzt wäre eigentlich die beste Gelegenheit gewesen, reinen Tisch zu machen, Natascha zu verlassen, das alte Leben wieder zu haben.

Aber Fabian konnte es nicht. Es war wieder der absolute Moment der Liebe, des Glücks. Er konnte und wollte sich nicht vorstellen, darauf zu verzichten. Er gab Natascha einen Kuss auf die Nasenspitze und sagte:
„Es hat nichts mit dir zu tun. Es ist nur..."
„Was ist nur?"
„Ich habe große finanzielle Sorgen, Nane. Der Hof ist bis unters Dach verschuldet und ich weiß nicht mehr, wie ich das alles schaffen soll."
„Wie konnte das passieren?", fragte Natascha erschrocken.
„Weißt du, mein Vater hat immer über seine Verhältnisse gelebt. Was alleine die Feste gekostet haben, die er regelmäßig veranstaltet hat! Ich mag gar nicht darüber nachdenken. Erst als er gestorben war, wurde mir das ganze Ausmaß bewusst. Ich weiß nicht mehr, was ich zuerst und zuletzt machen soll, Nane. Schau dich doch auf dem Hof um. Überall kaputte Fenster und Türen! Das Dach muss erneuert werden, die Scheune fällt bald zusammen, die Ställe mit den Pferden müssen so schnell wie möglich saniert werden, und, und, und..."
Nane legte ihren Zeigefinger auf seinen Mund.
„Pst! Vielleicht kann ich dir helfen, Fabian. Ich habe etwas Geld von der Freundin meiner Mutter geerbt. Ich gebe es dir gern."
„Nein, Nane, ich will das nicht. Das wäre ja noch schöner! Sich Geld von der Freundin schenken zu lassen!"
„Ich will es dir ja nicht schenken", sagte Natascha lächelnd. „Ich borge es dir, einverstanden?"
Nane hatte ihr Sparbuch geplündert und Fabian das Geld gegeben. Immer öfter merkte Natascha, dass seine Sorgen auch ihr Leben beherrschten, dass es Fabian immer schwerer viel, wenigstens für ein paar Stunden abzuschalten. Sie liebte ihn über alles und wollte ihm unbedingt helfen. Schon lange ahnte sie, dass eine Trennung von Britta in weite Ferne gerückt war. Aber sie konnte damit leben. Solange Fabian nur für ein paar Stunden ihr gehörte, hatte sie nicht das Gefühl eine Ehe zu zerstören. Damit konnte sie

ihr Gewissen beruhigen. Denn auch sie litt unter ihrer heimlichen Liebe. Mehr, als sie sich und Fabian eingestehen wollte. Immer wenn diese Gedanken sie überkamen, begann sie zu überlegen, ob sie das Gut nicht aus Liebe zu ihm bei Nacht und Nebel verlassen sollte. Er hätte dann eine Sorge weniger. Wenigstens eine. Doch wenn diese dunklen Gedanken weiterzogen, bekam die Liebe wieder Oberwasser. Nein, sie würde ihn nicht verlassen.

Manchmal hatte Nane das Gefühl, der Stallmeister würde sie sehr genau beobachten. Ob er etwas wusste? Fabian und sie waren sehr vorsichtig. Auf dem Hof begegneten sich die beiden selten. Und wenn doch, dann war sie Fräulein Hendriks und er Herr Falkenstein - Chef und Mitarbeiterin eben. Einmal lag zu Ostern ein Strauß gelber Rosen vor Nanes Zimmer. Gott sei Dank hatte sie ihn entdeckt, bevor die Kollegen an ihrer Zimmertür vorbeigegangen waren.

Ein anderes Mal waren sie gerade aus der Jagdhütte gekommen. Wie immer ließ Fabian sie ungefähr einen Kilometer vor dem Gut aus dem Auto. Sie war erst ein paar Schritte gegangen, als ein Wagen neben ihr hupte. Es war Britta Falkenstein, die sie freundlich fragte, ob sie sie mitnehmen solle. Nane stockte der Atem. Vor Scham wäre sie am liebsten auf der Stelle im Erdboden versunken und hatte nur etwas von nein danke und frischer Luft schnuppern wegen Kopfschmerzen gestammelt.

Nach diesem Vorfall, den Nane natürlich Fabian erzählt hatte, waren die beiden noch vorsichtiger geworden. Nur noch ein einziges Mal, es war kurz nach Nanes letztem Besuch bei den Eltern gewesen, hatte Fabian von einer gemeinsamen Zukunft und seinen Ängsten gesprochen.

„Ich möchte so gerne mit dir zusammen sein und alle Sorgen hinter mir lassen, ganz neu anfangen. Aber ich weiß nicht, wie das gehen soll. Ich liebe dich so sehr, Natascha. Aber manchmal glaube ich, ich kann dir das alles nicht mehr zumuten. Am Anfang habe ich gedacht, ich trenne mich von Britta und alles wird gut.

Aber ich bin ein Feigling, Natascha. Ich kann es einfach nicht, wenigstens nicht jetzt. Vielleicht ist es besser, wenn du wieder zu deinen Eltern gehst und mich ganz schnell vergisst."

„Vielleicht ist es wirklich das Beste, Fabian. Wenn ich gehe, dann aber nur aus Liebe zu dir."

Nur eine Sekunde später hatte Fabian sie in seine Arme gerissen und geweint wie ein Kind.

„Verlass mich nicht, Nane und vergiss, was ich eben gesagt habe. Ich liebe dich, ich liebe dich."

Von da an war es öfter vorgekommen, dass Fabian weinte. Mal war er aufgeräumt und zuversichtlich, doch schon im nächsten Moment todtraurig. Nane spürte, dass er sich veränderte. War er krank? War seine Seele krank? Konnte seine Seele nicht mit seinem Leben und seinen Sorgen Schritt halten und wehrte sich? Nane wollte nicht mehr länger zusehen, wie er zu Grunde ging und wollte mit ihm sprechen. Gerade in diesem Moment erzählte er ihr, dass er einen Banktermin in Lübeck hatte und voller Zuversicht war, dass er den beantragten Kredit bekommen würde. Hoffnungsvoll war er vor zwei Tagen nach Lübeck gefahren und seitdem verschwunden.

Marie hatte ihre Tochter nicht ein einziges Mal unterbrochen. Viele Gedanken und Bilder der Vergangenheit gingen ihr durch den Kopf.

Nane erlebte gerade eine unglückliche Liebe, so wie sie selbst vor vielen Jahren.

„Ich kann es dir nicht erklären, Mama, aber ich liebe Fabian und ich habe solche Angst um ihn."

„Man kann nicht erklären, warum man jemanden liebt, Nane. Das kann keiner. Man verliebt sich ja nicht mit Absicht. Man verliebt sich nicht, um einem anderen Menschen zu schaden. Es passiert einfach. Ich bin so froh, dass du mir alles erzählt hast. Jetzt kann ich dich viel besser verstehen."

„Was soll ich nur tun? Soll ich mit dir nach Hause fahren? Soll ich hier bleiben?“

Marie streichelte die Wangen ihrer Tochter und strich ihr die Haare aus dem verweinten Gesicht. Bevor Marie antworten konnte, sagte Nane:

„Glaubst du, dass Fabian sich etwas angetan hat? Ich habe solche Angst!“

„Ich weiß es nicht, ich hoffe nicht. Vielleicht klärt sich alles auf. Ich kann dir keinen Rat geben, Nane. Du musst wissen, ob du bleibst oder mit mir nach Hause kommst. Natürlich würden wir uns alle freuen, ganz besonders Papa, der die ganze Zeit so traurig war. Aber es ist deine Entscheidung.“

Plötzlich stand Nane auf und zog sich Stiefel und Jacke an. Marie konnte sie verstehen. Sie wollte und musste alleine sein.

„Soll ich dich fahren?“

„Nein, Mama. Ich gehe zu Fuß. Kannst du morgen früh zum Gut kommen?“

Marie nickte und schon war Nane aus der Tür heraus. Sie blieb mit ihren Gedanken und Zweifeln allein zurück. Sollte sie noch einmal zu Hause anrufen? Nein, es war schon nach
22.00 Uhr, Hans würde sich zu Tode erschrecken.

Nane ging zurück zum Hof. Je näher sie dem Gut kam, desto langsamer wurden ihre Schritte. Nur sehr selten hatte sie sich so erbärmlich und schlecht gefühlt. Wenn nun wirklich etwas Schreckliches passiert war, hatte sie dann Schuld? Hatte sie nur an sich gedacht und dadurch alles noch viel schlimmer gemacht? Wusste eigentlich jemand, dass er zur Bank fahren wollte? War er jemals dort angekommen? Sollte sie mit Britta Falkenstein sprechen? Als sie durch die Lindenallee ging, war es ihr, als sei Fabian ihr ganz nahe. Sie sah sich nach allen Seiten um. Nichts. Wahrscheinlich spielten ihre Nerven verrückt. Völlig fertig begann sie wieder zu weinen. Auf dem Hofplatz standen ein paar Leute. Natascha wischte sich mit dem Handrücken die Tränen aus dem Gesicht, denn sie konnte nicht einfach stur an der kleinen

Gruppe vorbei gehen, aber keiner sollte ihre Tränen sehen. Sie erkannte Brix, den Stallmeister. Er rief schon von weitem süffisant:
„Na, Fräulein Hendriks, noch nach dem Chef gesucht?"
Eine unbändige Wut über den Tonfall ihres Vorgesetzten, aber auch Verzweiflung und Scham stiegen in Natascha hoch. Was wusste er wirklich? Oder wollte er ihr nur schaden und sie vor den Kollegen bloßstellen, so wie er es immer tat, seitdem sie ihm zu verstehen gegeben hatte, dass er sie in Ruhe lassen sollte. Das war schon lange vor Fabian gewesen. Immer hatte Brix sie wie aus Versehen angerempelt und ihr ziemlich deftige Herrenwitze erzählt. Irgendwann hatte sie genug von seinen plumpen Annäherungsversuchen und hatte ihm das auch sehr deutlich gesagt. Von dem Tag an war sie bei ihm unten durch. Sie war ungefähr zehn Schritte von Brix entfernt, als er noch lauter als zuvor seine Frage mit eben diesem gemeinen Unterton wiederholte:
„Na, Fräulein Hendriks, noch nach dem Chef gesucht?"
Die Wut siegte. Natascha antwortete:
„Nein, Euer kaiserlicher Stallbursche und Rempler-König. Meine Mutter ist im Dorf. Sind noch weitere Auskünfte gewünscht?"
Natascha wusste, dass sie in diesem Moment ihren Arbeitsplatz verloren hatte, aber es war ihr egal. Die Würfel waren gefallen, so oder so. Sie würde mit ihrer Mutter nach Hause fahren. Gleich morgen. Sie nickte nach allen Seiten und tat so, als überhöre sie das Gebrüll des Herrn Brix:
„Unverschämtheit! Packen Sie Ihre Sachen! Sie können sich morgen früh Ihre Papiere abholen, sowas brauche ich mir nicht bieten zu lassen, sowas habe ich ja noch nie erlebt…"
Als Nane in ihrem Zimmer war, warf sie sich auf das Bett und weinte und weinte. Es klopfte ein paar Mal an die Tür. Erst leise und dann energischer. Nane stand auf und öffnete. Es war Iris, ihre Kollegin. Die legte gleich los:
„Nimm dir das bloß nicht so zu Herzen, was der Brix gesagt hat. Der hat sie ja nicht alle. Mich hat er auch dauernd begrabscht, die-

ser Idiot. Er ist nicht unser Chef, Natascha. Lass dich nicht von ihm einschüchtern."
Nane versuchte ein Lächeln und sagte:
„Danke, Iris. Aber ich werde morgen mit meiner Mutter nach Hause fahren. Mein Entschluss stand schon vorher fest. Ich hoffe, dass wir uns nicht aus den Augen verlieren." Sie umarmte Iris und ließ sie dann einfach vor der Tür stehen.

Marie versuchte, zur Ruhe zu kommen. Es gelang nicht. Sie lag im Bett und unaufhörlich spielten ihre Finger mit der Bettdecke. Ihre Gedanken machten riesengroße Sprünge. Dachte sie in einem Moment noch an Hans, waren es in der nächsten Sekunde ihre Mutter, ihr Vater, ihr Sohn und plötzlich auch Jakob. Schon lange hatte sie nicht mehr an ihn gedacht und sie wollte auch nicht mehr an ihn denken. Aber sie war machtlos dem Wirrwarr ihrer Gedanken ausgesetzt. Marie drehte sich von der einen zur anderen Seite und sah immer wieder auf die Uhr. Wollte sie denn gar nicht einschlafen? Wollte die Nacht denn gar nicht zu Ende gehen?
Irgendwann schlief sie dann doch ein und wurde morgens um sieben von schrillem Sirenengetöse geweckt. Verschlafen stand sie auf und sah aus dem Fenster. Mehrere Polizeiautos und andere Einsatzwagen fuhren mit Blaulicht in Richtung des Guts. Sofort war sie hellwach. Hatte man Fabian gefunden? Sie erledigte in Windeseile ihre Morgentoilette und packte ihre paar Habseligkeiten zusammen. Ohne zu überlegen, ob überhaupt schon jemand in der Pension war, stieg sie die Treppe hinunter zum Gastraum. Es duftete nach frischem Kaffee. Marie setzte sich an einen Fensterplatz. Zwei Tische weiter saß ein Paar mittleren Alters, sonst waren um diese Zeit keine Gäste da. Auf dem Tisch lag eine Speisekarte. Pensions- und Gaststätte Breuer stand in großen Buchstaben auf der Karte. Endlich wusste sie, wie der Wirt hieß und dass es wohl auch eine Frau Breuer gab. Zerstreut blätterte sie in der Speisekarte herum bis ihre Augen bei Frühstück haften blieben. Es gab zwei Varianten. Einmal mit Ei und einmal ohne Ei und

wahlweise mit Tee oder Kaffee. Eine Frau mit blütenweißer Schürze kam mit Block und Stift an den Tisch. Es musste Frau Breuer sein.
„Guten Morgen, Frau Hendriks. Was darf ich Ihnen bringen?“
„Guten Morgen. Ich hätte gern das Frühstück mit dem Ei und ein Kännchen Kaffee. Und können Sie mir bitte anschließend die Rechnung fertig machen, ich reise ab.“
„Wie lange?“, fragte Frau Breuer mit gerunzelter Stirn.
„Wie lange was? Ich bin gestern gekommen, also eine Nacht geblieben. Oder was meinen Sie?“
„Ich meine das Ei. Wie lange soll das Ei kochen? Drei Minuten, vier Minuten oder fünf Minuten?“
„Vier Minuten, bitte.“
Frau Breuer machte sich emsig Notizen und verschwand. Marie konnte sich ein Lächeln nicht verkneifen. Die Wirtin schien nicht die Hellste zu sein. „Ei, vier Minuten und Kaffee“ konnte man sich doch eigentlich merken, dachte Marie. Wieder hörte sie Sirenen und schämte sich fast, für einen kurzen Augenblick den traurigen Anlass ihres Besuchs vergessen zu haben. Wie es wohl Nane ging? Ob sie auch so schlecht geschlafen hatte? Die Tür ging auf und herein kam ein Polizeibeamter. Er sprach erst mit Frau Breuer, die holte dann ihren Mann. Wenig später schüttelte er nur mit dem Kopf und ging wieder. Die Wirtin kehrte wortlos mit einem Tablett an den Tisch zurück. Marie traute sich nicht, nach Fabian zu fragen. Sie trank einen Kaffee und biss nur ein paar Mal in das Brötchen. Das Vier-Minuten-Ei ließ sie liegen. Sie hatte keinen Appetit.
Nachdem sie gezahlt hatte, fuhr sie in ihrem Käfer zum Gut. Wie schon am Tag zuvor, parkte sie direkt an der Straße. Plötzlich fiel ihr ein, dass sie mit Nane gar keine Uhrzeit abgemacht hatte. Na ja, sie würde eben nach ihrer Tochter fragen. Ganz langsam ging sie durch die wunderschöne Lindenallee. Auf dem Hofplatz parkten drei Polizeiwagen. Wieder standen Menschen in kleinen Gruppen dicht beieinander. Jetzt entdeckte Marie die beiden

Kinder der Falkensteins. Sie waren auf der linken Seite der Allee bei der vorletzten Linde. Mit ihren Stöcken fuchtelten sie in der Luft herum. Als Marie fast neben ihnen war, hörte sie, wie der Ältere leise zu seinem Bruder sagte:
„Da oben ist Papa. Kannst du ihn sehen?"
Der kleinere Bruder schaute nach oben und antwortete:
„Ja, das ist Papa. Schläft Papa da oben?"
Marie blieb fast das Herz stehen. Sie stellte sich zu den beiden Jungen und guckte ebenfalls den Baum hinauf. Sie hielt sich die Hände vor den Mund. Fabian Falkenstein hatte sich erhängt.

„Hans, was ist denn nun mit Nane? Kommt sie mit nach Hause?"
Schon zum dritten Mal an diesem Morgen fragte Anna ihren Sohn nach der Enkeltochter. Und zum dritten Mal antwortete Hans:
„Mutter, ich weiß es doch auch nicht. Marie hat nicht mehr angerufen. Sie wird sich bestimmt sofort melden, wenn sie auf dem Weg nach Hause ist. Ob nun mit oder ohne Nane."
Hans ließ sich nicht anmerken, wie sehr er beunruhigt war. Ein Mensch verschwindet nicht einfach. Kein Mann mit Frau und Kindern ließ seine Familie einfach im Stich, seinen Hof, seine Leute. Wenigstens kein anständiger Mann. Und irgendwie hatte Hans nach dem ersten Schreck das Gefühl, Fabian Falkenstein sei anständig. Trotz allem. Trotz der Liebelei zu seiner Tochter. Oder war es doch mehr als ein Abenteuer? Liebte er vielleicht beide Frauen: Seine eigene und eine andere? Natascha war jung und hübsch. Er konnte schon verstehen, dass bei ihrem Anblick manche Männerherzen höher schlugen. Auch ein Männerherz, das bereits einer anderen ewige Liebe und Treue geschworen hatte. Hans merkte gar nicht, dass er seine eigenen Grundsätze über Bord warf. Niemals hätte er Marie betrogen, nicht einmal in Gedanken. Aber Marie hatte ihn betrogen. Ein einziges Mal, vor einer halben Ewigkeit und mit dramatischen Folgen. Er hatte diesen Holländer, diesen Jakob, immer als Ehebrecher verachtet. Viele endlose Jahre lang. Nun also seine Tochter. Nane liebte ausgerechnet einen ver-

heirateten Mann. Sie war auch dabei, eine Ehe zu zerstören, einen anderen Menschen zu verletzen. Aber konnte eigentlich ein Dritter eine Ehe zerstören? War eine Ehe nicht so etwas wie eine Festung mit einem Wassergraben drumherum? Musste ein Dritter nicht erst durch das Wasser in die Festung hinein, um ins Herz dieses einen Menschen zu gelangen? War die Festung also schon vorher brüchig und der tiefe Wassergraben nur noch eine Pfütze?
Hans war so in Gedanken versunken, dass er gar nicht merkte, dass sein Freund und Schwager Christian in der Küche stand und seine Mutter wohl schon zum wiederholten Mal sagte:
„Hansi, wo bist du? Christian ist da. Komm zu dir!"
Mit der Hand wischte sich Hans die Gedanken aus dem Gesicht und stand auf. Statt einer Begrüßung klopfte er Christian leicht auf die Schulter. Er wollte gerade mit ihm aus der Küche gehen, als genau in diesem Moment das Telefon klingelte. Hans stürzte ins Wohnzimmer und riss den Hörer von der Gabel. Nach wenigen Minuten kehrte er an den Küchentisch zurück und blickte direkt in die fragenden Augen seiner Mutter:
„Nichts Wichtiges. Nur ein Anruf von Brodersen wegen der Holzlieferung." Er packte seinen Schwager am Ärmel und zog ihn mit hinaus auf den Hofplatz.
„Was ist denn los, Hans? Und wo ist eigentlich Marie? Ich habe ihr Auto gar nicht gesehen."
Hans kämpfte ein paar Sekunden mit sich und dann erzählte er Christian alles, was passiert war. Das Leben hatte ihn gelehrt, mit einem vertrauten Menschen auch Dinge zu besprechen, die nicht so schön und für jede Ohren bestimmt waren. Aber seitdem er vor vielen Jahren seine ganz persönliche Festungs-Katastrophe erlebt hatte, wollte er nie mehr alles in sich hineinfressen und Christian war schließlich sein ältester Freund.
„Das ist natürlich alles ziemlich verfahren", sagte Christian, nachdem er erfahren hatte was passiert war. „Hoffentlich klärt sich alles auf. Und dann sollte Nane natürlich nach Hause kommen. Es ist nicht gut, sein eigenes Glück auf dem Leid eines anderen

Menschen aufzubauen. Immerhin ist dieser Falkenstein verheiratet und hat zwei Kinder. Nane sollte wirklich nach Hause kommen. Irgendwann ist Gras über diese Geschichte gewachsen, es sei denn…"
„Es sei denn was?", fragte Hans den Freund.
„Es sei denn, Nane ist schwanger."
„Du denkst also auch an damals", er sah Christian an. „Nein, ich glaube nicht, dass sie schwanger ist."
„Ja, ich denke auch an damals." Christian blieb stehen. „Weißt du, Marie ist nun mal meine Schwester und trotzdem war ich immer auf deiner Seite. Aber es ist so viele Jahre her. Man kann es ihr nicht ewig vorhalten. Bei Nane ist das ja auch etwas anders. Trotzdem, schön ist das Ganze nicht. Du brauchst keine Angst haben, Hans. Ich werde niemandem etwas erzählen, auch Nina nicht. Außerdem ist es sowieso besser, wenn Nane endlich wieder nach Hause kommt. Sie wollte doch immer den Hof übernehmen. Hatte große Pläne. Was ist eigentlich damit? So langsam wird sie sich entscheiden müssen."
„Ach, weißt du, Christian. Manchmal denke ich, man kann nicht immer Pläne für die Zukunft machen. Sein ganzes Leben verplanen, obwohl man noch so jung ist, wie Natascha oder Justus. Wir wurden nicht lange gefragt, aber unsere Kinder? Ich weiß, sie wollten beide die Höfe übernehmen. Und Justus ist Bauer durch und durch und er hat eine Frau gefunden, die ihm hilft. Bei Natascha ist das anders. Sie ist nicht verheiratet und ein Bauernhof ohne Mann, ich weiß nicht, ob das geht, ob Nane das schafft. Marie und ich sind nicht ewig da. Und, Christian, heute glaube ich, das Leben macht die Pläne."

Marie hielt immer noch beide Hände vor ihren Mund. Zwischen den Ästen hing der leblose Körper, das Gesicht zur Seite gewandt und von unten kaum zu erkennen. Langsam löste sich die Verkrampfung und sie nahm beherzt die beiden Kinderhände und zog sie von der Linde weg. Ein Polizist hatte wohl die Szene beobach-

tet, denn jetzt stürmte er auf sie zu. Marie zeigte mit dem Kopf auf die Stelle des Baumes, wo Fabian Falkenstein seinem Leben ein Ende gemacht hatte. Der Beamte schrie:
„Ich brauche eine Leiter!“ Schnell, eine Leiter!“
Ein älterer Mann löste sich aus einer Gruppe und kam wenig später mit einer langen Leiter zurück. Zwei weitere Männer fassten mit an und stellten die Leiter an den starken Stamm.
„Ich brauche ein Messer. Ein Messer, oder eine Säge, schnell!“
Wieder rannte jemand los und holte einen Fuchsschwanz. Die Tür des Haupteingangs wurde aufgerissen und Britta Falkenstein lief schreiend zu der Leiter. Sie musste aus dem Fenster beobachtet haben, was sich gerade ereignete. Ein Polizist versuchte, sie mit aller Gewalt zurückzuhalten. Aber mit der unbändigen Kraft der Verzweiflung riss Frau Falkenstein sich von ihm los. Marie umklammerte immer noch die kleinen Hände der beiden Jungen. Plötzlich sah sie Nane mit einem Koffer aus einem der Nebengebäude kommen. Marie wäre ihr am liebsten entgegengegangen, um sie daran zu hindern, zur Linde zu laufen. Aber sie hatte zwei kleine Jungen an der Hand, auf die im schrecklichen Durcheinander keiner achtete. Nane ließ den Koffer fallen und stolperte mehr, als dass sie lief, zu der Menschenmenge, die sich um den Baum versammelt hatte. Eine ältere Frau kam weinend auf Marie zu und sagte nur:
„Ich bin die Oma.“ Sie breitete ihre Arme aus und die beiden Jungen schmiegten sich an ihre Großmutter. Behutsam überredete sie die Kinder, mit ins Haus zu kommen. Marie ging unendlich langsam zur Menschentraube, die sich direkt unter der Linde versammelt hatte. Der Polizeibeamte versuchte gerade, mit der einen Hand den Strick durchzuschneiden. Mit der anderen hielt er sich an der Leiter fest. Zwei Stufen unter ihm stand sein Kollege und umschloss, so gut es ging, die Beine des Toten. Da passierte es: Fabian Falkenstein stürzte an den beiden Helfern vorbei in die Tiefe und blieb direkt am Stamm liegen. Britta und Nane schrien so laut, dass es Marie kalt den Rücken herunter lief. Aber auch

andere schrien und plötzlich redeten alle durcheinander. Auf einmal war es still. So still, dass man den Flügelschlag eines Schmetterlings hätte hören können. Die Menschen gingen etwas auseinander und durch die Gasse taumelte Britta zu ihrem toten Mann. Sie kniete vor dem zerschundenen Körper und legte ihr Gesicht auf seine Brust. Die gellende Sirene eines Rettungswagens erklang. Bevor die Sanitäter ausgestiegen waren, lief ein Mann mit einer Arzttasche durch die Gasse. Er sah das, was alle sahen. Jede Rettung kam zu spät. Er kniete sich zu Britta und streichelte unbeholfen ihren Rücken.

„Kommen Sie, Frau Falkenstein. Wir können Ihrem Mann nicht mehr helfen. Kommen Sie, Frau Falkenstein." Viele Tränen flossen bei den Nachbarn, den Angestellten, und den Freunden der Familie, als sie die erschütternde Szene verfolgten. Selbst hartgesottene Polizisten und die beiden Sanitäter wischten sich verstohlen eine Träne aus den Augen.

Auch Marie konnte ihre Tränen nicht zurückhalten. Auch wenn sie Fabian nie persönlich kennengelernt hatte, es war eine Tragödie, die auch ihre Tochter betraf. Ein Mann, vielleicht 35 Jahre alt, wenn überhaupt, beendete selbst sein Leben. Was musste auf seiner Seele gelastet haben, dass er nur noch diesen einen und endgültigen Ausweg gesehen hatte! Wie hoch war Nanes Anteil an seiner Tat der Verzweiflung? Hatte sie die stummen Schreie nach Hilfe nicht wahrgenommen? Hätte sie ihm noch helfen können? Gedanken flogen in ihrem Kopf hin und her. Marie dachte unvermittelt an ihre Kindheit. Ein Bauer hatte sich direkt bei ihrer geliebten Eiche erschossen. Er war sehr krank gewesen, konnte vor Schmerzen nicht mehr leben. Seine Frau hatte ihn gefunden. Sie war sehr traurig gewesen. Aber ganz tief in ihrem Herzen hatte sie seinen letzten Schritt als den einzig Richtigen gesehen, den er im Leben noch gehen konnte. Vor Schmerzen wie ein Tier zu schreien, das hatte mit der Kostbarkeit des Lebens nichts mehr zu tun. Der damalige Pastor der Gemeinde hatte sich geweigert, den letzten Weg des Toten zu begleiten und der Witwe erklärt, was für eine

Sicht der Dinge Gott und er zu dem Verbrechen ihres Mannes hatte. Todsünde. Es sei eine Todsünde.

Wie viele Menschen gab es wohl, die ihrem Leben ein Ende setzen würden, wenn sie es noch könnten, dachte Marie plötzlich. Gelähmte, die seit Jahren nur noch den kleinen Finger der rechten Hand bewegen konnten. Kranke, die nicht mehr sprechen und nichts mehr alleine konnten. Ans Bett gefesselte verzweifelte Menschen, bei denen nichts mehr funktionierte, außer ihren Gedanken. Und die Gedanken bettelten Tag für Tag: Lasst mich endlich gehen! Helft mir dabei! Helft mir! Lasst mich endlich gehen! Beruhigt nicht euer eigenes Gewissen oder teilt der gesunden Welt Tag für Tag mit, dass es eure Aufgabe sei, mich zu pflegen. Und dass euer Gott euch auserwählt hätte, in seiner grenzenlosen Güte. Zu helfen, wo ihr in Wahrheit nicht mehr helfen könnt. Gott macht es sich zu einfach. Mir schickt er die Krankheit und ein erbärmliches Leben, oder was davon übrig geblieben ist und euch schenkt er den Heiligenschein und damit den Sinn eures Daseins. Was ist aber mit mir?

Jetzt aber war ein junger Familienvater gestorben; Marie wandte sich gedanklich wieder dem heutigen furchtbaren Geschehen zu. Ein Mann, der nicht sterbenskrank war, dem man gewiss nicht angesehen hatte, in welcher Gemütsverfassung er war. Sein Tod traf die Familie wie ein Hammerschlag. Es war kein Unfalltod, es ging keine schwere Krankheit voraus, er hatte sich einfach aus dem Leben verabschiedet. Obwohl, einfach war es bestimmt nicht gewesen.

Wie sollte die Familie mit diesem Schicksalsschlag umgehen? Wer suchte jetzt bei wem die Schuld? Eine junge Frau hatte ihren Mann verloren, zwei Kinder ihren Vater, die Eltern den Sohn und Nane den Geliebten. Was für eine Tragödie!

Marie löste sich bedächtig aus der Menschentraube. Ihre Blicke suchten ihre Tochter. Nane stand nur ein paar Schritte entfernt und war doch so weit weg. Marie ging an ihr vorbei und holte den

Koffer ihrer Tochter, der genauso alleingelassen wie Nane auf dem Hofplatz stand.
Mit sanfter Gewalt führte sie Natascha durch die Lindenallee zu ihrem Auto. Sie fuhr noch einmal ins Dorf zurück, um Hans anzurufen. Nane saß völlig apathisch neben ihr, sagte kein Wort und weinte nicht mehr. Ihr Gesicht war leer. Marie hielt an der Telefonzelle an und suchte Kleingeld in ihrer Jackentasche. Vor ihr standen schon zwei Frauen, ein Mann telefonierte gerade. Die entsetzliche Neuigkeit schien sich in Windeseile herumgesprochen zu haben. Wer stand sonst wohl morgens um zehn vor einer Telefonzelle. Eine der beiden Frauen trommelte nun an die Scheibe der Zelle und rief:
„Nun komm mal zum Schluss. Wir wollen auch noch!"
Maries Geduld wurde auf eine harte Probe gestellt. Sie ging immer wieder ein Stück nach rechts und ein Stück nach links. Gerade, als sie überlegte, nicht mehr anzurufen, war auch die zweite Frau mit ihrem Telefonat fertig. Marie zwängte sich in die Zelle und ergriff den Hörer, der noch ganz warm war. Auf einmal fand sie den Hörer, der zuvor schon an die Ohren fremder Leute gepresst worden war, eklig. Sie suchte nach einem Taschentuch, aber fand keines. Egal. Sie warf ein paar Münzen in den Automaten und rief zu Hause an. Schon nach dem ersten Klingelton meldete sich Hans.
„Gott sei Dank, Marie. Ich habe mir schon Sorgen gemacht. Ist alles in Ordnung? Kommt Nane mit nach Hause?"
„Ja, Hans, Nane kommt mit nach Hause und nein, nichts ist in Ordnung. Fabian Falkenstein hat sich erhängt. Vor einer Stunde wurde er direkt am Hof gefunden."

Schweigend fuhren Mutter und Tochter nach Hause. Marie überlegte während der Fahrt immer wieder, was sie sagen sollte, sagen konnte und sagen durfte. Aber sie schwieg. Sie war erleichtert, als sie endlich den Hendrikshof erreichten. Kaum hatte sie den Motor abgestellt, stürmte Nane ins Haus. Hans hatte wohl das Motorengeräusch gehört, denn er kam direkt aus dem Stall gelaufen.

„Ich würde dich jetzt gerne in die Arme nehmen, Marie, aber ich bin so schmutzig."
Marie legte ihre Arme um seinen Hals und schmiegte sich dicht an ihn. Was war schon Stallgeruch und eine fleckige Arbeitsjacke im Vergleich zu den traurigen Geschehnissen des Tages? Hans löste sich aus der Umarmung und sagte:
„Ich bin gleich fertig, dann kannst du mir in Ruhe alles erzählen. Wo ist denn Nane?"
„Sie ist bestimmt in ihrem Zimmer. Wir sollten sie in Ruhe lassen, Hans. Ihre Gefühle müssen Achterbahn fahren." Hans nickte und ging zurück in den Stall. Marie ging ins Haus und direkt in ihr Schlafzimmer. Sie war froh, Anna nicht zu begegnen, denn sie musste für einen Moment alleine sein. Marie saß auf dem Bett und betrachtete sich im Spiegel des Kleiderschrankes. Die Strapazen der letzten Stunden hatten keine Spuren in ihrem Gesicht hinterlassen. So war es schon immer gewesen. Ihre Narben saßen woanders. Sie sah im Spiegel eine reife Frau, mit klaren blauen Augen in einem ebenmäßigen Gesicht. Ihre blonden Haare, die hier und da von silbernen Streifen durchzogen waren, hatte sie hochgesteckt. Je länger sie in ihr Gesicht blickte, desto jünger wurde es. Erst fünfzig Jahre, dann vierzig und dann noch jünger. Sie sah sich kurz nach Kriegsende auf dem Bett sitzen. Schwanger von einem Mann, der fort war und gebunden an einen Mann, der im Krieg war. Sie sah, wie sie sich über den dicken Bauch strich und nicht mehr wusste, wie es weitergehen sollte. Sie fühlte sich von allen verlassen und tieftraurig. Und sie fühlte sich ungerecht behandelt. Langsam kehrte Marie wieder in die Wirklichkeit zurück. Wie mochte sich Nane fühlen?

Marie deckte den Küchentisch für das Abendbrot. Hans kam mit seiner Mutter. Natascha sahen sie an diesem Tag nicht mehr.
„Was war denn nun eigentlich los, da auf dem Gut?", fragte Anna in die Stille hinein. „Bleibt Nane nun endgültig wieder bei uns?"
Hans und Marie sahen sich über den Tisch hinweg an. Beide hat-

ten keine große Lust, Anna die Ereignisse dieses furchtbaren Tages zu schildern. Hans wusste ohnehin noch nicht viel darüber und Marie wollte nicht darüber reden. Wenigstens nicht mit ihrer Schwiegermutter.
„Marie!", da war sie wieder, die harte Stimme Annas. „Ich habe dich etwas gefragt. Redest du nicht mehr mit mir? Habe ich kein Recht zu erfahren, was in meinem Haus vor sich geht?"
„Mutter, nun lass es doch für heute gut sein. Du wirst noch früh genug erfahren, was passiert ist." Hans hatte seiner Mutter noch nichts erzählt. Sie hätte sich nur aufgeregt und letztendlich hätte Marie sowieso die Schuld an allem bekommen.
„Ich will wissen, was hier vor sich geht!" Anna nahm ihren Gehstock von der Stuhllehne und schlug damit auf die Fliesen. „Außerdem brauchst du nicht so zu schreien, Hansi. Ich höre ganz gut, seitdem ich dieses Ding im Ohr habe."
Maries Augen füllten sich mit Tränen.
„Es ist nichts, was in deinem Haus passiert ist. Wie kommst du nur darauf, Mutter? Aber es ist ein großes Unglück. Du wirst Nane schon selbst fragen müssen. Das liegt dir doch, Mutter. Das Unglück anderer ist doch wie für dich gemacht." Marie hatte das Wort Mutter geradezu ausgespukt. Anna war so perplex, dass sie nicht reagierte. Hans sah über den Tisch seine Frau an. Er konnte Marie verstehen. Sie war Nanes Mutter. Sie litt mindestens genauso wie ihr Kind.
Später am Abend, als Hans und Marie allein waren, erzählte sie stockend von dem grausamen Fund, von den beiden Jungen und vom unsagbaren Leid der jungen Witwe. Beide waren verstört und ratlos. Was sollten sie tun? Wie sollten sie mit Nane umgehen?
„Ich habe es Christian erzählt, Marie." Entschuldigend sah er sie an.
„Hans, musste das sein? Es ist doch nicht nötig, dass Fremde alles von einem wissen."
„Fremde? Marie, ich bitte dich. Christian ist mein Freund und mein Schwager und dein Bruder. Er ist doch kein Fremder!"

„Es ist schon genug über uns geredet worden. Ich meine früher. Soll das alles von vorne losgehen, nur weil du es jedem erzählen musst?“
Hans wurde wütend. Marie sah es an seiner Zornesader, die gefährlich schnell anschwoll. Aber auch sie war ganz schön geladen. Warum hatte er das getan?
„Hör zu, Marie. Ich erzähle es nicht jedem. Aber wenn ich eines seit damals gelernt habe, dann ist es, nicht alles in sich hinein zu fressen.“
„Was heißt, hinein zu fressen? Du hast doch mich. Du kannst doch mit mir darüber reden. Das kann man doch mit damals gar nicht vergleichen. Es geht nicht um dich oder um mich, es geht um unsere Tochter. Und die sollten wir schützen. Ich will nicht, dass in der ganzen Gegend schlecht über sie geredet wird.“
Fast feindselig sahen sie sich an. Da waren sie wieder, die alten Wunden, die nie ganz verheilten. Hans sprang auf und ging im Zimmer hin und her. Dann stellte er sich direkt vor Marie, die in einem Sessel saß:
„Marie, ich habe es nicht der ganzen Gegend erzählt, sondern nur meinem besten Freund. Und die Geschichte von damals, die ist schon längst erledigt und das weißt du auch.“
„Hans“, sagte Marie etwas versöhnlicher, „ich weiß, Christian wird es noch nicht einmal Nina erzählen. Er ist genauso verschwiegen wie mein Vater es war. Aber die Geschichte von damals ist wohl nie vorbei. Du kannst sie noch nicht einmal beim Namen nennen.“
Marie stand auf, ließ Hans stehen und ging ins Schlafzimmer. Sie lag schon im Bett, als Hans kam.
„Darf ich trotzdem in deinem Bett schlafen?“, fragte er deutlich ruhiger und sah seine Frau dabei zerknirscht an. Sie hob die Bettdecke hoch:
„Ja, das darfst du.“ Ein paar Minuten lagen sie nebeneinander und sagten kein Wort. Jeder wusste jedoch vom anderen, dass noch nicht alles gesagt war, was wohl an diesem Tag gesagt werden musste. Hans wandte sich Marie zu, legte eine Hand auf den Arm sei-

ner Frau und brach das Schweigen:
„Ich habe darüber nachgedacht, was du gesagt hast. Vielleicht war es wirklich falsch, Christian von allem zu erzählen. Das war ja fast so wie Petzen in der Schule." Marie lächelte. „Lassen wir unsere Tochter entscheiden, wem sie etwas erzählen will, mit wem sie vertrauensvoll sprechen will. Die nächste Zeit wird nicht leicht für sie werden. Wir müssen überlegen, wie wir ihr helfen können. Sie darf nicht an ihrer unglücklichen Liebe zerbrechen, die so schrecklich endete. Und sie darf nicht für den Rest ihres Lebens Schuldgefühle haben." Marie streichelte sein Gesicht.
„Nur noch eines, Marie. Ich weiß nicht, warum ich auf einmal wieder an damals denke. Meinetwegen kann ich es auch aussprechen, also an Jakob, an die Adoption, an die Zeit als wir beide so unglücklich waren, wenn auch aus ganz unterschiedlichen Gründen. Aber wenn ich eines begriffen habe, dann ist es das: Man muss über seinen Kummer reden. Und manchmal geht das eben besser mit einem Freund als mit der eigenen Frau."
„Es ist gut, Hans. Ich habe es jetzt verstanden. Mir geht es nur um Nane, bitte glaube mir das. Es macht mich ganz fertig, wenn ich darüber nachdenke, was sie gerade durchmacht. Weißt du, als die Falkenstein-Kinder gerade ihren Vater gefunden hatten, da gingen mir ganz viele Gedanken durch den Kopf. Ich stand irgendwie neben mir und dachte darüber nach, warum Menschen sich das Leben nehmen. Und ob sie das dürften und so etwas. Und ob man es ihnen ansehen könnte, was für Kummer sie haben. Ich habe Angst um Nane, Hans. Ich habe so furchtbare Angst."

Zwei Tage lang verließ Natascha fast nie ihr Zimmer. Sie aß nichts, sie sprach mit niemandem. Sie lag auf dem Bett oder saß auf dem einzigen Sessel. Manchmal stürzten die Tränen wie Bäche an ihrem Gesicht hinunter und manchmal konnte sie noch nicht einmal mehr weinen. Sie hielt ein Passfoto in der Hand. Mehr war ihr nicht von Fabian geblieben. Natascha zermarterte sich den Kopf, ob es Zeichen gegeben hatte, die sie nicht gesehen hatte. Ja, es

hatte Zeichen gegeben. Er hatte in ihren Armen geweint, er war zerrissen, er hatte große Geldsorgen. Was war in ihm vorgegangen, als er sich entschloss, seinem Leben ein Ende zu setzen. War alles geplant gewesen oder eine überhastete Reaktion, vielleicht auf den Banktermin in Lübeck? War ihm der Geldhahn zugedreht worden? Würde er, wenn er könnte, seinen Tod wieder rückgängig machen? An was, an wen hatte er zuletzt gedacht? Dachte man überhaupt kurz vor seinem eigenen Tod noch an etwas anderes als an den Tod?
Und immer wieder die Frage: Hatte sie Schuld? Sie hatte seine Tränen gesehen und nicht reagiert. Hatte sie Schuld, dass er die letzten Tränen seines Lebens ganz alleine weinte?

Marie und Hans erledigten ihre Arbeit. Ihre Gedanken waren aber in jeder Sekunde des Tages bei ihrer Tochter. Sie ließen Nane in Ruhe, sie klopften nicht ständig an ihre Tür und sie bedrängten sie auch nicht. Anna startete noch ein paar Anläufe, um endlich zu erfahren, was passiert war. Es war zwecklos. Von Stunde zu Stunde wurde sie ungehaltener. Besonders Marie bekam das zu spüren. Anna fing sie ab, als sie abends aus dem Stall kam und noch in Gummistiefeln in der Waschküche stand:
„Du wirst mir jetzt endlich sagen, was passiert ist. Ich habe ein Recht zu erfahren, was schon wieder hinter meinem Rücken geschieht!“ Hart schlug sie mit ihrem Stock auf den Boden.
„Frage deinen Sohn oder meine Tochter. Aus mir wirst du nichts herauskriegen!“ Marie zog ihre Gummistiefel und die Melkschürze aus und ließ ihre Schwiegermutter einfach stehen. Als sie auf dem Weg zur Küche war, hörte sie Anna hinter sich her brüllen und fing einzelne Wortfetzen auf. Marie hielt sich die Ohren zu. Sie wollte die Gemeinheiten nicht hören. Hans ging die Fragerei seiner Mutter auch auf die Nerven. Ein paar Mal hatte er versucht, ihr zu erklären, dass Natascha erwachsen sei und selbst entscheiden solle, wem sie was erzähle. Er könne ihr nicht vorgreifen und würde das auch nicht tun. Natürlich bohrte Anna immer wieder

nach und beim sechsten oder siebenten Mal sagte Hans gereizt: „Mutter! Hör mit deiner Fragerei auf. Ich habe schon alles dazu gesagt. Basta!" Anna war, schwer auf ihre Gehhilfe gestützt, beleidigt gegangen.
Am nächsten Morgen, beim Frühstück, trug sie statt ihrer dunkelgrauen Kittelschürze eine tiefschwarze. Hans und Marie sahen sich an. Die schwarze Kittelschürze trug sie eigentlich nur ganz selten. Das letzte Mal auf der zweiten Hochzeit von Marie und Hans. Emsig sahen alle drei auf ihr Brot und versuchten, den gegenseitigen Blicken auszuweichen. Nach einer Weile sah Marie auf und blickte direkt in die geröteten Augen und das blasse Gesicht ihrer Tochter.
„Mama kommst du bitte mal?"
„Ja, natürlich. Sofort."
Im Flur standen sich Mutter und Tochter gegenüber und behutsam legte Marie einen Arm um Nane. Mit der Hand zeigte Nane auf das Schlüsselbrett.
„Kann ich dein Auto leihen? Ich muss weg."

Überraschung

„Es war eine blöde Idee, Mama und Papa zu ihrem Hochzeitstag überraschen zu wollen. So was Blödes. Wie ein Töchter-Kränzchen. Seit drei Stunden stehen wir jetzt in diesem Stau. Und was ist eigentlich mit der Schwester Nummer Vier? Auf diesem blöden Gut meldet sich keiner."
„Verdammt nochmal, Marlene, du sollst Auto fahren und nicht fluchen wie ein Bierkutscher.
Nachher baust du noch einen Unfall. Guck doch mal nach vorne. Da ist die Straße. Und dann sag doch nicht immer blöd. Jedes zweite Wort bei dir ist blöd. Blöde Ziege!"
Johanna und Marlene zickten schon auf der ganzen Fahrt herum. Lilli saß hinten und lachte sich halbtot.
„Und du brauchst gar nicht so blöd zu lachen, Lilli." Marlene drehte sich während des Fahrens zu ihrer Schwester um. Johanna war einem Herzinfarkt nahe. Lilli lachte noch mehr und Johanna sagte gereizt in das Gelächter hinein:
„Kannst du mal anhalten, Marlene. Ich muss mal."
Nach einer kurzen Unterbrechung ging es weiter und so langsam lösten sich die schlechte Stimmung und der Stau auf. In Flensburg trafen sie sich mit ihrem Bruder Carsten, genauer gesagt mit ihrem Halbbruder. Aber was spielte das für eine Rolle? Die Mädchen hatten ihn in ihr Herz geschlossen, also war er auch ihr ganzer Bruder und nicht nur ein halber. Marlene parkte das Auto am vereinbarten Treffpunkt und hielt nach Carsten Ausschau. Sie sah ihn aus dem Restaurant kommen und er sagte lächelnd:
„Ich habe euch vom Fenster aus gesehen. Schön, dass es geklappt hat, aber wo ist Nane?"
Nach der stürmischen Begrüßung gingen die Vier hinein.
„Wir haben schon etliche Male versucht, Nane zu erreichen, aber auf dem Gut meldet sich keiner. Es war doch alles abgemacht. Sie

wollte sich ein paar Tage Urlaub nehmen. Das ist schon ganz schön komisch." Johanna sah in die kleine Runde.

„Vielleicht haben sie ihre Telefonrechnung nicht bezahlt und trommeln wieder", lästerte Lilli und konnte natürlich nicht wissen, wie wahr sie mit ihren Worten der Wahrheit kam.

„Egal. Dann müssen wir eben ohne Nane unsere Räuberpläne zu Ende schmieden."

Sie bestellten sich etwas zu trinken und Carsten begann:

„Ich habe mich im Reisebüro erkundigt. Man sollte im späten Frühjahr buchen oder am Anfang des Sommers. Dann herrscht das beste Klima. Und die beiden sollten mindestens drei Wochen bleiben."

„Gut", sagte nun Johanna. „Wann Mama und Papa fahren, müssen sie natürlich selbst entscheiden. Die beiden wissen am besten, wann ihre Arbeit es erlaubt. Im Winter wäre es natürlich besser, aber es lässt sich nun mal nicht ändern. Wir werden Hilfe organisieren und eine von uns bleibt abwechselnd bei Oma. Wenn wir sie nicht vor halbwegs vollendete Tatsachen stellen, dann wird der Traum von Papa nie wahr. Und er hat es verdient. Er hat immer nur gearbeitet und Mama auch. Sie haben es beide verdient."

Die anderen nickten zustimmend. Sie freuten sich diebisch auf die Gesichter ihrer Eltern, die noch nicht einmal ahnten, dass ihre Kinder auf dem Weg zu ihnen waren.

„Also, dann hol ich jetzt Annes Werk aus dem Auto." Carsten zwinkerte seinen Schwestern zu und ging hinaus.

„Ich kann es kaum erwarten", Lilli klatschte vor Vorfreude in die Hände. Gemeinsam schafften die Schwestern Platz auf dem Tisch, denn Carsten kam mit einem großen Karton zurück. Vorsichtig holte er ein großes Tablett hervor. Sie sahen eine Miniatur-Ausgabe vom Hendrikshof mit Bäumen und Wiesen, die fast die Hälfte der Unterlage ausmachte. Auf der anderen Seite standen Figuren in Holzfäller-Hemden, Pferde, Baumstämme und Holzhäuser. Zwischen den beiden Teilen der Welt, war ein kreisrunder, dunkelblauer Teich zu sehen. Vor dem Hendrikshof stand ein Fahnenmast. Auf der weißen Flagge hingen Fotos der vier Schwestern und eines von Carsten.

„Ehrlich, Carsten, ich habe so etwas Schönes noch nie gesehen. Das ist tausendmal besser, als jedes gekaufte Geschenk. Wie hat Anne das nur gemacht? Seht nur: der Trecker, die Rosen in Mamas Garten, die Kühe, Mensch ist das schön!"

„Anne wird sich sehr freuen, dass es euch gefällt. Die Figuren hat sie gekauft und auch das künstliche Gras und so. Alles andere hat sie selbst aus Bastelpapier zusammen geschnitten, bemalt und geklebt oder mit Draht befestigt. Und die Rosen, die durfte unsere Kleine ausmalen." Strahlend betrachteten die Geschwister das kleine Kunstwerk. Sie freuten sich wie Kinder, die ihren Eltern etwas Unbezahlbares schenkten, nämlich die Idee, wie der Traum ihres Vaters Wirklichkeit werden könnte. Vorsichtig verpackte Carsten das Geschenk wieder im Karton. Marlene ging zum Tresen und bat den Wirt, telefonieren zu dürfen. Schon zum fünften Mal an diesem Tag wählte sie die Nummer der Gutsverwaltung. Außer dem Klingelzeichen tat sich wieder nichts. So langsam machte sich Marlene Sorgen um ihre jüngste Schwester. War etwas passiert von dem sie nichts wussten? Es konnte doch wohl nicht angehen, dass fast den ganzen Tag über keiner ans Telefon ging. Sie kam an den Tisch zurück.

„Wieder nichts?", fragte Carsten.

„Nein, es meldet sich keiner. Wir werden Nane wohl nicht mehr erreichen und sollten langsam losfahren." Die Schwestern nickten zustimmend. Sie zahlten und verließen gemeinsam das Restaurant.

„Und du kommst wirklich nicht mit, Carsten?" Johanna sah ihren Bruder bittend an.

„Es geht leider nicht. Ich muss noch arbeiten. Aber grüßt mir die beiden schön und ruft mich an, sobald ihr das Geschenk überreicht habt." Die Geschwister verabschiedeten sich und brausten kurze Zeit später in verschiedene Richtungen davon.

Marie konnte gar nichts mehr sagen. Nane riss den Autoschlüssel vom Bord und fuhr dann augenblicklich vom Hofplatz. Maries Herz schlug bis zum Hals. Aber sie wollte ihre Gedanken nicht zu Ende denken. Sie ging in die Küche zurück und sagte so ruhig wie möglich:

„Nane hat sich den Käfer geborgt. Sie muss etwas erledigen." Hans sah sie zweifelnd an, sagte aber nichts. Nach dem Abwasch tauchte er wieder in der Küche auf. Marie schälte gerade Kartoffeln, obwohl noch reichlich Zeit bis zum Mittagessen war.

„In einer dreiviertel Stunde an der Eiche, Marie Salzmann?"

„Ja, unbedingt, Hans Hendriks." Sie lächelten sich verschmitzt zu. Beim Verlassen des Hofes hatte Marie das Gefühl, Annas giftige Blicke durchbohrten ihren Rücken. Obwohl sie sich hinter der Gardine des Wohnzimmerfensters versteckte, hatte Marie sie trotzdem sofort gesehen.

An der Eiche hing ein weißes Tuch. Hans war schon da und zeigte mit der rechten Hand zum Stamm. Marie nahm das Tuch ab und zum Vorschein kam ein großes geschnitztes Herz. Sie ging näher heran und las ihre beiden Namen. Mitten im Herz hing ein kleiner, brauner Beutel.

„Er ist für dich, Marie." Sie nahm den Beutel, löste das Band und ließ den Inhalt auf ihre linke Hand fallen. Es war ein goldenes Herz, das sich öffnen ließ. Zwei winzige Bilder lugten hervor. Eines von ihr und eines von Hans. Marie war sehr gerührt. Er hatte ihren Hochzeitstag also doch nicht vergessen. Sie wandte sich Hans zu und legte ihre Arme um seinen Hals.

„Danke, Hans. Damit habe ich nicht gerechnet. Die Kette und der Anhänger sind wunderschön." Sie küssten sich und vergaßen für einen Moment die ganze Welt um sich herum.

„Hilfst du mir beim Verschluss?"

„Natürlich helfe ich dir."

„Ach, da fällt mir ein, an dieser Stelle wurde auch etwas für dich abgegeben. Ich weiß aber wirklich nicht von wem." Marie lächelte Hans liebevoll an und sagte dann:

„Du musst dich umdrehen und die Augen schließen und nicht

schummeln.“ Hans verdrehte die Augen und tat dann, was Marie wollte. Ein Stück vom Stamm entfernt lagerten immer noch die Schätze von Marie. Sie zog eine kleine Schaufel aus dem Gebüsch und begann zu graben. Sie schaute zu Hans.

„Nicht schummeln, mein Lieber.“

Marie öffnete ihre Schatztruhe und zog ein kleines Päckchen heraus. In Windeseile legte sie die Dose wieder in die Erde und schüttete Erde auf das Loch. Sie stapfte ein paar Mal mit den Füßen auf die Stelle und ging zu Hans.

„Das wurde für dich abgegeben.“ Er drehte sich zu ihr um und nahm mit strahlenden Augen das kleine Päckchen in die Hände. Spielerisch hielt er sich das Geschenk ans Ohr.

„Es sagt nichts. Ich muss es also öffnen.“ Er nahm das Geschenkpapier ab und öffnete die kleine Schachtel. Heraus kam ein schneeweißer, herzförmiger Stein. In die rechte Steinhälfte war ein Loch gebohrt, eine breitgliedrige goldene Kette war durch die Öffnung gezogen, an der Kette hing ein goldenes Kleeblatt. Hans war noch mehr gerührt als seine Frau vor wenigen Minuten. Seine Augen füllten sich mit Tränen.

„Du hast es also auch nicht vergessen. Und dass wir uns beide Herzen schenken, also wirklich!“

„Wie könnte ich einen der schönsten Tage meines Lebens vergessen? Aber bei uns ging es in den letzten Tagen drunter und drüber, da wusste ich nicht, ob du…“

Weiter kam sie nicht. Hans riss sie stürmisch in die Arme und küsste sie voller Liebe und Dankbarkeit. Als Marie wieder Luft bekam sagte sie ernst:

„Ich weiß ja, dass du Steine liebst und einige gesammelt hast. Diesen Stein habe ich damals nach Silvester am Strand gefunden und ganz schnell heimlich eingesteckt. Ich habe mir gedacht, ich lasse daraus einen Schlüsselanhänger fertigen. Also bin ich ab heute sozusagen dein Anhängsel.“ Sie lachten beide wie Jungverliebte und vergaßen für einen Augenblick die Sorgen der letzten Tage.

„Du hast also auch gleich gewusst, warum Mutter sich heute für ihre schwarze Kittelschürze entschieden hat." Er grinste.
„Ja, klar, Hans Hendriks. Sie hat es also auch nicht vergessen. Wir sollten sie nicht unterschätzen."
Hand in Hand gingen die beiden zurück auf den Hof. Sie hatten wirklich für einen Augenblick alles um sich herum vergessen. Je näher sie ihrem Zuhause kamen, desto näher kam wieder die Sorge um Nane. In der Haustür stand Anna. Warum muss sie immer wieder vor der Tür oder hinter den Gardinen lauern, dachte Marie. Hans und Marie standen kurz vor der geöffneten Tür und nahmen die Hände voneinander. Anna sagte mit feindseliger Stimme:
„Ihr müsst ja viel Zeit haben, wenn ihr am helllichten Tag Händchen haltend durch die Walachei laufen könnt. Wir hatten früher nie Zeit für sowas kindisches. Wir haben von morgens bis abends gearbeitet. Draußen und drinnen. Aber heute ist ja alles anders!" Sie drehte sich um und knallte die Tür direkt vor Hans und Marie zu.
„Oh, Marie, es tut mir leid. Ich weiß bald auch nicht mehr, was wir mit meiner Mutter machen sollen. Sie ist so verbittert und gemein, vor allem zu dir. Ich habe es so satt, Marie."
„Du kannst doch nichts dafür, Hans. Ihre Attacken gehen doch eigentlich immer gegen mich. Es gibt Tage, da macht mir das nichts mehr aus. Aber an manchen Tagen könnte ich mich vergessen."
Sie waren wieder auf der Erde angekommen. Hans ging ums Haus herum und Marie in die Küche.

Nachmittags kamen die Töchter. Als sie ihren Eltern stolz das Geschenk präsentierten, waren Hans und Marie zum zweiten Mal an diesem Tag sehr gerührt. Beide sahen sich das kleine Kunstwerk genau an. Die Töchter erklärten mehr oder weniger durcheinander, was das Geschenk bedeutete.
„Das ist so ein schönes Geschenk", sagte Hans, „ich habe nicht damit gerechnet, dass ihr noch an unsere geplante Reise nach

Kanada denkt. Vielen Dank."

Anna saß schon die ganze Zeit still auf ihrem Sessel und konnte im ersten Moment gar nicht begreifen, um was es eigentlich ging. Als sie es begriff, wurde sie böse. Ihr Gesicht wurde noch härter als sonst. Sie umklammerte voller Wut den Griff ihres Gehstocks und stand dann mühselig auf. Johanna hatte als einzige die Veränderung ihrer Großmutter bemerkt und sagte:

„Wo willst du denn hin, Oma? Es gibt doch gleich Kaffee. Soll ich dir helfen?"

„Nein, du brauchst mir nicht zu helfen. Mir hilft in diesem Haus sonst auch niemand. Kanada, Kanada. Wo liegt denn eigentlich dieses Kanada? Ich bin in meinem Leben noch nie weiter als bis nach Flensburg gekommen. Ich habe immer nur gearbeitet. Aber mich fragt ja keiner, ob ich vielleicht mal weg möchte. Und was soll aus mir werden, wenn die beiden wochenlang weg sind? Wer kümmert sich dann um mich? Aber so ist das eben, wenn man alt ist. Man ist allen nur eine Last und wird einfach abgeschoben."

Die Mädchen sahen sich erschrocken an. Hatte Oma alles falsch verstanden, sollten sie ihr es nochmal in Ruhe erklären? Johanna fasste Anna am Arm und versuchte sie zu beschwichtigen:

„Oma, ich glaube, du hast das falsch verstanden. Das ist doch gerade unser Geschenk für Mama und Papa. Immer wird eine von uns hier sein. Wir wollen dich doch gerade nicht allein lassen. Und Papa und Mama haben es doch auch mal verdient Urlaub zu machen. Und es ist Papas Traum."

„Was heißt schon Traum? Ich habe nie gehört, dass euer Vater unbedingt nach Kanada will. Da steckt doch bestimmt Marie dahinter. Selbst jetzt, wo es Nane so schlecht geht, denkt sie nur an sich. Will Urlaub machen!" Die letzten Worte hatte Anna voller Hass ausgespuckt.

Hans war wie vor den Kopf geschlagen. Das durfte doch alles nicht wahr sein. Da machten seine Kinder ein rührendes Geschenk und seine Mutter zog alles durch den Dreck. Zornesröte schoss in sein Gesicht und er musste sich das erste Mal in seinem Leben mit aller

Kraft selbst zurückhalten, er wäre sonst auf seine eigene Mutter losgegangen. Krampfhaft umschloss er in seiner Hosentasche den Stein, das Geschenk seiner Frau. Die Töchter blickten ihre Mutter voller Mitleid an und wussten nicht, wie sie sich verhalten sollten. Marlene sagte in die vergiftete Stimmung hinein:
„Was ist denn mit Nane? Wir haben den ganzen Tag über versucht, sie zu erreichen." Sie wusste selbst, dass sie eigentlich am Thema vorbeiredete, aber sie war so geschockt über Anna, dass sie gar nicht erst versuchte, ihren Eltern und vor allem ihrer Mutter beizustehen.
„Frag doch deine Mutter. Mir sagt ja keiner was." Jetzt reichte es Hans endgültig:
„Mutter! Was ist eigentlich mit dir los? Was ist dein Problem? Warum musst du immer alles kaputt machen? Das mit Nane steht auf einem ganz anderen Blatt. Warum bist du immer so gehässig zu Marie? Was hat sie dir getan? Waas, Mutter?"
Anna wurde bleich. Jetzt stellte sich also auch ihr eigener Sohn gegen sie. Aus den Augenwinkeln sah sie, dass Marie das Zimmer verließ und Hans hinterherging. Die Enkeltöchter schämten sich für ihre Oma. Jede von ihnen wusste auf einmal, wie das war, wenn man sich für einen anderen Menschen schämte. Lilli schäumte vor Wut und auch vor Enttäuschung. Sie traute sich, ihrer Großmutter direkt ins Gesicht zu sagen:
„Du bist manchmal wirklich böse, Oma. Einfach nur böse. Und das ist nicht respektlos gemeint, sondern ehrlich. Ich kann mich noch erinnern, wie du Mama jahrelang behandelt hast. Ein Stück Dreck wird besser behandelt. Und das kann man nicht damit entschuldigen, dass du heute alt bist. Du warst nicht immer alt, Oma. Aber du warst schon immer so böse zu unserer Mutter. Und noch etwas. Du hast unsere ganze Überraschung verdorben!" Wutentbrannt stürmte nun auch Lilli aus dem Wohnzimmer. Damit hatte Anna nicht gerechnet. Ihre Enkeltochter wagte es, ihr ins Gesicht zu schleudern, was sie von ihr hielt. Aber es kam noch schlimmer. Johanna und Marlene gingen jetzt auch. Kurze Zeit später kam

Lilli zurück und riss das Geschenk vom Tisch. Das tat sie so ungestüm, dass es ihr aus den Händen glitt und zerbrach. Sie stürmte wieder aus dem Zimmer.
Plötzlich war Anna mit ihrer Wut und ihrer grenzenlosen Gehässigkeit ganz allein.

Die Kinder, Marie und Hans saßen um den Küchentisch herum und tranken Kaffee. Wohl das erste Mal sagte niemand Anna Bescheid oder holte sie dazu.
„Jetzt ist auch noch unser Geschenk kaputt", sagte Lilli zerknirscht. „Es liegt auf dem Boden."
„Nein, es ist nicht kaputt", erwiderte Marie etwas gequält lächelnd. „Der Gedanke ist das Geschenk und der bleibt."
Nur langsam und verhalten kam ein Gespräch zustande. Die Töchter erzählten von Carsten und richteten nun auch endlich die Grüße aus. Sie sprachen über alles Mögliche, nur nicht über Anna. Hans und Marie merkten, dass bei jedem Wort ihrer Kinder eine große Enttäuschung mitschwang. Hans gelang es, das Gespräch wieder auf die Reise nach Kanada zu lenken:
„Wir werden nach Kanada reisen, ich schwöre es euch. Wann, sagtest du, Lilli, ist die beste Jahreszeit dafür?" Allmählich löste sich das Entsetzen über das unmögliche Verhalten der Großmutter und die Töchter tauten auf. Nur Marie blieb zugeknöpft. Sie war zutiefst verletzt und konnte nicht einfach so zur Tagesordnung übergehen.
„Mama, was ist denn mit Nane? Ist sie zu Hause?" Marlene wandte sich ihrer Mutter zu.
„Ja, sie ist hier. Sie hat sich den Käfer ausgeliehen. Eigentlich müsste sie schon längst wieder zu Hause sein."
„Und was ist mit ihr los?" Marlene war nun doch neugierig geworden.
„Ach, Lene. Das ist alles nicht so einfach. Ich meine, am besten fragst du sie selbst, falls ihr euch heute noch seht." Sie wandte sich Hans zu: „Ich glaube es wird Zeit. Die Kühe warten."

Hans zwinkerte seinen Töchtern zu und ging mit Marie in den Stall. Kaum waren sie aus der Tür lederte Lilli los:
„Oma hat sie wohl nicht mehr alle. Wie springt sie denn mit Mama um? Ich hatte schon fast vergessen, wie gemein sie immer zu Mama ist."
„Und ich dachte, die beiden hätten endlich ein normales Verhältnis", sagte Johanna nun, „aber da habe ich mich wohl getäuscht."
„Vielleicht hat Oma doch nicht alles verstanden, ich meine richtig verstanden und deshalb war sie so garstig."
„Garstig? Das war nicht garstig, das war gemein und gehässig!" Lilli wurde wieder wütend. „Ich, an Mamas Stelle, wäre ihr ins Gesicht gesprungen", legte sie nach.
Johanna schaute auf die Uhr und sagte dann:
„Ich glaube, da kann man nichts mehr machen, Mama und Oma werden keine Freunde mehr. Mama sollte sich ein dickes Fell anschaffen."
„Das hört sich so leicht an", erwiderte Marlene nun. „Mir tut Mama richtig leid, das hat sie nicht verdient. Jeden Tag mit so einem Drachen, der Gift und Galle spukt…"
„Ich geh mal unser Werk aufsammeln", sagte Lilli zu den Schwestern und verschwand.

Natascha stand nun schon eine halbe Stunde vor der Lindenallee. Ab und zu fuhr ein Auto zum Hof oder kam wieder zurück. Sie wäre so gern zu der Stelle gegangen, wo Fabian sich erhängt hatte, aber sie traute sich nicht. Wenn sie nun jemand sehen würde, was sollte sie sagen? In dieser Stunde nahm sie Abschied von ihrer großen Liebe. Nane hatte das Gefühl, ihm ganz nahe zu sein. Plötzlich merkte sie, dass sie sein Gesicht nicht mehr vor Augen hatte, als sie an ihn dachte. Was war das bloß? Sie versuchte es immer und immer wieder, aber sie sah nur ein dunkles Loch. Sie startete den Wagen und fuhr zur Hütte, in der sie sich immer getroffen hatten. Immer wieder sah sie in den Rückspiegel. Sie

hatte furchtbare Angst, jemand, der sie kannte, könnte ihr begegnen. Ein ganzes Stück von der Jagdhütte entfernt parkte sie das Auto und stieg aus. Wieder sah sie sich nach allen Seiten um, bevor sie zur Hütte ging. Aus sicherer Entfernung, hinter einem Busch versteckt, schaute sie auf das Holzhaus. Es war niemand zu sehen. Vorsichtig schlich sie weiter. Ihr Herz klopfte bis zum Hals und Tränen liefen über ihr Gesicht. Noch vor kurzem war sie an diesem Ort so glücklich gewesen. Direkt neben der Tür waren Holzscheite gestapelt. Natascha griff in die dritte Reihe von oben, ganz rechts, und zog den Schlüssel heraus. Wieder sah sie sich um. Sie schloss hastig auf und von innen wieder ab. Ganz in Gedanken versunken, zog sie den Schlüssel wieder ab. Danach lehnte sie an der Tür und ließ ihren Tränen freien Lauf. Sie sank schluchzend auf die Knie und stammelte immer nur: „Fabian, Fabian." Minutenlang weinte sie um die verlorene Liebe. Ganz allmählich kam sie in die Wirklichkeit zurück und sah sich um. Was suchte sie? Sie wusste es nicht so genau. Etwas Persönliches, ja sie suchte etwas, das sie mitnehmen könnte, und wenn es nur ein Oberhemd war oder eine Zeitschrift, in der er geblättert hatte.
Auf einmal hörte sie ein Geräusch und war zu Tode erschrocken. Auf dem Platz vor der Hütte hielt ein Wagen. Britta und ihre Mutter stiegen aus. Natascha hielt sich die Hände vor den Mund. Wo sollte sie nur hin? Der Raum war rechteckig, spärlich eingerichtet. Ein Gasherd, daneben ein Waschbecken, ein Regal auf dem ein paar Tassen und Gläser standen, ein Tisch, zwei Stühle und das Bett. Natascha blieb nichts anderes übrig, als unter das Bett zu kriechen. Sie schaffte es nur mit Mühe, denn vor lauter Angst drehte sie hastig ihren Körper und blieb fast mit der Schulter an einer Spirale des Lattenrostes hängen. In allerletzter Sekunde schaffte sie es.
Natascha hörte eine Frauenstimme:
„Es ist doch gar nicht so wichtig, wo der Schlüssel geblieben ist. Vielleicht hat Fabian ihn mitgenommen, als er das letzte Mal hier war. Du hast doch einen am Schlüsselbund."

„Das hat er aber noch nie gemacht, Mama. Ich verstehe das nicht. Der Schlüssel lag immer zwischen dem Holz." Britta begann zu weinen. Natascha konnte es bis unter das Bett hören.
„Was sollen wir hier, Britta? Mache es dir doch nicht noch schwerer, als es ohnehin schon ist. Übermorgen ist die Beerdigung, es gibt noch so viel zu tun."
Natascha hörte Schritte. Der Holzfußboden knarrte das eine und andere Mal direkt neben dem Bett. Sie sah ein paar Frauenbeine. Beinahe hätte sie laut aufgeschrien. Britta hatte sich auf das Bett gesetzt. Durch den Schwung schlug eine der Spiralen auf Nanes Stirn, dicht am rechten Auge vorbei. Sie kniff die Augen zusammen und versuchte sich zu beruhigen. Nur nicht weinen, jetzt nur nicht weinen. Sie hörte wieder Britta Falkensteins Stimme:
„Als Fabian und ich uns kennenlernten, waren wir oft hier. Wir waren so verliebt. Was ist nur passiert, warum hat er das gemacht? Wie soll ich ohne ihn weiterleben? Er war still in letzter Zeit. Aber ich habe doch nicht damit gerechnet, dass er nicht mehr leben will."
Nane hörte eine ältere Frauenstimme:
„Komm, Britta. Lass uns gehen."
„Ich hätte merken müssen, dass es Fabian schlecht geht. Ich hätte ihm helfen müssen. Er hat noch nicht einmal einen Abschiedsbrief hinterlassen. Es ist meine Schuld, es ist meine Schuld."
„Du hast keine Schuld, Britta. Rede dir das nicht ein. Keiner hat Schuld. Britta, bitte, lass uns gehen."
„Natürlich habe ich Schuld! Ich hätte doch merken müssen, wie schlecht es meinem Mann geht. Wie verzweifelt muss er gewesen sein, wie allein." Britta schrie und schrie und schluchzte so heftig, dass das ganze Bett bebte.
Natascha lag unter dem Bett und schämte sich zu Tode. Auch sie weinte. Es kostete sie viel Kraft, nicht auch loszuschreien. Sie neigte den Kopf etwas zur Seite und sah wieder zwei Beine vor dem Bett stehen. Nane konnte nicht verstehen, was Brittas Mutter gerade sagte, denn sie redete sehr leise auf ihre Tochter ein. Kurze

Zeit später stand Britta auf und Nane hörte am Knarren des Bodens, dass die beiden Frauen gingen. Wohl fünf Minuten bewegte sie sich nicht. Erst, als sie sicher sein konnte, dass keine der beiden zurückkommen würde, robbte sie aus ihrem Versteck hervor. Sie sah aus dem Fenster, der Wagen war weg. In Windeseile verließ Nane den Raum und schloss ab. Den Schlüssel behielt sie.
Als sie ein paar Kilometer gefahren war, hielt sie an einem Feldweg an und stieg aus. Sie lief ein Stück den einsamen Weg entlang und schrie sich ihre Verzweiflung und ihre Schuldgefühle von der Seele. Ich bin schuld, ich bin schuld, hämmerte es in ihrem Kopf herum. Ich habe einen Scherbenhaufen hinterlassen. Ich bin es nicht wert, jemals wieder glücklich zu werden.
Auf einmal konnte sie Fabian wieder vor ihrem geistigen Auge sehen. Er lachte und er weinte, beides zugleich. Nane schlug die Hände vor ihr Gesicht und hätte in diesem Moment alles dafür gegeben, die Vergangenheit rückgängig machen zu können. Wenn sie nicht auf das Gut gekommen wäre, wenn sie nicht Fabian kennengelernt hätte, wenn sie nicht den einen Schritt zu weit gegangen wäre, wenn sie all das nicht gemacht hätte, würde Fabian noch leben. Sie war schuld!

Marie und Hans winkten ihren drei Töchtern solange hinterher, bis das Auto nicht mehr zu sehen war.
„Es ist schon spät, Hans. Ich möchte wissen, wo Nane bleibt. Langsam mache ich mir Sorgen."
„Es wird ihr nichts passiert sein. Sie wird schon kommen."
Beim Abendessen saß auch Anna wieder mit am Tisch und tat so, als wäre nichts passiert, schon gar nichts Schlimmes. Marie sah, wie Anna mit ihren krummen Fingern versuchte, ihr Stück Brot in zwei Hälften zu schneiden. Fast tat sie ihr ein bisschen leid. Meistens schmierte Marie schon vor dem Essen ein oder zwei Scheiben für Anna und schnitt die Scheiben durch. Heute siegte Ihre Wut über ihr Mitleid. Sie half ihr nicht. Sie waren schon fast fertig, als Anna plötzlich sagte:

„Wann geht denn die Reise los? Kriege ich wenigstens vorher Bescheid?"
„Mutter", erwiderte Hans gereizt, „wir fahren doch nicht morgen, frühestens im nächsten Jahr. Ich brauche eine Hilfe für den Hof und die Mädchen müssen sich doch auch abstimmen. So schnell geht das nicht."
„Nächstes Jahr?", fragte Anna ungläubig. „Vielleicht lebe ich ja dann gar nicht mehr, dann muss sich auch keiner abstimmen."
„Mensch, Mutter. Du kannst einem aber auch alles verderben. Natürlich lebst du nächstes Jahr noch. Es ist doch so eine schöne Idee von den Kindern. Eine deiner Enkeltöchter wird immer hier sein, damit du nicht alleine bist. Bis jetzt ist es aber doch nur ein Traum, der vielleicht im nächsten Jahr wahr werden könnte. Ich wenigstens würde mich freuen. Und Marie natürlich auch."
„Ja, Hauptsache ihr freut euch. Wie es mir dabei geht, ist euch sowieso egal."
Hans wollte gerade etwas erwidern, als Marie ihre Hand auf seinen Arm legte. Hans hatte verstanden. Es war zwecklos, mit seiner Mutter vernünftig zu reden. Allerdings beschäftigte ihn doch mehr, als er sich selbst eingestehen wollte, was Anna vorher gesagt hatte. Sie war wirklich nie weiter als bis nach Flensburg gekommen. Vielleicht hätte sie auch die eine oder andere kleine Reise gern gemacht. Aber heute? Nun war es wohl zu spät. Er sah zerstreut aus dem Küchenfenster. Dann hatte er eine Idee. Er wandte sich versöhnlich seiner Mutter zu.
„Wir können ja mal einen Tagesausflug machen. Du sagst, wo du gern hin möchtest und dann fahren wir einfach los. Wie findest du das?" Für einen kurzen Moment kam Leben in Annas Augen.
„Ich weiß ja gar nicht, wo ich hin will."
„Wartet, ich habe noch meinen alten Schulatlas. Dann können wir dir auch zeigen, wo Kanada liegt." Marie stand auf und verschwand. Obwohl sie immer noch verletzt war, gab sie nach. Wie eigentlich immer.
„Ich räume den Tisch ab", sagte Hans gut gelaunt. „Soll ich deine

Lesebrille holen, Mutter?“
Anna nickte. Einige Minuten später saßen die drei friedlich um den Atlas herum. Mit dem Finger zeigte Hans seiner Mutter, wo das Reiseziel war und erklärte ihr, von wo aus sie fliegen würden.
„Mein Gott, so weit weg.“ Anna war tief beeindruckt. Hans und Marie lächelten sich zu. Hans erzählte alles, was er über Kanada wusste. Gebannt hörte Anna zu. Auf einmal sagte sie umständlich:
„Damals wart ihr doch zu Silvester an der Nordsee. Da möchte ich gerne hin. Oder nach Dänemark. Ich war noch nie am Wasser.“
Marie schluckte schwer und zeigte Anna, wo die Nordsee war. Vor Freude klatschte Anna in die Hände. Hans sagte lachend:
„Aber eines sage ich dir, Mutter. In der schwarzen Kittelschürze nehme ich dich nicht mit.“

Marie konnte nicht schlafen. Es war schon kurz vor Mitternacht und Nane war noch immer nicht zu Hause. Sie stand leise auf, um Hans nicht zu wecken und setzte sich auf einen Sessel im Wohnzimmer. Marie fror und holte die Decke von der Couch. Den ganzen Tag über hatte sie nicht an die furchtbare Tragödie gedacht, jetzt holte sie das Geschehen wieder ein. In den schlimmsten Bildern malte sie sich die Verzweiflung ihrer jüngsten Tochter aus. Marie machte sich Vorwürfe. Sie hätte Nane niemals das Auto überlassen dürfen. Wenn ihr nun etwas passiert war, nicht auszudenken. Es war gedankenlos von ihr gewesen. Hatte sie als Mutter versagt? Versagt in dem Moment, wo es wirklich um etwas ging? Sie dachte an Nane, als sie noch ein Kind war. Irgendwie war sie immer mitgelaufen. Was für ein dummes Wort, dachte Marie, aber es fiel ihr kein besseres ein. Sie war mit den Erwachsenen mitgelaufen. Mit ihr, mit Hans und mit Anna. Der Altersunterschied zu ihren Schwestern war vielleicht im Kindesalter zu groß gewesen. Die drei älteren Schwestern hängten sie immer ab. Nur selten wollten sie Nane bei ihren Unternehmungen oder Spielen dabeihaben. Und Nane hatte krampfhaft versucht, im Mittelpunkt zu stehen. Wurde sie sonst nicht wahr genommen? Als die drei älteren

Töchter anfingen, sich für Mode und Jungen zu interessieren, war es völlig aus. Nane, die wie ein Junge auf Bäume kletterte und immer in der Nähe ihres Vaters sein wollte, hatte weder Interesse an Mode noch an Jungen. Als Hans und Marie sich scheiden ließen, blieb sie beim Vater und bei Anna. Hätte Marie mehr um sie kämpfen müssen? Fühlte sich Nane damals von ihr im Stich gelassen? Marie hatte es nur gut gemeint. Sie wusste, wie sehr ihre jüngste Tochter den Bauernhof liebte. Deshalb hatte sie schweren Herzens zugestimmt.

Wann war aus dem Mädchen, das sich manchmal hinter ihrer burschikosen Art versteckte, eine Frau geworden? Was wusste sie eigentlich über Nane? Was für Musik hörte sie gern, war sie auf dem Gut für die Pferde zuständig gewesen oder was hatte sie sonst noch gemacht? Wer waren ihre Freunde, hatte sie überhaupt Freunde? Wer war die beste Freundin, oder gab es die gar nicht?

Je länger sich Marie Gedanken über ihre Tochter machte, desto mehr musste sie sich eingestehen, dass sie im Grunde nur sehr wenig über Nane wusste. Bei den anderen Töchtern waren Freunde auf dem Hof ein- und ausgegangen. Zumindest Lilli und Johanna hatten seit Kindertagen beste Freundinnen. Mit wem sollte Nane also ihren Kummer teilen? Marie wäre in diesen Tagen gerne Nanes Freundin gewesen, aber das war sie nun mal nicht. Sie war ihre Mutter und das war ein himmelweiter Unterschied.

Wer konnte also Nane beistehen? Hans? Ja, als Vater natürlich. Eine der Schwestern? Nein, Marie glaubte nicht, dass Nane mit den Schwestern reden würde. Wem sollte sie nur ihr schweres Herz ausschütten? Es war ein Fehler gewesen, Nane mit ihren Sorgen allein zu lassen.

Marie saß seit einer Stunde traurig auf dem Sessel, ihr fielen fast die Augen zu. Sie stand auf und ging ins Schlafzimmer. Schlafen konnte sie nicht. Es war wohl eine halbe Stunde später, als sie Geräusche hörte. Leise stand sie wieder auf und ging auf Zehenspitzen aus dem Schlafzimmer. Die Geräusche kamen aus der Küche. Sie machte die Tür nur einen Spalt auf und sah Nane wei-

nend auf einem Stuhl. Sie stützte ihren Kopf auf ihre verschränkten Arme. Marie setzte sich zu ihrer Tochter und strich ihr liebevoll durchs Haar. Zaghaft begann sie:
„Ich habe mir solche Sorgen gemacht, Nane. Wo warst du den ganzen Tag?"
Natascha hob den Kopf und Marie sah in das aufgewühlte, verweinte Gesicht ihrer Tochter. Erst jetzt bemerkte Marie, dass die Tür des Kühlschranks weit aufgerissen war. Hatte Nane etwas trinken wollen und war dann von ihrem Schmerz übermannt worden?
„Möchtest du etwas trinken? Soll ich dir ein Stück Brot machen? Hast du eigentlich schon etwas gegessen?" Wieder hob Nane kurz den Kopf und nickte. Marie stand auf und schmierte ihrer Tochter ein Butterbot. Sie streute Zucker darauf. Die Liebe zum Zuckerbrot teilte Nane mit ihrer Großmutter. Nachdem Milch und Brot auf dem Tisch standen, schnäuzte sich Nane ein paar Mal und wischte die Tränen aus ihrem Gesicht. Sie trank gierig die Milch und biss vom Brot ab.
„Reden tut manchmal gut, Nane. Genauso wie Tränen. Vielleicht kann ich dir helfen. Du kannst mir alles sagen. Ich höre dir einfach nur zu."
„Ach, Mama, du kannst mir nicht helfen. Keiner kann mir helfen. Es ist alles so schlimm, am liebsten möchte ich nicht mehr leben."
Stockend und stammelnd, immer wieder von heißen Tränen unterbrochen, begann sie dann doch zu erzählen:
„Ich bin heute nach Lübeck gefahren. Ich musste unbedingt nochmal zum Gut und zu unserer Jagdhütte. Ich musste doch Abschied nehmen von Fabian. Und dann in der Jagdhütte kam auf einmal seine Frau mit ihrer Mutter. Ich habe mich unter dem Bett versteckt, wo sollte ich hin. Und Britta ist auch so traurig und sie gibt sich die Schuld an seinem Tod. Aber ich bin Schuld. Ich bin Schuld, Mama. Ich allein!" Marie war tief erschüttert. Sie konnte nur zu gut verstehen, dass ihre Tochter ein letztes Mal zur Jagdhütte gefahren war, um sich von der lieb gewonnenen Umgebung

zu verabschieden.
„Mein Kind, du hast keine Schuld. Niemand hat Schuld. Du kannst nicht in einen anderen Menschen hineingucken. Das kann keiner. Wie solltest du wissen, was passiert? Und er hat dich doch auch geliebt.“ Nane legte ihren Kopf in die Armbeuge ihrer Mutter. Marie redete behutsam weiter:
„Ich glaube, Nane, wenn so etwas Furchtbares passiert, ich meine, wenn ein Mensch freiwillig aus dem Leben geht, dann beginnt für die Liebsten, die mit dem Geschehen weiter leben müssen, ein Albtraum. Ich bin nur eine einfache Frau, Nane, aber ich weiß, dass manches im Leben fast nicht zu ertragen ist. Aber eines weiß ich ganz genau, du hast keine Schuld. Du hattest eine heimliche Liebe zu einem verheiraten Mann. Ob das richtig war, steht ganz woanders geschrieben und das kannst du nur mit dir selbst ausmachen. Rückgängig machen kannst du es sowieso nicht mehr. Aber du bist nicht an seinem Tod Schuld. Es muss andere Gründe geben, vielleicht wirst du sie nie erfahren.“
„Ich kann das einfach nicht verstehen, es will nicht in meinen Kopf. Er war in letzter Zeit oft traurig, ganz merkwürdig war das. Manchmal hat er geweint. Aber ich habe doch im Leben nicht daran gedacht, dass er… Ich habe Schuld, weil ich ihm nicht geholfen habe.“ Marie streichelte sanft den Kopf ihrer Tochter.
„Meine arme Nane.“
„Mama?“
„Ja?“
„Ich habe einfach den Schlüssel von der Jagdhütte behalten. Meinst du, ich sollte ihn zurückbringen?“
„Nein, Nane. Behalte ihn einfach zur Erinnerung.“ Natascha wischte sich die Tränen aus ihrem nassen Gesicht und stand auf.
„Marlene, Lilli und Johanna waren doch heute hier, oder? Hast du ihnen oder Oma etwas erzählt?“
„Nein, Nane. Ich habe nichts erzählt und Papa auch nicht.“
„Gute Nacht, Mama.“
„Gute Nacht, mein Kind.“

In den nächsten zwei Tagen verkroch sich Natascha wieder in ihrem Zimmer. Einmal sah Hans, dass seine Jüngste im Stall bei den Pferden war. Er nahm das als gutes Zeichen und erzählte ganz aufgeregt Marie davon.

Am dritten Tag hielt am frühen Nachmittag ein Auto mit Lübecker Kennzeichen auf dem Hof. Marie sackte fast das Herz in die Hose. Was hatte das zu bedeuten? Aus dem Wagen stieg ein junger Mann, wohl etwas über dreißig. Er trug eine helle Hose und zog einen blauen Blazer an, bevor er zur Eingangstür ging. Marie kam ihm von innen entgegen und öffnete die Tür.

„Guten Tag, ich heiße Gerhard Siemen. Ich hätte gerne Fräulein Natascha Hendriks gesprochen."

„Das ist meine Tochter. Kommen Sie doch herein." Marie führte ihn ins Wohnzimmer und bat ihn, Platz zu nehmen.

„Möchten Sie etwas trinken? Einen Kaffee, ein Glas Saft?"

„Nein, vielen Dank."

„Dann hole ich jetzt meine Tochter."

Marie klopfte an Nataschas Tür und trat sofort ein.

„Unten ist ein Gerhard Siemen, ich glaube aus Lübeck. Er will dich sprechen." Natascha zuckte zusammen.

„Was will er denn?"

„Ich weiß es nicht, Nane. Aber nun komm. Wir können ihn doch nicht einfach da unten sitzen lassen." Als beide die Treppe hinunter gingen, sagte Nane ängstlich:

„Bitte bleib bei mir." Marie wandte sich ihrer Tochter zu und nickte. Als sie das Wohnzimmer betraten, stand der Fremde auf, kam Natascha mit ausgestreckter Hand entgegen und stellte sich ihr vor.

„Ich möchte Sie eigentlich alleine sprechen, Fräulein Hendriks. Ich weiß nicht, ob Ihre Mutter…" Weiter kam er nicht, denn Nane fiel ihm ins Wort:

„Meine Mutter kann ruhig bleiben." Er runzelte die Stirn und sah sie irritiert an.

„Gut. Wenn Sie das möchten." Die drei setzten sich um den Esstisch.

„Ich bin ein Freund von Fabian Falkenstein. Genauer gesagt, ich war es." Er räusperte sich ein paar Mal, ihm schossen Tränen in die Augen. „Fabian und ich haben uns schon während der Schulzeit kennengelernt. Ich bin sein ältester Freund, ich war sein Trauzeuge. Sie wissen ja, was passiert ist." Er sah kurz auf den Boden, dann fuhr er fort: „Etwa vor einem Jahr hat Fabian mir von Ihrer heimlichen Beziehung erzählt. Ich wollte gar nichts davon wissen, ehrlich gesagt, denn ich kenne Britta, seine Frau, auch schon eine halbe Ewigkeit. Aber gut. Als Fabian Sie kennenlernte, Fräulein Hendriks, ging es ihm finanziell schon sehr schlecht. Linke Tasche rein, rechte Tasche raus. So ging das schon seit Jahren und das hat Fabian zermürbt. Dann verliebte er sich in Sie und plötzlich war er wieder fast der Alte. Er war voller Hoffnung und Zuversicht und konnte wieder lachen. Anfangs hat er immer gesagt, er wolle sich scheiden lassen und mit Ihnen ein ganz neues Leben beginnen. Aber so einfach war das nicht. Fabian liebte auch Britta noch und geradezu abgöttisch seine beiden Jungen. Aber die Einzige, die ihm wirklich gut tat, das waren Sie, Fräulein Hendriks. In Ihrer Nähe konnte er seine Sorgen vergessen und wieder lachen. Wenigstens eine ganze Zeit lang."
Gerhard Siemen sah wieder auf den Boden und dann aus dem Fenster.
„Aber was soll ich Ihnen sagen, die Sorgen bekamen wieder Oberwasser. Es verging wohl keine Woche, in der nicht stapelweise Mahnungen kamen und, wie ich weiß, ein paar Mal der Gerichtsvollzieher. Einige Male habe ich ihm geholfen, mehr ging einfach nicht. Verschuldet hatte die ganze Misere sein Vater. Was Fabian tatsächlich geerbt hatte, war ein marodes Gut und einen Berg voller Schulden. Hätte er das alles gewusst, er hätte das Erbe ausgeschlagen.
Es wurde mit jedem Tag schlimmer. Fabian konnte vor lauter Sorgen nicht mehr schlafen und dann liebte er auch noch zwei Frauen. Ich habe nie geglaubt, dass das geht. Kurz und gut, Fräulein Hendriks, ich war mit seiner Beziehung zu Ihnen nicht

einverstanden. Das habe ich Fabian auch gesagt, aber ich bin nicht als Moralapostel hier. Ein paar Tage vor seinem Tod haben wir uns in Lübeck getroffen. Er war sehr deprimiert und stand irgendwie neben sich. Auf jeden Fall hatte er einen Banktermin. Und er sagte, wenn das nicht klappt, ist es das Ende." Er machte eine Pause und Marie holte ihm jetzt doch ein Glas mit Saft und stellte es auf den Tisch. Gerhard Siemen nickte dankbar und trank einen kräftigen Schluck.

„Fabian hat mir bei dem Treffen einen Umschlag für Sie gegeben." Er tippte sich mit der Hand leicht gegen die Stirn.

„Da hätte ich schon stutzig werden müssen. Es ist das Geld, das Sie ihm geliehen hatten. Er hat es nicht angerührt." Er zog aus seiner Jackentasche den Umschlag und reichte ihn Natascha.

„Nachdem er bei der Bank war, hat er mich noch ein letztes Mal angerufen. Er sagte, die Bank habe ihm alle Kredite gekündigt und jetzt sei alles aus. Und er hat mich gebeten, Ihnen den Umschlag mit dem Geld zu bringen, falls ihm etwas passieren würde. Und dann sagte er noch, Sie sollten sich keine Vorwürfe machen und Britta und ich auch nicht. Bevor ich etwas erwidern konnte, hatte er aufgelegt." Er trank sein Glas leer und sah wieder auf den Boden.

„Ich mache mir aber schreckliche Vorwürfe, das können Sie mir glauben. Ich hätte seine Verzweiflung erkennen müssen. Als wir Fabian zu Grabe getragen haben, ist Britta fast zusammengebrochen. Am Tag der Beerdigung erhielt sie einen Brief von der Bank. Das Gut wird zwangsversteigert. Über das ganze Maß der Verschuldung wusste sie nicht Bescheid. Ich habe gestern mit Britta gesprochen und ihr vom letzten Anruf Fabians erzählt. Und weil ich das Gefühl hatte, ihr tat es gut zu erfahren, was Fabian in seinen letzten Stunden noch gesagt hatte, bin ich nun auch zu Ihnen gekommen. Denn ich kann mir vorstellen, auch für Sie ist das nicht einfach. Und keine Angst, Fräulein Hendriks. Ich werde Britta niemals etwas von Ihnen erzählen."

Natascha liefen die Tränen wie kleine Sturzbäche über das Gesicht.

Gerhard Siemen nahm seine Brille ab und wischte sich mit einem Taschentuch über die Augen. Marie schluckte einige Male schwer und versuchte ihre Tränen zu unterdrücken. Sie wollte nicht vor einem Fremden weinen. Siemen stand auf und das tat Natascha nun ebenfalls. Sie lief um den Tisch herum und umarmte unbeholfen den besten Freund Fabians.
„Danke." Dann stürmte sie ohne ein weiteres Wort aus dem Zimmer. Marie begleitete Gerhard Siemen bis zum Auto:
„Ich kann Ihnen gar nicht sagen, wie dankbar ich bin, dass Sie gekommen sind. Meine Tochter leidet nicht nur unter dem Tod Ihres Freundes, sondern wohl genauso viel unter ihren Schuldgefühlen. Vielleicht kann sie jetzt mit dem Verlust besser fertig werden."
Sie reichten sich stumm die Hände und Siemen fuhr davon.

Der nächste Tag war ein Sonntag. Marie und Hans wollten nachmittags zum Julehof, Nina hatte die beiden zum Kaffee eingeladen. Eigentlich sollte auch Anna mit, aber sie wollte nicht. Anna wollte nie mit. Hans konnte reden was er wollte. Nein, Anna blieb zu Hause. Er war immer beunruhigt, wenn seine Mutter alleine auf dem Hof war, auch wenn es nur für ein paar Stunden war.
Marie war gerade mit dem Abwasch nach dem Mittagessen beschäftigt, als Natascha in die Küche kam: Verschlafen, verweint, verstört.
„Soll ich dir etwas aufwärmen, Nane?"
„Danke, Mama, ich habe keinen Hunger."
Natascha setzte sich an den Tisch und verkrampfte ihre Hände ineinander. Marie hängte das Geschirrtuch an den Haken und setzte sich zu ihrer traurigen Tochter. Behutsam legte sie eine Hand auf deren Hände. Wie aus heiterem Himmel sagte Nane:
„Es dauert nicht lange, dann fressen die Maden an Fabian herum, bis nichts mehr von ihm übrig bleibt. Wenn ich tot bin, will ich verbrannt werden. Ich lasse mich doch nicht anknabbern."
„Was hast du nur für Gedanken, Nane."

„Es stimmt doch, Mama. Es reicht doch schon, dass man tot ist. Da müssen doch nicht noch anschießend irgendwelche Viecher…" Sie brach mitten im Satz ab und blickte aus dem Fenster.

„Was glaubst du, was fühlt man, wenn man stirbt?" Natascha sah immer noch aus dem Fenster. „Es muss doch für Oma schrecklich sein. Ich meine, sie ist alt und es kann jeden Tag passieren. Sie muss doch furchtbare Angst haben."

Betroffen dachte Marie einen Moment darüber nach, was Nane gerade gesagt hatte. Sie hatte nie darüber nachgedacht und überlegte, was sie antworten konnte. Plötzlich sagte Nane:

„Du hast doch Fabian noch gesehen. Wie sah er aus?"

„Ich habe ihn ja nur von der Seite gesehen", wich Marie aus.

„Du musst doch gesehen haben, ob er Angst hatte, ob er friedlich aussah, oder was auch immer." Nane stieß die Hand ihrer Mutter weg und sah ihr direkt in die Augen.

„Nane! Die beiden Jungen standen neben mir. Ich habe nur ganz kurz nach oben geschaut und dann habe ich die Kinder an die Hand genommen und bin vom Baum weggegangen. Er sah friedlich aus. Ja, friedlich."

„Du lügst! Du lügst! Iris hat mich angerufen. Sie hat gesagt, er sah ganz furchtbar aus. Die Zunge hing ihm aus dem Mund und sein Gesicht war ganz entstellt. Sie weiß das von dem Polizisten, der ihn abgeschnitten hat."

„Wer ist Iris?"

„Mama! Iris ist meine Kollegin vom Gut. Du hörst mir nie zu, wenn ich etwas erzähle."

„Nane", Marie versuchte den aggressiven Ton ihrer Tochter zu überhören. „Nane, ich habe ihn wirklich nur für einen Moment gesehen. Er trug einen grünen Parka und hatte grüne Gummistiefel an. Mir ist aufgefallen, dass ein Stiefel weg war. Mehr habe ich wirklich nicht gesehen und an mehr kann ich mich nicht erinnern."

Marie legte wieder ganz vorsichtig eine Hand auf die Hände ihrer Tochter. Natascha weinte lautlos.

„Warum hat er das getan? Warum hat er sich einfach aus dem Staub gemacht?“

„Das war bestimmt nicht einfach, meine Kleine. Er muss sehr verzweifelt gewesen sein und hat keinen anderen Ausweg mehr gesehen. Vielleicht hat er sich geschämt, weil er den Hof nicht retten konnte. Vielleicht hatte er keine Kraft mehr, um weiter zu kämpfen, weiter zu leben.“

„Aber es gibt doch immer einen Weg. Man muss ihn nur finden.“ Nane legte ihren Kopf auf Maries Hand.

„Ich habe es ja neulich schon gesagt, Nane. Fabian hat Menschen zurückgelassen, die ihn geliebt haben und die nicht wissen, wie sie jetzt weiterleben sollen. Für ihn gab es keinen anderen Weg mehr, als zu gehen. Es ist schwer zu verstehen, aber man kann nicht in die Seele eines anderen blicken, egal wie nahe man ihm ist. Jeder gibt nur soviel von sich, wie er geben will. Es bleibt immer ein Rest, von dem niemand etwas weiß.“

Abrupt stand Nane auf und ging. Nachdenklich blieb Marie zurück. Sie dachte an Anna und an das, was ihre Tochter gesagt hatte. Ja, es musste schlimm sein, am Ende des Weges zu sein, oder zu wissen, dass der Weg bald zu Ende war.

Marie stellte den selbst gebackenen Marmorkuchen und eine Kanne Kaffee auf den Tisch.

Sie ging in ihr Schlafzimmer und zog sich um. Gerade als sie nach Anna sehen wollte, hörte sie Stimmen aus der Küche. Die Tür war einen Spalt weit offen und sie sah ihre Tochter mit Anna am Tisch sitzen. Natascha musste mit ihrer Großmutter über die Tragödie gesprochen haben, denn sie hörte Anna sagen:

„Es wird wieder geradeaus gehen, mein Kind.“

In diesem einen Satz lag die ganze Liebe und der ganze Trost, den Anna einem anderen Menschen entgegen bringen konnte.

Wen liebte Anna? Sie liebte ihren Sohn, gewiss. Aber sie liebte auch Natascha, die ihr von allen Enkeltöchtern immer am nächsten gestanden hatte, die ihr Paroli bot, die natürlich und humorvoll

war und die ihre Großmutter wirklich liebte.
Am Abend des nächsten Tages redete Natascha mit ihren Eltern. Für ein Jahr wollte sie nach Plön. In einer Fachzeitschrift hatte sie die Stellenanzeige eines Reiterhofes gesehen und sich beworben. Sie wollte nicht vor ihrer Trauer weglaufen, aber sie wollte weg. Marie und Hans waren erleichtert. Nane stand wieder auf.
Sie hatten Verständnis für Ihre Tochter, die in anderer Umgebung Abstand gewinnen wollte, um mit sich ins Reine zu kommen. Und Nane versprach ihnen auch etwas. In den nächsten Monaten wollte sie endgültig entscheiden, ob sie den Hof übernehmen wolle oder nicht.
Nane hatte großes Glück. Schon wenige Tage nach ihrer Bewerbung kam die Einladung zu einem Vorstellungsgespräch. Sie fuhr zusammen mit Iris hin, die sich auch in Plön beworben hatte. Beide erhielten eine Zusage

Wehmütig winkte Anna, zusammen mit Hans und Marie, zwei Wochen später ihrer Enkeltochter hinterher, als diese von Iris abgeholt wurde und den Hendrikshof verließ.

Der Ausflug

Marie fuhr extra nach Flensburg und brachte für Anna drei Hosen, zwei Blusen und eine Jacke mit.

„Was schleppst du denn diese ganzen Klamotten an. Ich habe genug zum Anziehen. Außerdem ziehe ich keine Männerhosen an!“ Marie verdrehte die Augen.

„Ich habe die Sachen zur Auswahl bekommen. Was dir nicht passt, bringe ich zurück und den Rest bezahlen wir.“

„Du kannst alles wieder zurückbringen!“

Aus der großen Tüte mit der Aufschrift Plath und Timmermann holte Marie als erstes die Hosen heraus und legte sie auf den Esszimmertisch. Anna würdigte die Hosen keines Blickes.

„Guck mal, die dunkelbraune Hose. Die ist doch wirklich chic und ganz bequem. Alle Hosen haben einen Gummizug. Ich habe extra keine mitgebracht, die einen Reißverschluss hat.

„Das wäre ja auch wohl noch schöner. Ich laufe doch nicht herum wie ein Mann!“

Wenigstens sah sich Anna die Sachen jetzt an.

„Zeig mal die Blusen!“

Marie zog die Blusen und dann die Jacke aus der Tüte. Anna griff nach der braunweißen, die farblich genau zu der einen Hose passte. Sie hängte ihren Stock an die Stuhllehne und hielt sich die braune Hose vor die dunkelgraue Schürze.

„Ich weiß nicht, ob die passt.“ Marie verdrehte wieder die Augen.

„Du musst sie schon gerne anprobieren. Komm, gehen wir ins Schlafzimmer, dann kannst du dich im Spiegel betrachten.“ Marie nahm die Sachen über den Arm und ging voraus. Anna kam tatsächlich hinterher.

„Soll ich dir helfen?“

„Nein, das kann ich ja wohl noch alleine.“

Sie schob Rock und Schürze hoch und versuchte, die Hose anzuzie-

hen. Mit der einen Hand hielt sie sich am Schrank fest und mit der anderen Hand zog sie an der Hose herum. Marie wollte sie stützen, aber Anna schubste sie zur Seite.
„Ich mache das schon. Du kannst ruhig gehen.“ Marie ging, ließ aber die Tür etwas offen, damit sie hören konnte, falls Anna umfiel. Nach ein paar Schritten hörte sie Anna und ging erschrocken zurück. Aber sie blieb vor der Tür stehen und sah ihre Schwiegermutter vor dem Spiegel stehen. Sie hielt mit beiden Händen ihren Rock samt Schürze hoch und betrachtete sich eingehend. Dabei murmelte sie:
„Sieht ja gar nicht so schlecht aus. Ist ´ne feine Hose. Und so warm und gemütlich.“
Leise ging Marie und lächelte vor sich hin.
Über eine halbe Stunde später kam Anna mit den Sachen zurück.
„Ich nehme alles.“ Mit diesen Worten ließ sie Marie stehen und ging in ihre Räume. Beim Abendessen sagte sie zu ihrem Sohn:
„Ich habe mir ein paar Sachen zum Anziehen aus der Stadt kommen lassen. Das nächste Mal, wenn du zur Bank gehst, musst du Geld für mich vom Sparbuch abheben.“
„Du brauchst sie nicht zu bezahlen, Mutter. Ich bin ja froh, zwei gut angezogene Frauen an meiner Seite zu haben.“ Den kleinen Giftpfeil seiner Mutter überhörte er absichtlich. Aber er sah, dass Marie sich ärgerte und laut nach Luft schnappte.
„Ich möchte übrigens morgen nicht nach Husum. Ich möchte nach Dänemark, da wo du immer zum Angeln hin gehst.“
Hans sah seine Mutter verdutzt an und sagte:
„Gut, dann fahren wir eben nach Dänemark.“
Abends stand Marie noch in der Küche und bereitete Kartoffelsalat für den Ausflug zu. Der Angelplatz lag sehr einsam, das wusste sie von Hans. Weit und breit gab es kein Restaurant oder wenigstens einen Imbiss. Also musste sie für das leibliche Wohl sorgen.

Am nächsten Vormittag trug Hans drei Klappstühle zum Wagen und verstaute sie im Kofferraum. Natürlich nahm er auch seine

Angel mit. Sobald es ihm mit den beiden Frauen zu anstrengend würde, ginge er eben angeln. Der September zeigte sich von seiner schönsten Seite. Schon früh wärmte die Sonne das Land, der Himmel war strahlend blau. Er nahm Marie den prall gefüllten Korb ab und half dann seiner Mutter in den Wagen. Kurz vor der Grenze fiel ihm ein, dass er seine Mutter gar nicht nach ihrem Ausweis gefragt hatte. Er hielt am Seitenstreifen an und fragte:
„Hast du eigentlich deinen Ausweis mit?"
„Nein!"
„Hast du ihn vergessen?"
„Nein!"
„Mutter! Lass dir doch nicht jedes Wort aus der Nase ziehen."
„Er ist seit sieben Jahren abgelaufen. Deshalb habe ich ihn erst gar nicht mitgenommen."
Marie, die hinten saß, begann zu kichern.
„Mensch, Mutter. Daran hättest du aber auch früher denken können."
„Wieso hätte ich früher daran denken können? Ich weiß doch erst seit gestern, dass wir nicht nach Husum fahren, sondern nach Dänemark." Marie konnte sich nicht mehr beherrschen. Sie lachte so lange, bis ihr die Tränen kamen. Hans konnte sich auch nicht mehr beherrschen und schimpfte seine Mutter aus:
„Du hast doch gesagt, dass du nach Dänemark willst und nicht nach Husum. Da hättest du doch auch an deinen blöden Ausweis denken können." Marie stieg aus und lachte und lachte. Hans öffnete die Fahrertür und ging hinter seiner Frau her.
„Und du findest das auch noch witzig", schnaubte er Marie an.
„Ja, ich finde das witzig."
Er ging zum Wagen zurück und wartete, bis sich Marie soweit beruhigt hatte, dass sie wieder einsteigen konnte. Sie konnten die Grenzbeamten sehen. Manche Autos wurden einfach durchgewunken. Vielleicht hatten sie ja Glück. Sie hatten Glück. Ohne die Ausweise vorzeigen zu müssen, fuhren sie über die Grenze.
„Mensch, Mutter. Ich habe Blut und Wasser geschwitzt. Wenn wir

zurückfahren, können sie uns von mir aus ruhig kontrollieren. Sie wollen dich bestimmt nicht in Dänemark behalten." Marie lachte wieder, bis ihr die Tränen kamen.
Eine halbe Stunde später waren sie am Ziel und zufrieden saßen die drei auf ihren Campingstühlen. Anna trug ihre neue braune Gemütlichkeitshose, die passende Bluse dazu und den neuen Anorak. Hans hatte sich schon längst wieder beruhigt und machte seiner Mutter ein Kompliment:
„Richtig fesch siehst du aus, Mutter." Und nach einer kleinen Weile:
„Du natürlich auch, Marie."
„Und du erst, Hans", antworte Marie lächelnd. Hans hakte seine Mutter unter und ging mit ihr ein Stück am Wasser entlang. Obwohl sie nichts sagte, konnte man ihr ansehen, dass sie den Tag genoss. Sie atmete die Seeluft tief ein und sah immer wieder den kleinen und großen Schiffen nach. Mit gesundem Appetit aß sie den Kartoffelsalat und hielt dazu ein Wiener Würstchen in der Hand. Nach dem Essen dösten die drei in der Sonne. Hans stellte seinen Stuhl vor den seiner Mutter und legte, ohne lange zu fragen, ihre Beine darauf. Marie und Hans setzten sich in den Sand und lehnten dicht nebeneinander an einem wuchtigen Stein. Marie schloss die Augen und war sehr glücklich. Hans saß nicht nur dicht an ihrer Seite, er war an ihrer Seite. Immer. Egal, ob sie lachten, traurig waren oder sich stritten. Es war einer dieser Momente, der für immer in Maries Gedächtnis bleiben sollte. Ein wohliges Gefühl der Vertrautheit und der Nähe.
Anna war eingenickt und Hans und Marie gingen barfuß, mit aufgekrempelten Hosen, am Ufer entlang. Sie fanden zwei außergewöhnlich schöne Steine, die Hans mit nach Hause nehmen wollte. Gerade, als sie zu Anna zurückkehrten, öffnete sie die Augen und lächelte tatsächlich ihren Sohn liebevoll an. Das hatte sie schon seit Jahrzehnten nicht mehr gemacht.
Es war das zweite Mal an diesem Tag, dass eine Welle von guten Gefühlen ihm galt. Seine blitzblanken blauen Augen strahlten, als

er seine Mutter und seine Frau ansah. Marie reichte ihm und Anna einen Kaffee.
„Schwitzt du gar nicht, Hans?", frage seine Mutter in die friedliche Stille hinein. Hans trug unter seinem blauen Strickpullover ein Oberhemd und darunter ein langärmeliges Unterhemd. Weil er die Ärmel hochgeschoben hatte, konnte man es sehen.
„Nein, mir kann es gar nicht warm genug sein. Ich schwitze nicht."
Marie sah nachdenklich zu Hans. Sie wusste, warum es ihm nie warm genug sein konnte und eigentlich wusste es auch Anna. Hans hatte in den Jahren der russischen Gefangenschaft und davor entsetzlich gefroren. Schneestürme, Minusgrade von über 50 Grad waren keine Seltenheit gewesen. Neben allen Entbehrungen war die Kälte das Schlimmste gewesen. Wenn die Gefangenen von der Arbeit in den Wäldern in die Baracken zurück getrieben wurden, konnte kaum noch jemand gerade gehen. Sie stolperten zu ihren Lagern und beteten, dass wenigstens der Ofen abends brennen würde. Oft war kein Holz da und ohne Bewegung wurden die starren Glieder noch eisiger.
Hans redete nicht über die Jahre des Krieges. Er wollte es nicht. Marie konnte fragen, was sie wollte, er reagierte einfach nicht.
Gedankenverloren blickte Marie auf ihre Uhr. Hans sah es und sagte:
„Eine Stunde können wir noch bleiben. Heute müssen die Kühe eben mal ein bisschen warten."
„Willst du gar nicht angeln, Hansi?" Anna sah ihren Sohn fragend an.
„Ach, nein. Habe ich euch eigentlich schon erzählt, dass Justus und ich uns ein Boot kaufen wollen?"
„Ein Boot?" fragten Marie und Anna wie aus einem Mund.
„Ja, ein Anglerboot aus Holz. Dann können wir ein Stück hinausrudern und unsere Angeln auswerfen. Das wird bestimmt schön. Ich freue mich schon richtig darauf."
„Aber du kannst doch auch hier angeln, dazu braucht man doch

kein Boot. Und was das wieder kostet! Hansi, du hast aber auch Ideen!" Anna verstand die Welt nicht mehr. Wozu brauchte ihr Sohn ein Boot? Hans wollte keinen Streit. Nicht heute. Er ging nicht auf sie ein.

An der Grenze wurden sie wieder durchgewunken und kamen gut gelaunt nach Hause. Als Hans seiner Mutter aus dem Wagen half und ihr den Handstock reichte, sagte sie:
„Danke."
Hans war verblüfft, und doch spürte er, dass seine Mutter es von Herzen ehrlich meinte. Sie war für einen einzigen Tag aus ihrem Trott herausgekommen und das hatte ihr so gut getan, dass sie sich bei ihrem Sohn bedankte.
Seit diesem Tag trug Anna Hosen. Mal die braune, mal die blaue und mal die schwarze. Gut, sie trug auch noch oft eine ihrer Kittelschürzen. Aber Rom war auch nicht an einem Tag erbaut worden. Alles braucht seine Zeit. Es würden wohl noch einige Winter ins Land ziehen, bis Anna auch auf ihre grauen und schwarzen Kittelschürzen verzichten konnte und wollte.

Kleine Greta

Überraschend kamen Carsten und seine Frau Anne auf den Hof gefahren. Sie hatten ihre Tochter Greta dabei. Nach der Begrüßung kochte Marie Kaffee und kurze Zeit später saßen sie am Küchentisch. Hans war mit Anna zum Augenarzt gefahren, sie brauchte dringend eine neue Lesebrille. Erst am frühen Abend würden sie nach Hause kommen.

„Marie", begann Carsten, „wir haben eine große Bitte" Marie merkte, dass er ein wenig herumdruckste und sah ihn aufmunternd an.

„Mein Vater ist sehr krank und wir wissen nicht, wie lange er noch leben wird. Ich, das heißt Anne und ich, würden gerne meiner Mutter beistehen und zu ihr fahren. Nur, wir möchten Greta nicht mitnehmen. Und deshalb wollten wir fragen, ob sie ein oder zwei Tage bei dir, ich meine, bei euch bleiben kann."

„Ja, natürlich kann sie bleiben. Hoffentlich tut sie es auch und hat kein Heimweh." Marie nahm Greta auf den Schoß.

„Was hat dein Vater denn, Carsten?"

„Er hatte im letzten Jahr den zweiten Infarkt, das weißt du ja. Vor ein paar Tagen ist er zusammengebrochen. Es ist wieder sein Herz. Seitdem liegt er auf der Intensivstation. Es sieht nicht gut aus. Meine Mutter braucht mich jetzt."

Ein kleiner Stich durchzog Maries Herz. Auch heute noch. Es war ein immer wieder- kehrender Kampf zwischen ihrem Verstand und ihrem Herzen. Wenn ihr Sohn von seiner Mutter sprach, schrie ihr Herz kurz auf, obwohl ihr Verstand sagte, sie ist seine Mutter und nicht ich.

„Das tut mir leid, Carsten." Greta rutschte auf ihrem Schoß hin und her und zupfte Marie am Ärmel:

„Greta bei Mimi bleiben und reiten." Marie lächelte und strich Greta übers Haar. Wann hatte Greta angefangen, sie Mimi zu nen-

nen? Sie wusste es nicht, fand es aber genauso süß wie die Kleine selbst.
„Meinst du, wir können ruhig fahren, Marie? Wir möchten gern heute noch ins Krankenhaus.“
„Natürlich, mein Junge. Fahrt nur.“
Anne und Carsten umarmten und küssten ihre Tochter zum Abschied. Aus der Reisetasche holte Anne ihre Puppe hervor, die Bella.
„Für alle Fälle, Marie“, sagte Anne und zwinkerte Marie zu. Marie ging den beiden mit Greta auf dem Arm nach. Greta winkte solange, bis nichts mehr von dem roten Auto zu sehen war. Marie setzte ihre Enkeltochter ab und ging mit ihr an der Hand wieder in die Küche und dann ins Schlafzimmer. Sie packte die Sachen aus der Tasche und begann zu lächeln. Sie konnte Greta nicht in einem der Mädchenzimmer schlafen lassen. Dafür war die Umgebung viel zu fremd. Hans musste also für ein paar Tage in seinem eigenen Bett schlafen, das würde ihm gar nicht passen.
„Hat Mama gar keine Gummistiefel eingepackt?“, fragte sie gerade Greta, als Hans mit seiner Mutter kam. Greta lief auf Hans zu, der sie sofort auf den Arm nahm. Fragend sah er Marie an, die kurz erzählte, warum die Kleine hier war.
„Natürlich bleibst du bei Mimi und Onkel Hans. Du kannst gleich mit in den Stall kommen, dann zeigen wir dir unsere kleinen Kälber.“ Greta jauchzte vor Vergnügen.
„Das geht nicht, Hans, sie hat keine Stiefel mit.“ In diesem Moment mischte sich Anna ein.
„Sie kann doch bei mir bleiben, bis ihr im Stall fertig seid. Ich passe auf sie auf.“ Verdutzt sahen sich Hans und Marie an. Das gab es doch wohl nicht. Anna wollte bisher nichts von Greta wissen. Und jetzt das?
„Gut. So machen wir das“, sagte Hans gut gelaunt und setzte Greta auf einen Stuhl.
„Und morgen kauft Mimi dir ein paar Gummistiefel. Wo gibt es denn sowas? Auf einem Bauernhof Ferien machen und keine

Gummistiefel haben!“ Er warf Greta vorsichtig in die Höhe und die gluckste vor Vergnügen. Marie und Hans gingen und hörten noch, wie Greta fragte:
„Bist du auch eine Oma?“
Einträchtig saßen die beiden nebeneinander, als Marie in die Küche zurückkam. Greta sprang auf und rief:
„Mimi! Mimi!“
Lachend wirbelte Marie die Kleine in der Küche herum. Polternd erhob sich Anna und zischte:
„Ich werde hier wohl nicht mehr gebraucht.“ Harte Augen trafen auf Maries lachende. Völlig aus der Puste ließ sie Greta herunter, ging in die Knie und hielt sie für einen Moment fest. Die Kleine legte ihre Ärmchen um ihren Hals und gab ihr einen nassen Kuss auf die Wange. Marie sah der humpelnden Anna hinterher. Ihr Gehstock hing noch am Stuhl.
„Komm, Greta. Wir bringen Omi Anna den Stock.“
Nur widerwillig nahm Anna den Gehstock und beachtete Greta nicht mehr. Da war sie wieder, die harte Anna, die sogar auf ein kleines Mädchen eifersüchtig war. Es war lächerlich. Greta kannte Marie viel besser als Anna, die bisher keine zehn Sätze mit ihr geredet hatte. Kein Wunder also, dass sie Marie in die Arme flog.
Am Abend brachte Marie Greta ins Bett und legte sich daneben. Die Kleine lag mit ihrer Puppe Bella im Arm und versuchte krampfhaft, wach zu bleiben. Bei Marie war es genauso, denn immer wieder fielen ihr die Augen zu. Das fehlte noch, dass sie einschlief und Greta wach daneben lag. Marie strich ihr mit der Hand über die Wange. Greta sah sie mit ihren großen blauen Augen an und sagte in die Stille hinein:
„Jetzt kommt der Müde auch bei mir“, und schlief augenblicklich ein. Marie lächelte und fühlte sich so wohl neben dem Kind, am liebsten wäre sie liegen geblieben. Auf Zehenspitzen kam Hans herein und flüsterte:
„Schläft sie? Dann kannst du ja nachher mit in mein Bett kommen, deines ist ja besetzt.“

„Nein, nein, mein Lieber. Ich schlafe bei Greta und der große Hans schläft allein."

Am nächsten Tag fuhr Marie mit Greta nach Flensburg, um Gummistiefel zu kaufen und ein paar Besorgungen zu machen. Sie parkte und suchte in ihrem Portemonnaie Kleingeld für den Parkautomaten. Marie hielt Greta an der Hand, als sie die Münzen in den Automaten warf. Die Kleine zupfte an ihrem Bein:
„Mimi, sparst du hier?"
Die umstehenden Passanten lachten und Marie schaute verliebt auf ihre Enkeltochter hinunter. Greta war nicht nur ein hübsches Kind, sondern gehörte auch zu denen, die man am liebsten erst knuddeln und dann mit nach Hause nehmen möchte. Ihr kleines Puppengesicht strahlte soviel kindliches Zutrauen und freundliche Offenheit aus, dass sich viele Menschen lächelnd nach ihr umdrehten. Gut gelaunt gingen sie in das erste Schuhgeschäft. Drei Schuhgeschäfte weiter sah Marie immer wieder auf die Uhr. Es war aber auch wie verhext! Entweder waren die Stiefel zu klein oder drei Nummern zu groß. Erst in der Schuhabteilung eines großen Kaufhauses hatten sie Glück. Die Stiefel passten, waren rot und Greta war so begeistert, dass sie sie gleich anbehielt. Mehrere Male drehte sie sich im großen Spiegel und lachte vor Freude.
„So, Greta, jetzt müssen wir aber zu Onkel Hans und Omi Anna fahren."
Es kostete Marie einige Überredungskunst, ihre Enkeltochter von der Existenz eines großen Spiegels im eigenen Schlafzimmer zu überzeugen. Sie versprach ihr, sich nach Herzenslust betrachten zu können.
Als sie endlich nach Hause kamen, kochte Marie in Windeseile das Mittagessen. Greta saß in ihren neuen Gummistiefeln auf einem Küchenstuhl, hielt Bella im Arm und sagte plötzlich:
„Du bist eine hübsche Kocherin, Mimi."
Es war einer der schönsten Komplimente, die Marie je in ihrem Leben bekommen hatte. Sie schaute auf das kleine Mädchen und

stellte sich für einen Moment vor, Carsten hätte als kleiner Junge so etwas Liebes gesagt. Sie wollte die wehmütigen Gedanken nicht zulassen und antwortete:
„Das hast du aber lieb gesagt, Greta. Wollen wir Omi Anna zum Essen holen? Dann kannst du ihr auch gleich deine neuen Gummistiefel zeigen."
Die Kleine rutschte von ihrem Stuhl und sie gingen zu Annas Wohnung. Marie klopfte an die Wohnzimmertür und Greta rief:
„Omi Anna! Essen fertig!"
Anna öffnete verschwitzt die Tür und Marie konnte das Sofa und die beiden Sessel sehen. Sie waren umgedreht und an die Wand geschoben, der Teppich halb aufgerollt. Anna hatte ihren Blick bemerkt und sagte eisig:
„Ich habe umgestellt, falls ich in meinen eigenen vier Wänden wieder Kindermädchen spielen soll. Ich will nicht, dass ein fremdes Kind auf meinen Möbeln herumturnt."
Marie stand wie angewurzelt und fühlte eine unbändige Wut in sich hochsteigen. Ihre Finger spielten erst mit dem Stoff ihrer Schürze, dann ballten sich ihre Hände zu Fäusten. Sie hörte, wie durch einen Schleier von unsagbarem Hass auf ihre Schwiegermutter, die Stimme von Hans:
„Wo bleibt ihr denn alle? Ich habe Hunger!"
Die Kleine drehte sich um und lief Hans entgegen. Marie rang um Fassung und sagte mit kalter Stimme:
„Sag so etwas nie wieder, sonst …"
„Sonst was? Ich werde in meinem eigenen Haus sagen, was ich will. Wenn dir das nicht passt, dann geh doch dahin, wo du hergekommen bist."
Marie drehte sich auf dem Absatz um und ging. Zum ersten Mal in ihrem Leben hatte sie gespürt, wie es war zu hassen. Und was für ein großer Unterschied zwischen Wut und Hass lag. Anna Hendriks schlurfte hinter ihr her und tat während des Essens, als sei nichts gewesen. Anschließend schlurfte sie wieder zurück in ihr Wohnzimmer. Hans und Greta hielten nach dem Essen ein Mit-

tagsschläfchen. Marie war allein und hätte am liebsten das ganze Geschirr gegen die Wand geschmissen. Doch sie riss sich zusammen und erledigte wie ein Automat den Abwasch. Plötzlich drehte sich alles um sie herum. Sie versuchte noch, sich an einem Stuhl festzuhalten, ging aber in die Knie und sackte auf dem harten Boden zusammen. Als sie wieder zu sich kam, fasste sie sich gegen die Stirn und öffnete unendlich langsam die Augen. Sie fühlte etwas Warmes und sah Blut an ihren Händen. Marie stützte sich auf eine Hand und versuchte, mühselig aufzustehen. Es gelang. Noch ein wenig schwindelig, hielt sie sich am Tisch fest und wankte dann ins Badezimmer. Sie erschrak, als sie ihr kalkweißes Gesicht im Spiegel sah. Das Blut tropfte aus einer Wunde auf der Stirn, aber es versiegte allmählich. In ihre Beine, die ihr vor ein paar Minuten wie Gummi vorgekommen waren, kam wieder Leben, ihr Herzrasen verging. Der Spuk war vorbei. Was war mit ihr passiert? Marie tupfte das Blut von der Stirn und suchte nach einem Pflaster. Sie fand keines und ging nun wieder mit sicheren Schritten in die Küche zurück. In ihrer Märchen-Schublade musste Verbandszeug sein. Trotz allem huschte ein zaghaftes Lächeln über ihr Gesicht, denn Lisa hatte immer gesagt:
„Alle Frauen brauchen eine Grabbel-Schublade, in der sich wundervolle Dinge befinden, also eigentlich müsste man sie Märchen-Schublade nennen."
Es stimmte. Neben einer Schere, Korkenzieher, Band, einem Taschenspiegel, Handcreme, Kerzen, Streichhölzern und so manchem mehr, entdeckte sie das Pflaster und weiße Verbandsrollen. Sie schnitt ein Stück ab und hielt sich mit der einen Hand den Spiegel vor das Gesicht. Mit der anderen klebte sie das Pflaster auf die kleine Wunde der Stirn. Marie setzte sich auf einen Stuhl. Sie dachte voller Zorn an Anna und voller Wehmut an Lisa. Was hatte Hans neulich gesagt? Er wolle nie mehr alles in sich hineinfressen. Hans hatte Christian, dem er sein Herz ausschütten konnte, aber wen hatte sie eigentlich? Bei wem konnte sie sich ausweinen, richtig ausweinen, die Wut hinausschreien, ein Glas zerschmettern,

Trost erfahren? Bei ihrem Mann, bei Matthias und Mechthild, bei Hedwig? Oder bei Nina? Sie spürte, dass ihr Schwächeanfall oder was auch immer das gewesen war, mit ihrem grenzenlosen Zorn auf Anna zu tun hatte. Marie schaute auf die Küchenuhr. Bis zum Kaffee hatte sie noch mehr als eine Stunde Zeit. Sie stand auf, nahm ihre Strickjacke von der Garderobe und fuhr zum Friedhof.
Wie immer, ging sie zuerst zum Grab ihrer Eltern. Laut sprach sie mit ihrer Mutter:
„Die kleine Greta ist einfach süß, Mama. Es ist so schade, dass du sie nicht mehr kennenlernen durftest. Sie hätte dir gefallen. Du hättest mit ihr getanzt und wärst mit ihr an der Hand zu den Kühen und Hühnern gegangen. Oh, Mama, du fehlst mir so. Anna macht mich fix und fertig. Je älter sie wird, desto gehässiger wird sie. Und je älter ich werde, umso weniger kann ich mich beherrschen. Was soll ich nur tun, Mama?"
Dann ging sie zu Lisas letzter Ruhestätte. Sie hatte Tränen in den Augen, als sie auf den schlichten Stein sah. Ihre Sehnsucht nach der guten Freundin wurde so groß, dass sie niederkniete und für einen kurzen Moment ihr Gesicht auf den kalten Stein legte. Da sah sie ein paar Besucher über den Friedhof gehen und stand schnell wieder auf. Marie wollte gerade anfangen, in Gedanken mit Lisa zu reden, als sie glaubte, ihre Stimme zu hören:
Mariechen. Anna ist eine Hexe. Sie wurde als Hexe geboren und wird als Hexe sterben. Stell ihr doch mal einen Besenstil hin, vielleicht verfliegt sie sich und kommt nicht mehr nach Hause. Anna wird sich nicht mehr ändern, Marie. Sie hat es auf dich abgesehen, seitdem sich Hans in dich verliebt hat. Du bist ihre Feindin. Sie wird dir nie verzeihen, dass du es warst, die ihre merkwürdige Mutter-Sohn-Ehe zerstört hat. Du weißt es doch selbst, Mariechen: Hans war alles für sie: ihr Kind, der Bauer und irgendwie auch der Mann in ihrem Haus. Und sie gibt dir die Schuld, dass Hans dich liebt. Du hast ihm schon als dreizehnjährige den Kopf verdreht, da konnte ihr Hans doch gar nicht anders, als sich in dich zu verlieben. Und dann die Kriegsjahre und die Geburt deines Jungen. Damals meinte sie, gewonnen zu haben, aber sie hat wieder verloren. Den Krieg

gegen Anna kannst du nicht gewinnen, dafür bist du ein viel zu liebenswerter Mensch. Auch wenn du gelernt hast, nein zu sagen und Kontra zu geben, gewinnen kannst du nicht gegen diese Hexe. Aber du darfst darüber nicht krank werden, Mariechen. Geh in den Wald, schreie die Eiche an, lass deine Wut nicht in deiner Seele wüten. Und wenn nichts hilft, stell den Besen hin.
Tränen liefen Marie über das Gesicht, als sie den Friedhof verließ. Wie schon so oft dachte sie, dass das Leben und der Zeitpunkt des Sterbens nicht gerecht waren. Warum lebte Anna immer noch, ihre Liebsten aber schon lange nicht mehr?"

Hans und Greta wachten gleichzeitig auf. Die Kleine sah sich verschlafen um.
„Wollen wir Mimi suchen, Greta?"
Das Mädchen plumpste vom Sofa und lief in die Küche. Hans legte die Wolldecke zusammen, reckte sich und ging hinterher. Wie schon so oft dachte er, dass Kinder immer laufen und nicht, wie die Erwachsenen, ruhig gehen. Kinder mussten soviel Lebensfreude in sich tragen, dass sie unbedingt die Welt im Laufen kennenlernen wollten.
Als er in die Küche kam, stand Greta in der Mitte und sagte:
„Mimi nicht da."
„Nee, sie ist nicht da. Komm, wir gehen die Mimi suchen."
Das Telefon klingelte laut und bedrohlich. Hans ging ins Wohnzimmer und Greta lief hinterher.

Marie war auf dem Weg nach Hause. Ihre Wut war nicht verraucht, aber trotzdem war sie ruhiger geworden. Sie überlegte, ob sie Hans erzählen sollte, was seine Mutter gesagt und getan hatte. Und sie überlegte, ob sie ihm von ihrem Schwindel und dem Zusammenbruch erzählen sollte. Sie ließ beides. Marie sah während des Fahrens auf ihre Armbanduhr. Oh je, sie war spät dran und gab Gas. Als sie den Hof sehen konnte, fing ihr Herz wieder laut an zu pochen. Beruhige dich, Marie, sagte sie sich immer wie-

der und sprach sich selbst Mut zu. Beim Einbiegen auf den Hofplatz sah sie Anna in der Tür stehen. Wie sie dieses Bild hasste! Sie stieg aus und ging wortlos an Anna vorbei. Hans kam ihr entgegen und fing sie ab.
„Wo warst du denn? Carsten hat angerufen. Sein Vater ist heute früh gestorben. Du sollst ihn dringend anrufen."
„Was, sein Vater ist gestorben? So schnell?"
Sie gingen in die Küche.
„Hast du dich verletzt? Warum hast du ein Pflaster auf der Stirn?"
„Ach, es ist nichts weiter. Ich habe mich gestoßen", antwortete Marie einsilbig.
Hans hatte mit Greta den Tisch gedeckt. Marie kochte Kaffee und stellte ihrer Enkeltochter ein Glas Saft hin.
„Ich hole meine Mutter", sagte Hans und verschwand. Marie dachte voller Mitgefühl an ihren Sohn. Er hatte den Vater verloren, seine Mutter den Mann und Greta den Opa. Als Hans mit Anna zurückkam, ging Marie wortlos in das Wohnzimmer. Wie sollte sie sich verhalten?
Es würde sich finden. Sie wählte Carstens Telefonnummer und wartete. Als er sich meldete sagte sie:
„Ich bin es, Marie. Es tut mir sehr leid, Carsten." Für einen Moment war Stille. Sie hörte wie Carsten weinte und sie hörte lautes Weinen im Hintergrund.
„Marie, ich wollte dich fragen, ob Greta noch ein paar Tage bei euch bleiben kann. Anne will nicht, dass sie mit zur Beerdigung kommt. Es gibt soviel zu regeln. Ich muss meiner Mutter beistehen, sie ist hier. Und bitte, Marie, sag Greta nicht, dass ihr Opa gestorben ist."
„Natürlich kann sie hier bleiben und natürlich sage ich nichts. Und Hans auch nicht. Mach dir keine Sorgen, Carsten."
Nach dem kurzen Gespräch wurde Marie sehr nachdenklich. Carsten hatte seinen Vater verloren, aber es gab noch einen Vater, nämlich Jakob. Einen zweiten Vater, dessen größter Wunsch es war, einmal seinen Sohn zu sehen. Marie hatte zu Jakob vor einer

halben Ewigkeit gesagt, er würde ihn finden, wenn er das will. Aber Carsten wollte nicht. Wenige Male hatte Marie ganz behutsam mit Carsten darüber sprechen wollen. Seine Reaktion war schroff gewesen. Ich will das nicht. Punkt und basta.
Ein tiefer Stich durchfuhr erst Maries Herz, dann ihren Rücken und dann wieder ihr Herz. Ihr wurde wieder schwindlig und sie musste sich an der Lehne des Stuhls festhalten. Genauso schnell, wie der Schwindel kam, war er wieder weg.
Sie dachte wieder an Carsten und an Jakob. Sie kannte beide. Aber die beiden Männer waren sich fremd, sich nie begegnet.
Noch ein wenig unsicher ging sie in die Küche zurück. Anna sah neugierig hoch, als sie ihre Schwiegertochter sah. Zum Teufel, dachte Marie, lass mich in Ruhe.

Am nächsten Tag fuhr Marie mit Greta zu Lisas Haus. Sie wollte sich mit Matthias, Hedwig und ein paar anderen Mitgliedern des Vereins treffen, um einiges zu besprechen. Stolz ging sie mit ihrer Enkeltochter an der Hand hinein. Lächelnd kam ihr Matthias entgegen. Er beugte sich zu Greta hinunter und sagte:
„Wer bist du denn? Ich heiße Matthias und du?“ Greta hielt sich an Marie fest, sah erst sie und dann Matthias an und lispelte:
„Greta und das ist die Mimi.“ Marie und Matthias begrüßten sich herzlich und nahmen Greta in die Mitte. Matthias holte die Spielkiste für die Kleine und Marie kochte Kaffee und deckte den Tisch in der Küche. Der Raum war nicht sehr groß, aber gemütlich. Greta spielte zufrieden in einer Ecke mit den vielen Spielsachen.
Hedwig und die anderen drei Frauen kamen. Der Pastor, Matthias Willert, war der einzige Mann in der Runde. Marie begrüßte alle und wollte gleich auf den ersten Tagungspunkt kommen, als eine der Damen sie unterbrach und fragte:
„Wer ist das Mädchen in der Ecke? Ich kenne sie gar nicht.“
„Das ist Greta, meine Enkelin. Sie ist ein paar Tage bei uns.“ Marie sagte das in einem Ton, als sei es das normalste auf der Welt, das Kind ihres Sohnes mitzubringen.

Nachdem alle Punkte besprochen worden waren, löste sich die kleine Gruppe auf. Marie wollte in das Spiegelzimmer gehen, als sie Hedwig und die anderen gerade in dieses Zimmer verschwinden sah. Die Tür stand einen Spalt weit offen und Marie konnte jedes Wort hören.

„Nicht so laut, wenn Marie uns hört", mahnte Hedwig gerade.

„Sie redet bestimmt noch mit ihrem Freund, dem Pastor", erwiderte Elke, die Schriftführerin.

„Ich finde, Marie sollte sich was schämen. Erst macht sie die Beine breit für diesen holländischen Gefangenen, bekommt ein Kind, gibt es weg, und jetzt tut sie so, als sei das alles normal. Taucht hier mit diesem Kind auf! Der arme Hans! Der lässt sich aber auch alles gefallen. Das ist ja nicht normal. Marie kann froh sein, dass wir noch mit ihr sprechen, nach allem was passiert ist. Der arme Hans! Und seine arme Mutter!" Annegret, die Kassenwartin, hatte sich so in Rage geredet, dass sich die Rage in ihrem runden Gesicht widerspiegelte.

Hektische rote Flecken machten sich breit. Ilona, die Jüngste im Bunde, wagte einzuwenden:

„Das ist doch alles schon so lange her. Irgendwann muss man ja auch die alten Geschichten ruhen lassen."

„Meine Liebe, wir haben sie ruhen lassen. Marie ist es doch selbst, die immer wieder davon anfängt. Immer muss sie uns zeigen, dass sie anders ist als wir. Es ist ja nicht nur diese Liebschaft mit dem Holländer. Sie hat damals die Jüdin versteckt, obwohl sie genau wusste, was der Führer gesagt hatte. Aber nein, für Marie gelten keine Gesetze." Annegrets Gesicht war jetzt nur noch ein einziger runder, tiefroter Fleck. Sie fuhr fort:

„Ja, und immer findet sie Männer, die ihr zu Füßen liegen. Auch heute noch. Nehmt doch nur mal den Pastor und Hans sowieso. In der Kirche predigt Willert und erzählt was von dem sechsten Gebot, ihr wisst schon, du sollst nicht Ehe brechen und privat trifft er sich mit der Ehebrecherin. Dem armen Hans wird so übel mitgespielt, er kann einem wirklich nur leid tun."

Die Einzige, die bisher geschwiegen hatte, war Hedwig. Sie war geschieden, ihr Mann war der Ehebrecher gewesen und hatte die kleine Blonde auch noch geheiratet. Sie setzte sich.
Marie hatte gar nicht bemerkt, dass Matthias neben ihr stand. Sie sah in sein kreidebleiches Gesicht und sie sah, wie die Wut förmlich in ihm hochkroch. Mit einem Satz war er an der Tür, riss sie auf und sagte scharf:
„Wenn Sie alle so bibelfest sind, dann kennen Sie sicher auch das achte Gebot: Du sollst nicht falsch Zeugnis reden wider deinen Nächsten. Ich verbitte mir Ihre Anspielungen."
Marie war ihm gefolgt und stand jetzt in der weit geöffneten Tür. Die Damen senkten ihre Köpfe, nur Hedwig sah hoch, was heißen sollte, ich habe nichts gesagt. Willert stürmte an Marie vorbei. Er schien so wütend zu sein, dass er es vorzog zu gehen. Hedwig erhob sich und sagte:
„Es ist nicht so, wie du denkst, Marie. Keiner hat behauptet, dass du was mit dem Pastor hast. Elke hat sich nur unglücklich ausgedrückt, nicht wahr, Elke?" Sie wartete keine Antwort ab. „Wir haben nur ein bisschen von früher erzählt, verstehst du. Es war nicht böse gemeint, Marie."
„Ich habe alles gehört und ich weiß, wie es gemeint war. Ich habe es schon vor Jahren gesagt. Jede von euch hat Dreck auf ihrer weißen Schürze. Soll ich von den dreckigen Schürzen erzählen? Von deiner, Elke, oder von deiner Annegret? Pfui Teufel." Im Hinausgehen drehte sich Marie nochmal um und sagte in die kalte Stille hinein:
„Kehrt gefälligst alle vor eurer eigenen Haustür!"
Während sie zurück zu Greta ging hörte sie Absätze klappern und die Tür ins Schloss fallen. Die Kleine lief ihr entgegen:
„Mimi. Greta Hause."

Als Marie den Hof sehen konnte, sah sie Hans mit Anne und Carsten. Greta lief ihren Eltern entgegen. Marie war befangen. Sie umarmte Carsten und seine Frau und sprach ihr Beileid aus.

Carsten erklärte, dass seine Mutter sehr unglücklich sei, und sie deshalb beschlossen hatten, Greta nach Hause zu holen. Sie sollte nun doch mit zur Beerdigung. Wehmütig winkte Marie dem roten Wagen hinterher.

Menschen

Marie war in den nächsten Tagen sehr nachdenklich. Mehr, als sie sich selbst eingestehen wollte, hatte sie das Ge-schwätz der Vereinsschwestern verletzt. Am liebsten hätte sie alle aus dem Verein geworfen und das Haus geschlossen. Aber das konnte sie nicht und sie wusste das. Es war Lisas Haus und Lisas Idee gewesen, aus ihrem Elternhaus einen Ort der Begegnung zu machen. Schon lange gehörte der Verein zum Dorfleben, so wie der jährliche Feuerwehrball oder das Erntedankfest.

Vieles hatte sich in den letzten zwanzig Jahren verändert. Schon lange hatten alle Telefon, Strom, eine ordentliche Heizung, eine Waschmaschine und einen Fernseher. Obwohl vieles neu war und einfacher wurde, blieben die meisten Menschen doch gleich. Veränderte sich alles, nur nicht die Menschen?

Marie hatte mehr als die Hälfte ihres Lebens hinter sich: ein einfaches Leben mit Höhen und Tiefen, Kummer und Freude. Eigentlich nicht aufregend. Und doch. Ihr Leben war anders verlaufen, als das der Frauen aus dem Dorf und ihrer Männer. Sie war fast kindlich in ihre erste Ehe mit Hans hineingestolpert und tat sich schwer, erwachsen zu werden. Ihre kindlichen Träume und naiven Vorstellungen vom Prinzen, der noch kommen würde, hatten sich als Seifenblase erwiesen. Er war nicht gekommen. Dann also doch Hans. Ein Mädchen ging acht Jahre zur Schule, heiratete und wurde Ehefrau und Mutter. Dafür waren die Mädchen da. Die jungen Männer übernahmen die Höfe der Eltern oder lernten einen Beruf, den der Vater bestimmte. Danach suchten sie sich eine Frau oder die Eltern suchten. Dann paarten sie sich. Dafür waren die jungen Männer da. Die nächste Generation wurde geboren.

Bis zum Krieg war alles so gewesen, wie bei unzähligen anderen jungen Frauen aus der Gegend auch. Und dann kam der Prinz. Nicht mit goldener Schärpe und auf einem weißen Pferd, sondern

kahlgeschoren und zu Fuß. Die Liebe kam. Hans war weit weg und die Liebe war so nah. Das Ende war verheerend und sollte sie für den Rest ihres Lebens verwundbar machen.
Marie dachte wieder oft an ihre dunklen Jahre. Der schlimmste Tag ihres Lebens war die Geburt von Jan gewesen, den sie nur ein paar Stunden behalten konnte. Jetzt hatte sie ihren Sohn wieder, der nicht mehr Jan sondern Carsten hieß, aber sie hatte ihn doch verloren. Er war nicht mehr ihr Sohn, er war das Kind einer anderen Mutter, eines anderen Vaters. Der Weg bis zu ihrem Wiedersehen war weit gewesen. Immer getragen von Liebe und Sehnsucht. Der Weg war auch nicht umsonst gewesen. Und dennoch. Sie konnte nicht mehr von Carsten erwarten, als eine Freundin zu sein. Ihr Verstand wusste das, aber ihr Herz weinte. Es gab wohl niemanden, der sich so richtig vorstellen konnte, wie sehr das Geschehene an ihrem Herzen nagte und wie weh es tat. Es könnten wohl noch hundert Jahre vergehen, es würde immer weh tun.
Jetzt war Carstens Vater gestorben und Marie war hin- und hergerissen. Hätte sie der Witwe nicht kondolieren müssen? Wenigstens ein paar Zeilen? Wie verhielt man sich in so einem Fall? Es gab keine Anleitung. Was mochte seine Mutter fühlen? War sie enttäuscht von Carsten, dass er Kontakt zu ihr, seinen Schwestern und Hans hatte? Was hatte sein Vater gefühlt? Hatte er Angst gehabt, dass nun, nach der zweiten Mutter, auch noch ein zweiter Vater aus der Versenkung auftaucht?
Es gab immer wieder Zeiten, da meinte Marie, sich mit ihrer Vergangenheit ausgesöhnt zu haben. Zeiten, in denen das Glück über das Wiedersehen all die dunklen Schatten, die sich auf ihr Herz gelegt hatten, wegpustete. Aber es gab auch Zeiten, so wie in diesen Tagen, wo sie sich eingestehen musste, dass der geschlossene Frieden sehr brüchig war. Und dann war sie wieder da, die alte Marie. Die Marie, die nach der ganzen Tragödie am liebsten liegengeblieben und nie mehr aufgestanden wäre.

Dabei hatte sie ihr großes Glück doch noch gefunden. Es war ein

Umweg ihres Lebensweges gewesen. Sie liebte Hans von Herzen und sie konnte sich ein Leben ohne ihn überhaupt nicht mehr vorstellen.
Hans war ein guter Mensch. Auch er hatte seinen Frieden mit der Vergangenheit gemacht. Ob auch dieser Frieden manchmal brüchig war? Marie wusste es nicht.
Andere Menschen konnten anscheinend keinen Frieden machen. Sie trampelten auf ihr herum, als trüge Marie die Schuld für ihre eigenen Lebensgeschichten, für verpasste Chancen, für ein Leben, das sich nur innerhalb der Familie und Nachbarschaft abspielte und dessen Höhepunkte der Feuerwehrball und Erntedank waren. Bei den Dorffesten konnte man jedem zeigen, dass alles seine Ordnung hatte. Seht her, das ist mein Mann. Wir sind so glücklich. Man krallte sich geradezu an seinem Arm fest. Ein paar Schnäpse weiter sah die Welt schon anders aus. Der Mann himmelte nicht mehr die Gattin, sondern die Zugezogene aus dem Neubaugebiet an. Benahm sich wie ein Gockel auf Brautschau. Aber wenigstens ging man zusammen nach Hause. Und das war ja auch schon was.
Es gab aber auch Menschen wie Matthias und Mechthild. Menschen, die sich hüteten, über andere herzuziehen. Nina gehörte auch dazu.

Aber sie waren in der Minderheit, Marie wusste das. Für die allermeisten war es nicht nur die Schande, die Marie über ihre Familie gebracht hatte und die immer mal wieder für Gemeinheiten herhalten musste, es betraf auch Hans, der scheinheilig bemitleidet wurde. In Wirklichkeit konnte diese Sorte von Menschen nicht verstehen, warum er nie aufgehört hatte, Marie zu beschützen. Man sprach nicht von Liebe. Schon gar nicht öffentlich. Aber die Frauen, die mit loser Zunge über Marie hergefallen waren, sie wussten eines: Hans liebte Marie und das war weit mehr, als sie selbst je erlebt hatten, und weit mehr, als sie verstehen konnten. Insgeheim bewunderten sie ihn für seine Haltung Carsten gegenü-

ber und beneideten Marie, dass sie soviel Glück im Unglück gehabt hatte.
Es war schon schlimm genug, dass Hans so verrückt war, ihr alles zu verzeihen, und sie ein zweites Mal zu heiraten. Aber dass Marie aus Liebe ja gesagt hatte, das war nun wirklich das Allerletzte, was man ihr noch gegönnt hätte. Waren es also immer die Unglücklichen, die Verlierer, die nicht aufhören konnten zu hetzen?

Es gibt Menschen und Menschen. So bunt wie die Welt sind auch die Bewohner. Der Frieden war brüchig. Aber Marie hatte es wieder geschafft. Sie war aufgestanden.

Jakob

Marie war in Lisas Haus. Als erstes öffnete sie den Briefkasten. Ein Stapel Briefe fiel ihr entgegen. Sie setzte sich mit ihnen in die Küche. Ihr stach ein brauner Umschlag ins Auge, der keine Briefmarke hatte. In Druckbuchstaben stand nur Marie darauf. Es waren ein paar Zeilen von Jakob. Er war eine Woche in Dänemark und bat sie vor seiner Heimreise um ein Treffen. Was wollte er von ihr? Sie horchte in sich hinein. Ihr Herz hüpfte ein paar Mal ungestüm hin und her. Dann steckte sie den Brief in ihre Handtasche und wandte sich der übrigen Post zu. Sie würde den Brief am Abend Hans zeigen, sie wollte keine Geheimnisse. Plötzlich kam ihr Mann gut gelaunt in die Küche.

„Was machst du denn hier?“

„Ach, ich muss noch zur Bank und dachte, ich hole mir einen Kaffee ab.“ Er setzte sich und schaute auf die Briefe. Marie kochte Kaffee.

„Ich dachte, Matthias kümmert sich um die Post?“ Fragend sah er sie an.

„Ja, das macht er auch meistens. Aber Mechthild und er sind für ein paar Tage nach Hamburg gefahren, deshalb muss ich mich darum kümmern.“

„Hatte ich glatt vergessen. Von der Reise hat Matthias mir erzählt.“ Marie schenkte die Tassen voll und setzte sich wieder. Ein paar Sekunden kämpfte sie mit sich, sie wollte Hans nicht überrumpeln. War der Zeitpunkt richtig? Sie holte den Brief aus ihrer Tasche.

„Jakob hat geschrieben.“ Sie reichte ihm den Brief. „Lies selbst.“ Hans runzelte die Stirn.

„Ich weiß nicht, was er will, Hans. Ich weiß es wirklich nicht.“

„Wirst du ihn treffen?“

„Ja, aber ich möchte, dass du dabei bist. Ich will nichts hinter dei-

nem Rücken machen."
„Nein, Marie, das geht nicht. Ich will nicht dabei sein. Vielleicht will er etwas mit dir wegen Carsten besprechen. Er wollte ihn doch schon lange kennenlernen."
„Ja, vielleicht. Du hast wirklich nichts dagegen?" Marie sah ihren Mann zweifelnd an.
„Ich vertraue dir, Marie." Hans sah auf seine Uhr. Schon war er weg.

Als Hans wieder auf dem Weg zum Hof war, hielt er vor einer Koppel an. Er stieg aus und lehnte sich an die Wagentür. Sein Blick ging über die weiten Felder. Sein Innenleben glich einem Feld, dachte er. Nach der Aussaat sah alles harmlos und harmonisch aus. Die Saat ging auf, das Feld begann zu leben. Es wurde geerntet und im nächsten Frühjahr waren die ganzen Steine, die doch verschwunden schienen, wieder da und mussten abgeräumt werden.
Seine Steine lagen auf seiner Seele. Manchmal waren sie für viele Jahre weg und manchmal, so wie heute, reichten ein paar Zeilen und sie waren wieder da. Er hatte versucht, mit der Vergangenheit abzuschließen. Aber er wusste auch, dass zwischen seiner Marie und Jakob immer mehr übrig bleiben würde als eine flüchtige Umarmung. Der gemeinsame Sohn verband sie für ein ganzes Leben. Hans stieg wieder ein, startete den Motor und fuhr in sein Leben zurück.

Was hatte Jakob geschrieben? Am kommenden Dienstag, um 10.00 Uhr. Sie schaute auf den Terminkalender des Vereins. In der ganzen Woche war nur eine Veranstaltung eingetragen und die war am Donnerstag.
Marie dachte an Jakob. Sie dachte an den Krieg, an Klara und Lisa. Sie sah Klara vor sich, die am Ende ihrer Kräfte und Hoffnung war, sie sah Lisa, die sofort gespürt hatte, was zwischen Jakob und Marie passierte.

Sie sah sich mit Jakob tanzen und sie hörte eine Melodie: Der Wind hat mir ein Lied erzählt.

Der Dienstag rückte näher. Marie war aufgeregt. Hans tat so, als würde er es nicht bemerken. Als hätte er schon längst vergessen, warum der Dienstag ein besonderer Tag war.

Schon über eine Stunde früher schloss Marie die Tür zum Vereinshaus auf. Ihr Herz klopfte so laut, dass sie meinte, jeder könne das harte Pochen hören und sehen. Sie schloss die Augen. An diesem Ort hatte sie Jakob das erste Mal nach dem Krieg wiedergesehen. Auch wenn heute fast nichts mehr an die Kriegsjahre erinnerte und fast alle stillschweigend einen Deckel über die dunklen Jahre gelegt hatten, ihre Erinnerung an Jakob konnte kein noch so großer Deckel zum Schweigen bringen.
Sie betrachtete sich im Spiegelzimmer von allen Seiten. Hatte sie zugenommen? Nein. Ihre Figur hatte sich nicht verändert. Waren ihre Haare, die hier und da silbrig glänzten, nicht etwas zu lang? Sie lächelte ihrem Spiegelbild zu. Die kleinen Lachfältchen störten sie nicht. Das Leben hatte ihrem Gesicht nicht viel anhaben können. Ihre Augen waren noch genauso blau und klar wie vor dreißig Jahren.
Ihr Aussehen war einfach Glück, wie sie sich selbst eingestehen musste. Sie hatte genauso gesund oder ungesund gelebt wie andere auch. Sie hatte genauso hart gearbeitet, Kinder bekommen und großgezogen. Höhen und Tiefen erlebt. Aber in ihrem Gesicht waren die Spuren des Lebens nicht zu sehen. Sie versuchte, das Pochen ihres Herzens unter Kontrolle zu bringen. Sie versuchte, den Deckel zu finden.
Marie kochte Kaffee und stellte zwei Tassen und eine Schale mit Keksen auf den Tisch. Oder trank Jakob lieber Tee?
Pünktlich um 10.00 Uhr klingelte es an der Tür. Jakob war da. Sie reichten sich die Hände und sahen sich verstohlen an. Jakob folgte Marie in die Küche.

„Du wirst immer schöner, Marie“, begann er mit einem Kompliment das Gespräch. Marie war nicht nur nervös, sie fühlte sich unbehaglich. Sie wollte keine Komplimente von Jakob. Es war nicht richtig, ein Gespräch mit diesen Worten zu beginnen. Es war Hans gegenüber nicht richtig. Etwas einsilbig antwortete sie: „Ich werde immer älter.“

Marie schenkte die Tassen voll und stellte Zucker und Milch auf den Tisch. Wie trank er seinen Kaffee?

Jakob sah gut aus. Die weißen, kurzgeschnittenen Haare passten zu seinem leicht gebräunten Gesicht. Seine braunen Augen blickten sie voller Wärme an.

„Nein, ich glaube, du wirst nie älter“, nahm er die Unterhaltung wieder auf. „Ich war übrigens schon einmal hier. Ich bin mit meinem Auto ein paar Mal an eurem Hof vorbeigefahren. Bei den kleinen Blockhäusern waren ganz viele Leute. Ich glaube, ihr habt da gefeiert.“

„Also doch“, entfuhr es Marie. „Der Pastor hat dich gesehen. Er hat es mir erzählt. Zwei unserer Töchter haben geheiratet. Das haben wir dort gefeiert. Was wolltest du?“

„Was ich wollte? Ich weiß es nicht so genau. Ich hatte wohl die irrsinnige Hoffnung, meinen Sohn zu sehen. Und dich. Es war eine komische Idee, ich weiß. Bist du wieder verheiratet, Marie?“

„Ja.“

„Bist du wieder mit deinem Mann zusammen?“

„Ja, wir haben ein zweites Mal geheiratet. Es ist eine lange Geschichte. Aber heute liebe ich meinen Mann. Die zweite Heirat war eine Liebesheirat.“

Marie sah Jakob in die Augen. Sie wusste nicht, warum sie ihm das sagte, das von der Liebe. Er senkte erst den Blick und schaute dann aus dem Fenster.

„Das habe ich nicht für möglich gehalten, Marie.“

Es entstand eine Pause. Jakob war getroffen, Marie spürte das. Aber was hatte er sich gedacht?

„Wie geht es unserem Sohn, Marie?“

„Es geht ihm gut. Ich bin inzwischen Großmutter geworden." Sie biss sich verlegen auf die Zunge.
„Auch ein Junge?"
„Nein, ein kleines Mädchen."
„Wie heißt sie?"
„Greta."
„Was für ein schöner Name." Jakob trank einen Schluck Kaffee und nahm einen Keks. Das Gespräch stockte wieder. Sie fanden nicht den richtigen Ton zueinander. Beide spürten das. Am Tisch saßen zwei reife Menschen, ein Mann und eine Frau, und taten so, als hätten sie ein gemeinsames Haus besessen und würden sich nun über den neuen Besitzer unterhalten.
„Ist deine Frau gar nicht mitgekommen?" Fragend sah Marie ihn an.
„Martine ist leider im letzten Jahr ganz überraschend gestorben."
„Oh, das tut mir leid." Mitfühlend sah Marie ihn an. Er nickte.
„Marie, ich will keine alten Wunden aufreißen, aber es ist mein größter Wunsch, meinen Sohn kennenzulernen. Ich habe es dir damals schon gesagt und daran hat sich nichts geändert."
Marie erinnerte sich genau daran. Ja, es stimmte. Er hatte es schon einmal gesagt. Die Finger ihrer rechten Hand spielten mit der Serviette.
„Jakob, ich rede mit Carsten, aber ich kann dir nichts versprechen. Im Moment ist das sowieso sehr schwierig. Sein Vater ist vor kurzem gestorben." Marie hatte Mitleid mit ihm. Seine Ehe war kinderlos geblieben. Kein Wunder also, dass er seinen Sohn kennenlernen wollte, von dessen Existenz er erst sehr spät erfahren hatte. Marie hatte ein paar Fotos von Carsten in ihrer Handtasche. Sollte sie Jakob die Bilder zeigen, ihm eines schenken? Andererseits: Carsten wollte den Kontakt nicht. Durfte sie sich einmischen? Mischte sie sich mit ein paar Bildern ein?
„Marie, ich möchte dir soviel sagen, aber ich kann es nicht. Nicht hier. Ich habe meine Adresse aufgeschrieben. Falls der Junge es sich anders überlegt, es steht alles darauf, auch meine Telefon-

nummer." Er legte einen Zettel auf den Tisch. Dann griff er in seine Jackentasche und sah Marie direkt in die Augen. Sie konnte in seinen Augen lesen und er konnte es wohl auch in ihren.
„Ich habe dir einen Brief geschrieben, Marie. Dieses Mal wirst du ihn gleich lesen können und nicht erst Jahre später. Es hat sich nichts geändert, ich liebe dich Marie. Heute noch viel mehr als damals."
Marie ging zu ihm hin. Er stand auf. Als sie in sein trauriges Gesicht sah, lehnte sie sich für einen Augenblick an ihn. Jakob küsste ihre Wange. Ganz zart, ganz behutsam.
In diesem Moment wurde die Tür von außen aufgerissen. Im Türrahmen standen Hedwig und Elke.
Abrupt wich Marie von ihm weg. Jakob reichte ihr die Hand und grüßte im Hinausgehen flüchtig die beiden Frauen, die sich keinen Millimeter bewegt hatten.
„War das nicht der Holländer?", frage Hedwig neugierig.
„Ja, das war Jakob", antwortete Marie eine Spur zu hastig. Sie räumte das Geschirr zusammen und begann abzuwaschen. Hinter Maries Stirn arbeitete es. Sollte sie noch etwas sagen, etwas erklären? Die Antwort wurde ihr abgenommen, denn Hedwig sagte:
„Wir sind bei Nachbarn eingeladen. Dann haben wir dein Auto draußen gesehen und wollten eigentlich nur mal sehen, was du machst." Elke fing an blöd zu kichern.
„Dann also bis Donnertag", sagten beide wie aus einem Mund und verschwanden.

Nach dem Mittagessen erzählte Marie ihrem Mann von dem Treffen. Von dem Brief sagte sie nichts. Hans hörte sich an, was Marie einsilbig berichtete, aber er fragte nicht nach. Er sagte nicht, ob er den Wunsch Jakobs, seinen Sohn kennenzulernen, verstehen konnte oder auch nicht. Hans wollte die Steine auf seinem Herzen in Ruhe lassen.

Die Eiche

Was in ihrem Leben auch passiert war, die Eiche stand groß und stark und überragend an ihrem Platz. Mit dem Brief in der Hand setzte sich Marie an den Stamm, der ihr so oft Halt gegeben hatte und las:

Meine liebe Marie,
ich sitze am Strand und denke an dich. Als Arzt kenne ich mich ziemlich gut mit körperlichen Gebrechen aus. Meine Gebrechen sind seelisch. Eine Ecke meines Herzens ist immer bei dir geblieben. Es ist eine Wunde, die nie richtig verheilt ist. Daran hat auch meine Ehe nichts geändert. Meine Frau ist im letzten Jahr gestorben. Ich habe sie sehr geliebt, Marie. Es hat lange gedauert, bis ich mich ans Alleinsein gewöhnt habe. Aber was heißt gewöhnt. Ich vermisse sie jeden Tag. Martine und ich hatten gute Jahre. Wir beide haben uns sehnlichst Kinder gewünscht. Es sollte nicht sein. Deshalb hatten wir nur uns und das war wirklich viel.
Trotz allem blieb immer eine Ecke meines Herzens für dich reserviert. Manchmal konnte ich es vor Sehnsucht fast nicht ertragen. Oft war ich drauf und dran, Martine von dir zu erzählen. Heute bin ich froh, dass ich es nicht getan habe. Sie hätte es nicht verstanden. Wie sollte sie auch? Ich verstehe es ja selbst nicht. Marie, meine Liebe zu dir wird immer ein wunderschöner Traum bleiben. Ich weiß das, aber ich kann mich nicht damit abfinden. Du bist die Frau meines Lebens, die Frau meiner Träume und die Frau in meiner Erinnerung. Manchmal, wenn ich an dich denke, tut es richtig weh. Besonders an der einen Stelle meines Herzens.
In ein paar Tagen werden wir uns wiedersehen. Schon heute habe ich Angst davor. Ich habe vor mir selber Angst. Ich kann es nicht erklären.
Wenn du mich brauchst, Marie, dann bin ich für dich da. Für den Rest meines Lebens.

In ewiger Liebe
Dein Jakob

Sie las den Brief zweimal, dreimal. Eine Ecke des Herzens, dachte sie. Er hatte genau das gesagt, was auch sie fühlte. Ein Stück ihres Herzens war immer bei ihm geblieben. Hans hatte damit gar nichts zu tun. Oder doch? Ihre Augen füllten sich mit Tränen. Sie kam sich schlecht vor. Sie hasste Lügen. Hatte sie Hans belogen, sich selbst belogen? Marie liebte Hans. Er war der wichtigste Mensch in ihrem Leben. Sie wollte keinen anderen Mann, auch nicht Jakob. Was passierte nur mit ihr? Es konnten doch nicht die paar Zeilen sein, die sie so aus dem Gleichgewicht brachten. Sie hatte Jahre damit verbracht, über ihre unglückliche Liebe hinwegzukommen. Dann hatte sie es endlich geschafft und war frei für ein neues Gefühl. Frei für Hans. Jakob war mehr und mehr verschwunden.

Bei ihrem ersten Wiedersehen war sie sehr stark gewesen. Sie hatte Jakob gesagt, dass ihre Liebe eine Liebe der Erinnerung gewesen sei. Marie hatte es selbst geglaubt. Nun musste sie erkennen, dass es nicht die ganze Wahrheit war. Es war seltsam. Wenn sie mit Carsten zusammen war oder an ihn dachte, dann hatte sie nie zwangsläufig auch an Jakob gedacht. Jakob war viele Kilometer weg gewesen. Nur manchmal, dass musste sie sich eingestehen, wurde sie von einer unbändigen Sehnsucht erfasst. Ein mulmiges Gefühl im Magen, Knie, die weich wurden. Sie war selbst so dermaßen erschrocken darüber gewesen, dass sie die aufkommenden Gefühle als lächerlich bezeichnet hatte.

Jetzt konnte Marie die Tränen nicht mehr zurück halten. Sie weinte aus Scham und nicht weil sie sich nichts mehr wünschte, als ihr weiteres Leben mit Jakob zu verbringen. Hans war ihr Mann und sie war gerne seine Frau.

Heilige Hühnerkacke, dachte Marie. Was mache ich eigentlich hier? Sie stand auf und buddelte nach ihrer Blechdose. Sie las den Brief ein letztes Mal und legte das nasse Stück Papier zu ihren übrigen Schätzen. Marie wollte schon gehen, als der Baum sagte:

„Mariechen, du musst dich nicht schämen. Bleibe doch noch ein wenig bei mir. Du warst schon lange nicht mehr hier. Ich meine, so richtig hier. Ich

habe dich vermisst, kleine Marie. Das Leben von euch Menschen ist bunt. Viel bunter als der Wald und die Blumen. Eine kurze Weile seid ihr Gast auf der Erde. Habt ihr die eine Hälfte eures Lebens geschafft, dann merkt ihr, dass die zweite Hälfte viel schneller vergeht. Vielleicht ist das eine Gnade der Natur. Denn mit dem Alter kommen auch die Blessuren, die körperlichen und die seelischen. Die Lebensspuren machen euch zu schaffen. Jedes Leben hinterlässt eine Spur, Marie. Eine Spur von Glück, Arbeit, von Trauer und Abneigung. Eine bunte Spur eben. Die Liebe gehört natürlich auch dazu. Schon oft hast du gedacht, was ist eigentlich Liebe? Du hast deine Eltern geliebt und du hast Lisa geliebt. Jeden hast du anders geliebt. Du liebst deine Kinder und du liebst deinen Mann. Als Kind hast du dich in deinen Lehrer verliebt. War das Liebe? Nein, es war eine Schwärmerei. Was hat also Jakob zwischen deinen Gefühlen zu suchen? Wozu zählt Jakob? Dein Menschenverstand ist ratlos und treibt dir die Schamröte ins Gesicht. Du willst nicht, dass er zu deinem Liebes-Kreis gehört. Es gibt Gefühle, Mariechen, die bewegen sich außerhalb des Kreises. Sie sollen nicht dazugehören und sie tun es doch. In der zweiten Lebenshälfte rückt manchmal die erste wieder näher heran. Das ist so, als würden Momente des Lebens immer und immer wieder gezeigt. Die Momente werden deinem Herzen gezeigt, deiner Seele, deinem Gewissen, deinem Gefühl. Du kannst nichts dagegen tun und du solltest es auch nicht. Deine Liebe zu Jakob wird immer da sein. Ein Stück deines Herzens hast du mitten im Krieg, unter ganz besonderen Bedingungen an einen Mann verschenkt, der für immer zu deinem Leben und zu deinem Liebes-Kreis gehören wird. Du musst dich nicht schämen, Mariechen. Jakob nimmt Hans nichts weg. Und du tust es auch nicht. Hans und du, das sind ein Mann und eine Frau jetzt und heute. Jakob und du, das sind ein Mann und eine Frau, die immer Sehnsucht nacheinander verspüren werden. Die einander nie vergessen werden, deren Liebe aber ein Stück aus der ersten Lebenshälfte ist. Auch wenn der Vorhang nie ganz geschlossen wurde.“

Marie umarmte ganz fest den Stamm der Eiche und schaute zum Wipfel empor. Sie streichelte die harte Rinde ein paar Mal, bevor sie ging.

Ein paar Tage später fand Marie zu ihrem inneren Gleichgewicht zurück. Sie war nicht mehr nervös oder aufgeregt, sondern ruhig und ausgeglichen. Es ging alles weiter. Immer ging alles weiter.

Der ferne Vater

„Nein, Marie und nochmals nein, ich will ihn nicht kennenlernen", antwortete Carsten gereizt.
„Carsten", begann Marie von neuem, „er will nicht Vater spielen, er möchte dich doch nur einmal sehen. Ist das denn wirklich so schlimm?"
„Verdammt, Marie! Ich will nichts von ihm wissen. Kannst du das nicht verstehen oder willst du es nicht? Mein Vater ist noch nicht drei Monate tot und schon soll ein Fremder seine Stelle einnehmen?"
„Davon ist doch gar nicht die Rede. Jakob will doch nicht seine Stelle einnehmen. Es ist nur sein größter Wunsch, dich zu sehen, mit dir zu sprechen."
Carsten schlug mit dem Fuß gegen eine leere Milchkanne, die umfiel und über den Boden der Melkkammer rollte. Tief vergrub er seine Hände in den Jackentaschen und lehnte sich an die Wand. Marie stellte die Kanne wieder an ihren Platz und wollte schon ins Haus gehen, als Carsten sagte:
„Ihr macht es euch verdammt einfach, du und dieser Jakob. Mitten im Krieg zeugt ihr ein Kind, du gibst es weg, der Geliebte weiß nichts davon und Jahrzehnte später wollt ihr alles rückgängig machen." Seine Worte trafen Marie mitten ins Herz, das wusste er. Und er wusste auch, dass es nur die halbe Wahrheit war. Marie war kreidebleich geworden. Sie kämpfte mit den Tränen. Hatte Carsten recht? Sie wandte sich ihm zu:
„Ich werde nicht mehr fragen, keine Angst. Aber eines sollst du wissen, einfach war es nie!"
„Marie, ich habe das nicht so gemeint. Es tut mir leid. Es ist nur…" Mitten im Satz brach er ab.
„Was ist nur?", hakte Marie nach.
„Als ich dich kennenlernte, Marie, hatte ich auf einmal zwei

Mütter. Die eine hat mich geboren und die andere hat mich großgezogen. Solange ich dich nicht kannte, hatte ich eine gehässige Meinung von dir. Du hast mich auch nicht interessiert. Ich wollte dich ja gar nicht kennenlernen. Anne wollte es und ich habe nachgegeben. Nun kenne ich dich, Marie. Und meine Mutter tut mir manchmal leid. Sie war immer gut zu mir, genauso wie mein Vater. Meine Mutter hat Angst. Sie hat Angst, dass ich mich sozusagen zwischen euch beiden entscheide und mich gegen sie entscheide. Aber das stimmt natürlich nicht. Ich erzähle ihr gar nicht mehr, wenn wir uns treffen. Es verletzt sie. Denn sie denkt jetzt, sie war doch nicht gut genug zu mir, sonst würde ich nicht zu euch kommen. Als mein Vater starb und ich ihr erzählte, dass Greta bei euch ist, hatte ich das Gefühl, sie weint nicht nur um meinen Vater, sondern auch um mich. Deshalb haben wir Greta so schnell nach Hause geholt. Wenn ich jetzt meinen richtigen Vater kennenlerne, dann bricht es ihr das Herz. Dann denkt sie, kaum ist er tot, kommt schon der fremde Vater." Carsten weinte. Er wischte sich über die Augen und fuhr fort:

„Mein Vater war ein ganz einfacher Mann. Es lief bei uns nichts über, aber er hat alles für mich getan. Meine Eltern haben sich alles vom Mund abgespart, damit ich nach dem Abitur studieren konnte. Er war so unsagbar stolz auf mich. Sein Sohn.

Als ich erfuhr, dass ich adoptiert war, richtete sich meine Wut am meisten gegen ihn. Ich weiß gar nicht so richtig, warum. Ich habe ihn als Lügner und Betrüger beschimpft, weil er es mir nicht viel früher gesagt hatte. Ich habe mich unmöglich benommen. Erst als ich langsam kapierte, dass er einfach Angst gehabt hatte, mir von der Adoption zu erzählen, habe ich ihn verstanden. Denn genau das, was er befürchtet hatte, war eingetreten. Ich habe reagiert wie ein Idiot. Ich habe mich hinterher so geschämt. Er hat mir das alles verziehen und gesagt: Du bist mein Sohn, Carsten. Ich wollte nie einen anderen. Ich habe alles so gut gemacht, wie ich konnte. Und du bleibst mein Sohn bis ans Ende meiner Tage.

Er war auch sehr betroffen, als ich von dir erzählte und ich meine

Meinung über dich änderte. Er hatte genau die gleichen Befürchtungen, wie meine Mutter. Und wenn ich jetzt meinen richtigen Vater kennenlernen würde, dann hätte auch meine Mutter das Recht, davon zu erfahren. Aber ich würde ihn verraten, Marie. Er war der beste Vater, den man sich wünschen kann. Und er bleibt es. Für einen fremden Vater ist kein Platz."

Carsten sah Marie hilflos an. Zum ersten Mal hatte er offen über seine Gefühle gesprochen. Marie weinte. Als sie sich beruhigt hatte, legte sie eine Hand auf Carstens Arm.

„Weißt du, Carsten. Heute weiß ich, wie schwer es für dich war, zu erfahren, dass du adoptiert bist. Wie schwer es für deine Eltern war, es dir endlich zu erzählen. Diese eine Nacht mit Jakob hat so viele Leben verändert. Deines, meines, das deiner Eltern und das von Hans. Ich habe Jahre damit zugebracht, mir vorzustellen, wie das Leben mit dir und mit Jakob gewesen wäre. Aber irgendwann habe ich eingesehen, dass ich die Zeit nicht zurückdrehen kann. Ich habe Hans gehasst, weil er mich zu dem schweren Schritt gezwungen hat. Ich habe Jakob gehasst, meine Eltern, sogar meine beste Freundin und Anna sowieso. Aber am meisten habe ich mich gehasst. Ich habe immer nur gehofft, dass es dir gut geht. Jakob war irgendwann weg, aber du warst es nie.

Du weißt ja, wie es war, als ich Jakob wiedersah. Du hast damals schon gesagt, dass du ihn nicht kennenlernen willst. Heute habe ich es verstanden, Carsten. Ich werde nie wieder davon anfangen. Ich verspreche es."

Mutter und Sohn sahen sich aus verweinten Augen an. Carsten ging einen Schritt auf Marie zu und nahm sie in den Arm. Das hatte er noch nie getan. Marie lehnte an seiner Schulter und in diesem Augenblick überkam sie eine grenzenlose Dankbarkeit.

Polonaise

Zusammen mit den meisten Gästen waren auch sie so langsam in die Jahre gekommen, aber was spielte das für eine Rolle. Die drei singenden Landwirte gaben alles. Das Erntedankfest wurde gefeiert.

Marie und Hans saßen mit Christian, Nina und einigen anderen an einem Tisch. Zwei Jahre lang hatten die vier das Dorffest geschwänzt. Justus überredete erst seine Eltern mitzufeiern und die überredeten dann schließlich Hans und Marie. Christian bestellte einen Krug Angler Muck, das Fest-Getränk in Norddeutschland schlechthin. Der Muck bestand aus Korn und Limonade. Gemischt wurde eins zu zwei, oder doch eins zu eins? Beim zweiten Glas entdeckte Marie Hedwig. Sie stand ziemlich verloren an der Saaltür. Ihre Blicke suchten jemanden. War sie verabredet? Marie schaute immer wieder zu ihr hin. Irgendwie tat Hedwig ihr leid. Seit ihrer Scheidung lebte sie noch zurückgezogener als während ihrer Ehe. Marie sah, wie Hedwig resigniert ihren Blick senkte und ging zu ihr hin.

„Willst du wieder gehen?", fragte sie statt einer Begrüßung.

„Ich weiß nicht so recht. Eigentlich war ich mit Elke und ihrem Mann verabredet, aber ich kann sie nirgends finden."

„Ich habe sie auch nicht gesehen. Wenn du willst, dann komm doch zu uns an den Tisch."

„Meinst du wirklich?"

„Na, klar." Marie hakte Hedwig unter und gemeinsam gingen sie zum Tisch. Nach der allgemeinen Begrüßung reichte Hans ihr ein Glas mit Muck.

„Danke, Hans. Ich trinke ja nie Alkohol. Hoffentlich vertrage ich das."

„Ein Glas, Hedwig, dass verträgst du bestimmt." Hans zwinkerte seiner Frau zu. Die Musikanten hatten ihre Pause beendet und

spielten nun einen Walzer.
„Wollen wir, Marie?“ Gemeinsam schritten Hans und Marie auf die Tanzfläche, die sich langsam füllte. Marie trug ein korngelbes Kleid, das weit unter ihren Knien endete. Es war sehr schlicht, der Rock nur wenig ausgestellt. Zwischen all den Rüschen, Puffärmeln und weißen Blusen mit dunklen Röcken, war es das Schlichte, das viele Blicke auf sich zog. Marie sah umwerfend gut aus. Hans war stolz. Sie tanzten so harmonisch wie sie auch miteinander umgingen. Auf dem Weg zurück zum Tisch flüsterte Marie ihm ins Ohr:
„Kann ich dich überreden, einmal mit Hedwig zu tanzen. Möglichst vor 23.00 Uhr. Sie tut mir richtig leid.“ Hans machte eine spielerische Verbeugung vor Marie und antwortete lächelnd:
„Sehr wohl, gnädige Frau.“
Die drei singenden Landwirte hatten fleißig geprobt, wie man wenig später hören konnte. Sie spielten ein Potpourri bekannter Schlager. Hedwig hatte inzwischen das zweite Glas leergetrunken, das dritte stand noch unberührt vor ihr. Hans stand auf, machte einen Diener und bat Hedwig um den Tanz. Vor lauter Schreck und Freude stürzte sie das volle Glas fast in einem Zug hinunter. Hans hatte alle Mühe, Hedwig im Arm und Takt zu halten. Das eine oder andere Mal schien es so, als würde sie im weitem Bogen aus seinen Armen fliegen. Als der Tanz zu Ende war, brachte Hans Hedwig an den Tisch zurück. Kleine Schweißperlen tropften von seiner Stirn. Marie wollte sich kaputt lachen. Hans tat so, als wisse er nicht, was ihren Lachsturm ausgelöst hatte. Nina gluckste in ihr Taschentuch und Christian grinste in die Runde. Hedwig trank ihr nächstes Glas und kam so richtig in Stimmung. Sie klatschte in die Hände und konnte sich gar nicht mehr beruhigen. Über den Tisch hinweg sagte sie zu Hans:
„Das war aber nicht unser letzter Tanz. Das wird noch richtig schön, heute Abend.“ Nina ging sich die Nase pudern und Christian forderte seine Schwester auf. Die Nachbarn tanzten ebenfalls. Plötzlich saß der arme Hans mit Hedwig alleine am Tisch.

Unglaublich schnell trank sie das nächste Glas leer und setzte sich neben Hans. Ihm wurde es ungemütlich. Angestrengt blickte er immer wieder auf die Tanzfläche. Er sah seine lächelnde Frau und Christian und hätte am liebsten abgeklatscht. Wenn wenigstens Nina kommen würde. Immer wieder sah er zur Saaltür. Mein Gott, dachte er, wie lange geht denn dieser Tanz. Hedwig legte eine Hand in seinen Nacken. Er konnte das nicht leiden. Das hatte so etwas Besitzergreifendes, er mochte das nicht und schon gar nicht, wenn es sich um Hedwigs Hand handelte. Sie flüsterte in seinen Nacken:
„Oh, Hans, wäre doch alles anders gekommen." Hans tat so, als hätte er sie nicht verstanden, aber er wusste natürlich genau was sie meinte. Christian und Marie kehrten an den Tisch zurück. Was für ein Glück. Hans erhob sich und legte einen Arm um Marie. Hedwig beobachtete die kleine Vertrautheit und trank wieder einen Schluck. Marie sah sofort, dass sie schon reichlich geschnunzelt hatte. Ihr Kopf war hochrot, genau so rot, wie zu ihren besten Zeiten in der Backstube. Marie schaute auf ihre Uhr. Es ist erst viertel nach Zehn, dachte sie. Das ist doch keine Zeit, um schon dermaßen hinüber zu sein. Sollte sie Hedwig überreden, nach Hause zu gehen, bevor es peinlich wurde? Bevor die ganze Gemeinde mitbekam, dass Hedwig sich einen angetüdelt hatte? Die Entscheidung wurde ihr für den Moment abgenommen. Es ertönte ein ohrenbetäubender Tusch: Polonaise! Also dann. Justus und seine junge Frau hatten sich schon längst aus dem Staub gemacht und sich zu gleichaltrigen Bekannten gesetzt. Jetzt sah Marie, dass Justus die Menschenschlange anführte. Als er am Tisch vorbeikam, forderte er durch eine Geste seines Armes zum Mitmachen auf. Also dann. Die vier reihten sich ein und zwischen Hans und Marie schob sich plötzlich Hedwig. Sie trommelte mit ihren Fäusten auf dem Rücken von Hans herum und hechelte hinter ihm her. Quer über den Saal, durch die Gaststube, einmal nach draußen und wieder zurück. Das war die Route. Als auch die letzten im Saal eintrafen, erklang wieder ein lauter Tusch:

Damenwahl! Hans hatte keine Chance, sich in Sicherheit zu bringen. Marie stand plötzlich alleine da und ging zum Tisch zurück. Sie sah ihrem Mann und Hedwig beim Tanzen zu, als sie einen leichten Druck auf ihrer Schulter spürte. Elke stand mit ihrem Mann am Tisch. Das Ehepaar begrüßte Marie und Elke schrie in ihr Ohr:
„Sind bei euch noch zwei Plätze frei? Wir kommen so spät, weil Heinz Dienst hatte. Ist Hedwig auch hier?"
„Ja, Hedwig und Hans tanzen gerade. Natürlich könnt ihr euch zu uns setzen."
Die drei setzten sich und schauten den Tanzenden zu. Über Maries Gesicht huschte ein Lächeln. Hans zwinkerte ihr von weitem zu. Als der Tanz zu Ende war und Beifall geklatscht wurde, ertönte schon wieder ein Tusch und die Stimme des Sängers erklang: Polonaise! Eine Polonaise jagte die andere an diesem feucht fröhlichen Abend. Sowas hatte das Dorf noch nicht erlebt. Schon marschierte Hedwig wieder hinter Hans her. Dieses Mal schlang sie ihre Arme um seine Hüften. Hans winkte verzweifelt nach Marie. Sie rührte sich nicht von der Stelle. Dafür sprangen Heinz und Elke auf und zwängten sich zwischen die nicht enden wollende Stolperschlange. Marie saß wieder allein am Tisch. Grölend kam die Stolperschlange zurück und löste sich langsam auf. Wo waren Hedwig und Hans? An der Bar? Marie konnte sie nirgends entdecken. Zwei Stühle am Tisch blieben leer. Die drei singenden Landwirte gaben heute wirklich alles, denn schon wieder ertönte die Stimme des Sängers: „Auf Wunsch einer einzelnen Dame spielen wir jetzt die Caprifischer." Im Handumdrehen war die Tanzfläche wieder voll. Als gerade der Refrain gespielt wurde, ertönte von allen Seiten der leicht veränderte Text, stimmgewaltig und Muck-Selig: *Bella, bella, bella Marie, häng dich auf ich schneid dich ab morgen früh, bella …*
In diesem Moment machte es einen lauten Knall. Der Schlagzeuger fiel betrunken in sein Becken und alle gerieten aus dem Takt. Es war 23.00 Uhr. Die Stimmung hatte ihren absoluten

Höhepunkt erreicht. Wenig später saß seine Frau an der Trommel. Im Dreivierteltakt ging es weiter. Aber wo waren Hans und Hedwig? Marie wurde langsam unruhig. War etwas passiert? Brachte Hans Hedwig etwa nach Hause? Sie stand auf, um nachzusehen. Vor der Tür standen einige junge Leute und knutschten. Marie sah sich um. Dann entdeckte sie die beiden. Hedwig redete, wild mit den Armen fuchtelnd, auf Hans ein. Marie ging ein Stück näher und hörte Hedwigs lallende Stimme:
„Wenn du das nicht glaubst, dann frage doch Elke. Die hat das auch gesehen."
Marie blieb fast das Herz stehen. Das hätte sie sich ja denken können, ja denken müssen. Der Alkohol löste nicht nur Hedwigs Verbitterung, sondern auch ihre Zunge. Hans stand aschfahl neben ihr und Marie hörte ihn sagen:
„Du hast zu viel getrunken, Hedwig. Du solltest lieber nach Hause gehen." Hedwig hörte überhaupt nicht zu, sondern sagte noch lauter als vorher:
„Du lässt alles mit dir machen, Hans. Du bist ein richtiger Hampelmann, ein Hans Wurst. Alle wissen doch, dass sie dich betrogen hat. Und sie würde es wieder tun, deine liebe Marie. Frag doch Elke!"
Hedwig drehte sich ein wenig zu forsch um und fiel hin. Hans wollte ihr hochhelfen, aber sie stieß ihn weg. Marie stand noch immer am gleichen Fleck und bekam fast gar nicht mit, dass Elke an ihr vorbeilief. Schon von weitem rief sie:
„Hedwig, was ist denn los? Was macht ihr denn hier draußen?" Mühsam berappelte sich Hedwig und zeigte jetzt mit dem rechten Zeigefinger auf Hans:
„Er will mir nicht glauben, dass Marie und dieser Holländer sich geküsst haben. Sag ihm, dass das stimmt, Elke. Sag ihm das!"
Marie erwachte aus ihrer Starre und ging auf die Gruppe zu.
„Was soll Elke sagen, Hedwig?" Elke wollte gerade etwas zum Gespräch beitragen, als Hans wutentbrannt an den Frauen vorbei lief. Marie stürmte hinterher. Er holte seine Jacke und zahlte. Seine

Frau ließ er einfach stehen, lief zu seinem Auto und brauste davon. Unentschlossen blickte Marie dem Wagen nach. Sie knöpfte ihren Mantel zu und ging den Weg bis zum Hof zu Fuß. Insgeheim hatte sie gehofft, dass Nina und Christian auch nach Hause fuhren und sie mitnahmen. Aber kein Auto kam. Niemand begegnete ihr. Die Füße schmerzten. Am liebsten hätte sie ihre hochhackigen Schuhe in einen Graben geworfen. Wegen der vielen Steine und Unebenheiten ließ sie es. Sie war es nicht gewohnt, in Schuhen mit hohen Absätzen zu gehen, geschweige denn, kilometerweit zu marschieren. Der Mond hatte sich versteckt, es war eine dunkle Nacht. Hier und da hörte sie es knistern oder schnauben. Aber Marie kannte diese Geräusche von Kindesbeinen an. Angst vor der Dunkelheit oder der Einsamkeit kannte sie nicht. Mit jedem Meter wurde sie wütender. Hans hatte wohl nicht sein Heu im Schober. Ließ sie einfach wie ein dummes Schulmädchen stehen, nur weil die blöde Hedwig und die blöde Elke ihm einen Floh ins Ohr gesetzt hatten. Dabei hatte sie immer gedacht, Hedwig sei eine Freundin. Schöne Freundin! Und überhaupt. Was dachte sich Hedwig denn eigentlich. Sie schmiss sich an ihren Mann ran und verbreitete anschließend Lügen über sie. Diese alte Hexe. Fehlte nur noch, dass die andere Hexe in der Tür stand, wenn sie nach Hause kam.

Und erst Hans. Der glaubte auch noch, was die Frau Bäckerin erzählte. Was heißt erzählen. Die war so voll, dass sie vergessen hatte, in welcher Sprache sie für gewöhnlich redete. Marie stolperte über irgendetwas und wäre fast gestürzt. Diese blöden Schuhe und dieser blöde Weg. Heilige Hühnerkacke! Hans brauchte gar nicht mehr bei ihr angekrochen zu kommen. Das war ja wohl das Letzte. So ein Kinderkram. Marie begann laut zu fluchen. Alle Schimpfwörter, die ihr geläufig waren, spuckte sie förmlich aus. Als ihr langsam keine mehr einfielen, sah sie den Hendrikshof. Endlich! Sie griff in ihre Manteltasche, dann in ihre Handtasche. Sie hatte keinen Schlüssel. Verflixt und zugenäht. Auch das noch! Sie ging ums Haus herum und sah in der Küche Licht brennen.

Energisch klopfte sie an das Fenster:
„Lass mich rein, Hans. Sonst klingel ich gleich Sturm!"
Hans schloss die hintere Eingangstür auf und ließ sie wortlos hinein. Sie hatte Durst wie eine Bergziege und riss die Kühlschranktür auf. Jetzt sah sie, dass Hans dabei war sich zu betrinken. Eine Flasche Schnaps und ein randvoll gefülltes Wasserglas standen auf dem Tisch. Hans setzte sich wieder und würdigte sie keines Blickes. Auf einmal schrie er sie an:
„Glaubst du eigentlich, du kannst alles mit mir machen? Du hast mir schon einmal Hörner aufgesetzt. Und kaum ist dieser Holländer in deiner Nähe, tust du es wieder. Und nicht etwa heimlich im Wald oder sonst wo. Nein, direkt vor den Augen der Nachbarschaft, damit es auch ja alle mitkriegen. Glaubst du eigentlich, ich lasse mir alles gefallen? Jetzt ist Schluss. Von mir aus kannst du deine Siebensachen packen und zu deinem Holländer gehen!" Hans schlug so hart mit der Faust auf den Tisch, dass der Schnaps in seinem Glas über die Tischplatte lief.
Marie zuckte zusammen.
„Du spinnst, Hans", schrie sie zurück. „Du glaubst doch nicht allen Ernstes, dass es stimmt, was Hedwig gesagt hat. Sie war betrunken, Hans!"
„Und Betrunkene sagen die Wahrheit", fiel er ihr ins Wort.
Marie stand immer noch an der geöffneten Kühlschranktür und nahm nun endlich eine Flasche Wasser heraus. Sie setzte sich die Flasche an die Lippen und trank gierig gegen den Durst an. Dann nahm sie sich einen Stuhl und schleuderte ihre Schuhe von den Füßen. Mit dem Handrücken wischte sie sich den Mund ab und erschrak zum zweiten Mal, denn Hans brüllte wieder los:
„Da fällt dir nichts mehr ein, was Marie? Betrunkene und kleine Kinder sagen die Wahrheit! So war es schon immer. Und es stimmt!"
Den ganzen Weg über nach Hause hatte Marie gedacht, Hans würde sich kindisch benehmen und von allein wieder beruhigen.
Ihre Gedanken waren kindisch gewesen. Sie erkannte es und biss

sich verlegen auf die Lippen.
„Hans“, begann sie von neuem. „Jakob ist inzwischen Witwer. Er hat sich immer Kinder gewünscht, aber es sollte wohl nicht sein. Deshalb möchte er doch so gerne Carsten kennenlernen. Du weißt das doch. Und als er sich verabschiedete, war er ganz bedrückt und traurig. Deshalb habe ich ihn ganz kurz umarmt und ihm einen winzigen Kuss auf die Wange gegeben. Das war alles, Hans. Mehr war nicht. In dem Moment kamen Hedwig und Elke herein. Was Hedwig dir erzählt hat, ist gelogen.“
Marie sah Hans gerade in die Augen und stand auf. Sie war noch nicht einmal einen halben Meter gegangen, als sie sich die Hand ans Herz hielt und einen Augenblick später auf den harten Boden fiel. Mit dem Kopf schlug sie auf dem hohen Absatz einer ihrer Schuhe auf. Nach einer Schrecksekunde lief Hans um den Tisch herum zu seiner Frau.
„Marie! Marie! Was ist los, Marie?“ Er nahm ihren Kopf auf seinen Schoß und sah erst jetzt, dass sie aus einer Wunde am Hinterkopf stark blutete. Im Nu war seine Hose nass und rot. Unbeholfen streichelte er ihre Wangen und rief immer wieder nur: „Marie, Marie.“ Seine Anzugjacke hing über einem Stuhl. Er machte den rechten Arm so lang wie es nur ging und riss die Jacke von der Lehne. Der Stuhl kippte um, haarscharf an Maries Kopf vorbei. Vorsichtig löste sich Hans von Marie. Er legte eine Hand unter ihren Kopf und mit der anderen formte er aus der Jacke ein Kissen. Behutsam ließ er Maries Kopf auf den weichen Stoff nieder. Hans rannte zum Telefon und rief den Arzt des Dorfes an. Eigentlich musste er sofort einen Krankenwagen rufen, das wusste er. Doch wie lange würde es dauern, bis der Wagen kam? Verschlafen meldete sich am anderen Ende der Leitung die Stimme des Arztes. Abgehackt und aufgeregt schilderte Hans, was passiert war.
„Ich komme sofort, Herr Hendriks.“
Hans lief zu Marie zurück. Sie lag blass in einer immer größer werdenden Blutlache. Hans konnte sich kaum beherrschen, keinen

klaren Gedanken fassen. Er kniete neben seiner Frau:
„Marie, Marie, was ist mit dir? Wach auf, Marie. Bitte wach auf. Es kommt gleich Hilfe. Und unser blöder Streit, denke nicht mehr dran, Marie. Bitte wach auf.“ Es klingelte. Mit wenigen Schritten war Hans an der Haustür und ließ den Arzt hinein.
„Seit wann ist Ihre Frau bewusstlos?“
„Vielleicht eine viertel Stunde.“ Dr. Ortmann sah das viele Blut und holte aus seiner Tasche Verbandsmaterial. Er drehte Maries Kopf leicht, damit er sehen konnte, woher das viele Blut kam. Er fand die Wunde und legte mehrere Lagen Kompressen auf die Stelle. Dann fühlte er ihren Puls und leuchtete mit einer Lampe in ihre Augen.
„Helfen Sie mir bitte, Herr Hendriks. Wir müssen Ihre Frau in eine stabile Seitenlage bringen.“ Behutsam drehten Sie Marie auf die Seite.
„Machen Sie ein paar Tücher oder Waschlappen nass.“ Hans lief aus der Küche und kam mit einigen Waschlappen zurück, die er unters Wasser hielt und dann auswrang. Der Arzt platzierte die Waschlappen auf Maries Nacken und die Stirn.
„Sie braucht Sauerstoff. Wo ist Ihr Telefon? Ich rufe einen Krankenwagen.“ Wenige Minuten später kam wieder etwas Farbe in Maries Gesicht. Ihre Lider begannen zu flackern. Marie wurde wach und stöhnte leise.
„Was hat meine Frau, Herr Doktor?“ Verzweifelt sah Hans den Arzt an.
„Ich kann es Ihnen nicht sagen. Sie muss gründlich untersucht werden. Erzählen Sie mir nochmal genau, was passiert ist und holen Sie bitte eine Decke, damit sie nicht friert!“
In knappen Sätzen berichtete Hans von dem Fest, dem Streit und dem Zusammenbruch Maries. Dann eilte er ins Schlafzimmer und kam mit einer Bettdecke zurück.
„Da bist du ja wieder, Marie. Hast du mir einen Schrecken eingejagt.“
Der Arzt beugte sich zu Marie hinunter und fragte:

„Wie ist Ihr Name und wann haben Sie Geburtstag?" Marie beantwortete die Fragen schleppend, aber richtig. Beruhigend sprach der Arzt auf sie ein.
„Ich gehe nach draußen, Herr Doktor. Der Krankenwagen muss doch bald kommen."
Hans stand verloren auf dem großen Hofplatz und blickte ängstlich in die Nacht hinein. Er hörte eine Sirene und sah kurze Zeit später das blaue Licht, das rasch näher kam. Hans lief vom Hofplatz auf den Weg. Um nichts in der Welt durften die Helfer vorbeirasen.

Als Marie endlich auf der Trage lag, stand Anna neugierig in der Tür. Sie war vom Lärm wach geworden.
„Wo bringen Sie meine Frau hin?", fragte Hans.
„Nach Niebüll ins Städtische Krankenhaus. Wollen Sie mitfahren?"
„Nein, das geht leider nicht. Ich komme, so schnell ich kann, nach."
Hans begleitete die Sanitäter bis zum Wagen und bedankte sich erst bei ihnen und dann beim Arzt.
„Kommen Sie nachher in meine Praxis, Herr Hendriks. Vielleicht wissen wir dann schon mehr." Voller Sorge ging Hans zu seiner Mutter. Er sah ihren Blick, der zwischen Tisch und Blut hin und her wanderte.
„Hat sie zu viel getrunken und ist umgekippt? Was für eine Schweinerei."
Hans wurde von so einer unbändigen Wut erfasst, dass er seine Mutter samt ihres Gehstocks am liebsten zu Boden gerissen hätte. Er hätte am liebsten auf ihr herumgetrampelt, so wie sie ein halbes Leben lang auf Marie herumgetrampelt hatte. Es kostete ihn viel Kraft, nicht die Beherrschung zu verlieren:
„Es ist mitten in der Nacht, Mutter. Geh wieder ins Bett!"
Beleidigt schlurfte sie davon. Die Gefühle von Hans fuhren Achterbahn. Er hatte große Angst um Marie. Schon ein paar Mal

war ihr schwindelig geworden, aber sie selbst hatte das immer als Lappalie abgetan. Wie oft war es wirklich passiert?

„So, Frau Hendriks, wir sind gleich da. Ihr Puls hat sich stabilisiert und die Wunde blutet nicht mehr ganz so stark."
Marie nickte, wollte etwas sagen und fummelte deshalb an der Sauerstoffmaske herum. Der freundliche Sanitäter nahm ihre Hand:
„Lassen Sie das bitte. Bleiben Sie einfach ruhig liegen."
In der Notaufnahme wurde als erstes ihre Wunde versorgt. Marie bekam eine Betäubungsspritze. Wie durch einen Nebel erlebte sie die routinierten Handgriffe des Arztes und der beiden Schwestern. Ab und zu wurde Marie etwas gefragt. Sie antwortete. Die Stimme des Arztes und ihre eigene klangen in ihren Ohren blechern und ganz weit weg.

Marie wurde von einem grellen Licht wach. Zwei ganz in weiß gekleidete Frauen wuselten um ihr Bett herum, zupften hier und glätteten da. Ihr fielen immer wieder die Augen zu. Mit aller Kraft versuchte sie, sich etwas aufzusetzen.
„Bleiben Sie ruhig liegen, Frau Hendriks. Sie dürfen noch nicht aufstehen." Marie blieb ruhig liegen und schaute auf ihr linkes Handgelenk. Wo war ihre Uhr? Wie spät war es? Bevor sie fragen konnte, sagte eine der beiden:
„Ich bin Schwester Hilde. Ich helfe Ihnen gleich bei der Morgentoilette. Ihr Mann hat schon zwei Mal angerufen." Ein winziges Lächeln huschte über ihr wohl fünfzigjähriges Gesicht. „Er lässt Sie grüßen und ich soll ausrichten, dass er so schnell wie möglich zu Ihnen kommt." Der Nebel begann sich zu lichten, die Erinnerung kehrte zurück. Vorsichtig betastete Marie ihren Kopf. Sie hatte Kopfschmerzen. Marie sah an sich herunter. Sie trug ein Operationshemd und hing am Tropf. Erst jetzt bemerkte sie, dass noch zwei weitere Patientinnen in ihrem Zimmer lagen. Die Schwestern scheuchten sie hoch. Eine nach der anderen verschwand

mit Waschzeug durch eine enge Tür.
Marie winkte zur Begrüßung mit der freien Hand zu den Frauen hinüber. Schwester Hilde half ihr, sich notdürftig frisch zu machen und ging.
Anscheinend hoch erfreut über die Abwechslung, stellten die beiden anderen Patientinnen sich vor und erklärten Marie ausführlich, warum sie da seien, wie lange schon und wie lange noch. Die Tür ging auf. Ein Schwarm von weißen Kitteln flog durch den Raum. Es war Montag, es war Chefvisite. Vor ihrem Bett schaute der Chefarzt auf ihr Krankenblatt und sagte dann:
„Wie geht es Ihnen Frau Hendriks?"
Bevor sie richtig antworten konnte, redete er schon weiter:
„Nachher kommt Dr. Schreiner zu Ihnen. Er bespricht alles weitere mit Ihnen. Alles Gute."
Das Frühstück kam. Es war sozusagen der erste Höhepunkt des Tages. Die Lernschwestern klapperten mit den Tabletts, wünschten einen guten Appetit und verschwanden wieder. Marie roch den Duft des frischen Kaffees. Egal, wie und ob er schmeckte, sie wollte auch einen. Außerdem hatte sie Appetit auf ein Stück Weißbrot mit Butter. Durfte sie nichts essen? Hatte man sie vergessen? Eine der Lernschwestern kam zurück:
„Wir wissen leider noch nicht, ob sie essen und trinken dürfen. Entschuldigen Sie bitte, wir haben vorhin nicht daran gedacht."
Sie lächelte Marie zu und ging.
Die Tür ging wieder auf und ein freundlich aussehender Arzt setzte sich auf einen Stuhl neben Maries Bett.
„Ich bin Dr. Schreiner, Frau Hendriks. Wie fühlen Sie sich?"

Nachdem Hans bereits in der Nacht im Krankenhaus angerufen hatte, tat er es nach der morgendlichen Stallarbeit wieder. Am Telefon dürfe man ihm keine Auskünfte geben, wurde ihm freundlich, aber bestimmt mitgeteilt. Ja, man würde seine Frau grüßen.
Das Frühstück brachte er ungeduldig und schweigend hinter sich. Er war immer noch sehr zornig auf seine Mutter und erwähnte die

Geschehnisse der Nacht mit keinem Wort. Anna fragte auch nicht. Hans fuhr in die Arztpraxis. Wohl ein Dutzend Patienten saßen vor ihm. Er kannte fast alle und grüßte nach allen Seiten. Es blieb ihm nichts anderes übrig, als auf einem harten Stuhl zu warten, bis er an der Reihe war. Als noch fünf Leute vor ihm dran waren, sah er Hedwig. Am liebsten wäre er aufgestanden und gegangen, aber das ging nicht. Er blickte auf den Boden und versuchte, über seine aufsteigende Wut Herr zu werden. Marie hatte die Wahrheit gesagt, davon war er überzeugt und Hedwig hatte ihn schamlos belogen. Jemand zupfte ihn am Ärmel. Hans sah hoch und blickte in Hedwigs glasige Augen.

„Kann ich dich kurz sprechen, Hans?“ Viele Augenpaare blickten auf ihn, er spürte das. Nur widerwillig stand er auf und ging mit Hedwig nach draußen.

„Ist etwas passiert, Hans? Ich frage nur, weil ich dich noch nie hier gesehen habe. Ich musste nur mein Rezept abholen.“

„Und um mir das zu sagen, wolltest du mich sprechen?“ Hans war gereizt.

„Nein, natürlich nicht.“ Hedwigs Gesicht wechselte stetig die Farbe. „Ich war gestern betrunken, Hans. Es ist mir peinlich, was ich alles gesagt habe.“ Weiter kam sie nicht.

„Das sollte es auch, Hedwig“, sagte Hans eisig und ließ sie einfach stehen.

Er setzte sich wieder und dachte die ganze Zeit an Marie. Hoffentlich war sie nicht schwer krank. Er mochte den Gedanken gar nicht zu Ende denken. Er dachte auch an seine Mädchen. Sollte er sie nicht anrufen und erzählen, was passiert war? Nein, erst musste er genau wissen, was mit Marie los war. In Gedanken versunken hörte er seinen Namen. Er war endlich dran.

„Ich habe schon alles vorbereitet, Herr Hendriks. Nehmen Sie die Unterlagen bitte mit ins Krankenhaus.

„Haben Sie inzwischen einen Verdacht, Herr Doktor, haben Sie etwas aus der Klinik gehört?“

„Nein, weder noch. Machen Sie sich nicht zu viele Sorgen, Herr

Hendriks. Es kann viele Gründe haben, warum ihre Frau ohnmächtig wurde. Aber Sie haben es ja selbst erlebt. Als sie abtransportiert wurde, kam sie langsam wieder zu sich. Sie ist gut aufgehoben in Niebüll. Ihre Frau wird gut versorgt. Und wenn die Kollegen wissen, was mit ihr ist, dann kann man ihr auch gezielt helfen."

Hans ging etwas beruhigt aus der Praxis. Er sah schon wieder Hedwig, die direkt an seinem Wagen stand.

„Hans, bitte. Ich möchte mich entschuldigen."

Er schloss die Wagentür auf und sagte gefährlich leise:

„Entschuldige dich bei meiner Frau. Du weißt gar nicht, was du angerichtet hast."

Hans ließ sie zum zweiten Mal stehen und fuhr davon.

Nachmittags ging er mit einem Strauß Blumen und einer Tasche in die Klinik. Marie war noch nie ernsthaft krank gewesen. Und jetzt gleich das. Es roch schon im Eingangsbereich nach Krankheit und Bohnerwachs. Er fragte sich durch und klopfte zaghaft an die Tür. Als er eintrat und Marie sah, schluckte er. Hans war den Tränen nahe. Unbeholfen trat er ans Bett und tätschelte Maries Hand. Sie lächelte ihn aufmunternd an. Eine Schwester kam herein.

„Ich nehme Ihnen die Blumen ab und stelle sie in eine Vase."

Dankbar nickte Hans ihr zu. Er setzte sich auf einen Stuhl und nahm wieder Maries Hand.

„Wie geht es dir? Hast du Schmerzen?"

„Ich habe nur Kopfschmerzen. Die Wunde am Kopf musste genäht werden. Es pocht ein wenig. Guck mal, man hat mir die Haare kreisrund rasiert." Sie neigte ihren Kopf.

„Das ist nicht schlimm. Sie wachsen wieder. Bist du schon untersucht worden, weiß man schon was du hast?"

„Blut abgenommen haben sie und jetzt habe ich so ein Blutdruckgerät am Arm. Ich habe eine leichte Gehirnerschütterung. Der Arzt meinte, wenn alles soweit gut ist, kann ich morgen nach Hause. Ich muss mich aber noch ein paar Tage schonen. Am liebsten möchte ich aber jetzt schon mit dir nach Hause." Sie sah ihn flehend an. „Alle weiteren Untersuchungen können von einem Internisten gemacht werden, sagte der Arzt und die Fäden kann der Hausarzt ziehen. Deshalb brauche ich nicht im Krankenhaus zu bleiben."

„Du musst vernünftig sein, Marie. Die eine Nacht wirst du noch überstehen, oder? Was für weitere Untersuchungen denn? Wann kann ich dich abholen?"

„Mir ist doch schon ein paar Mal schwindelig geworden. Die Ursache muss herausgefunden werden. Morgen so um zehn, sagte der Arzt."

„Ich werde pünktlich sein und ich werde aufpassen, dass du dich auch untersuchen lässt. Wir werden einen guten Arzt finden. Ich habe übrigens schon mit Christian und Nina gesprochen. Und auch mit Matthias. Sie werden uns helfen, bis du wieder auf dem Damm bist."

„Was ist eigentlich passiert, Hans? Ich kann mich nur noch erinnern, dass wir uns gestritten haben und ich ins Bett wollte. Von da an ist alles pechschwarz."

Hans sah seine Frau voller Liebe an:

„Du bist aufgestanden und im selben Moment umgekippt. Mit dem Kopf bist du direkt auf die spitzen Absätze deiner Schuhe geknallt. Dann warst du weg. Alles war voller Blut. Ich habe Dr. Ortmann gerufen und er den Krankenwagen. Bevor man dich nach einer halben Ewigkeit in den Krankenwagen gebracht hat, haben deine Lider gezuckt. Du warst ohnmächtig. Ich hatte solche Angst um dich."

Hans verstärkte den Druck seiner Hand. Und dann traute er sich. Er gab Marie einen unsagbar zarten Kuss auf den Mund.

Nach der Besuchszeit kam eine Schwester. Marie saß auf der Bettkante. Sie war allein im Zimmer. Die beiden anderen Patienten waren mit ihrem Besuch nach draußen gegangen.

„Warten Sie, ich helfe Ihnen. Nicht, dass Sie mir hier umkippen."
Bei den ersten Schritten waren Maries Beine wie Gummi, aber dann ging es. Sie konnte sich alleine frisch machen und sich endlich umziehen. Nachdem sie in ihren Morgenmantel geschlüpft war, steckte sie die Hände in die Taschen. Was war das? Sie holte einen Zettel hervor auf den Hans geschrieben hatte: *Alles wird wieder gut. Dein Hans*
Marie lächelte und hätte doch am liebsten geweint, denn sie dachte plötzlich an das Fest und an Hedwig. Welcher Teufel hatte die nur geritten? War es Eifersucht oder Neid? Ein Blinder hätte gesehen, dass es ein harmloser Abschiedskuss gewesen war. Warum log sie also so? Konnte sie es nicht ertragen, geschieden und allein zu sein?

Widerwillig erzählte Hans am Abend seiner Mutter vom Krankenbesuch und davon, dass Nina sich in den kommenden Tagen um den Haushalt kümmern würde. Zum ersten Mal in seinem Leben konnte er seine eigene Mutter nicht ausstehen und das ließ er sie auch spüren.
„Was soll eine fremde Frau in unserem Haus? Ich kann alles noch alleine machen. Das habe ich früher schließlich auch getan. Was machst du immer für ein Gedöns, wenn es um Marie geht!"
„Mutter! Nina ist keine fremde Frau, sondern meine Schwägerin. Hast du das vergessen? Du brauchst doch selbst Hilfe, was ja auch verständlich ist. Und meine Frau braucht jetzt auch Hilfe, ob es dir nun passt oder nicht!"
Am nächsten Vormittag fuhr er wieder ins Krankenhaus und holte Marie ab. Gleichzeitig begannen sie zu reden.
„Erst du", sagte Hans.
„Ich will kein anderes Leben, Hans. Und ich will auch keinen anderen Mann. Ich kann es nie mehr rückgängig machen, was damals passiert ist. Wie oft habe ich mir das gewünscht. Aber es funktioniert nun mal nicht."
„Es ist gut, Marie. Ich bin kein großer Redner, das weißt du. Was

Hedwig sagte, habe ich in dem Moment geglaubt. Es hat mich zur Weißglut gebracht. Ich will eigentlich nur, dass es endlich vorbei ist. Dass wir in Ruhe und Frieden leben können. Aber es wird wohl nie ganz begraben sein."

„Wie meinst du das?"

Hans dachte ein paar Sekunden nach und antwortete dann:

„Ihr habt ein Kind zusammen. Das verbindet euch für immer. Das kann man nicht ändern. Aber ich will dich nicht noch einmal verlieren."

„Du hast mich damals nicht verloren, ich gehörte doch gar nicht richtig zu dir. Heute ist das ganz anders. Und Carsten ist nun mal da. Er ist auch mein Kind, Hans, aber Jakob ist nicht mein Mann, du bist mein Mann. Es wird immer Leute wie Hedwig geben. Wir könnten einen kleinen Jagdunfall..." Weiter kam sie nicht, Hans lachte und legte eine Hand auf ihren Arm.

„Marie, also wirklich. Mit dieser wildgewordenen Ziege werden wir ja wohl fertig werden. Sie wollte sich übrigens bei mir entschuldigen." Hans erzählte ausführlich von dem Arztbesuch.

„Sie ist keine wildgewordene Ziege, Hans. Sie ist ein ganz armes Schwein."

Reisefieber

Marie erholte sich schnell. Sie war froh, als die Fäden gezogen waren und sie endlich ihre Haare waschen konnte. Der Vorfall verblasste. Selbst die kreisrunde kahle Stelle an ihrem Hinterkopf sah man kaum noch. Wozu also noch einen Arzt aufsuchen?

Aber Hans bestand darauf. Marie wurde bei einem Internisten gründlich untersucht. Es wurde gemessen, geröntgt, getastet, Blut abgenommen. Alles war in Ordnung. Die Ursache des Schwindels wurde nicht gefunden. Marie war beruhigt und Hans auch.

Schon im Frühjahr hatte Hans sich Prospekte von Reiseunternehmen schicken lassen. Rechtzeitig vor der vierten Jahreszeit sollte es los gehen. Der Traum von Kanada sollte den ganzen Oktober 1977 über wahr werden. So weit es ging, hatte Hans schon alles organisiert. Christian und Justus würden jeden Tag das Vieh versorgen und auf dem Hof nach dem Rechten sehen. In den ersten 14 Tagen kam Marlene und in den anderen zwei Wochen Lilli, um sich um den Haushalt und vor allen Dingen um Anna zu kümmern. Marie hatte das ganze Jahr über soviel eingemacht und eingefroren, dass sie sich um das Essen keine Sorgen machen mussten. Die Speisekammer war voll. Hans freute sich wie ein kleiner Junge und buchte die Reise. Bis auf die Kriegsjahre, und die zählten nicht, war er noch nie für ein paar Tage weg gewesen. Urlaub! Und nun sollte sein Kindheitstraum endlich wahr werden. Er steckte Marie mit seinem Reisefieber an. Erklärte ihr immer wieder die einzelnen Stationen der Reise und beruhigte sie, wenn Ängste sie überkamen. Im Flugzeug könne nichts passieren und, nein, kalt sei es um diese Jahreszeit noch nicht in Kanada. Trotzdem sprach Hans das Thema Testament wieder an. Vor der Reise wollte er unbedingt noch zu einem Notar. Handschriftlich hielt er fest, wie er sich die

Verteilung des Erbes vorstellte. Eines Abends zeigte er Marie das Schriftstück. Fein säuberlich und in akkurater Handschrift hatte er untereinander seine letztwillige Verfügung aufgeschrieben. Sogar ein Datum hatte er darunter gesetzt und es unterschrieben. Wie schon früher, wollte sie nichts von einem Testament wissen. Sie reichte Hans das Schreiben ungelesen zurück.
„Hans, jetzt glaube ich aber, dass du übertreibst. Du machst mir ja richtig Angst. Vorhin hast du noch gesagt, dass die Reise und der Flug überhaupt nicht gefährlich sind und nun willst du unbedingt noch zu einem Notar."
„Marie, das ist auch ein guter Anlass dafür. Bei uns ist nichts geregelt. Ich habe es schon ein paar Mal gesagt. Wenn mir nun etwas passiert oder uns beiden, was dann?"
„Also gut, Hans, dann regeln wir das noch vor der Reise. Aber danach will ich auch nichts mehr davon hören."

Anna wurde mit jedem Tag stiller. Kanada. Was für ein Unsinn. Sie konnten doch schließlich auch in die Lüneburger Heide oder in den Harz fahren, das war wenigstens nicht so weit weg. Was, wenn ihr etwas passierte? Sie rechnete zwar nicht jeden Tag mit ihrem Ableben, aber man wusste ja nie. Außerdem wollte sie nicht, dass fremde Leute auf dem Hof waren. Die wenigen Tage mit Nina und Christian hatten ihr gerade gereicht. Und überhaupt! Nur weil Marie ein paar Kopfschmerzen hatte, gleich so einen Aufstand zu veranstalten. Verstehen konnte sie ihren Sohn nicht. Wie oft hatte sie in ihrem Leben Kopfschmerzen gehabt. Na und? Blieb sie deswegen gleich im Bett liegen oder flegelte auf dem Sofa herum und ließ sich bedienen? Nein, ganz gewiss nicht.
Und nun auch noch Kanada. Diesen Floh hatte bestimmt Marie ihrem Sohn ins Ohr gesetzt. So ein Quatsch! Was war in Kanada denn wohl anders als im Harz? Weit weg war es. Hansi hatte ihr das ja im Atlas gezeigt. Und was das alles kostete! Und dann noch wochenlang mit anderen Menschen auf dem Hof. Die beiden Enkeltöchter waren zwar nicht fremd, aber es passte Anna trotz-

dem nicht. Konnten die beiden eigentlich richtig kochen? Sie hatte nie gesehen, dass Marie ihren Töchtern etwas im Haushalt beigebracht hatte. Wie auch? Marie war immer die Königin gewesen und die Kinder die Prinzessinnen. Außer Natascha. Die war aus anderem Holz. Ob die kochen konnte, war nicht wichtig.
Hans merkte natürlich, dass seine Mutter mit jedem Tag immer einsilbiger wurde. Fast tat sie ihm ein bisschen leid. Sie war alt und vieles war für sie mühselig geworden. Schon seit ein paar Monaten kam einmal in der Woche eine Schwester aus dem Dorf. Sie half Anna bei der Körperpflege. Es war ein typisches Anna-Drama gewesen. Am Anfang hatte seine Mutter sich mit Händen und Füßen gesträubt. Sie könne das alles noch alleine, sie bräuchte keine Hilfe, schon gar nicht von einer wildfremden Person. Zwei Mal war die Schwester unverrichteter Dinge wieder gefahren. Es war nichts zu machen.
Es war Natascha gewesen, die ihrer Oma gut zugeredet hatte. Natascha fand den richtigen Ton, wie schon immer. Sie liebte ihre Oma und sah so manches aus einem anderen Blickwinkel. Aus dem Enkel-Blickwinkel eben.
Die anfängliche Abneigung wich langsam einer gewissen Sympathie. Anna mochte die resolute und redselige Pflegerin. Anna hatte schreckliche Hemmungen, sich gegenüber einem anderen Menschen ohne Kittelschürze, Rock, Unterrock und Korsett zu zeigen. Aber der erfahrenen Pflegerin gelang es, sie so intensiv in ein Gespräch zu verwickeln, dass Anna gar nicht merkte, wie sie langsam ausgewickelt wurde.
Bevor Schwester Inge wieder ging, tranken sie gemeinsam eine Tasse Kaffee. Sie erzählte Anna den neuesten Klatsch und Tratsch aus dem Dorf. Das gefiel Anna. Es war eine willkommene Abwechslung. Inge durfte in der nächsten Woche wiederkommen.

„Mutter, nun sei doch nicht so zerknirscht", sagte Hans nach dem Mittagessen. „Gönne uns doch den Urlaub. Wir kommen doch wieder." Anna sah stur auf ihren leeren Teller.

„Gibt es heute keine Nachspeise?"
„Doch, doch", beeilte Marie sich zu sagen und holte eine Schüssel mit Pudding aus dem Kühlschrank. Nachdem nun auch das aufgegessen war, fing Hans wieder an:
„Wenn wir wieder da sind, machen wir alle zusammen einen schönen Ausflug. Damals, in Dänemark, das hat dir doch gut gefallen. Nächste Woche fahre ich übrigens mit Justus und Carsten dorthin. Wir gehen zusammen angeln."
„Davon hast du ja noch gar nichts erzählt", warf Marie ein. „An welchem Tag denn?"
„Am Donnerstag."
„Denk dran, dass wir abends noch bei Matthias und Mechthild eingeladen sind."
„Ja, ich weiß", antwortete Hans. Er wandte sich wieder seiner Mutter zu:
„Am Sonntag kommen die Mädchen. Dieses Mal ohne Männer." Er lächelte. „Nur Natascha kann nicht, sie muss arbeiten. Marlene bleibt dann gleich hier. Sie freut sich auf dich, Mutter."
„Was sie wohl tut. Sie zählt bestimmt die Tage, bis sie wieder nach Hamburg kann."
„Ach, Mutter", sagte Hans resigniert, „es ist aber auch nicht einfach mit dir. Wir haben alles geregelt. Es wird gut für dich gesorgt und verhungern werdet ihr auch nicht. Warum gönnst du Marie und mir nicht die Reise? Sag doch einfach mal, was du denkst. Was ist so schlimm daran, ein paar Wochen Urlaub zu machen. Wir waren noch nie zusammen weg, Marie und ich. Sag es doch einfach, Mutter." Fragend sah er sie an. Anna blickte an ihm vorbei aus dem Fenster und sagte keinen Ton. Hans fragte nochmal.
„Ich will nicht, dass du mit ihr wegfährst und mich hier alleine lässt. Ich will es einfach nicht. Das ist der Grund, verstehst du?"
„Mutter", sagte Hans, „das ist doch wohl nicht dein Ernst". Er versuchte, nicht laut zu werden. „Marie ist meine Frau. Wenn ich nicht mit ihr fahren soll, mit wem dann?"
„Das ist es ja gerade. Ich bin ja nur deine Mutter!"

Marie rutschte auf ihrem Stuhl hin und her. Die Antwort von Anna war ehrlich, aber auch unglaublich taktlos. Wusste Anna überhaupt, was Taktgefühl war? Nein, dieses Gefühl war ihr absolut fremd. Sie kannte nur schwarz oder weiß. Für sie gab es nichts dazwischen.
Hans sah seine Frau entschuldigend an. Wie oft hatte er das im Laufe ihres gemeinsamen Lebens schon getan? Wohl unzählige Male. Marie wusste, dass Menschen sich im Alter verändern konnten. Altersstarrsinn nannte man das wohl. Damit hätte sie umgehen können. Sie hätte es zumindest gelernt. Aber diese lebenslange Abneigung? Wenn Marie Hans nicht von Herzen lieben würde, wäre spätestens ihre zweite Ehe an Anna zerbrochen. Marie dachte an ihre eigene Mutter. Klar waren sie sich auch nicht immer grün gewesen. Bei welcher Mutter und welcher Tochter gab es keine Spannungen? Aber Christine hatte sich auch immer am Glück anderer freuen können. Sie hatte gern Menschen um sich gehabt, nicht nur die Familie. Sie hatte eingeladen war eingeladen worden, hatte gelacht und sich einfach nur gefreut.
Wann hatte Anna eigentlich einmal von Herzen gelacht? Marie konnte sich nicht erinnern.

Bereits kurz nachdem Lilli und Johanna ein Stück Kuchen gegessen und Kaffee getrunken hatten, wollten sie nach Hause.
„Du wolltest doch noch etwas sagen, Lilli.“, Marlene stupste ihre Schwester an.
„Ach, ja, natürlich. Wir wünschen euch eine schöne Reise. Kommt gesund und munter wieder.“
„Lilli! Das meinte ich nicht. Und das weißt du auch.“
Fragend sahen Hans und Marie ihre Tochter an. Selbst in Annas Gesichtszügen kam wieder etwas Leben.
„Also, ich bin schwanger. Wir bekommen ein Baby!“
Nach einer Verdauungs-Sekunde fielen die Eltern ihrer Tochter um den Hals. Sie redeten gleichzeitig:
„Wann ist es denn soweit? Das ist aber eine Überraschung! Damit

haben wir nicht gerechnet. Wir freuen uns so mit dir.“ Lilli ging zu Anna.
„Hast du das mitbekommen, Oma? Du wirst Uroma!“ Ein winziges Lächeln huschte über Annas Gesicht. Dann sagte sie:
„Da kann man ja nur hoffen, dass es ein Junge wird. Es gehört ein junger Bauer auf den Hof. Deine Mutter hat das ja leider nicht fertiggebracht.“
Anna hatte es wieder verstanden, mit einem Satz die freudige Überraschung zunichte zu machen. Hans machte seiner Tochter heimlich Zeichen, was heißen sollte, sage nichts, nur kein Streit, sage bitte nichts. Man konnte förmlich sehen, wie es hinter Lillis Stirn arbeitete, wie sehr sie mit sich kämpfte. Sie liebte Marie und konnte es nicht ertragen, wie diese von Anna behandelt wurde. Schon als Kind hatte sie die Feindseligkeit Annas gegenüber ihrer Mutter gespürt. Mit den Jahren war es immer schlimmer geworden. Glaubte Anna eigentlich, ihr Alter oder sonst etwas gäbe ihr das Recht, so mit Marie umzuspringen? Das erste Mal war sie auch von ihrem Vater schwer enttäuscht. Warum sagte er nichts?
Als Lilli sich verabschiedete, konnte sie sich eine kleine Spitze gegenüber ihrer Oma doch nicht verkneifen:
„Ich hoffe, das nächste Mal bist du nicht so unsympathisch und ungerecht. Und wenn es kein Junge wird, Oma, dann brauchst du dir mein Baby ja nicht anzusehen.“
Anna schlug mit ihrem Stock auf den Boden und sagte mit flüsternder Stimme:
„Ich bin deine Oma und ich sage nur die Wahrheit. Auf einen Bauernhof gehört ein Junge, damit es weitergeht. Aber, wie ich schon sagte, selbst das hat deine Mutter nicht zustande gebracht.“
„Oma, es reicht. Du warst schon immer gehässig zu Mama. Und glaube ja nicht, dass wir deine Gemeinheiten vergessen haben, wir Kinder. Je älter du wirst, desto schlimmer wirst du. Es ist gar nicht lange her, da hatten wir schon mal dieses Thema. An Mamas Stelle wäre ich schon längst weg von dir. Und wo wir gerade dabei sind: Nicht die Frau bestimmt das Geschlecht eines Kindes, son-

dern der Mann. Was das anbelangt, kannst du also Papa Vorwürfe machen, aber nicht meiner Mutter. Und noch etwas, Oma. Alle Gemeinheiten werden eines Tages zu dir zurückkommen."
Hans und Marie gingen mit den Mädchen hinaus. Marie umarmte ihre Töchter zum Abschied ganz fest und flüsterte Lilli ins Ohr: „Danke, meine Kleine. Auch wenn es nichts nützt, es hat gut getan."

„Ich brauche doch nicht bei Oma schlafen, oder?"
„Nein, natürlich nicht. Das tun Papa und ich ja schließlich auch nicht. Hauptsache du kümmerst dich um sie." Marlene seufzte.
„Na, das wird ja was werden. Hoffentlich hat Oma nicht jeden Tag so schlechte Laune wie heute und macht ein Gesicht wie sieben Tage Regenwetter. Da wird einem ja Angst und Bange." Marie lächelte, obwohl ihr zum Heulen zumute war. Sie versuchte, sich die Kränkung nicht anmerken zu lassen und schluckte den Ärger hinunter.
„Du machst das schon, Lene. Und ein paar Tage sind wir ja auch noch hier."
„Heute in einer Woche fliegt ihr, richtig? Wer fährt euch eigentlich zum Flugplatz nach Hamburg?"
„Ja, am nächsten Sonntag geht es los. Christian und Nina fahren uns zum Flugplatz. Ich werde unterwegs sterben vor Angst."
„Mama. Du brauchst überhaupt keine Angst zu haben. Und oben bleiben tut ihr schon nicht, komme da was wolle."
Mutter und Tochter lachten, obwohl Marie wirklich große Angst vor dem Fliegen hatte. Sie musste unbedingt noch in die Apotheke und sich etwas gegen diese Angst holen. Gab es so etwas überhaupt?
„Am besten kaust du Kaugummi, Mama. Dann knackt und knirscht das auch nicht so in den Ohren."
„Was knackt denn da und was knirscht denn da?"
„Ach, Mama. Das ist wegen diesem Druck. So schlimm ist es aber auch wieder nicht." Marlene fing an zu kichern.

„Du findest es natürlich witzig, Lene." Jetzt fing Lene richtig an zu lachen. So lange und so laut, bis ihr die Tränen kamen. Sie hatte einen regelrechten Anfall.
„Ich sehe es schon kommen. Ihr zwei Landkinder am anderen Ende der Welt. Man spricht da übrigens nicht deutsch, Mama." Marlene lachte ins Geschirrhandtuch hinein.
„Also wirklich, Lene. Du brauchst mich nicht zu veräppeln. Wir haben schließlich einen Reiseleiter und Papa und ich haben ein Englischbuch gekauft. Englisch ist gar nicht schwer."
„Nö, das ist ganz einfach. So ähnlich wie plattdeutsch. Und das sprecht ihr ja beide."
Marlene prustete noch immer vor sich hin, als Hans in die Küche kam. Er war erleichtert, dass die schlechte Stimmung verflogen war und lächelte seine Tochter an.
„Hans, weißt du, wer diese fremde, junge Frau in meiner Küche ist, die mich die ganze Zeit auslacht?"
„Lass mich überlegen. Ich glaube, ich habe sie schon gesehen. Aber wo war das nur?"
Die drei merkten nicht, dass Anna an der Tür lauschte. Mit bösem Gesicht und Augen wie Schlitzen versuchte sie, jedes Wort zu verstehen. Sie hatte nichts verstanden, war sich aber sicher, dass über sie gelacht wurde. Was für eine Frechheit, sich hinter ihrem Rücken über sie lustig zu machen. Was für eine Frechheit!

Jäger und Sammler

Marie hatte Kartoffelsalat zubereitet und Frikadellen gebraten. Hans liebte Maries Frikadellen und ihren Kartoffelsalat. Sie schmierte Brote, die für eine ganze Kompanie gereicht hätten. In ihrem Einkaufskorb verstaute sie das Essen und die Thermoskanne mit Kaffee. Sie legte Tassen, Gläser, Bestecke und zwei Flaschen mit Saft obendrauf und deckte den Korb mit einem blauen Geschirrtuch zu.

Kurz vor 9.00 Uhr kam Carsten. Er blickte auf den prall gefüllten Korb und sagte lächelnd statt einer Begrüßung:

„Ich habe auch noch etwas im Auto. Mensch, Marie, man könnte ja meinen, wir drei haben uns zu einem Überlebenstraining verabredet. Motto: Wie lange reichen Maries Brote, und was essen wir dann?"

„Läster nur, Carsten. Seeluft macht hungrig. Du wirst es noch erleben." Als Hans kam, verdrehte er die Augen:

„Marie, wer soll denn das alles essen? Wir sind doch nur ein paar Stunden weg." Erst dann begrüßte er Carsten. Marie lächelte ihre beiden Männer an.

„So, nun fahrt endlich. Justus wartet bestimmt schon." Hans holte seinen Parka und schnappte sich seine Gummistiefel. Seine Angeln standen vor der Tür. Die Männer wollten mit Carstens Wagen zum Julehof fahren und von dort aus mit Justus Auto weiter. Marie stand auf dem Hofplatz und winkte den beiden hinterher. Kurz vor der ersten Biegung drehte sich Hans um und winkte zurück.

Marie räumte den Tisch ab und wusch das Geschirr. Marlene schlief noch. So allmählich muss sich das Kind aber wieder an das Landleben gewöhnen, dachte sie. Am Sonntag würden sie weg sein und Anna war es gewohnt, morgens zu frühstücken und nicht mittags. Marie hatte so viel Essen zubereitet, dass es auch für sie für

das Mittagessen reichte. Sie holte ihren Schreibblock und setzte sich an den Tisch. Untereinander hatten Hans oder sie aufgeschrieben, was für die Reise noch alles gebraucht wurde. Fast überall waren Häkchen hinter den Gedächtnisstützen, bis auf zwei: Apotheke und Wanderstiefel für Hans. Marie schaute auf die Uhr. Wenn sie sich beeilte, konnte sie nach Flensburg fahren, um die Stiefel zu kaufen. Eine Apotheke war im Dorf, das konnte sie auch noch morgen machen. Marlene kam in die Küche. Sie nahm sich einen Kaffee und murmelte verschlafen:
„Morgen." Sie war das einzige der Kinder, das nach dem Aufstehen ziemlich muffelig war. Ein richtiger Morgenmuffel eben. Marie wusste das natürlich und ließ sie in Ruhe. Wie das wohl mit Anna gehen würde? Marlene wurde richtig wach und fragte:
„Was machst du da, Mama?"
„Es ist unsere Reiseliste. Ich schaue nach, ob wir an alles gedacht haben. Ich würde gern nach Flensburg fahren, um für Papa ein paar Stiefel zu kaufen. Kannst du solange bei Oma bleiben?"
„Mama, ich will mit. Oma kann doch auch ein paar Stunden allein sein. Es dauert doch nicht lange." Marie gab nach.
„Gut, aber nur, wenn du jetzt nicht stundenlang im Badezimmer bist!"
„Nein, ich bin ja schon fast fertig." Mit diesen Worten rauschte Lene im Morgenmantel und mit Schlappen an den Füßen davon.
„Ja", murmelte Marie vor sich hin, „das kann ich sehen."
Sie saß am Tisch und wartete und wartete. Zwei Mal klopfte sie an die Badezimmertür.
„Marlene, nun beeil dich mal. Sonst fahre ich alleine. Oma ist es gewohnt, um viertel vor zwölf Mittag zu essen."
Eine geschlagene Stunde später war Lene fertig. Sie sah aus, als wäre sie gerade einem Mode-Journal entsprungen. Marie hatte inzwischen das Mittagessen für Anna auf den Küchentisch gestellt.
„So, nun gehst du aber auch zu Oma und sagst ihr, dass wir in die Stadt fahren, und dass ihr Essen auf dem Tisch steht!" Marlene zog eine Schnute und ging zu Anna.

Die Männer waren am Ziel angekommen. Gemeinsam hievten sie das Holzboot vom Anhänger.
„Du hast das Boot neu gestrichen und einen Außenborder gekauft? Aber ich wollte mich doch an den Kosten beteiligen."
„Ja, Onkel Hans. Es ist wieder gut im Lack und sieht aus wie neu. Nein, du brauchst mir kein Geld zu geben."
„Darüber reden wir aber noch, Justus", erwiderte Hans lächelnd.
Staunend gingen Carsten und Hans ein paar Mal um das Boot herum.
„Wirklich Klasse, Justus, hast du gut hinbekommen", sagte nun Carsten anerkennend.
„Also, Jungs, ich schlage vor, wir essen erstmal eine Kleinigkeit und dann fahren wir hinaus."
Das Wetter war schön. Blauer Himmel und Sonnenschein. Sie setzten sich in den Sand und blickten auf die ruhige See. Genauso ruhig wie die See war es heute auch an diesem Strandabschnitt. Es war kaum jemand da.
„Ach, das Essen", sagte Justus, „ich hole mal die paar Sachen aus dem Auto." Hans und Carsten grinsten. Wenig später saßen die drei und aßen. Seeluft machte doch hungrig, dachte Hans. Und es schmeckte alles noch drei Mal besser als zu Hause, und da schmeckte es schon gut.
„Der Kartoffelsalat von Marie schmeckt aber umwerfend. Wie macht sie das nur? Bei uns schmeckt er nie so gut."
Hans lachte.
„Du musst ihn mal bei uns zu Hause essen, Carsten. Marie serviert den Salat immer ein ganz bisschen warm."
„Meine Mutter macht den Kartoffelsalat immer mit Zwiebeln. Das schmeckt aber auch nicht schlecht", warf Justus ein.
„Marie mag keine Zwiebeln, deshalb gibt es die auch so gut wie nie bei uns."
„Ich finde aber schon, dass Zwiebeln in einen Kartoffelsalat gehören", sagte Justus nun. Es schien, als wolle er die Kochkünste Ninas verteidigen.

Aus heiterem Himmel begann Carsten zu lachen. Er lachte und lachte, bis ihm die Tränen kamen. Er konnte kaum sprechen, als er hinaus posaunte:
„Wenn uns jemand hört! Drei erwachsene Männer, die sich über Kartoffelsalat unterhalten.“ Er lachte wieder los und Hans und Justus lachten mit. Nachdem sie sich beruhigt und das Thema abgeschlossen hatten, dösten die drei in der Sonne. Plötzlich sagte Carsten in die angenehme Stille hinein:
„Ihr fliegt am Sonntag, nicht?“
„Ja“, antwortete Hans, „am Sonntag wird mein großer Traum wahr. Ich habe schon gar nicht mehr daran geglaubt.“
„Warum ausgerechnet Kanada, Onkel Hans.“
„Eigentlich fing es mit den Niagarafällen an. Im Erdkundeunterricht habe ich das erste Mal von Kanada erfahren. Die Niagarafälle sind so gewaltig, dass man sich das gar nicht vorstellen kann. Niagara bedeutet donnerndes Wasser. Indianer haben die Fälle so genannt. Immer wieder habe ich als Junge meinen Atlas geholt und konnte gar nicht glauben, wie groß das Land ist. Und donnerndes Wasser passte irgendwie schon immer zu meinem Leben.“
Die beiden jungen Männer sahen gespannt zu Hans und der fuhr fort:
„Als mein Vater starb, hatte ich das erste Mal das Gefühl, donnerndes Wasser würde über mir ausgeschüttet. Der Schlag hatte mich hart getroffen. Ihr beide kennt ja meine Mutter, vor allen Dingen du, Justus. Ich will nicht sagen, dass alles schlecht war, was sie getan hat, aber es kam mir oft herzlos und lieblos vor. Und plötzlich war ich mit ihr allein. Schon damals dachte ich, wenn sie schon zu mir so ist, wie ist sie dann zu anderen? Dann kam die erste Ehe mit Marie und es kam der Krieg und es kam Russland. Russland ist auch ein großes, weites Land. Der Krieg und die Gefangenschaft waren furchtbar. Aber die einfachen russischen Menschen haben ein großes Herz. Und es ist schon was dran, an der berühmten russischen Seele. Das donnernde Wasser war jahrelang bei mir. Mal mehr, mal weniger. Als ich erfahren habe, dass

du, Carsten, unterwegs warst, wäre ich am liebsten gestorben. Ich stellte mir vor, am Rand der Fälle zu stehen und einfach zu springen. Es kam anders, wie ihr beide wisst. Nach dem Krieg wartete viel Arbeit auf mich und Natascha kam. Meine Ehe bestand nur noch auf dem Papier und irgendwann wurden wir geschieden. Ich bekam zwar das donnernde Wasser in den Griff, aber die Sehnsucht blieb."

„Marlene! Wir wollen ein paar Stiefel für Papa kaufen. Deswegen sind wir hier. Nun komm endlich, sonst kannst du mit dem Bus nach Hause fahren und den Rest zu Fuß gehen."
Vor jedem Geschäft blieb Marlene stehen. Bestaunte dies, belächelte das.
„Bei uns in Hamburg, Mama, da hätten wir leicht ein paar Stiefel für Papa gefunden."
„Wieso?", antwortete Marie leicht gereizt, „wir waren doch noch gar nicht in einem Schuhgeschäft."
„Ich meine ja auch bloß."
Marie bugsierte ihre Tochter in das erste Schuhgeschäft. Sofort eilte eine Verkäuferin zu ihnen.
„Guten Tag, kann ich Ihnen helfen?"
„Nein, danke", antwortete Marlene, „wir sehen uns nur um." Die Verkäuferin rauschte mit einem säuerlichen Lächeln davon.
„Also bei uns in Hamburg, Mama, da lässt man die Kunden erstmal in Ruhe ankommen und gucken. Und wenn man Hilfe braucht, dann sucht man sich eben eine Verkäuferin. So ist das bei uns in Hamburg." Bevor Marie sich in dem Geschäft nach allen Seiten umgesehen hatte, lief Marlene schon in die Herren-Abteilung. Marie blieb sehnsüchtig bei den Damenschuhen stehen und dachte plötzlich an Lisa. Die hatte ihre Schuhe immer mindestens eine Nummer zu groß gekauft. Als Kind musste sie ihre ausgelatschten Schuhe so lange tragen, bis sie schon fast zwei Nummern zu klein waren. Diesem Übel beugte sie als Erwachsene geradezu kindlich vor. Marie löste sich nur schwer von den schö-

nen Pumps und ging ihrer Tochter hinterher. Marlene saß auf einem Hocker, rundherum standen Herren-Schnür-Stiefel.
„Größe 42, richtig, Mama?“ Marie nickte und setzte sich auch auf einen Leder-Hocker, die im ganzen Laden herumstanden. Sie nahm ein Paar braune Wildlederstiefel in die Hand und drehte sie um. Sie waren sündhaft teuer. Das war typisch für Marlene. Sie hatte schon immer einen sicheren Blick und Griff für die teuersten Sachen gehabt,
„Mann, sind die teuer, Lene, aber auch wirklich schön.“ Marie sah sich die Sohle und das Innenfutter genauer an.
„Papa ist immer so bescheiden. Warum soll er nicht einmal in seinem Leben ein paar wirklich tolle Stiefel bekommen, er kann sie ja auch zu Hause weitertragen. Die gibt es übrigens auch als Damenstiefel, nur etwas heller.“
Am Ende verließen sie das Geschäft mit drei Schuhkartons. Sie aßen auf dem Weg zum Auto ein Eis, als die Kirchturmuhr laut schlug.
„Meine Güte, Lene, es ist schon zwei. Wir müssen uns beeilen, damit Oma pünktlich ihren Kaffee bekommt.“
„Danke, Mama.“ Der dritte Karton war für sie.
Marie versteckte die Schuhe sofort im Kleiderschrank, kochte Kaffee, backte ein paar Waffeln und holte Anna. Sie wollte sich gerade setzen, als das Telefon klingelte. Aus dem Flur hörte sie Lenes Stimme:
„Ich geh schon.“ Kurze Zeit später kam sie in die Küche und sagte: „Es war der Hufschmied. Er wollte nur daran erinnern, dass er in der nächsten Woche zum Beschlagen kommt.“
„Ach, du großer Gott“, sagte Marie, das hätten wir ja beinahe vergessen. Ist aber nicht schlimm, Lene. Du gehst einfach nur mit ihm zu den Pferden.“
„Es wird in den nächsten Wochen auf dem Hof drunter und drüber gehen, ich sehe es schon kommen. Aber bitte, ihr wollt es ja nicht anders.“
Marie und ihre Tochter sahen sich über den Tisch hinweg an und

Marlene sagte:
„Ach, Oma, wir werden das Kind schon schaukeln, du und ich. Uns wird doch wohl ein Hufschmied nicht gleich aus der Bahn werfen, oder?“ Sie lächelte Anna aufmunternd an. Und tatsächlich, die winzige Andeutung eines Lächelns kam von Anna zurück. Marie war erleichtert, sie hatte schon den nächsten Streit befürchtet. Die drei tranken friedlich ihren Kaffee, während Marlene von ihrem Leben in der Hansestadt erzählte. Die Zeit verging wie im Flug, als Marie auf die Uhr schaute war es schon fast vier.
„Jetzt wird Papa auch bald kommen. Wenn du den Tisch abräumst, Lene, ziehe ich mich schon um und gehe in den Stall. Dann brauchen wir uns nachher nicht so abzuhetzen, denn heute Abend sind wir ja bei Mechthild und Matthias eingeladen.“ Lene nickte zustimmend und Marie stand auf und ging.

Langsam wurde Marie unruhig. Es war über zwei Stunden später und sie mit der Arbeit fast fertig. Sie war gerade in der Melkkammer, als Marlene kam.
„Onkel Christian hat gerade angerufen. Er macht sich langsam Sorgen. Und Anne hat auch schon angerufen und nach Carsten gefragt. Die beiden haben heute Abend auch noch etwas vor, hat sie gesagt.“
„Ich bin gleich fertig. Sie werden bestimmt bald kommen.“
Marie zog ihre Gummistiefel und die Schürze aus und wusch sich. Danach kleidete sie sich schon für den Abend um. Im Wohnzimmer standen Marlene und Anna am Fenster.
„Ich rufe bei Christian an. Vielleicht haben sie inzwischen etwas gehört.“ Nein, sie hatten nichts gehört. Voller Sorge ging Marie ab und zu nach draußen. Es war kein Auto zu sehen oder zu hören. Mach dich nicht verrückt, mach dich nicht verrückt, hämmerte es in ihr. Die Verspätung konnte tausend Gründe haben. Sie musste sich ablenken und bereitete das Abendessen zu. Aber bis auf eine Tasse Tee, die Anna trank, blieb alles unberührt stehen. Immer wieder blickte Marie auf die Uhr. Inzwischen war es fast sieben. Sie

rief wieder bei Christian an und redete mit Nina, die genauso besorgt war, wie sie selbst. Als es acht Uhr am Abend war, fühlte Marie, dass etwas passiert war. Das Telefon schrillte laut in die ängstliche Stille hinein. Es war Matthias. Umständlich erzählte sie ihm, dass Hans immer noch nicht vom Angeln zurück sei.
„Wir kommen sofort, Marie“, sagte er und legte auf.
Eine viertel Stunde später kamen Mechthild und Matthias auf den Hofplatz gefahren. Marie war inzwischen vor Angst aschfahl im Gesicht. Mein Mann, mein Sohn, mein Neffe, dachte sie immer wieder. Lieber Gott, lass nichts passiert sein!
Mechthild kümmerte sich rührend um Anna, die voller Angst müde und zitternd in ihrem Sessel saß.
Um neun Uhr kam ein Wagen auf den Hofplatz gefahren. Christian stieg aus, grüßte aufgewühlt in die Runde und sagte: „Marie, du musst mitkommen. Es ist etwas passiert.“
Ohne lange zu überlegen, riss Marie ihre Jacke von der Garderobe und stieg mit ihrem Bruder ins Auto, um zum Julehof zu fahren.
„Was ist denn los, Christian, was ist passiert? Nun erzähle es mir doch endlich.“
„Wir sind gleich da, Marie.“

Der Julehof war hell erleuchtet, als sie ankamen. Nina ging ihrer Schwägerin entgegen und nahm sie in den Arm. Das hatte sie bisher nur selten getan. Spätestens jetzt wusste Marie, dass etwas Schreckliches geschehen war.
Im Wohnzimmer standen Carsten, der sie mit leeren Augen ansah, und Justus, der weinte. Auch Nina hatte geweint, ihre Augen waren rot. Carsten räusperte sich ein paar Mal umständlich und begann zu erzählen.

Donnerndes Wasser

„So meine Herren, jetzt haben wir den Kartoffelsalat von allen Seiten beleuchtet, sind satt, jetzt lasst uns angeln."
Sie verstauten ihre Angelsachen im Boot, zogen ihre Gummistiefel an und ließen das Boot zu Wasser. Ein gutes Stück vom Ufer entfernt, schaltete Justus den Motor aus und ankerte. Es war ein guter Platz zum Angeln. Die See war ruhig wie ein Strich, nur manchmal wehte ein noch recht warmer Wind über ihre Köpfe hinweg und zerzauste ihr Haar.
„Wie nah das Land ist und doch so weit weg", sagte Carsten und dann völlig übergangslos, „wir haben gar nicht an Schwimmwesten gedacht. Hoffentlich erfährt Anne das nicht. Dann kann ich etwas erleben." Die Männer grinsten.
„Wir sind ja nicht auf dem Atlantik in einer Nussschale unterwegs", erwiderte Hans lächelnd, „und wir verraten Anne nichts."
Sie warfen ihre Angeln aus. Justus und Carsten saßen nebeneinander beim Außenborder und Hans am anderen Ende. Genauso ruhig wie das Meer verhielten sich an diesem Tage auch die Fische. Sie waren nicht interessiert. Justus hatte eine ganze Dose Würmer dabei, selbst gegraben und ziemlich frisch. Da musste doch einem Fisch das Wasser hinter den Kiemen zusammen laufen. Nichts! Sie saßen schon eine halbe Stunde, als die See etwas unruhiger wurde.
„Das ist ab der Mittagszeit immer so", erklärte Hans, „dann kommt ein leichter Wetterwechsel." Sie schwiegen wieder eine Weile und hofften immer noch auf einen guten Fang. Hans bemerkte es als erster:
„Hier ist Wasser im Boot." Erschrocken sahen jetzt auch Justus und Carsten, wie schnell das Wasser sich auf dem Boden ausbreitete. Justus sagte:
„Am besten setzt du dich nach vorne zu Onkel Hans. Ich bin der schwerste von uns. Ihr zwei könnt das Wasser aus dem Boot schöp-

fen und ich lasse den Motor an."
„Ich glaube, ich setze mich lieber in die Mitte", sagte Hans.
Die anderen nickten zustimmend und gleichzeitig standen die drei auf. Hans machte einen Schritt zur Mitte und Justus ließ Carsten durch. Durch die abrupte Gewichtsverlagerung kenterte das Boot und ging innerhalb weniger Sekunden unter, sodass nur noch die Bugspitze herausragte. Die Männer tauchten fast gleichzeitig wieder auf. Carsten und Hans hielten sich am kläglichen Rest des Bootes fest. Justus griff nach dem Reservekanister, der an ihm vorbeischwamm und klammerte sich daran.
„Nur die Ruhe bewahren, Jungs. Nur die Ruhe bewahren. Justus und Carsten, schwimmt ihr an Land und holt Hilfe. Ich bleibe so lange hier und halte mich am Boot fest."
„Meinst du wirklich, Onkel Hans? Sollen wir nicht lieber zusammenbleiben?"
„Nein, holt ihr Hilfe. Vielleicht sieht mich ja auch inzwischen ein anderer Angler. Nun macht schon, schwimmt los!"
Die beiden hoben eine Hand aus dem Wasser, sahen Hans noch einmal an und schwammen los. Das Wasser hatte etwa 12 Grad. Schon nach wenigen Schwimmzügen merkten die beiden, dass sie kaum von der Stelle kamen. Die Strömung des Belts war tückisch und selbst für einen geübten Schwimmer gefährlich. Carsten merkte, wie Justus von ihm wegtrieb. Mit einem Arm hielt der sich krampfhaft an dem Kanister fest, mit der freien Hand versuchte er zu paddeln. Carsten schaute wieder zur Seite, er konnte Justus nicht mehr sehen. Er rief immer wieder:
„Justus, Justus" und merkte, wie seine Kräfte weniger wurden. Er schwamm nicht nur gegen die starke Strömung an, sondern auch gegen seine Angst. Carsten verlor jedes Zeitgefühl. Er wusste nicht, ob er erst ein paar Minuten schwamm oder schon viel länger. Vom Boot aus war das Ufer so nah gewesen. Die Wirklichkeit war eine andere. Carsten hörte auf zu schwimmen und bewegte nur seine Beine, damit er nicht unterging. Er sah die letzte kleine Spitze des Bootes und Hans. Er konnte nicht abschätzen, welche

Entfernung weiter war, die zum rettenden Ufer oder die zum Boot. Sollte er lieber zurückschwimmen? Mit einem Mal sah er ein Boot, das ganz langsam neben ihn fuhr. Ein paar Hände streckten sich ihm entgegen. Es waren zwei dänische Angler an Bord. Als Carsten im Boot war konnte er immer nur stammeln, dass noch zwei weitere Personen da draußen waren. Mit Händen und Füßen versuchte er, sich verständlich zu machen. Die anderen Männer begriffen schnell, um was es ging. Ungefähr eine halbe Stunde lang suchten sie nach Justus und Hans. Die Spitze des Bootes war weg und Hans auch. Auch Justus konnten sie nirgends entdecken.
Als sie an Land kamen, sah Carsten Justus, der gestützt von einem Mann und einer Frau gerade aus einem weiteren Boot stieg. Auch er war gerettet. Mit bleiernen Schritten ging Carsten zu ihm.
„Wo ist Onkel Hans?", fragte der am ganzen Körper zitternde Justus.
„Ich weiß es nicht. Wir haben ihn gesucht, aber nicht gefunden. Das Boot ist versunken."
Justus konnte seine Tränen nicht mehr zurückhalten. Selbst unter der Decke, die er inzwischen übergeschlagen hatte, sah man, wie sich seine Schultern hoben und wieder senkten. Carsten stand tief betroffen daneben. Er versuchte, Justus zu stützen und ihm Mut zu machen. Aber auch er stand unter dem schweren Schock des Erlebten. Inzwischen war die Polizei von den beiden dänischen Lebensrettern informiert worden. Mit zwei Motorbooten nahmen sie die Suche auf. Die beiden völlig entkräfteten und verstörten Männer sahen sich erst jetzt um. Wo war eigentlich das Auto? Wo hatten sie noch vor ein paar Stunden albernd am Strand gesessen? Justus zeigte mit seinem Arm nach links. Er entdeckte die Stelle, die wohl 100 Meter entfernt war. Zwei dänische Polizisten überreichten jedem von ihnen einen Trainingsanzug. Justus zitterte so stark, dass Carsten ihm beim Anziehen helfen musste. Zusammen mit den Polizisten gingen sie zu Justus Auto. Die Beamten wollten die Ausweise sehen. Justus hatte seinen im Auto, Carsten fummelte sein Portemonnaie aus seiner durchnässten Hose heraus.

Auch seine Hände zitterten. Über Funk informierten die Polizisten die Kollegen, damit sie wussten, wo genau der Unfallort war. Schon kurze Zeit später sahen sie ein Motorboot der Polizei immer wieder hin- und herfahren. An Ort und Stelle nahmen die Beamten das Unfallgeschehen auf. Nachdem die ersten Formalitäten erledigt waren, staksten die beiden jungen Männer am Ufer entlang. Sie sahen immer wieder aufs Meer und dachten das eine ums andere Mal, an einer Boje würde sich jemand festhalten. Aber bei genauem Hinsehen wussten sie, dass sie sich geirrt hatten.
Es wurde dunkel. Die Beamten waren sehr nett gewesen. Beide hatten sich an Land an der Suche beteiligt. Immer wieder hielten sie per Funk Kontakt zu ihren Kollegen. Sie teilten ihnen jeden kleinen Hoffnungsschimmer mit, jede Regung, jedes Lichtspiel, einfach alles. Als es zu dunkel wurde, stellten sie die Suche ein. Fast entschuldigend sagte einer der Polizisten, der sehr gut deutsch sprach:
„Die Kollegen können nichts mehr sehen. Es tut mir sehr leid, aber für heute müssen wir die Suche einstellen. Gleich morgen früh werden sie weiter nach dem Vermissten suchen. Kommen Sie bitte um neun Uhr in unsere Polizeistation, damit wir unsere Berichte fertigstellen können. Ich gebe Ihnen die Adresse mit.“
Als Carsten und Justus sich verabschiedeten und sich bedankten, sagte einer der Beamten:
„Geben Sie die Hoffnung nicht auf. Vielleicht finden wir ihn noch lebend. Er kann auch von einem anderen Bootsfahrer gerettet worden sein. Geben Sie die Hoffnung nicht auf.“

Carsten und Justus saßen wohl zehn Minuten im Auto, ohne ein einziges Wort zu sagen. Danach murmelte Justus immer wieder:
„Was für eine Katastrophe! Wären wir bloß nicht mit dem Boot gefahren! Was für eine Katastrophe! Ich bin schuld, wenn Hans tot ist. Wie sollen wir das nur Marie und der Mutter von Hans sagen. Und meinen Cousinen. Ich bin schuld.“
Ein Weinkrampf schüttelte Justus. Carsten gingen tausend Dinge

durch den Kopf. Er war nicht fähig, den Freund zu trösten, ihm zu widersprechen. Er legte nur still die Hand auf Justus Arm und sagte:
„Ich glaube es ist besser, wenn ich fahre."
Unterwegs sagte Justus:
„Lass uns erst zum Julehof fahren. Ich muss unbedingt mit meinen Eltern sprechen. Ich kann es Marie nicht sagen, ohne dass mein Vater dabei ist oder meine Mutter oder beide."
Christian stand auf dem Hofplatz, als er den Wagen kommen sah. Er ahnte, dass etwas ganz furchtbares passiert war. Als das Auto hielt, ging auch Nina in die Nacht hinaus. Sie brauchte ihren Sohn nur anzusehen und wusste, dass es zu einem Unglück gekommen war. Was Christian seit Jahren nicht gemacht hatte, tat er jetzt. Er nahm seinen Sohn in den Arm, klopfte Carsten vorsichtig aufmunternd auf die Schulter und ging mit den beiden ins Haus. Aufgeregt redeten die beiden Freunde durcheinander. Als Christian und Nina aus den verweinten und verworrenen Erzählungen schlau geworden waren, wussten sie welches Unglück sich abgespielt hatte. Christian setzte sich sofort in sein Auto und holte seine Schwester auf den Julehof.

Starr saß Marie auf dem Sofa. Sie hatte die Hände vor ihr Gesicht geschlagen. Sie weinte nicht, sie sagte nichts, sie saß nur da. Nina setzte sich zu ihr:
„Wir dürfen die Hoffnung nicht aufgeben, Marie. Ein Fischerboot kann ihn aufgenommen haben oder Sportangler. Es gibt noch Hoffnung."
Weinend ging Justus zu Marie und kniete vor ihr nieder:
„Es tut mir so leid, Tante Marie! Es tut mir so furchtbar leid! Es ist meine Schuld. Ich habe das Boot gebraucht gekauft. Ich hätte das nie tun dürfen, ich hätte nie Onkel Hans überreden dürfen mitzukommen. Es tut mir so furchtbar leid!"
Schwerfällig stand er auf und ging zu seinem Vater. Marie saß nur da. Carsten sah sie voller Sorge und Mitleid an. Nina stand auf und

Carsten setzte sich zu seiner Mutter. Er nahm ihr behutsam die Hände vom Gesicht.
„Marie, es gibt wirklich noch Hoffnung. Du darfst nicht verzweifeln." Endlich brachen alle Dämme und Marie konnte weinen. Sie war so getroffen, dass sie Sätze und Wörter durcheinanderwarf und nicht mehr in der Lage war, rational zu denken.
„Ich habe doch Hans heute ein paar Stiefel gekauft. Das kann doch nicht umsonst gewesen sein. Du hast keine Schuld, Justus. Ich habe mir auch ein paar Stiefel gekauft. Hans friert doch immer und jetzt das kalte Wasser. Sonntag fliegen wir doch nach Kanada."
Carsten nahm Marie in den Arm:
„Scht, scht, Marie. Beruhige dich. Soll ich dich nach Hause fahren?"
Carsten nahm Marie an die Hand und brachte sie zum Auto. Sie konnte noch gar nicht fassen, was in den letzten Stunden geschehen war. Ruhig lenkte Carsten den Wagen zum Hendrikshof und half seiner Mutter beim Aussteigen.
„Soll ich noch mit hineinkommen?", fragte er.
„Nein, mein Junge, fahr nach Hause. Ich rufe dich morgen an." Sie streichelte ihm flüchtig die Wange und ging ins Haus. Marlene kam ihr entgegen und hielt sich die Hand vor den Mund. Sie ahnte, dass der heutige Tag der Beginn einer Katastrophe war. Matthias und Mechthild saßen bei Anna. Matthias stand sofort auf, damit Marie sich neben Anna setzen konnte. Dann erhob sich auch Mechthild. Marlene klammerte sich an den Arm ihrer Mutter und blickte in ihr Gesicht, aus dem jedes Leben verschwunden zu sein schien. Anna wandte sich Marie zu. Unendlich langsam, unendlich verzweifelt. Marie streichelte die alte, knochige Hand ihrer Schwiegermutter.
„Es ist etwas Furchtbares passiert. Die drei sind mit dem Boot gekentert. Justus und Carsten konnten gerettet werden, aber Hans ist nicht mehr da. Er ist einfach nicht mehr da!"
Laut und verzweifelt weinte Marie. Unter Schluchzen fuhr sie fort:
„Gleich morgen früh sucht die Polizei weiter nach Hans. Er kann

auch von einem Fischerboot aufgenommen worden sein und konnte sich nur noch nicht bei uns melden. Oder er liegt verletzt in einem Krankenhaus. Es gibt noch Hoffnung, es gibt noch Hoffnung."

Tränen kullerten aus Annas müden Augen. Es war das erste Mal, dass Marie sie weinen sah. Anna flüsterte immer wieder:

„Mein Junge, mein armer Junge. Was für ein Unglück." In diesem Moment war sie einfach nur eine besorgte Mutter, die um ihr Kind weinte. Als Hans in Russland gewesen war, hatte sie die Hoffnung nie aufgegeben, ihn lebend wiederzusehen. Sie wollte sich zwingen, auch jetzt zu glauben, dass er bald wieder zu Hause wäre.

Marie hatte regelrecht Angst gehabt, Anna von dem großen Unglück zu erzählen. Sie hatte befürchtet, dass Anna sie mit Vorwürfen überschütten würde. Aber Anna war ganz still. Sie flüsterte nur immer wieder den einen Satz:

„Mein Junge, mein armer Junge."

Marlene lehnte sich an Marie und weinte in ihren Ärmel hinein.

Schrill und laut klingelte das Telefon. Wohl alle dachten dasselbe: jetzt kommt der erlösende Anruf. Marie stolperte zum Telefon und kam wenig später zurück.

„Es war Christian. Er wollte nur sagen, dass ich morgen früh nicht in den Stall muss. Er kümmert sich um das Vieh." Marie weinte wieder verzweifelt.

Marlene überredete Anna, ins Bett zu gehen. Sie wollte unbedingt bei ihrer Oma schlafen. Anna war froh, nicht allein zu sein.

Mechthild und Matthias, die besten Freunde seit vielen Jahren, blieben noch etwa eine Stunde bei Marie. Nachdem sie sich immer wieder gegenseitig Mut gemacht hatten, schwiegen sie. Jeder von ihnen hing seinen eigenen Gedanken nach.

Tage der Angst

Marie lag in dieser Nacht auf dem Sofa im Wohnzimmer, aus Angst, sie könne sonst das Läuten des Telefons überhören. Sie konnte nicht einschlafen, stand zwischendurch immer wieder auf, setzte sich auf den Sessel und starrte das Telefon an. Sie musste sich vergewissern, dass es auch funktionierte, ob sie das Freizeichen hören könne und nahm den Hörer ab. Es war intakt. Marie tat dies immer wieder in ihrer grenzenlosen Unruhe, aber es kam kein erlösender Anruf.

Nach qualvollen Stunden, die sie so zugebracht hatte, hörte sie ein Motorengeräusch auf dem Hofplatz. Marie machte das Licht an und ging zum Fenster. Sie schob die Gardine etwas zur Seite. Trotz der Dunkelheit konnte sie ihren Bruder erkennen. Es war fünf Uhr. Marie machte sich frisch und zog sich um. Danach kochte sie sich einen Kaffee. In ihrem Kopf war ein Gewitter. Sie faltete ihre Hände und betete:

„Lieber Gott, bitte gib mir Hans zurück. Lass ihn bei mir. Bitte, lieber Gott, bitte." Marie fasste einen Entschluss: Sie würde heute nach Dänemark fahren und nach ihrem Mann suchen. Vielleicht lag er schwer verletzt irgendwo im Schilf und konnte sich nicht mehr selbst helfen. Vielleicht hatten Fischer oder Angler ihn gesehen, vielleicht lag er aber auch bewusstlos in einem Krankenhaus. Bei diesen Gedanken bekam sie wieder etwas Hoffnung. Es war viel zu früh, um gleich an das Schlimmste zu denken. Alles würde sich zum Guten wenden.

Christian kam in die Küche. Er trank mit seiner Schwester schweigend Kaffee und sagte dann:

„Ich fahre nachher an den Unglücksort, um nach Hans zu suchen. Justus und Carsten müssen schon um neun bei der Polizei sein, sie werden dann auch suchen. Wir werden ihn finden, Marie. Es wird sich alles aufklären."

Seine Stimme klang nicht sehr überzeugend. Hans war sein bester Freund seit ihren gemeinsamen Kindertagen. Sie waren Blutsbrüder. Christian konnte sich noch gut an den Tag erinnern, als die beiden damals zehn jährigen Jungen sich mit einem Taschenmesser in die Hände geschnitten hatten, um anschließend ihr Blut zu vermischen. Aus der Kinderfreundschaft war eine tiefe Lebensfreundschaft gewachsen, ohne große Worte, ohne große Gesten. Kein übertriebenes Getue, sondern eine aufrichtige Verbundenheit, die auf Äußerlichkeiten verzichten konnte. Als Marie ihre beste Freundin Lisa an den heimtückischen Krebs verloren hatte, waren es Hans und Christian gewesen, die den großen Schmerz der trauernden Marie nachempfinden konnten. Mit dem Verlust ging auch ein unwiederbringliches Stück Kindheit, Jugend und enger Vertrautheit. Gedankenverloren strich sich Christian die Haare aus der Stirn, als wollte er die tiefschwarzen Bilder vertreiben.
„Ich fahre nach dem Mittagessen an den Kleinen Belt", sagte Marie. „Ich werde auch alles absuchen. Noch besteht Hoffnung, nicht, Christian, das meinst du doch auch, nicht, Christian?"
„Ja, Marie, das meine ich auch. Es gibt noch Hoffnung."
Nachdem Christian gegangen war, kamen kurze Zeit später Anna und Marlene. Anna wurde von ihrer Enkeltochter gestützt, sie konnte sich kaum auf den Beinen halten. Marie schob einen Stuhl für ihre Schwiegermutter weit genug vom Tisch weg und half ihr sich hinzusetzen. Anna war über Nacht um viele Jahre gealtert. Zitterig und zerfahren waren ihre Bewegungen. Ihr Kopf schwenkte hin und her. Marie schmierte Anna ein Stück Brot mit Zucker, Marlene schenkte den Kaffee ein. Auch sie sah übernächtigt und sorgenvoll aus. Sie trank nur eine halbe Tasse Kaffee:
„Mama, ich weiß, das ist jetzt blöd, aber sollten wir nicht die Reise absagen? Und hattet ihr nicht heute einen Notartermin?" Aus rotgeweinten Augen sah Lene ihre Mutter an. Die versuchte, mit möglichst fester Stimme zu antworten:
„Ja, Lene. Wir müssen die Reise absagen und den Notar anrufen. Kannst du das bitte machen. In Papas Schreibtisch, in der obersten

Schublade, liegen die Unterlagen für Kanada und die Adresse des Notars steht auf dem Kalender." Lene nickte und sagte dann:
„Ich rufe auch Lilli, Johanna und Natascha an. Sie müssen doch wissen, was passiert ist." Lene konnte ihre Tränen nicht zurückhalten.
„Nane wird sterben vor Angst, genauso wie ich."
Als Marlene die Schublade öffnete, sah sie als erstes die Reisepässe. Darunter lagen die Tickets und weitere Unterlagen. Sie legte ihren Kopf auf den Schreibtisch und flüsterte weinend: „Papa, bitte komm wieder." Es dauerte eine Weile, bis sie sich gefangen hatte und telefonieren konnte. Die Terminabsage bei dem Notar war schnell erledigt, die Reise-Stornierung war da schon schwieriger. Eine unfreundliche Mitarbeiterin des Reiseveranstalters belehrte sie immer wieder über die viel zu kurzfristige Stornierung der Reise. Und überhaupt. Es würden hohe Kosten auf sie zukommen. Marlene wurde so wütend, dass sie ins Telefon schrie:
„Es tut mir leid, dass mein Vater vermutlich kurzfristig ertrunken ist. Nehmen Sie die Stornierung gefälligst zur Kenntnis und machen Sie sich um unsere Kosten keinen Kopf, Sie blöde Ziege!" Marlene knallte den Hörer auf die Gabel und fing erneut an zu weinen. Als sie wieder sprechen konnte, rief sie ihre Schwestern an. Die drei wollten alles stehen und liegen lassen, um sofort nach Hause zu kommen. Spätestens aber am Sonnabend. Sie ging in die Küche zurück und berichtete von den Telefonaten.
„Es ist gut, Marlene, danke. Ich bereite das Mittagessen vor und fahre anschließend zu der Unglücksstelle. Kannst du dich um alles andere kümmern?"
„Klar, Mama. Oma und ich warten zu Hause." Sie wandte sich ihrer Großmutter zu: „Wir beide werden da sein, wenn Papa kommt."

Marie zog ihre Gummistiefel an und suchte die Unglücksstelle. Sie konnte sich gut an den Platz, an dem sie so unbeschwerte Stunden mit Anna verbracht hatten, erinnern und fand ihn auch gleich.

Plötzlich sah sie im Gras ein blaues Geschirrtuch wehen. Sie griff nach dem Tuch und weinte hemmungslos. Es war ihr Geschirrtuch, das sie sich jetzt vor ihr Gesicht hielt. Die Männer mussten vergessen haben, es wieder in den Korb zu legen. Mit nassen Augen begann Marie, das Gelände abzusuchen. Alle paar Schritte blieb sie stehen. Sie blickte auf das tiefblaue Meer und hoffte, irgendetwas zu entdecken. Dann lief sie wieder zurück, um im hohen Gras zu suchen. Vielleicht hatte Hans sich retten können und lag entkräftet irgendwo im Schilf. Marie sah Boote immer wieder hin- und herfahren. Am Strand waren mehrere Polizisten, auch deutsche. Ein Beamter hatte Marie schon eine ganze Weile beobachtet und sprach sie an:
„Gestern ist hier ein Bootsunfall geschehen. Sind Sie eine Angehörige?“
„Ja, ich bin seine Frau. Ich meine, ich bin die Frau des Vermissten, die Frau von Hans Hendriks.“ Der Polizist sah sie mitfühlend an:
„Wir tun alles, um ihren Mann zu finden. Die dänische Polizei hat uns um Hilfe gebeten. Die Deutsche Wasserschutzpolizei ist mit zwei Booten vor Ort. Wir suchen schon, seit es hell geworden ist. Inzwischen haben wir alle Krankenhäuser abtelefoniert. Zahlreiche Schiffe wurden von uns über das Unglück informiert. Noch gibt es Hoffnung, Frau Hendriks.“
„Vielen Dank für alles. Ich wünsche mir so sehr, dass mein Mann das Unglück überlebt hat. Ich wünsche mir nichts mehr auf der Welt.“
Der Polizist tippte zum Abschied an seine Mütze und sagte noch einmal:
„Wir tun alles Menschenmögliche, um Ihren Mann zu finden.“
Drei Stunden später fuhr Marie nach Hause. Die Boote kreisten immer noch im Kleinen Belt im weiten Bogen um die Unglücksstelle.

Ja, das Telefon hatte oft geklingelt. Es waren Nachbarn und Bekannte, die einfach nur ihr Mitgefühl zum Ausdruck bringen

wollten und ihre Hilfe anboten. Und nein, nichts Neues von Hans. Auch in dieser Nacht schlief Marie auf dem Sofa. Auch in dieser Nacht lief sie ein paar Mal zum Telefon, obwohl es gar nicht klingelte. Auch in dieser Nacht fror sie, obwohl es nicht kalt war.
Am Sonnabend trafen nacheinander die Mädchen ein, ohne ihre Partner. Marie war froh darüber. Sie hatte mehr als genug mit sich selbst zu tun. Es war an diesem Tag kein Platz für noch mehr Mut, noch mehr Hoffnung und noch mehr Resignation. Mechthild und Matthias waren ihr eine große Stütze. Am Nachmittag waren sie gekommen. Matthias half Christian im Stall und Mechthild kümmerte sich rührend um Anna. Die Freunde spürten, dass Marie ein Mindestmaß an Ruhe brauchte, um nicht vollends zu verzweifeln. Unzählige Male hatte sie Nachbarn am Telefon oder auch persönlich von dem Unfallvorgang erzählt. Es war so, als durchlebte sie die Hölle der Angst immer wieder.
Justus traute sich nicht auf den Hof. Carsten traute sich auch nicht. Am frühen Nachmittag klingelte wieder das Telefon. Es war Elke.
„Marie, ich habe gerade gehört was passiert ist. Es tut mir so leid. Vier Taucher werden morgen früh nach Hans suchen. Mein Mann hat das organisiert. Und viele Mitglieder der Freiwilligen Feuerwehr kommen auch. Sie wollen bei der Suche an Land helfen. Marie, kannst du mir genau erklären, wo, ich meine, wo genau das Unglück passierte?"
„Elke, ich fahre mit. Lasst uns alle zusammen vom Hendrikshof aus fahren. Und vielen Dank euch allen."
„Morgen früh um acht, Marie?"
„Ja, um acht."
Pünktlich um acht standen am nächsten Morgen mehr als zehn Autos vor der Tür. Marie war von der Hilfsbereitschaft der Nachbarn überwältigt. Sie stieg mit Marlene und Lilli in den Käfer und fuhr voran. Natascha blieb bei Anna. Die einzige, die ihr ein wenig Halt geben konnte, war ihre geliebte Enkeltochter.
Die Taucher wechselten sich ab und suchten stundenlang. Weder

von Hans, noch von dem Holzboot gab es eine Spur oder einen winzigen Hinweis. Als sie wieder an Land waren, hatten auch sie einen Eindruck davon bekommen, wie stark die Strömung war. Die Feuerwehrmänner und einige ihrer Frauen marschierten den Strand entlang. Einige von ihnen hatten Ferngläser dabei. Die Suchboote fuhren immer noch. Deprimiert fuhren alle am späten Nachmittag nach Hause. Die Hoffnung wurde mit jeder Stunde geringer.

In dieser Nacht wachte Natascha im Wohnzimmer auf dem Sofa. Es war anders nicht möglich, Marie davon zu überzeugen, dass sie dringend Schlaf brauchte. Obwohl Hans seine Töchter gleichermaßen liebte, stand ihm die Jüngste am nächsten. Ihre Liebe zur Landwirtschaft und zu Pferden hatte ein besonders breites Band um sie beide geschlungen. Natascha weinte in das Kissen hinein. Obwohl sie den ganzen Tag den anderen immer wieder Mut zugesprochen hatte, fühlte sie insgeheim, dass ihr Papa nicht mehr lebte.

Am Montag wurde die offizielle Suche nach Hans eingestellt. Eine weitere Suche war sinnlos. Die deutsche Staatsanwaltschaft begann, gegen Carsten und Justus zu ermitteln. Sie mussten wieder auf ein Polizeirevier. Nicht mehr in Dänemark, sondern zu einer deutschen Polizeistation in Flensburg. Jeden Tag suchten Christian, Justus, Carsten und Marie nach Hans. Manchmal waren auch die Mädchen dabei. Jeden Tag wurden sie alle mutloser. Keiner von ihnen dachte und hoffte mehr, den Vater, den Sohn, den Mann, den Freund lebend zu finden. Nun hofften sie alle, wenigstens den toten Hans zu finden, damit er zu seiner letzten Ruhestelle gebracht werden konnte.
Nur Marlene und Natascha blieben in den nächsten Tagen auf dem Hof. Matthias und Mechthild kamen, so oft sie konnten. Eine Woche später kam Hedwig. Sie stellte ihr Fahrrad neben der Eingangstür ab und sah sich suchend um. Marie hatte sie vom

Wohnzimmerfenster aus gesehen und ging hinaus.
„Marie, ich weiß, du würdest mich am liebsten zum Teufel wünschen, aber ich bin trotzdem gekommen. Du sollst wissen, dass mir das alles unendlich leid tut. Ich meine nicht nur das Unglück, sondern auch mein Verhalten auf dem Fest. Ich will mich bei dir entschuldigen, Marie. Es tut mir so leid und es war alles gelogen. Viel später habe ich erst erfahren, dass du nach dem Fest ins Krankenhaus gekommen bist. Ich hatte Hans noch beim Arzt getroffen, er wollte nicht mit mir reden. Bitte Marie, lass uns wieder gut sein. Bitte."
Marie stand Hedwig unschlüssig gegenüber. Wie sollte sie sich verhalten? Ihr Herz hatte ganz andere Sorgen, als sich mit Hedwigs schlechtem Gewissen zu beschäftigen. Als Marie nicht antwortete, fuhr Hedwig fort:
„Ich weiß, dass ich dich beleidigt habe. Und ich habe auch gemerkt, wie du mir aus dem Weg gegangen bist. Ich möchte mich wirklich entschuldigen, Marie. Wir waren doch Freundinnen, oder zumindest gute Bekannte." Fast schon kindlich fügte sie hinzu:
„Sollen wir uns nicht wieder vertragen?"
Marie spürte, dass es Hedwig ernst war. Deshalb brachte sie es auch nicht übers Herz, sie einfach stehen zu lassen.
„Gut, Hedwig, ich nehme deine Entschuldigung an. Aber ich will nie wieder darüber reden."
Hedwig war grenzenlos erleichtert. Sie nickte und fragte:
„Kann ich irgendetwas tun?"
„Nein, Hedwig. Wir können nur abwarten und uns wünschen, dass Hans gefunden wird. Es gibt keine Hoffnung mehr." Marie konnte nur sehr schwer ihre Tränen unterdrücken.
„Wenn ich doch noch etwas tun kann, dann rufst du mich an, ja?"
„Ja, dann melde ich mich bei dir." Hedwig berührte kurz Maries Arm und ging zu ihrem Fahrrad. Sie war trotz aller vergangenen Sticheleien mitfühlend genug, um zu erkennen, dass Marie am Ende ihrer Kraft war und Ruhe brauchte.

Am zwölften Tag nach dem Unglück sagte Anna:
„Marie, ich will zu der Stelle, wo es passiert ist. Ich möchte Hans nahe sein.“ Marie konnte ihre Schwiegermutter gut verstehen. Anna war die Mutter von Hans und er war wohl der einzige Mensch in ihrem Leben, der ihr immer etwas bedeutet hatte. Ihre Gefühle, ihre Liebe hatte sie ihm kaum zeigen können. Nicht als Hans noch ein Junge war und schon gar nicht, als er ein erwachsender Mann wurde. Es waren diese nie gezeigten Gefühle, die Worte, die ihr nie über die Lippen gekommen waren, die ihr in diesen schweren Tagen unsagbar zusetzten. Manchmal hatte Hans ihr vorgeworfen, lieblos zu sein. Es hatte sie zwar getroffen, aber sie hatte es schnell wieder vergessen. Er musste doch merken, dass sie ihn liebte. Sie war seine Mutter. Sie musste es nicht jeden Tag sagen. Aber sie hätte es ihm so gern, jetzt, in dieser Stunde, in dieser Minute gesagt. Aber sie fühlte, es war zu spät.
Anna wollte nicht aus dem Auto aussteigen. Sie wollte nur ein paar Minuten auf das Meer sehen. Marie ließ sie allein. Sie ging, wie so oft in den letzten Tagen, am Strand entlang. Als sie zurückschlenderte fielen ihr die unzähligen Möwen auf, die etwa in einer Entfernung von 50 Metern über das Schilf flogen oder im Sturzflug hinunter. Sie war wieder am Auto angekommen und überlegte, ob sie nochmal umkehren sollte, um den Möwen zu folgen. Als sie aber Anna zusammengesunken auf dem Beifahrersitz sah, stieg sie ins Auto. Auch ihre Schwiegermutter war am Ende ihrer Kraft.
„Sollen wir nach Hause fahren?“
Unter Tränen nickte Anna ein paar Mal. Marie startete den Wagen und langsam rollte das Auto vom Ort des schrecklichen Geschehens fort. Unterwegs redeten die beiden Frauen nicht miteinander. Erst als sie den Hendrikshof sehen konnte, sagte Anna:
„Er ist tot. Mein Sohn ist tot.“

Hatte Marie am Anfang gebetet, dass Hans noch leben möge, so betete sie jetzt darum, dass man ihn finden würde und er nicht für alle Zeit vom Meer verschluckt bliebe. Marie zwang sich, die entsetzliche Vorstellung nicht zu Ende zu denken. Sie hatte Hans ver-

loren, aber sie wollte ihn wenigstens beerdigen können. Sie wollte zu seinem Grab gehen, sie brauchte einen festen Platz, wo sie das tun konnte. Sie wollte ihn in ihrer Nähe haben.
Es war heute auf den Tag zwei Wochen her, dass das Unfassbare geschehen war. Am späten Nachmittag kam wie jeden Tag Christian. Er hatte Justus mit gebracht. Der junge Mann sah blass und mitgenommen aus. Er gab sich die Schuld an dem verfluchten Unglück. Christian ging in die Melkkammer und ließ die beiden allein. Marie spürte und sah, dass Justus seelisch und körperlich fertig war. Sie wollte gerade etwas sagen, als Justus begann:
„Tante Marie, ich wollte dir nur noch einmal sagen, wie leid mir das alles tut. Hätte ich bloß geahnt, was ich für ein Schrott-Boot gekauft habe.“ Er brach ab. Marie ließ ihm Zeit, denn sie spürte, dass er sich seine Schuldgefühle vom Herzen reden musste.
„Carsten hat noch gelästert, weil wir keine Rettungswesten trugen. Ich dachte, ich hätte sie zu Hause vergessen. Aber, Tante Marie, sie waren im Boot. Direkt unter der Bugspitze, die nach dem Kentern noch herausragte. Ich habe zu Hause wie verrückt nach ihnen gesucht und dann hat Gaby mir erzählt, dass sie die ins Boot gestopft hatte. Onkel Hans hielt sich am Bug fest und direkt neben ihm waren die Westen.“
Fassungslos hörte Marie zu:
„Aber das hättet ihr doch sehen müssen, Justus. Ich verstehe das nicht. Hans hätte das doch auch sehen müssen.“
„Wir konnten das nicht, Tante Marie. Onkel Hans saß auf so einer Art Schubkasten und da waren die Westen und ein paar andere Sachen drin. Hätte ich nur vorher den Deckel einmal angehoben. Ich bin Schuld, Tante Marie. Könnte ich das alles nur rückgängig machen. Nichts würde ich lieber tun als das.“
„Ach, du großer Gott, Justus, das ist eine Tragödie.“ Marie hielt sich die Hände vor ihr Gesicht. An diesem Tag hatte sie keine Tränen mehr. Als sie hoch sah, blickte sie in das verweinte Gesicht ihres Neffen.
„Ich musste dir das erzählen, Tante Marie, ich wäre sonst erstickt.

Es weiß nur Gaby davon.
Mein Vater würde durchdrehen“, mitten im Satz brach Justus ab. Dicke Tränen kullerten über sein jungenhaftes Gesicht. Marie stützte ihr Gesicht in ihre Hände und konnte minutenlang nicht sprechen.
„Justus“, begann sie nun, „ich kann jetzt nicht sagen, ob es richtig war, mir das alles zu erzählen. Aber eines weiß ich, es ist nicht deine Schuld. Du warst nicht allein. Hans, als der älteste, hätte auf Schwimmwesten bestehen müssen, auch wenn die See noch so ruhig war. Und wenn nicht Hans, dann Carsten. Das einzige, was ich euch allen drei vorwerfen kann, ist, dass ihr leichtsinnig wart. Nicht mehr und auch nicht weniger. Es ist nicht deine Schuld, Justus. Und du musst keine Angst haben. Ich werde keiner Menschenseele von den Rettungswesten erzählen.“
Über den Tisch hinweg griff sie nach Justus Händen.

Am nächsten Tag fuhr ein Polizeiwagen auf den Hofplatz. Aus dem Auto stiegen zwei Beamte aus und nahmen als erstes ihre Mützen ab. Sie gingen zur Haustür. Bevor sie klingeln konnten, öffnete Marie die Tür von innen. Sie hatte den Wagen gehört.
„Guten Tag, mein Name ist Carstensen und das ist mein Kollege Frank Albers. Sind Sie Frau Hendriks?“
Marie konnte nicht sprechen und nickte nur ganz leicht mit dem Kopf.
„Dürfen wir herein kommen?“ Christian kam gerade aus dem Stall. Es war noch früher Morgen und er wollte eigentlich gleich nach Hause fahren. Aber auch er spürte, dass das lange Warten, Hoffen und Bangen heute zu Ende ging. Er sah seine Schwester an und fragte:
„Soll ich Anna holen?“
„Nein, lieber nicht, Christian. Warten wir noch ab.“ Der ältere Beamte ergriff jetzt das Wort.
„Frau Hendriks, ich muss Ihnen leider mitteilen, dass Ihr Mann tot ist. Spaziergänger haben heute Vormittag die Männerleiche ent-

deckt, ungefähr 200 Meter von der Unglücksstelle entfernt. Wir sind sicher, dass es sich um Ihren Mann handelt. Sein Ausweis war in seiner Jackentasche. Der Name auf dem Ausweis war noch lesbar. Mein aufrichtiges Beileid, Frau Hendriks." Marie guckte durch den Polizeibeamten hindurch. Hatte sie überhaupt verstanden, was der eben gesagt hatte? Christian fragte:
„Wo ist mein Schwager jetzt? Muss er nicht identifiziert werden?"
„Ich mache das", fuhr Marie dazwischen. „Ich mache das, ich will meinen Mann nochmal sehen und ich will sicher sein, dass er es auch ist." Der ältere Beamte gab Christian mit den Augen und durch ein kaum merkliches Bewegen des Kopfes ein Zeichen, was heißen sollte. Nein, das geht nicht. Der Polizist fuhr fort:
„Es ist nicht zwingend notwendig, dass er identifiziert wird. Wir sind uns sicher, dass es sich um ihren Mann handelt, Frau Hendriks. Die Kleidung, die Uhr, es passt alles mit den Beschreibungen zusammen, die uns kurz nach dem Unglück mitgeteilt wurden. Der Staatsanwalt hat die Leiche schon für die Beerdigung freigegeben. Es gibt keine Anzeichen für ein Fremdverschulden. Vermutlich hat Ihr Mann kurz nach dem Unglück im kalten Wasser einen Herzinfarkt erlitten." Die kleine Gruppe hatte gar nicht bemerkt, dass Marlene und Anna in der Tür standen und wohl alles gehört hatten. Lene weinte wie ein kleines Mädchen und versuchte, mit einer Hand Anna zu stützen. Mit der anderen schlug sie immer wieder gegen ihren Mund. Christian eilte dazu und schob einen Sessel zu Anna. Sie setzte sich und blickte auf den Boden. Die Tränen liefen an ihrem alten zerfurchten Gesicht hinunter. Sie sagte keinen Ton. Es war ein Anblick, den auch die hartgesottenen Polizisten so schnell nicht wieder loswerden würden. Christian wandte sich den Beamten zu:
„Ich werde den Leichnam identifizieren. Wann kann ich Hans sehen? Und was müssen wir jetzt alles machen?"
„Ich will Hans auch sehen, ich will Hans auch sehen", schrie Marie plötzlich wie von Sinnen.
Und immer wieder: „Die Möwen, die Möwen."

Lene stürzte zu ihrer Mutter und konnte sie gerade noch auffangen. Marie hielt sich am Tisch fest. In den letzten Tagen konnte sie nicht mehr weinen. Jetzt schien es, als wollten all die nicht geweinten Tränen mit einem Schlag herauskommen. Und sie kamen heraus. Marie hatte keine Kontrolle mehr über ihren Körper. Die Arme und Beine zuckten, sie schlug mit dem Kopf immer wieder auf die harte Tischplatte. Marie erlitt einen Zusammenbruch. Christian begriff sofort, was passierte. Er rief den Arzt an. Marlene versuchte, ihre Mutter zu beruhigen. Sie streichelte ihr immer wieder über das Haar und hielt kurz darauf ihre Stirn so fest, wie sie nur konnte. Nur Minuten später kam der Arzt aus dem Dorf. Er wusste natürlich über das Unglück Bescheid und er konnte sich denken, was heute für ein Tag war. Mit der Hilfe des jüngeren Beamten legten sie Marie auf die Couch. Der Arzt gab ihr eine Beruhigungsspritze und fühlte ihren Puls. Er wandte sich Christian zu. Der nickte nur und drehte sich zur Seite. Christian weinte bitterlich. Er weinte um den besten Freund seines Lebens. Er schnäuzte sich ein paar Mal und ging mit dem Arzt hinaus. Die beiden Beamten folgten ihnen.
„Mein herzliches Beileid“, sagte Dr. Ortmann. Ich lasse Ihnen ein paar Tabletten hier.“ Er reichte Christian eine Schachtel. „Immer nur eine und höchstens vier am Tag. Wenn etwas sein sollte, rufen Sie mich einfach wieder an. Ihre Schwester wird jetzt erstmal ein wenig zur Ruhe kommen und vielleicht sogar schlafen können.“ Sie reichten sich die Hände und der Arzt fuhr zurück. Christian hatte sich einigermaßen wieder in der Gewalt und fragte die Beamten: „Wann kann ich meinen Schwager sehen und wo?“
„Wissen Sie wo Middelfart liegt?“, fragte nun der jüngere der beiden.
„Ja, ich weiß, wo das ist“, antwortete Christian.
„Wir können Sie heute um 14.00 Uhr im Krankenhaus treffen. Es ist leicht zu finden.“ Erklärend fügte er hinzu: „Es war die nächste Klinik des Unfallortes. Deshalb haben die Kollegen ihn dorthin bringen lassen. Und um Ihre Frage von vorhin zu beantworten; am

besten kümmern Sie sich um ein Bestattungsunternehmen, damit ihr Schwager nach Deutschland überführt werden kann."
Die Beamten verließen den Hof. Christian ging schweren Herzens wieder in das Wohnzimmer. Anna saß immer noch völlig regungslos und weinte stumm. Marie war eingeschlafen. Die Beruhigungsspritze hatte ihr fürs erste geholfen, der grausamen Realität zu entfliehen. Zwei Wochen lang hatte sie, wenn überhaupt, nur wenig und unruhig geschlafen. Sie hatte die Familie getröstet, sie hatte jeden Tag nach Hans gesucht, sie hatte sich bemüht, nicht an ihrer Angst zu verzweifeln. Jetzt war sie am Ende. Marie schlief fast zehn Stunden durch.

Marlene rief weinend ihre Schwestern an und sie informierte Carsten. Christian rief als erstes seine Frau an. Danach informierte er alle anderen Familienmitgleider. Erst dann rief er Matthias an. Als Christian die ruhige und warme Stimme von Matthias hörte, brach er wieder in Tränen aus. Aber auch am anderen Ende der Leitung hielt ein Mann den Hörer am Ohr und weinte. Noch am Abend kamen Mechthild und Matthias vorbei. Christian holte seine Frau, die genauso traurig war wie alle anderen. Sie konnte kaum sprechen. Marie lag und schlief und um sie herum versank das Wohnzimmer in einem Meer von Tränen. Nina überredete Anna ganz vorsichtig, eine Beruhigungstablette zu nehmen, wenigstens eine halbe. Lene brachte ihre Oma in ihr Schafzimmer. Wenig später entfloh auch Anna der harten Realität. Als alle gegangen waren, kuschelte sich Marlene an Marie. Es war nur wenig Platz auf dem Sofa, aber es reichte, um zwei traurigen Herzen etwas Frieden zu geben.

Um Punkt 14.00 Uhr betrat Christian die Eingangshalle des Krankenhauses in Middelfart. Carsten wollte mitkommen, aber Christian hatte das strikt abgelehnt. Zehn Minuten später trafen die Beamten ein und gingen voran. Vor einer Tür stand ein Arzt in grüner Kleidung. Er grüßte und öffnete ihnen. Sie schritten durch

zwei weitere Räume und gelangten wieder zu einer Tür. Der Arzt schloss auf. Christian sah sich um. Sein Herz klopfte bis zum Hals. Der Raum war beklemmend. An einer Wand waren lauter übergroße Schubladen, in der Mitte stand ein Operationstisch. Der Arzt ging zu einem Kühlfach und zog die Lade heraus. Der leblose Körper von Hans war mit einem weißen Tuch bedeckt. Bevor der Arzt das Tuch anhob, sagte einer der beiden Beamten:
„Sie wollen das wirklich, Herr Salzmann? Es ist kein schöner Anblick." Christian schwankte zwar ein wenig aber er sagte:
„Ja, ich will das."
Das Laken wurde ein Stück abgenommen und die drei Männer traten einen Schritt zurück. Christian sah auf den Leichnam und schlug die Hände vor das Gesicht. Vor ihm lag ein aufgedunsener Körper, der kaum noch menschliche Züge hatte.
„Wo sind seine Augen, wo sind seine Augen?", flüsterte er verzweifelt.
„Es waren die Möwen."
Christian torkelte im Stehen hin und her. Sein Körper gehorchte ihm nicht mehr. Einer der Beamten nahm seinen Arm.
„Hans hat eine lange Narbe auf der linken Schulter", sagte Christian mehr zu sich selbst, „aber ich kann sie nicht erkennen."
Der Arzt blätterte in seinem Bericht. Jetzt hatte er die betreffende Stelle gefunden:
„Ja, der Tote hat eine 22 cm lange Narbe an der linken Schulter." Fragend sah er danach die Beamten an. Er deckte den Leichnam wieder ganz zu und schob den leblosen Körper in das Kühlfach zurück. Hintereinander verließen die Männer den Raum des Todes. Christian war schon auf dem Parkplatz, als einer der Beamten hinter ihm herrief:
„Herr Salzmann, wir haben etwas vergessen." Christian drehte sich um und ging zurück. Der freundliche Polizist überreichte ihm einen kleinen Karton.
„Im Karton sind die persönlichen Dinge des Toten. Bitte überreichen Sie der Witwe die Sachen."

Als die Beamten außer Sichtweite waren, begann Christian wieder heftig zu weinen. Das bleibt also übrig, dachte er.

Christian fuhr ein letztes Mal zu der Unglücksstelle. Er wusste auf einmal, was Marie gemeint hatte, als sie immer wieder „Möwen“ geschrien hatte. Christian setzte sich in das Schilf und blickte auf das Wasser. Dann hielt er Zwiesprache mit seinem toten Freund: „Warum, verdammt nochmal, seid ihr ohne Schwimmwesten in diesen gottverdammten Kahn gestiegen, warum nur? Mensch, Hans! Dein Tod ist so überflüssig wie ein Kropf. Es wird nichts mehr so sein wie vorher. Marie weint sich die Augen aus. Sie hat dich wirklich von Herzen geliebt, Hans. Ich habe manchmal daran gezweifelt, aber ich habe mich geirrt und ihr Unrecht getan. Und deine Mutter, Hans, sie ist so unendlich traurig. Das erste Mal, seitdem ich sie kenne, weint sie herzzerreißend. Es gibt so viele Menschen, die um dich weinen. Ich gehöre natürlich auch dazu. Es tut mir so leid, dass du nicht mehr nach Kanada reisen kannst, um die Niagarafälle zu bewundern.
Ich habe dich eben zum letzten Mal gesehen, Hans, aber ich werde mit aller Macht versuchen, das Bild aus meinem Kopf zu kriegen. Das warst nämlich nicht du, der dort lag. Mann, Hans, du wirst mir so fehlen. Mit wem soll ich jetzt reden, lachen, feiern, im Wald arbeiten?
Ich werde Marie und deiner Mutter helfen, so gut ich kann, ich verspreche es dir. Und den Mädchen natürlich auch. Bis dann, mein Freund.“

Marie wurde wach. Ihr Kopf dröhnte und sie hatte Durst. Was machte sie auf dem Sofa? Allmählich kam die Erinnerung zurück. Sie sah schlecht aus. Selbst Anna erschrak bei ihrem Anblick. Trotz des langen Schlafes lagen dunkle Schatten unter ihren Augen. Ihre schönen Augen, in denen doch eigentlich immer zu viel blaues Wasser war, wie Jule gesagt hatte, waren so trüb wie ein Baggersee. Marie setzte sich auf und sah nun in die bleichen Gesichter ihrer

Töchter. Wie lange hatte sie geschlafen? Marlene schien ihre Gedanken zu erraten:
„Ich hole dir etwas zu trinken und koche Kaffee, Mama. Du hast fast zehn Stunden geschlafen.“ Marie fror. Sie legte die Wolldecke über ihre Schultern und sah jetzt erst Mechthild und Matthias, die links und rechts von Anna saßen. Marie blickte auf die Uhr. Es stimmte. Es war fast fünf Uhr am Nachmittag. Nacheinander setzten sich die Töchter neben sie, umarmten ihre Mutter und ließen ihren Tränen freien Lauf. Marie hätte in diesen Stunden auch liebend gern ihren Sohn bei sich gehabt, aber sie wollte Anna nicht noch zusätzlich aufregen. Sie war ihrem Bruder sehr dankbar. Er kümmerte sich ganz selbstverständlich um die tägliche Arbeit. Die meiste Zeit des Tages verbrachte er auf dem Hendrikshof. Bevor er nach Hause fuhr, überreichte er Marie wortlos den Karton. Sie nahm ihn und ging mit hölzernen Schritten in ihr Schlafzimmer. Eine Weile ließ sie den Karton auf dem Bett liegen, dann öffnete sie ihn. Sie hielt vier Dinge in den Händen: den verwaschenen Ausweis, den Ehering, den Schlüsselbund mit dem Steinherzen und die Uhr von Hans. Um 10.10 Uhr war sie stehengeblieben. Sie drückte die Sachen an ihr Herz und flüsterte:
„Warum nur, warum? Was hat dein Tod für einen Sinn, Hans? Es war höhere Gewalt, haben alle gesagt. Oder sie sagten, vor seinem Schicksal kann man nicht weglaufen. Was für eine höhere Gewalt? Was für ein Schicksal? Ich werde dich immer vermissen, Hans. Es tut mir so leid, dass wir nicht mehr nach Kanada fahren konnten. Du hättest es verdient gehabt, Hans. Jetzt, wo dein Jugendtraum in Erfüllung gehen sollte, ausgerechnet jetzt schlägt der Tod zu. Das soll mir mal einer erklären.“

Der schwere Gang

Zusammen mit Marie, Anna und den Kindern sprachen Matthias und Christian behutsam über die bevorstehende Beerdigung.

„Marie, ich würde mich gerne für die Trauerfeier vertreten lassen“, sagte Matthias so vorsichtig wie möglich. „Hans war mein Freund. Ich gehöre auf die Bank zu den Trauergästen und nicht auf die Kanzel.“ Entschuldigend sah er die Familie an. Marie war tief getroffen. Damit hatte sie nicht gerechnet.

„Matthias, ich bitte dich. Du bist unser Freund. Hans hätte sich gewünscht, dass du den Trauergottesdienst hältst.“ Matthias fühlte sich der schweren Aufgabe nicht gewachsen. Natürlich war er ein Freund, aber er war auch Pastor der Gemeinde. Er sollte Trost und Zuversicht schenken, den Verstorbenen würdevoll verabschieden. Nur, wie konnte er das überzeugend tun? Er war wie Christian der Meinung, dass der Tod von Hans so überflüssig wie ein Kropf war. Er haderte mit Gott. Er vermied es, über Gott zu sprechen. Matthias befand sich in einer schier ausweglosen Zwickmühle. In seine Gedanken hinein fragte Natascha:

„Wo ist Papa jetzt eigentlich?“ Matthias stockte für einen Moment der Atem. Vor diesen Fragen hatte er sich gefürchtet. Oder meinte sie es anders? Marie antwortete:

„Papa wird morgen von dem Bestattungsunternehmen Ohlsen von Dänemark nach Leck gebracht und dann weiter in die Leichenhalle unserer Kirche. Herr Ohlsen muss eigentlich jeden Moment kommen. Er wird uns alles erklären.“ In die bedrückende Stille hinein sagte Anna:

„Ich will, dass Hansi in das Grab seines Vaters kommt. Dann ist auch noch viel Platz für mich und wir sind alle wieder zusammen.“ War die vorangegangene Stille bedrückend gewesen, so konnte man die erneute Stille nur als Ruhe vor dem Sturm bezeichnen.

Matthias wollte das Schlimmste verhindern und entgegnete:
„Ich finde, Frau Hendriks, diese Frage sollten Sie gemeinsam beraten.“ Er wollte eigentlich noch mehr sagen, aber Anna fuhr dazwischen:
„Es ist mein Sohn und meine Grabstelle. Und wie ich gesagt habe so wird es gemacht.“
Marie stand auf und ging. Natascha lief ihrer Mutter hinterher:
„Mama! Du läufst jetzt nicht weg. Ich werde Oma schon beibringen, wie wir das machen. Komm, Mama, lass uns wieder zu den anderen gehen.“ In den letzten Tagen hatte Anna wie ein Häufchen Elend stumm und weinend in einer Ecke gesessen. Alle wollten sie trotz der eigenen Trauer trösten. Jetzt drehte sich Anna von einer Sekunde zur anderen wieder um 180 Grad und zeigte ihr verbittertes Alltagsgesicht. Es ging gar nicht mal um das, was sie sagte, sondern wie sie es ausspie. Sie wollte Marie treffen und es gelang ihr. Sie traf Marie mitten ins Herz.
„Oma, ich finde, wir sollten für Papa einen schönen Platz aussuchen. Eine Stelle wo viel Sonne hinkommt, er hat doch immer so gefroren, und wo auch später Mama…“ Natascha brach ab weil sie nicht mehr sprechen konnte. Sie legte einen Arm um Marie und weinte. Die anderen Mädchen blickten voller Zorn auf ihre Großmutter. Die zeigte sich wenig beeindruckt von dem, was ihre Enkeltochter gerade gesagt hatte, sondern erwiderte mit bebender Stimme:
„Unser Grab liegt im Halbschatten. Es ist Sonne genug da. Und eure Mutter wird wohl auch noch hineinpassen!“ Alle schauten auf Marie. Sie stand auf, ging zu Anna und sagte mit einer völlig anderen Stimme, bebend vor Zorn:
„Du glaubst doch nicht allen Ernstes, dass ich an deiner Seite ruhen möchte! Ich werde eine Familiengrabstätte aussuchen. Und ich werde nach meinem Tod neben meinem Mann liegen, aber ganz bestimmt nicht in einem Grab mit dir!“ Marie drehte sich auf dem Absatz um und ging in ihr Schlafzimmer. Sie nahm das Kopfkissen von Hans und konnte nicht mehr aufhören zu weinen.

Leise klopfte es an der Tür. Draußen stand Lilli. Sie setzte sich neben ihre Mutter.
„Mama, Herr Ohlsen ist da. Kommst du bitte wieder. Natascha ist mit Oma in ihre Wohnung gegangen. Mein Gott, ist das alles schrecklich." Marie putzte sich die Nase und wischte sich die Tränen aus dem Gesicht. Zusammen mit Lilli ging sie wieder zu den anderen. Der Bestatter hatte eine Mappe mit Bildern von Särgen, Totenhemden, Blumen und Abbildungen von Traueranzeigen dabei. Ruhig erklärte er dies und das und nahm durch seine Sachlichkeit fürs erste die aufgeladene Spannung aus der Runde. Marie und die Mädchen waren sich schnell einig. In der Gastwirtschaft sollte die Kaffeetafel stattfinden. Christian und Nina wollten sich darum kümmern. Herr Ohlsen fragte noch nach einigen Dokumenten und sagte dann:
„Frau Hendriks, morgen Vormittag wird einer unserer Mitarbeiter die Überführung durchführen. Anschließend werden wir den Leichnam in den ausgesuchten Sarg betten und ihn zur Leichenhalle bringen. Frau Hendriks, wenn Sie Ihren Mann auf dem letzten Weg vor der Beisetzung begleiten möchten, so seien Sie bitte morgen um 14.00 Uhr in unserem Institut in Leck. Und falls Sie noch irgendwelche Fragen haben oder Ihnen noch etwas auf der Seele liegt, rufen Sie mich einfach an. Egal, um welche Zeit."
Die wohltuende Nüchternheit des Bestatters hatte allen gutgetan. Er war nicht theatralisch, nicht zu geschäftsmäßig und auch nicht belehrend gewesen. Er hatte in jeder Beziehung den richtigen Ton getroffen. Matthias erhob sich und ging auf Marie zu:
„Marie, ich habe es mir überlegt. Ich werde den Trauergottesdienst halten. Heute Abend komme ich nochmal vorbei, wenn es dir recht ist. Ich nehme Mechthild mit." Marie umarmte den Freund voller Dankbarkeit.
Bis in den Abend hinein klingelte immer wieder das Telefon, oder Nachbarn kamen mit einem Blumengruß vorbei. Marie spürte die große Sympathie, die Hans entgegengebracht wurde und das ehr-

liche Mitgefühl der Familie gegenüber. Nach dem Krieg waren einige der Meinung gewesen, Hans wäre als Tagträumer aus der russischen Gefangenschaft zurückgekehrt. Seine Vorliebe für Pferde, der Bau der Hütten, sein unermüdliches Schaffen und seine zweite Ehe mit Marie hatten oftmals Kopfschütteln verursacht. Aber in der Stunde seines Todes zogen alle den Hut vor ihm. Er hatte sie eines Besseren belehrt und war dabei immer bescheiden und hilfsbereit geblieben.
Am nächsten Tag fuhr die ganze Familie nach Leck. Sie staunten nicht schlecht, als bereits an die vierzig Wagen kreuz und quer vor dem Bestattungsinstitut parkten. Herr Ohlsen begrüßte Marie und die Familie und händigte ihr einige Dokumente aus. Der Leichenwagen stand am Straßenrand und fuhr langsam los. Dahinter reihte sich Wagen für Wagen ein. Marie und ihre vier Mädchen fuhren direkt hinter der schwarzen Limousine, Marlene saß am Steuer. Es waren knapp fünfzehn Kilometer, die sie im Auto zurücklegten und für die sie über eine halbe Stunde brauchten. Kurz vor der Einfahrt zur Leichenhalle löste sich die Wagenschlange auf. Die letzten Meter waren der Familie vorbehalten. Der Sarg wurde aufgebahrt und die Familie verabschiedete sich von Hans. Ganz zum Schluss und ganz allein betrat Marie die kleine Halle, setzte sich auf einen Stuhl und legte eine Hand auf den Sarg. Trotz aller Trauer überkam Marie ein friedliches Gefühl. Hans konnte heimgehen zum Vater. Er war nicht im Meer geblieben, sondern sie durfte ihn beerdigen. In diesen zehn Minuten war sie Hans unsagbar nahe. Sie hatte das Gefühl, ihre Gedanken kreuzten sich mit seinen. Ein nahezu wohliges Gefühl überkam sie. Hans würde immer Teil ihrer Gedanken sein, solange sie lebte.

Gelbe Rosen schmückten den Sarg. Gelb war die Lieblingsfarbe von Hans gewesen. In den ersten Bankreihen saß die Familie. Die Kirche war so voll, dass zwischen den Bänken Klappstühle aufgestellt wurden. Trotzdem standen noch viele Menschen in kleinen Gruppen zusammen. Carsten und Anne saßen neben Mechthild,

direkt vor ihnen saßen Marlene und ihr Mann. Natascha saß neben Anna. Marie nahm die ganze Trauerfeier wie durch eine Wand aus dichtem Nebel wahr, sie konnte sich nur schwer konzentrieren. Matthias gestaltete den Gottesdienst herzlich und sehr persönlich. Einige Male kippte seine Stimme. Erst jetzt begriff Marie, wie schwer ihm diese halbe Stunde fiel. Kurz bevor der Sarg von Nachbarn hinausgetragen werden sollte, sagte Matthias:
„Ich bitte nun alle, für einen kurzen Moment nochmal an Hans zu denken. Muss er uns noch etwas vergeben, sollten wir ihm etwas vergeben? Euch, die Familie, bitte ich, kommt nach vorne und nehmt Hans in eure Mitte. Und ich bitte euch, haltet Hans für alle Zeiten in eurer Mitte." Nach und nach stellten sich Marie, die Kinder, Anna und alle Familienmitglieder um den Sarg herum. Sie hielten sich an den Händen. Marlene ging ein Stück zurück und bat Carsten, dazuzukommen. Er wollte nicht, aber mit sanfter Gewalt zog sie ihn hoch und mit in den Kreis. Er stand neben Marie und sie hielten sich an den Händen. Gegenüber standen Johanna und Natascha, die Anna in ihre Mitte genommen hatten. Plötzlich stieß Anna die Hände ihrer Enkeltöchter weg und stürzte auf Carsten zu. Mit ihrem Stock schlug sie auf ihn ein, ein paar Mal traf sie auch Marie, und schrie mit sich überschlagender Stimme:
„Raus, raus! Du gehörst nicht zu der Familie! Raus!"
Das alles war so blitzschnell gegangen, dass alle Beteiligten für einen Moment perplex und regungslos am Sarg standen. Es war beschämend, wie Anna sich aufführte. Carsten lief so schnell er konnte zwischen den vielen stehenden Menschen hindurch und suchte seine Frau. Gemeinsam verließen sie die Kirche. Christian riss Anna den Stock aus der Hand, denn sie fuchtelte immer noch vor Maries Gesicht damit herum. Ratlos sah er zu Matthias. Der gab den Trägern ein Zeichen und Matthias ging als erster hinter dem Sarg her. Es folgte die Familie. Hatte es noch einer winzigen Demütigung von Anna bedurft, um das Fass der hasserfüllten Demütigungen zum Überlaufen zu bringen, so war das heute geschehen.

Sie wusste später nicht mehr, wie sie den schweren Gang bis zu der neuen Grabstätte geschafft hatte. Sie bekam gar nicht mit, was Mattias noch sagte, wer ihr alles die Hände schüttelte. Sie konnte sich später noch nicht einmal daran erinnern, wie sie mit den Kindern die Handsträuße auf den Sarg geworfen hatte. Christian und Matthias versuchten, die vielen Menschen am offenen Grab von Marie fernzuhalten, aber es gelang nicht. Immer wieder wurde sie in den Arm genommen, drückte jemand persönlich sein Beileid aus. Als die Menschenmenge sich auflöste und in Richtung der nahe gelegenen Gastwirtschaft ging, blieb Marie mit Christian und Nina zurück. Natascha war mit Anna nach Hause gefahren. Nina hakte Marie unter und sagte:

„Komm mit zu uns, Marie. Keiner erwartet von dir, dass du nach diesem Vorfall noch an der Kaffeetafel teilnimmst."

Kleine Zeichen

Die Kinder waren wieder in alle Himmelsrichtungen verschwunden. So etwas wie Alltag kehrte ein, aber nichts war mehr alltäglich. So gut es ging ignorierte Marie ihre Schwiegermutter. Sie bereitete die Mahlzeiten zu und sorgte gewissenhaft für das leibliche Wohl Annas. Sie sorgte dafür, dass die Pflegerin jetzt zwei Mal in der Woche kam. Natürlich entging ihr nicht, wie der körperliche Verfall Anna zusetzte. Sie sah, wie schwerfällig sich Anna bewegte, wie unsicher sie auf den Beinen war. Manchmal tat sie ihr fast leid. Aber Marie hielt sich dann immer wieder vor Augen, wie Anna sie behandelt hatte, und das nicht erst, seitdem sie alt und gebrechlich war.

Mechthild und Matthias machten sich zusehends Sorgen um das Leben der beiden Frauen. Immer hatte Marie nachgegeben. Nach allen Verletzungen und Gemeinheiten von Anna war sie es gewesen, die immer wieder den ersten Schritt gemacht hatte. Mal waren ihre Schritte klein und mal größer gewesen. Aber immer hatte sie einen Weg gefunden. Die beiden treuen Freunde hatten zwar Marie immer wieder ermuntert, Grenzen zu ziehen, Nein zu sagen und sich zu wehren. Allerdings rechneten sie nicht damit, dass Marie, nach dem Vorfall während der Trauerfeier, ihre Schwiegermutter nun gar nicht mehr beachtete. Beide Frauen würden an der Kälte und Leere zugrunde gehen. Etwa vierzehn Tage nach der Beerdigung fuhren sie abends auf den Hendrikshof, um Marie zu besuchen.

Im Wohnzimmer lagen Berge von Bildern und Fotoalben. Gemeinsam betrachteten sie die Bilder, manchmal lachten sie sogar. Hin und wieder erklärte Marie etwas oder erzählte eine kleine Anekdote. Sie stellte ein paar Tassen auf den Tisch und kochte Kaffee. Marie hatte mit Hans am Abend immer noch eine Tasse Kaffee getrunken und das tat sie auch weiterhin, wenn auch in

Zukunft allein.
„Marie", begann Matthias behutsam, „Christian erzählte mir, dass du und Anna seit der Beerdigung nicht mehr miteinander redet. Das ist nicht gut, Marie. Mechthild und ich sind voll auf deiner Seite. Anna hat dich wirklich jahrelang behandelt wie ein Stück Dreck. Aber zahle Gleiches nicht mit Gleichem heim. Anna ist alt und gebrechlich. Nach dem Tod von Hans hat sie vermutlich ohnehin jeden Lebensmut verloren. Der Sohn geht nicht vor der Mutter, das ist das allerschlimmste was einer Mutter passieren kann. Du hast das selber bei deiner Mutter erlebt, Marie. Und wir haben das auch schmerzlich erfahren."
Matthias redete für einen Augenblick nicht weiter und trank einen kräftigen Schluck Kaffee. Immer, wenn es um den Tod seines eigenen Sohnes ging und er darüber sprach, war seine Kehle wie zugeschnürt. Der Schmerz blieb, ein Leben lang. Mechthild redete weiter:
„Was Matthias und ich meinen ist, dass du nachgeben solltest, Marie. Ihr könnt nicht so kalt nebeneinanderher leben. Du gehst daran kaputt und das wollen wir nicht." Marie dachte einen Moment nach und dann antwortete sie:
„Was glaubt ihr, wann eine Grenze überschritten ist? Ich bin immer wieder auf Anna zugegangen, das stimmt. Oft habe ich es Hans zuliebe getan, denn auch er hat unter unserem schlechten Verhältnis gelitten. Und ich weiß, wie schwierig das so manches Mal für Hans war, denn sie ist und bleibt nun Mal seine Mutter. Hans hat immer nach einer liebenswerten und sympathischen Seite von ihr gesucht. Er wollte sie sozusagen vor sich selbst in Schutz nehmen, versteht ihr? Worüber wir früher manchmal lachen konnten, wurde mit den Jahren unerträglich. Hans hat mir so oft leidgetan, denn es gab viele Momente, in denen er sich für sie schämte. Und das waren nicht nur Momente, bei denen sie auf mich losging, sondern auch auf meine Eltern, auf Christian, auf Nina. Ich sage, was ich denke, hat sie einmal gesagt. Ich sage die Wahrheit. Es war ihre Wahrheit, ihre Taktlosigkeit, die Hans zum Verzwei-

feln brachte. Aber sie ist und bleibt seine Mutter, das stimmt."
„Marie", sagte Matthias, „wir wissen das. Und du hast mit allem recht, was du sagst. Aber wir bitten dich, Marie, gehe ein letztes Mal auf sie zu. Tue es für Hans."
„Matthias, weißt du überhaupt wie schlimm das war, als sie mit ihrem Handstock erst auf Carsten losging und dann auf mich? Kannst du dir vorstellen, wie ich mich gefühlt habe, wie Carsten sich gefühlt hat? Vielleicht hätte Marlene ihn nicht in den Kreis holen sollen, das mag sein. Aber es entschuldigt nicht das bösartige Verhalten von Anna." Mechthild und Matthias spürten, dass es wenig Sinn hatte, mit Marie weiter über dieses Thema zu reden. Sie war so tief zu Boden gegangen, dass sie zu einer anderen Haltung nicht mehr oder noch nicht bereit war.

Am nächsten Morgen, nach dem schweigsamen Frühstück, sagte Anna plötzlich:
„Sollen wir zusammen auf den Friedhof fahren?" Marie blieb fast die Spucke weg. Sie antwortete nicht, sondern nickte nur zustimmend mit dem Kopf. Wenig später fuhren sie im Käfer zum Friedhof. Es blieb Marie nichts anderes übrig, als Anna aus dem Wagen zu helfen und sie auf dem unebenen Kiesweg zu stützen. Ein Meer von Kränzen und verwelkten Blumensträußen lagen auf dem Grab. Jemand hatte ein kunstvoll geschnitztes Kreuz aufgestellt und dieser Jemand musste Christian gewesen sein. Hans Hendriks stand auf dem Kreuz. Mehr nicht. Marie fand diese Geste so liebevoll, dass sie sofort anfing zu weinen. Bis der Grabstein aufgestellt wurde, würde das Kreuz die Grabstelle schmücken. Einige Schritte entfernt stand eine Bank. Marie merkte, dass Anna kaum stehen konnte und setzte sich mit ihr. Anna war ganz in schwarz gekleidet und trug ein Kopftuch. Marie trug zwar dunkle Kleidung, aber nicht tiefschwarz. Die Farbe der Kleidung hatte mit Trauer nichts zu tun, fand sie.
Wortlos saßen sie wohl zehn Minuten nebeneinander und betrachteten die Grabstelle. Was hatte Hans gefühlt, als er starb? Hatte er

Angst oder Schmerzen gehabt? Er musste furchtbar gefroren haben. An was hatte er gedacht, als er sich an der Spitze des Bootes festhielt? Hatte er geahnt, was kommt? Seit Tagen dachte Marie an nichts anderes.
Sie stand auf und murmelte:
„Ich komme gleich wieder. Ich gehe zu meinen Eltern und zu Lisa." Sie stand eine Weile vor dem Grab der Eltern und sah immer wieder auf den Feldstein, auf den die beiden Namen gemeißelt waren. Aber eigentlich sah sie nichts. Ihre Augen waren voller Tränen, als sie zu Lisas Grab ging. Marie sah hoch und schaute in den Himmel. In den weißen Wolken sah sie Gesichter, deren Münder weit aufgerissen waren. Es schien ihr, als lägen die Gesichter auf dem Hinterkopf und blickten aus hohlen Augen nach oben. Immer mehr Gesichter sah sie in den Wolken, alle sahen gleich aus. Marie holte ein Taschentuch aus ihrer Jacke und putzte sich die Nase. Sie wollte schon gehen, als sie Lisas vertraute Stimme zu hören glaubte:
Hans ist müde, Marie. Wenn die Zeit gekommen ist, dann wirst du mit ihm reden können. Er war so unvorbereitet, als es passierte. Pass auf dich auf, Mariechen.
Nach einem kurzen Augenblick fuhr die Stimme fort:
Anna ist am Ende ihrer Kraft und fast am Ende ihres Weges angekommen. Du wirst sie nicht mehr ändern, Marie. Ihre Wahrnehmung war noch nie die Wahrheit. Sie ist immer neidisch und eifersüchtig auf dich gewesen. Eigentlich wollte sie so sein wie du. Aber sie wird nicht mehr aus ihrem Panzer herauskommen. Sie hat jetzt nur noch dich, Marie. Versuche, den Weg bis zu ihrem Ende nicht nur im Streit zu gehen. Tue es für Hans. Und Marie, natürlich ist sie eine Hexe!
Als Marie zu ihrer Schwiegermutter zurückging, hörte sie Lisa kichern. Ein winziges Lächeln huschte über Maries Gesicht.
An diesem Tag wollte Anna früh ins Bett. Gleich nach dem Abendessen half Marie ihr beim Umkleiden. In den vergangenen Tagen hatte Marie keine Anstalten gemacht, Anna zu unterstützen. Egal, um was es sich auch handelte. Von jetzt an tat sie es wie-

der. Marie ging in kleinen Schritten auf Anna zu. Sie stellte ein Glas Saft auf Annas Nachtschrank und sah dabei in das lächelnde Gesicht von Hans. Das Foto stand schon seit Jahrzehnten am gleichen Platz. Marie hatte das Gefühl, er sei ganz nah bei ihr und zwinkerte ihr zu. Sie deckte Anna zu und war schon an der Tür als diese flüsterte:
„Danke, Marie."

Nach dem Abwasch las Marie die unzähligen Trauerkarten durch. Es waren Karten von Menschen dabei, die sie gar nicht kannte. Danach sah sie ins Kondolenzbuch, das heute mit der Post gekommen war. Bewegt las sie Namen für Namen. Erst jetzt sah Marie die Rechnung des Bestattungsunternehmens. Es würden noch einige Rechnungen dazukommen. Gleich morgen würde sie ins Dorf zur Bank fahren.

Der Abschied von der Landwirtschaft

Marie stand mit der Rechnung in der Hand am Bankschalter und erfuhr von der freundlichen Frau Matzen, dass sie keine Verfügungen treffen durfte.

„Ich darf was nicht?", fragte Marie entsetzt. Bevor Frau Matzen antworten konnte, kam der Filialleiter aus seiner Bürotür. Er ging um den Banktresen herum und begrüßte Marie.

„Marie, komm doch bitte mit in mein Büro." Sie folgte ihm und sah sich flüchtig in dem hellen Raum um.

„Setz dich doch, Marie. Möchtest du etwas trinken?" Sie verneinte und setzte sich auf einen Stuhl, der vor seinem Schreibtisch stand.

„Marie, ich musste die Konten von Hans einfrieren. Das ist Routine und wird bei einem Todesfall immer gemacht. Die Konten lauten auf den Namen deines verstorbenen Mannes. Du hast bis zur Klärung der Erbfolge keine Berechtigung, Verfügungen zu treffen."

„Ich verstehe das nicht, Karl. Es ist doch unser Konto und unser Geld."

„Ja, ich weiß das natürlich. Aber du hast keine Vollmacht, Marie. Wir lassen dich nicht im Regen stehen, du musst dir keine Sorgen machen. Die monatlichen Abbuchungen gehen natürlich weiter. Nur die ganzen Beerdigungskosten kann ich nicht einfach anweisen lassen. Ich werde mit meinem Vorgesetzten reden, Marie, irgendwie bekommen wir das schon hin. Du musst nur ein paar Tage Geduld haben."

„Ich habe ja noch mein Sparbuch, Karl. Einen Teil kann ich wenigstens davon bezahlen." Mitfühlend sah Karl sie an. Er wusste nur zu gut, dass Hans sich immer um alle finanziellen Dinge gekümmert hatte.

„Was soll ich jetzt machen, Karl? Ich weiß, ich hätte mich schon

längst um einiges kümmern müssen, aber ich konnte das einfach nicht. Bisher ist Christian jeden Tag auf dem Hof, aber das kann natürlich auch nicht ewig so weiter gehen." Ratlos sah sie Karl an. „Habt ihr ein Testament hinterlassen oder hat Hans eines gemacht? Seit ihr in der Höfeverordnung?"
„Hans wollte immer ein Testament machen. Kurz vor unserer Reise hatte er mir noch ein Blatt Papier gezeigt, auf der er einige Punkte vermerkt hatte. Oh, Gott, ich habe es gar nicht richtig angeguckt. Einen Tag nach dem Unglück hätten wir einen Termin bei einem Notar in Flensburg gehabt, aber dazu kam es leider nicht mehr."

Als sie auf dem Heimweg war, dachte sie unentwegt an den Hof. Sie war in ihrer Trauer so gefangen gewesen, dass sie überhaupt keinen Gedanken an ihren landwirtschaftlichen Betrieb verschwendet hatte. Der musste doch irgendwie weitergehen. Was Hans ein paar Mal angesprochen hatte, bekam jetzt ein ganz anderes Gewicht.
Anna saß am Küchentisch. Mit ihren krummen Fingern hielt sie eine der heißen Kartoffeln in der Hand, um sie zu pellen. Marie sah ihr staunend zu. Ihre Mutter hatte Kartoffeln auch immer heiß in die Hände genommen, genauso wie Töpfe. Seit Jahren war es wohl das erste Mal, dass Anna sich um das Essen kümmerte. Marie deckte den Tisch, holte gekochten Schinken aus dem Kühlschrank und stellte Butter auf den Tisch. Sie ließ Anna ihre Arbeit zu Ende machen und pfuschte ihr nicht dazwischen, auch wenn die Pellkartoffeln in der Schüssel nur langsam mehr wurden. Marie konnte sich nicht entschließen, Anna von dem Bankbesuch und den eingefrorenen Konten zu erzählen. Sie wollte sie nicht unnötig ängstigen. Doch Anna hatte sich schon ihre eigenen Gedanken gemacht, denn sie sagte:
„Wie soll es eigentlich bei uns weitergehen?"
Marie schluckte ein paar Mal und dann erzählte sie Anna doch von dem unerfreulichen Gespräch mit Karl. Ihre Schwiegermutter

hörte ihr aufmerksam zu und unterbrach sie kein einziges Mal. Zum Schluss sagte Marie:
„Ich werde den Hof weiterführen, Mutter. Wir machen so weiter wie bisher. Nachher rufe ich Christian an, vielleicht weiß er Rat."
„Es ist zu viel Arbeit für eine Frau allein, Marie. Am besten wäre es, wenn Natascha jetzt nach Hause kommen würde. Und wir müssten noch einen jungen Mann haben."
Marie staunte wieder über Anna. Und noch mehr, als diese weiter redete:
„Früher waren wir in der Höfeverordnung, das weiß ich noch. Kurz nachdem Hans geboren wurde, hat mein Mann sich darum gekümmert. Das wurde auch im Grundbuch eingetragen, glaube ich. Und Hans und ich haben auch einiges schriftlich geregelt. Ich kann es dir zeigen, ich muss es nur suchen. Ich habe Wohnrecht auf Lebenszeit, freies Essen und muss dafür nichts zahlen. Hans hat jeden Monat etwas Geld überwiesen. Ich bekomme ja nur eine ganz kleine Bauernrente von meinem Mann." Von der Vereinbarung zwischen Mutter und Sohn wusste Marie. Sie überlegte kurz und fragte dann:
„Was ist das eigentlich für eine Verordnung? Ich habe zwar schon mal davon gehört, aber ich weiß gar nicht richtig, was das bedeutet. Gegenüber Karl mochte ich das nicht sagen."
„So ganz genau weiß ich das auch nicht. Durch die Verordnung sollte verhindert werden, dass die Höfe und das Land nach dem Tod des Bauern verkauft werden müssen, damit die Kinder den gleichen Teil erben. Es geht darum, dass der Hof deshalb immer an den ältesten Sohn übertragen wird, der muss dann seine Geschwister auszahlen. Die anderen Kinder bekommen natürlich nicht viel, aber das weißt du ja selbst."
Was Anna sagte, stimmte. Marie und ihre Geschwister hatten von Christian nicht viel Geld bekommen. Sie musste unbedingt mit ihrem Bruder reden und sie musste Natascha anrufen. Wollte die nun den Hof weiterführen oder nicht. Es half nichts, Natascha musste sich nun entscheiden.

„Wir brauchen einen beglaubigten Auszug vom Grundbuchamt, Marie. Ich rufe morgen beim Amtsgericht an und frage, was du alles mitbringen musst, oder willst du den Auszug per Post beantragen?"
„Nein, ich fahre hin, Christian."
Nur zwei Tage später stand Marie vor dem Schreibtisch des zuständigen Beamten. Alle erforderlichen Dokumente hatte sie mit. Nachdem sie erklärt hatte, um was es ging, bat er Marie, Platz zu nehmen. Es entstand kein Gespräch, der muffig aussehende Mann war äußerst wortkarg:
„Ausweis?"
„Sterbeurkunde?"
„Familienstammbuch?"
Marie war froh, nach der ganzen Fragerei endlich die Gebühr zahlen zu können. Ohne Gebühr keinen Auszug. Mit dem Auszug in der Hand verließ sie das Gebäude. Christian und sie sahen sich am Abend gemeinsam das Papier an und waren genauso schlau wie vorher. Die Höfeverordnung wurde nicht erwähnt. Hans musste veranlasst haben, den Hinweis zu entfernen.
„Du musst nach den Notizen von Hans suchen. Vielleicht wird es als Testament anerkannt. Irgendwo muss es doch sein."
Marie hatte schon einige Male im Schreibtisch von Hans nachgesehen. Es fiel ihr schwer, in seinen Sachen zu wühlen, obwohl es bestimmt nichts Geheimnisvolles zu entdecken gab. Sie konnte suchen so lange sie wollte, das Papier blieb verschwunden.
Natascha hatte am Telefon versprochen, am Wochenende nach Hause zu kommen. Die anderen Mädchen riefen abwechselnd an. Jeden Tag sprach Marie mit einem ihrer Mädchen. Ihre Stimmen klangen nicht mehr so bedrückt, sie begannen wieder von ihrem Leben zu erzählen. Trauerten Kinder anders?
Nur von Carsten hörte Marie nichts. Sie begann, sich Sorgen zu machen. Warum meldete er sich nicht? War er immer noch voller Zorn auf Anna oder waren es Schuldgefühle, die ihn plagten? Sie hatten seit dem Unglück überhaupt nicht mehr richtig miteinan-

der gesprochen. Am späten Nachmittag dieses Tages stand Marie das erste Mal wieder im Stall. Christian sah überrascht, dass Marie mit dem Melken schon begonnen hatte, als er eintraf. Die Arbeit würde helfen, sie von den trüben Gedanken etwas abzulenken. Arbeit half fast immer, dachte Christian. Nur bei seinem Sohn war das anders. Justus war seit dem Unglück ein anderer Mensch geworden. Er redete nur noch, wenn man ihn direkt ansprach. Seine junge Frau beachtete er kaum. Niemand machte Justus Vorwürfe, auch nicht hinter seinem Rücken. Selbst Anna nicht und das sollte schon etwas heißen. Der Verlust von Hans würde Christian noch lange beschäftigen. Aber trotzdem musste es irgendwie weiter gehen und das galt auch für seinen Jungen.

Natascha kam am Sonnabend. Sie brachte einen Korb schmutziger Wäsche und ziemlich schlechte Laune mit. Die jüngste der Kinder konnte sich denken, über was ihre Mutter so dringend mit ihr reden wollte. Und der Grund passte ihr nicht. Als sie das Wohnzimmer betrat, ging es ihr wie allen, die nach der Beerdigung das erste Mal im Haus waren. Sie dachte, ihr Vater würde in jedem Moment zur Tür hereinkommen, oder war er im Stall oder mit dem Trecker unterwegs? Marie hatte einen Kuchen gebacken und wenig später saßen sie gemütlich am Kaffeetisch. Beim Anblick ihrer Großmutter bekam Natascha einen Schreck. Sie war in wenigen Wochen um Jahre gealtert. Das sah man nicht so sehr an ihrem Gesicht, aber man sah es an ihren Bewegungen und am Zittern ihrer alten Hände. Nataschas Laune verbesserte sich etwas. Sie erzählte von ihrer Arbeit und den Kollegen. Unvermittelt sagte Anna:
„Hast du dich wieder gefangen, mein Kind? Ich meine jetzt nicht Papas Tod, sondern den Tod von diesem, wie hieß er noch?"
„Du meinst Fabian, Oma. Ja, es geht wieder. Dass du dich daran erinnern kannst."
„Natürlich kann ich das. Du warst so unglücklich, Nane. Aber dann ist es ja gut." Sie tranken weiter Kaffee und aßen Kuchen.

Marie wollte es hinter sich bringen. Sie hatte lange überlegt, ob sie mit Nane alleine sprechen sollte. Doch dann wollte sie, dass Anna dabei war. Es ging auch um ihr Zuhause, Marie durfte sie nicht einfach ausschließen.

„Nane, Oma und ich müssen dringend mit dir reden." Dass ihre Mutter sofort zur Sache kam, damit hatte Natascha nicht gerechnet. Sie war ja eigentlich noch gar nicht richtig angekommen. Das Schlechte-Laune-Barometer schnellte wieder in die Höhe.

„Dann fangt doch an", erwiderte Nane gereizt.

„Nane, es geht darum, ob du den Hof weiterführen willst. Oma und ich müssen entscheiden, wie es weitergehen soll. Deshalb brauchen wir eine Antwort von dir. Jetzt und heute."

Natascha schaute an den beiden vorbei aus dem Fenster. Die Direktheit ihrer Mutter verblüffte sie. Meistens redete sie lang und breit um den heißen Brei herum. Was war hier eigentlich los, dachte sie. Selten hatte sie ihre Mutter und ihre Oma so eng nebeneinander sitzen sehen. Eng in jeder Beziehung. Sie schaute immer noch aus dem Fenster, als Marie fragte:

„Nane, hast du mir zugehört?"

„Nein, ich meine ja, ich habe dir zugehört. Nein, ich will den Besitz nicht übernehmen." Marie und Anna erwarteten eigentlich eine Erklärung, aber Nane schwieg sich aus.

„Hast du dir das wirklich gut überlegt, Nane? Mama und ich sind auch noch da und würden dir helfen und wir könnten einen jungen Mann einstellen. Papa hat auch immer Erntehelfer gehabt. Und es ist doch ein großer Besitz, Nane. Vielleicht lernst du ja einen Bauern kennen, der sich freuen würde, auf den Hof zu kommen. Der Bauernhof würde in der Familie bleiben und das würde mich sehr freuen."

Marie streichelte ganz kurz den Arm ihrer Schwiegermutter. Anna hatte alles gesagt. Einfach und schlicht. Nane stürmte heulend aus der Küche. Marie stand auf und ging hinterher. Sie konnte sich denken, wohin Natascha sich verkrochen hatte. Tatsächlich, Natascha stand vor einer Pferdebox und streichelte weinend die

Blesse der schönen Stute. Wie Marie ihre Tochter so stehen sah, dachte sie, es wäre ihr Ebenbild. Vorsichtig näherte sie sich ihr und legte einen Arm um ihre Schultern. Nane drehte sich um und verkroch sich in den Armen ihrer Mutter. Marie ließ sie weinen und hielt sie so lange fest, bis die Tränenflut versiegte.

„Papa fehlt mir so, Mama. Er fehlt mir so."

„Ich weiß, meine Kleine." Natascha lehnte sich an die Wand und sagte mit stockender Stimme:

„Ich liebe das alles hier, Mama. Ich kann mir gar nicht vorstellen, dass der Hof einmal nicht mehr mein Zuhause sein sollte. Aber ich kann die große Verantwortung nicht übernehmen. Ich kann keine Entscheidung treffen, die für mein ganzes Leben gilt. Das hat nichts mit der Arbeit zu tun. Ich wollte nie etwas anderes und ich mache ja auch gar nichts anderes. Hätte ich einen Mann oder einen Freund, der auch Bauer ist, dann wäre das etwas anderes. Du wirst auch nicht jünger, Mama, und du hast hart gearbeitet im Leben. Und bei einer Hofübergabe muss es doch so sein, dass du dich zur Ruhe setzen kannst und nur manchmal hilfst. Ich glaube auch nicht, dass wir es uns leisten können, jemanden einzustellen, wenn einer überhaupt reichen würde! Papa hat immer für zwei gearbeitet."

„Es ist gut, Nane. Ich kann dich verstehen. Vielleicht gibt es noch andere Möglichkeiten. Wir könnten einen Teil des Landes verpachten, das Vieh abschaffen und natürlich trotzdem hier wohnen bleiben."

„Aber nicht die Pferde verkaufen, Mama! Die hat Papa genauso geliebt, wie ich. Und ich will nicht die Schuld haben, wenn doch alles vor die Hunde geht." Nane schossen wieder die Tränen in die Augen.

„Nein, natürlich nicht die Pferde, Nane, keine Angst. Und du hast an nichts Schuld. Rede dir das nicht ein. Deine Schwestern haben noch nie Interesse an der Landwirtschaft gezeigt. Es gibt also gar keinen Grund, dir Vorwürfe zu machen. Wir müssen sowieso erstmal abwarten. Wir haben ja kein Testament gemacht und ich kann

Papas Aufzeichnungen nicht finden, die er kurz vor seinem Tod gemacht hat. Wir müssen doch wissen, was Papa gewollt hat. Wenn ich das Papier nicht bald finde, muss ich dringend zu einem Anwalt, denn die Bank hat alle Konten eingefroren."
„Ach, herrjemine, auch das noch."
„Nane, ich habe nur noch eine Bitte. Sprich mit Oma. Erkläre ihr deine Gründe."
„Das mache ich, Mama. Ich will nur noch ein bisschen hierbleiben. Ich habe das Gefühl, aus jeder Ecke lächelt mir Papa entgegen."
Marie konnte ihre Tochter gut verstehen. In jeder Beziehung. Sie ging ins Haus und zog sich für die Stallarbeit um. Als sie in der Melkkammer die Gummistiefel von Hans sah, die wie immer an ihrem Platz standen, kamen auch Marie wieder die Tränen. Es waren die kleinen Dinge, die Gewohnheiten, die den Verlust so unerträglich machten. Das ganze Leben von Hans hatte sich in den Wohnräumen, im Stall, in der Scheune oder auf den Feldern abgespielt. Und überall wo sie hinging, war auch ihr Hans.

Natascha sprach mit ihrer Oma. Natürlich war Anna im ersten Moment traurig und enttäuscht, als ihre Enkeltochter ihr vorsichtig beibrachte, dass sie den Hof nicht weiterführen wolle. Doch Anna zeigte auch Verständnis. Es bestand für sie kein Grund, Nane jetzt weniger gern zu haben. Im Gegenteil. Nane hatte klipp und klar Nein gesagt und das war mehr wert, als eine monatelange Hängepartie.
Abends suchten Marie und Nane gemeinsam nach den Aufzeichnungen von Hans. Natascha fand sie. Zwei Blätter beschriebenes Papier waren zwischen die Reiseunterlagen geraten. Sie ließ ihre Mutter allein. Marie setzte sich an den Schreibtisch und begann zu lesen. Auf dem einen Blatt waren nur Stichworte notiert, auf dem anderen schrieb Hans nach der formalen Einleitung:

Meine Frau, Marie Hendriks, geb. Salzmann, erhält nach meinem Tode die Vollmacht, über alle Konten zu verfügen. Der landwirtschaftliche

Betrieb und 52 ha. Ackerfläche, sowie das Wohnhaus dürfen nur mit Zustimmung der Kinder verkauft werden. In diesem Fall fällt der erzielte Verkaufspreis zu gleichen Teilen meiner Frau und meinen Töchtern zu. Über eine Verpachtung kann meine Frau ohne Zustimmung entscheiden.

Bei einer Verpachtung erhält meine Frau die Einnahmen. Darüber hinaus erhält sie die Vollmacht, den Viehbestand zu verkaufen. Ausgenommen von dieser Regelung ist der Pferdebestand. Ohne Zustimmung meiner Tochter Natascha Hendriks, dürfen die Pferde nicht verkauft werden. Das erzielte Barvermögen wird anteilig aufgeteilt.

Ausgeschlossen von dieser Regelung, sind weiterhin drei Einfamilienhäuser. Meine Frau ist allein berechtigt, die Häuser zu verkaufen oder eine Immobilie selbst zu nutzen. Das erzielte Barvermögen wird anteilig, wie beschrieben, aufgeteilt.

Meine Töchter erhalten nach meinem Tode jeweils 15.000 DM.

Meine Mutter, Anna Hendriks, geb. Sörensen, hat ein Wohnrecht auf Lebenszeit. Die zwischen uns geschlossene Vereinbarung, hat weiterhin Bestand.

Sollte eine meiner Töchter den landwirtschaftlichen Betrieb weiterführen wollen, sind die Verfügungen für nichtig anzusehen.

In diesem Fall gilt die Höfeverordnung mit der Ausnahme, dass meine Frau und meine drei übrigen Töchter die drei Einfamilienhäuser allein erben, die getroffene Verfügung mit meiner Mutter weiterhin Bestand hat und diejenige meiner Töchter, die das Unternehmen weiterführt, keine 15.000 DM erbt.

Das Testament war unterschrieben und datiert. Hatte Hans eine Vorahnung gehabt? Nein, dachte Marie. Es waren Aufzeichnungen für den Notar gewesen. Sie legte die Blätter sorgfältig in eine

Plastikhülle und dann zurück in die Schublade. Hans hatte immer wieder von einem Testament gesprochen, sie hingegen war sehr gleichgültig gewesen. War sie das, weil der letzte Wille etwas mit dem eigenen Tod zu tun hatte und sie davon nichts wissen wollte? Nach vielen Gesprächen mit der Familie, aber auch mit Christian, entschloss sich Marie schweren Herzens, die Landwirtschaft aufzugeben. Sie war ein Leben lang Bäuerin gewesen, aber sie musste einsehen, dass sie die Arbeit nicht bewältigen konnte. Erst nach dem Tod von Hans wurde ihr richtig klar, was er noch außer der Stall- und Feldarbeit alles geleistet hatte. Ob es nun um die Buchhaltung, um Bestellungen von Saatgut, Tierarztterminen oder kleinen Reparaturen ging, Hans hatte viel von ihr ferngehalten, aber er hatte sie nie kleingehalten. Ein bäuerlicher Betrieb war mehr, als mit Treckern durch die Gegend zu tuckern und Kälber zu streicheln. Wohl in keinem anderen Unternehmen war der Erfolg nicht nur von den vier Jahreszeiten abhängig, sondern von dem Zusammenhalt der Familie. Der Arbeitsrhythmus wurde nicht durch das Wochenende unterbrochen, ein Bauer war an seinen Betrieb ganz besonders gebunden, mit seinem Herzen und zeitlich sowieso. Stand er allein da, oder seine Frau, geriet der ganze Hof aus dem Takt.

Marie verpachtete fast das ganze Land und verkaufte die Landmaschinen und das Vieh. Nur von den edlen Pferden trennte sie sich nicht. Im Wohnhaus blieb sie weiterhin mit Anna wohnen.

Am Tag, als die Tiere abgeholt werden sollten, fuhr sie mit Anna weg. Als sie dann am Abend durch die leeren Ställe ging, weinte sie bittere Tränen. Aus. Es war alles aus und vorbei. Ihr Leben würde nie mehr so sein, wie noch vor einigen Wochen.

Immer wieder aufstehen

Es dauerte eine Weile, bis Marie sich an ihren neuen Lebensrhythmus gewöhnte. An manchen Tagen wurde sie morgens wach und dachte, herrje, ich habe verschlafen. An anderen Tagen legte sie vor dem Essen ein Gedeck für Hans auf. Sie dachte noch oft, wo ist er eigentlich? Am Anfang zählte sie die Tage nach seinem Tod, später die Wochen und dann die Monate. Es war wie bei einem Neugeborenen dachte sie, nur eben umgekehrt. Bei einem Baby zählte man freudig die ersten Lebenstage. Tagsüber schaffte es Marie, sich von den schweren Gedanken abzulenken. Sie war jetzt zwar Witwe, aber sie war nicht einsam. Mechthild und Matthias kümmerten sich rührend um die Freundin, manchmal kam eine Nachbarin. Aber die größte Stütze waren Christian und Nina. Die Familie rückte enger zusammen. Nur Justus ließ sich selten blicken. Er hatte geradezu panische Angst vor Anna, die er seit der Beerdigung nicht mehr gesehen hatte. Ging es Carsten ebenso? Auch er hatte nur ein paar Mal angerufen. Über das Unglück und das unsägliche Verhalten Annas während der Trauerfeier redeten sie überhaupt nicht. Marie fand keine Gelegenheit, mit Carsten darüber zu sprechen. Er war einsilbig und kurz angebunden. Marie hatte das Gefühl, ein tiefer Graben sei zwischen ihnen. Sie vermisste ihn und sie vermisste auch die kleine Greta.

Annas Pflegerin war gekommen und Marie wollte ins Dorf zum Einkaufen. Sie ging gerade zum Auto, als Anne und Gaby vor ihr standen:

„Das ist aber eine nette Überraschung. Kommt mit ins Haus, einkaufen kann ich auch später noch.“ Marie war wirklich überrascht, die beiden Frauen zusammen zu sehen.

„Marie“, sagte Anne nun, „können wir nicht ein Stück gehen? Wir

möchten beide nicht so gerne Anna begegnen."
„Na, gut, dann gehen wir ein Stück." Die ersten Meter schwiegen alle drei. Dann blieb Anne stehen und sagte:
„Marie, es ist wegen Carsten und Justus. Wir wissen nicht mehr, was wir noch tun sollen, um die beiden davon zu überzeugen, dass sie keine Schuld am Tod von Hans haben. Ich erkenne Carsten gar nicht mehr wieder. Alles was ich ihm sage, prallt an ihm ab. Er ist ruhig und in sich gekehrt, doch diese Ruhe macht mich verrückt."
„Und Justus arbeitet wie ein Wahnsinniger", begann jetzt Gaby, „wir sind wie zwei Fremde, die zufällig zusammen wohnen. Er ist der Meinung, deine Schwiegermutter würde ihm nie verzeihen, dass sein Boot leck war und deshalb die Katastrophe passierte."
Anne fügte hinzu:
„Und Marie, beide machen sich Vorwürfe, dass sie nicht bei Hans geblieben sind." Marie fühlte sich unwohl. Was erwarteten die beiden von ihr? Carsten hatte mit ihr überhaupt nicht über das Unglück gesprochen. Und Justus? Er war am Boden zerstört, das wusste sie. Was Anna betraf, sie trauerte um ihr einziges Kind.
Ich habe meinen Lebenspartner verloren, dachte Marie, aber Anna hat ihren Lebensinhalt verloren. Keiner konnte so tun, als wäre es für Anna weniger schlimm, als für sie und die Kinder. Marie sagte:
„Ich weiß nicht, wie ich euch helfen kann. Ich habe schon zu Justus gesagt, dass ihn keine Schuld trifft. Wie Anna darüber denkt, weiß ich nicht. Wir haben nie darüber gesprochen."
Sie wandte sich den beiden zu:
„Wir wissen nicht, warum Hans nicht auch versucht hat, an Land zu schwimmen. Es ist mir bis heute ein Rätsel. Vielleicht hat er gefühlt, dass er nicht die Kraft dazu hat und wollte wenigstens sicher sein, dass Carsten und Justus es schaffen. Wir werden es nie erfahren. Was geschah, ist keine Frage von Schuld. So würde auch Hans denken. Er hat am eigenen Leibe erfahren, was es heißt, sich schuldig zu fühlen. Sein Vater ist früh tödlich verunglückt. Er wollte einen Ball vom Dach holen und stürzte dabei ab. Hans konnte damit nicht fertig werden. Es war mein Vater, dem es

gelang, ihm die Schuldgefühle zu nehmen. Und weil Anna heute weiß, was sie damals alles falsch gemacht hat, wird sie keinem die Schuld geben. Ich kann es mir wenigstens nicht vorstellen." Die drei Frauen spazierten langsam zurück. Marie blieb stehen und sagte nun:
„Ich spreche gerne mit den beiden, wenn sie es wollen. Aber so wie ihr euch das vielleicht vorstellt, wird es nicht funktionieren." Sie schaute Anne und Gaby an: „Ich kann nicht auf einen Knopf drücken und schon geht es Carsten und Justus besser. Es braucht seine Zeit."

Spätabends rief Carsten an. Anne hatte ihn dazu gedrängt, wie er zugab. Er sagte traurig zu Marie:
„Ich denke immer, hätte ich nur, hätte ich nur, hätte ich nur. Mein Leben besteht nur noch aus diesen Worten. Mir tut alles weh, innen und außen. Justus hat mir das mit den Schwimmwesten doch noch erzählt. Seitdem geht es mir noch schlechter."
„Carsten", unterbrach sie ihn jetzt energisch. „Hans hat vermutlich schon wenige Minuten, nachdem ihr losgeschwommen seid, einen Herzschlag erlitten. So vermuten es die Mediziner. Er hat sich nur an der Bootsspitze festgehalten und musste sich also körperlich nicht anstrengen. Sein Herz hätte auch mit Schwimmweste aufgehört zu schlagen, davon bin ich überzeugt." Für einen Moment wurde es in der Leitung still.
„Sieht das deine Schwiegermutter auch so? Ich war fix und fertig, als sie mit ihrem Handstock auf mich losgegangen ist. Und ich habe gedacht, sie hat doch recht. Ich gehöre nicht zur Familie, aber ich habe ein großes Unglück über deine Familie gebracht."
„Sie wollte gar nicht dich treffen, sie wollte mich treffen. Um die Frage von Schuld ging es ihr nicht. Und um es nochmal deutlich zu sagen: Niemand gibt dir oder Justus die Schuld an dem furchtbaren Unglück: Ich nicht, Anna nicht und auch deine Schwestern nicht!"

Zwei Tage später redete Marie mit Justus. Hans und Justus waren ihr so manches Mal wie Vater und Sohn vorgekommen. Schon als kleiner Junge kam er oft auf den Hendrikshof, einmal sogar mit seinem Tret-Trecker samt Anhänger. Selbst Anna mochte den Jungen mit dem freundlichen Lachen. Ab und zu schenkte sie ihm sogar ein Stückchen Schokolade.

Justus sah sehr mitgenommen aus. Marie sagte ungefähr das, was sie auch schon Carsten gesagt hatte. Sie merkte aber schnell, dass sie ihn nicht erreichte. Sie hatte den Eindruck, da war noch etwas ganz anderes, das ihn schwer belastete. Aber was? Sie fragte ihn:

„Justus, wir alle leiden unter dem Tod von Hans. Es wäre doch auch schlimm, wenn es nicht so wäre. Die Traurigkeit verschwindet nicht von heute auf morgen. Wir müssen lernen, mit dem Verlust zu leben. Etwas anderes bleibt uns auch gar nicht übrig."

Justus stand mit gesenktem Kopf vor Ihr. Sie legte eine Hand unter sein Kinn und sagte:

„Was ist noch los, Justus?" Auf einmal konnte sich Justus nicht mehr beherrschen:

„Es ist wegen Papa. Mit jedem Blick scheint er mir sagen zu wollen, dass ich für den Tod seines besten Freundes verantwortlich bin. Er sagt es mir nicht ins Gesicht, aber ich spüre das. Es ist so schrecklich! Deshalb darf er auch nie etwas von den Schwimmwesten erfahren. Er bringt mich um, Tante Marie."

Daher wehte also der Wind. Marie dachte nach. Christian war die ganze Zeit hilfsbereit gewesen, er hatte sich um vieles gekümmert. Aber über die Umstände des Unglücks hatten sie nicht gesprochen. Von allen Seiten hörte sie die vielen: „hätte, hätte, hätte", nur nicht von ihrem Bruder. Marie versuchte, Justus Mut zu machen. Mehr konnte sie nicht tun. Aber sie wollte mit ihrem Bruder sprechen, sobald sich eine günstige Gelegenheit ergab.

Die Gelegenheit kam ein paar Tage später. Christian wollte sich Handwerkszeug leihen und kam deshalb vorbei. Marie ging mit ihm in die Scheune.

„Christian, kannst du dich noch erinnern wie es war, als der Vater

von Hans vom Dach stürzte?“
„Natürlich kann ich das. Hans wollte nicht von der Leiter herunterkommen, warum fragst du?“
„Dann weißt du ja auch noch, wie Papa sich damals um Hans gekümmert hat.“
„Ja und?“, fragte Christian nun. „Mensch, Marie, nun rede doch nicht so um den heißen Brei herum. Was meinst du wirklich? Was willst du?“
„Ich will, dass du nicht den gleichen Fehler machst wie Anna damals. Rede mit Justus über das Unglück, er zerbricht sonst an seinen Schuldgefühlen.“
„Hat er sich beschwert?“
„Nein, hat er nicht. Aber sieh dir deinen Sohn doch mal richtig an. Wenn er so weitermacht, klappt er bald zusammen.“
Christian sagte nichts mehr. Er nahm die benötigten Sachen und weg war er. Marie konnte nur hoffen, dass er sich ein paar Gedanken über das Gespräch machte und endlich mit Justus sprechen würde.

Anna trauerte tief in ihrem Herzen. Sie ahnte, dass ihre Lebenszeit bald abgelaufen war und manchmal sehnte sie das Ende sogar herbei. Egal, wo Hans jetzt auch war, sie würde auch bald da sein. Und dann würde er wieder ganz ihr gehören. Nur noch selten dachte sie an ihren verstorbenen Mann. Würde sie ihn auch wiedersehen? Es war ihr eigentlich egal. Nur ihren Hansi, den musste sie unbedingt finden.
In letzter Zeit träumte sie manchmal von ihrer Jugend. Sie träumte von ihren Eltern. Das hatte sie jahrzehntelang nicht getan. Einmal hatte sie sogar von Christine, Maries Mutter geträumt. Die hatte sie ziemlich zur Schnecke gemacht. Sie solle gefälligst anständig zu ihrem Mariechen sein. Na, der hatte sie was erzählt. Wenn Anna auf ihr Leben zurückblickte, nach dem Tod des Sohnes gingen ihre Gedanken oft in die Vergangenheit, dann musste sie sich eingestehen, dass die glücklichen Momente immer mit Hans

zu tun hatten. Aber auch ihre Enkeltöchter hatten mit diesen Momenten zu tun. Besonders ihre Natascha. Sie hatte Anna immer um den Finger wickeln können und so manches Mal hatte Anna ihr etwas zugesteckt. Als kleines Mädchen waren es Bonbons gewesen und als junge Frau eher ein paar Mark. Aber Natascha hatte auch viel zurückgegeben. Sie liebte ihre Oma, so wie sie war. Sie war immer die Einzige gewesen, die sie in Schutz genommen hatte, und sie war die Einzige gewesen, die ihr auch mal widersprach. Das tat sie aber auf eine solch ehrliche Weise, dass Anna es ihr nie übel nahm.

Nachdem Anna das Testament ihres Sohnes gelesen hatte, wusste sie, wie ein Testament aufgesetzt werden musste. Sie setzte sich hin und schrieb mit zitternden Händen ihren letzten Willen auf. Ihre Enkeltochter Natascha sollte fast ihr ganzes Barvermögen erben. Und das war nicht gerade wenig. Die anderen Enkeltöchter erhielten nur einen Bruchteil dessen und Marie natürlich gar nichts.

Weihnachten ohne Hans

In diesem Jahr wollten sie sich nichts schenken, so war es abgemacht. Marie und ihre Kinder, die Schwiegersöhne und Anna wollten zusammen festlich essen und ansonsten den Heiligen Abend zu Hause verbringen. Ein paar Tage vor dem Fest hatte Justus eine wunderschöne Tanne gebracht und Marie gefragt:
„Soll ich den Baum noch aufstellen?"
„Nein, das kann ich selbst. Vielen Dank." Das Drama nahm seinen Lauf. Erst am Morgen des Heiligen Abends holte Marie die Tanne ins Haus und sah auch jetzt erst, dass der Stamm ziemlich dick und der Baum ziemlich groß war. Hm. Sie musste also hier und da etwas sägen. War ja wohl kein Problem. Marie holte einen Fuchsschwanz. Mit der einen Hand hielt sie die Tanne und mit der anderen begann sie beherzt zu sägen. Die Nadeln pieksten. Egal. Wenn Anna es schaffte, heiße Kartoffeln in den Händen zu halten, dann würde sie es wohl schaffen, das Pieksen auszuhalten. Nein, so hatte das keinen Zweck. Marie nahm die Tanne und den Fuchsschwanz und ging nach draußen. Wo war der Fuß geblieben? Also wieder ins Wohnzimmer und zurück. Wild entschlossen sägte sie weiter. Heilige Hühnerkacke, dachte sie, warum geht das denn so schwer? Sie legte die Tanne auf den Boden und sägte weiter. Fertig. Marie stellte den Tannenbaum auf den Fuß und begann, an den Schrauben zu drehen. Dann ließ sie für einen Moment den Stamm los und gleichzeitig verloren Marie und der Baum das Gleichgewicht und stürzten zu Boden. Marie begann zu weinen:
„Verdammt, verdammt, verdammt. Hans, warum hast du mich alleine gelassen? Warum, Hans, warum?" Marie weinte und weinte. „Kannst du nicht für einen Tag zurückkommen? Nur für einen Tag! Ich muss dir noch soviel sagen."
Ihre heißen Tränen tropften auf den kalten Boden. Marie putzte sich die Nase, ihr Schluchzen wurde leiser. Nun sah sie sich die

Tanne genauer an. Sie hatte es vermasselt! Der Tannenbaumfuß war viel zu groß, für das, was nach ihrer Säge-Attacke übrig geblieben war. Fünfzig Zentimeter weiter oben, das könnte passen. Ruck, zuck schaffte es Marie. Das Ding stand. Sie ging ein paar Schritte zurück und betrachtete den Baum. Die Spitze war viel zu lang. Kein Problem. Jetzt wusste sie wie es geht. Mit einer Rosenschere knipste sie hier und da noch etwas ab. Sie ging wieder ein paar Schritte zurück und hatte das Gefühl sich bei der Tanne entschuldigen zu müssen. Laut sagte sie:
„Ich werde dich schön schmücken, ich verspreche es."

Die Kinder und die dazugehörenden Ehemänner trudelten ein. Natascha schlug die Hände vor ihr Gesicht und fragte kichernd:
„Was hast du mit dem Baum gemacht, Mama?" Dann sah sie die zerstochenen Hände ihrer Mutter: „Hattet ihr Krieg?"
Die liebe Kinderschar bog sich vor Lachen. Das war zuviel für Marie. Zum zweiten Mal an diesem Tag brach sie in Tränen aus und stürmte in ihr Schlafzimmer. Sie setzte sich auf die Bettkante, ihre Finger spielten mit dem Bezug des Kopfkissens. Einen Augenblick später stand sie auf und ging zum Kleiderschrank. Dort lag ein blauer Pullover von Hans. Er hatte ihn einen Tag vor dem Unglück getragen. Marie hatte ihn seitdem nicht gewaschen. Sie krallte ihre Finger in die Wolle und hielt sich den Pullover vor ihr Gesicht. Sie konnte Hans riechen. Marie sah Hans vor sich: Braungebrannt, die Haare fast weiß, viele kleine Fältchen um die dunkelblauen Augen. Sie sah seine schlanke Gestalt und die kräftigen Hände. Marie stand wieder auf und holte seine neuen Stiefel, die er noch nicht einmal mehr anprobieren konnte. In diesen Minuten war sie Hans so nahe, dass es ihr körperlich weh tat. Mit der Hand wischte sie sich die Tränen aus dem Gesicht und versuchte, sich zu fangen. Sie konnte ihrer Familie doch nicht das Weihnachtsfest verderben, also musste sie sich zusammenreißen. Auf einmal hörte sie, erst aus weiter Ferne und dann immer näher, die Stimme von Hans:

Marie, du hast genug geweint. Ich bin immer bei dir. Egal wo du auch bist und was du auch tust. Wir bleiben zusammen, Marie, bis in alle Ewigkeit.
Die Stimme war weg, die Tränen trockneten. Es klopfte. Natascha kam herein, setzte sich zu ihrer Mutter und legte den Arm um sie.
„Mama, es tut mir leid. Ich habe es nicht böse gemeint."
„Ist schon gut, Nane. Du hast ja recht. Die Tanne und ich haben Krieg geführt. Sie war so schön und jetzt sieht sie wie ein großer Kaktus mit bunten Kugeln aus."
„Weihnachten ist es besonders schlimm", sagte Nane nun. „Ich denke schon den ganzen Tag an Papa und an Fabian."
„Ja, Heiligabend ist ein besonderer Tag, ob man es nun wahrhaben möchte oder auch nicht. Ich glaube, dass es heute vielen Menschen so wie uns geht oder noch viel schlimmer. Die Alten, die irgendwo alleine sitzen oder die Kinder, die keine Eltern und keine Familie mehr haben. Und ich denke immer an Carsten." Marie sah auf die Uhr. „Ich muss in die Küche, Nane. Es wird Zeit."
„Ich helfe dir, Mama."

Nach dem festlichen Essen, das auch in diesem Jahr aus einer Gans, Rotkohl und dem ganzen Drumherum bestand, gingen die Mädchen in die Küche um abzuwaschen. Anna war sehr schweigsam. Ihr ging es wie den anderen. Heiligabend war ein besonderer Tag. Viele Erinnerungen gingen ihr durch den Kopf. Marie redete mit ihren Schwiegersöhnen über dies und das, aber immer wieder stockte das Gespräch. Es schien ein anstrengender Abend zu werden. Endlich kamen die Mädchen aus der Küche zurück. Nach dem Ausbruch Maries wagten die Kinder nicht, von ihrem Vater zu sprechen. Sie fürchteten, ihre Mutter würde sofort wieder in Tränen ausbrechen. Eigentlich hatten die Mädchen sich auch darauf eingestellt, gemeinsam in die Kirche zu gehen. Aber auch dieses Thema vermieden sie. Marie hatte nichts mehr davon gesagt. In diesem Jahr waren sie also keine Kartoffelchristen, wie Lisa das Kirchgang-Verhalten am Heiligabend spöttisch genannt hatte.
Unvermittelt dachte Marie an Matthias. Was hatte er auf der

Trauerfeier gesagt? Behaltet Hans in eurer Mitte. Ein Ruck ging durch Marie. In die Stille hinein sagte sie:
„Schade, das Papa nicht mehr bei uns ist. Er hätte sich gefreut, euch alle zu sehen. Und er hätte auch aus dem Tannenbaum keinen Kaktus gemacht." Das Eis war gebrochen. Die Mädchen erzählten kleine Geschichten oder Anekdoten von Hans. Selbst Anna trug zur Unterhaltung bei und erzählte von Hans, als er noch ein Kind gewesen war. Hans war wieder in ihrer Mitte angekommen. Es war 23.00 Uhr als Marie sagte:
„Sollen wir nicht alle gemeinsam zu Papa gehen? Wir könnten einen geschmückten Zweig vom Baum mitnehmen und eine Kerze anzünden." Selbst Anna schien der Vorschlag zu gefallen, denn sie antwortete:
„Ja, lasst uns alle zusammen zum Grab gehen."
„Also, dann treffen wir uns beim Friedhof", sagte Marie gerührt. „Fahrt ihr schon vor, ich komme mit Oma nach." Marie schnitt einen Zweig von der Tanne und nahm eine rote, große Weihnachtskerze aus dem Schrank, die sie auf einen Kerzenständer drückte. Dann holte sie den Melkschemel, den Hans zur Erinnerung an längst vergangene Zeiten der Landwirtschaft aufbewahrt hatte. Sie half Anna, in ihren Mantel zu kommen und gemeinsam fuhren sie zum Friedhof.
Natascha half Anna aus dem Auto, reichte ihr den Handstock und hakte sie unter. Gemeinsam ging die ganze Familie zum Grab. Sie stellten sich davor und es sah aus, als hielten alle Zwiesprache mit dem Vater, dem Sohn und dem Ehemann. Marie stellte den Schemel hin, damit Anna sich setzen konnte. Trotzdem wurde Anna von Natascha gestützt. Danach legte Marie den Zweig auf das Grab und zündete die Kerze an. Es war ein sehr bewegender Moment, der für immer in ihrer aller Herzen bleiben sollte. Marlene begann leise zu singen:
Stille Nacht, heilige Nacht, alles schläft, einsam wacht …
Nach und nach sangen alle mit, während sie mit den Tränen kämpften. Als die Strophe zu Ende war, hielten sie sich an den

Händen. Da sagte Anna:
„Leise rieselt der Schnee."
„Was meinst du Oma? fragte Nane und beugte sich zu ihrer Oma hinunter. Anna flüsterte ihr ins Ohr: „Das hat Hans so gerne gesungen, als er noch ein Junge war." Natascha sah hoch und begann zu singen:
Leise rieselt der Schnee. Still und starr ruht der See. Weihnachtlich glänzet der Wald. Freue dich, s'Christkind kommt bald. Sie sangen auch die zweite Strophe:
In den Herzen wird's warm. Still schweigt Kummer und Harm...

Als Marie und die anderen zum Ausgang gingen, dachten sie wohl alle dasselbe. Der Vater, der Sohn, der Ehemann, war bei ihnen. Er war und blieb in ihrer Mitte.

Brücken

Die Kräfte ließen nach. Anna wurde jeden Tag schwächer. Man konnte direkt dabei zusehen, wie sie jeden Tag weniger wurde. Im Februar konnte sie das Bett nicht mehr verlassen. Nur zwei Monate nach dem Weihnachtsfest schien sie am Ende ihres Weges angelangt zu sein. Marie warf alle Feindseligkeiten der Vergangenheit endgültig über Bord und kümmerte sich fast nur noch um ihre Schwiegermutter. Es war nicht die Zeit, um Verletzungen auszugraben oder schlecht vernarbte Stellen auf dem Herzen aufreißen zu lassen. Anna schlief viel. Manchmal redete sie im Schlaf. Marie konnte nur Wortfetzen verstehen. Aber immer redete Anna von oder mit Hans. Regelmäßig schaute der Arzt nach ihr.

„Haben Sie Schmerzen, Frau Hendriks? Haben Sie Appetit, haben Sie genug getrunken?“ Annas Antworten waren einsilbig. Sie hatte mit dieser Seite der Welt abgeschlossen. An ihren Augen konnte man sehen, dass sie schon zur Hälfte auf der anderen Seite stand.

Eines Abends, als Marie vor dem Schlafengehen nach ihr sehen wollte, streckte Anna ihr die knochige Hand entgegen und umschloss Maries Handgelenk. Marie war erschrocken, ließ sich aber nichts anmerken. Anna flüsterte:

„Danke für alles. Danke, Marie.“ Sie ließ Maries Hand los und schlief im selben Moment ein.

Marie blieb noch eine viertel Stunde und lauschte ihrem flachen Atem.

Als sie am nächsten Morgen nach Anna sah, war sie für immer eingeschlafen.

Wieder saß Marie mit ihrer Familie, Nachbarn und Weggefährten auf der harten Kirchenbank. Sie hatte in den letzten Wochen mit Anna ihren Frieden gemacht. An diesem Tag war sie froh darüber.

Marie war sehr gefasst und ihre Familie war es auch, bis auf Natascha, die Jüngste. Sie weinte bittere Tränen um ihre Oma.
Als sie bei der gemeinsamen Kaffeetafel in der Gastwirtschaft saßen, wurde aus dem Schweigen der vielen Menschen Raunen, aus dem Raunen wurde Reden und aus dem Reden wurde Gelächter. Marie hasste Kaffeetafeln nach Beerdigungen. Was war das eigentlich für eine merkwürdige Veranstaltung?
Matthias hatte die Trauerfeier gehalten. Jetzt kam er zusammen mit Mechthild an ihren Tisch.
Nach und nach verabschiedete sich die in Würde trauernde Gemeinde. Zum Schluss saß nur noch die Familie mit Matthias und seiner Frau an einem Tisch. Sie redeten im gedämpften Tonfall miteinander und alle gemeinsam versuchten sie, die immer wieder weinende Nane zu trösten.

Am Abend kamen Matthias und Mechthild auf den Hendrikshof. Die Kinder waren fort und das allererste Mal würde Marie die kommende Nacht ganz alleine im Haus verbringen. Sie hatte ein paar Brote geschmiert und die drei aßen gemütlich in der Küche. Für Marie war die Küche immer der Mittelpunkt im ganzen Haus. So war es schon in ihrer Kindheit gewesen, dachte sie so manches Mal wehmütig. Auf dem Julehof hatte sich auch immer alles in der Küche abgespielt und so war es bis zum heutigen Tag geblieben. Sie tranken Kaffee als Matthias sagte:
„Willst du jetzt alleine hier wohnen bleiben? Hast du gar keine Angst?“ Marie lächelte und antwortete:
„Nein, ich habe keine Angst. Jage mir bloß keine ein! Ich will hier wohnen bleiben. Das Haus ist zwar groß, aber es ist mein Zuhause. Und wenn die Kinder kommen, ist immer genug Platz für alle da. Auch zum Schlafen.“ Sie merkte, dass Matthias etwas auf dem Herzen lag, aber sie wollte nicht neugierig sein. Mechthild lobte gerade gebührend den Kaffee, als Matthias sagte:
„Marie, wie soll es eigentlich mit Lisas Haus weitergehen? Ich weiß, der Zeitpunkt, das zu fragen, ist unglücklich. Aber irgend-

wann müssen wir darüber reden." Marie biss sich auf die Lippen. Sie gab ihm recht. Die letzten Monate lenkte er die Geschicke des Vereins allein oder mit der Hilfe von Hedwig.
„Ich habe oft daran gedacht, Matthias, und ich bin dir sehr dankbar. Ich war nach dem Tod von Hans wie gelähmt, aber jetzt möchte ich mich wieder um unseren Verein kümmern."
„Das freut mich wirklich, Marie. Alle fragen dauernd nach dir. Und Hedwig erst." Er lachte Marie und seine Frau gespielt verzweifelt an. Matthias berichtete ausführlich, was in den vergangenen Wochen besprochen und geplant worden war. Marie hörte aufmerksam zu und freute sich schon richtig darauf, demnächst wieder im Verein mitzuwirken. Unvermittelt sagte sie zu Matthias:
„Da ist doch noch etwas, Matthias. Ich kenne dich schon so lange und sehe dir förmlich an, dass du mir noch etwas sagen möchtest." Mechthild sah ihn aufmunternd an. Aha, dachte Marie. Sie weiß also Bescheid. Matthias trank noch einen Schluck und dann platzte es förmlich aus ihm heraus:
„Jakob hat mir geschrieben. Der Brief kam ein paar Tage vor Annas Tod. Er möchte, dass ich zwischen ihm und Carsten vermittele. Er meint, du willst oder kannst das nicht. Er wünscht sich so sehr, seinen Sohn endlich kennenlernen. Im Sommer oder im Herbst ist er wieder in Dänemark, hat er geschrieben. Dann möchte er sich mit mir treffen und auch mit dir."
„Woher hat er deine Adresse?", fragte Marie verdutzt.
„Ach, das ist nicht schwer herauszufinden. Was sagst du nun dazu, Marie?"
Und immer wieder Jakob, dachte sie.
„Carsten will ihn nicht kennenlernen. Ich musste ihm in die Hand versprechen, nicht mehr davon anzufangen. Und ich werde es auch nicht tun." Sie sah auf das Tischtuch, ihre Finger spielten nervös mit dem Stoff.
„Marie", sagte Matthias vorsichtig, „ich kann dich ja verstehen, du hast Carsten dein Wort gegeben. Aber ich kann doch mit ihm sprechen. Jakob tut mir richtig leid. Er will doch nichts Böses. Er

will nur einmal seinen Sohn sehen, einmal mit ihm sprechen. Das kann man doch sogar verstehen.“ Er fühlte sich nicht wohl in seiner Haut. Unglücklich sah er Marie an. Mechthild legte eine Hand auf seinen Arm. Marie sagte so ruhig wie möglich:
„Carsten hat sich seit dem Unglück zurückgezogen. Wir haben nur ein paar Mal miteinander telefoniert. Es hat viele Jahre gedauert, bis ich meinen Sohn wiedersehen durfte. Ich will ihn nicht ein zweites Mal verlieren. Ich kann Jakob nicht helfen.“
Matthias merkte, dass es keinen Sinn machte, mit Marie weiter darüber zu reden. Er konnte sie verstehen, aber er konnte auch Jakob verstehen. Ein winziger Hauch von Missstimmung lag in der Luft, als die beiden Freunde sich von Marie verabschiedeten. Sie winkte dem Auto hinterher, bis es nicht mehr zu sehen war.
Ein anstrengender Tag neigte sich dem Ende. Als Marie im Bett lag, wollte sie in Ruhe über Jakobs Wunsch nachdenken. Aber es kam anders, sie schlief auf der Stelle ein.

Als sie die Tür zum Vereinshaus aufschloss klopfte ihr Herz hart gegen ihre Brust. Marie war nervös, denn sie wusste, dass auch Hedwig heute kommen würde. Es war Donnerstag. Hedwig ließ nicht lange auf sich warten. Mit ihrem Fahrrad radelte sie so lange um Lisas Haus herum, bis sie endlich Maries Auto sah. Völlig aus der Puste betrat sie das Haus und lief Marie direkt in die Arme. Auch Hedwigs Herz klopfte hart gegen die Brust, auch sie war nervös. Elke und die anderen hatten schon von ihr Bescheid bekommen: Keine blöde Bemerkung, Klappe halten und durch. Das renkt sich alles wieder ein, war zu ihrem Lieblingssatz geworden oder auf gut plattdeutsch: dat löpt sick allns torecht.
Etwas zögerlich reichten sich Marie und Hedwig die Hände. Natürlich war Hedwig bei beiden Beerdigungen gewesen, aber sie hatten nicht miteinander gesprochen. Wie alle anderen aus dem Dorf, konnte sie über das böse Verhalten Annas während der Trauerfeier von Hans nur den Kopf schütteln. Das hatte Carsten, den sie immerhin kannte und mochte, nicht verdient und Marie,

gegen die sich ja im Grunde die Bösartigkeit gerichtet hatte, auch nicht. Hedwig schämte sich noch immer. Sie hatte sich beim letzten gemeinsamen Fest gemein und schäbig gegenüber Marie benommen.
Hedwig kochte Kaffee und bevor die anderen kamen, konnte sie mit Marie reden:
„Ich freue mich, dass du wieder da bist. Wir freuen uns alle, Marie. Wenn wir etwas für dich tun können, dann sage es einfach. Wir wollen dir alle helfen."
Marie wusste nicht so recht, ob sie das glauben konnte. Andererseits, Elke hatte dafür gesorgt, dass die Taucher nach Hans gesucht hatten und sie alle waren mehrere Male an der Unfallstelle gewesen. Alle waren sie gekommen, um beim letzten Weg von Hans dabei zu sein. Und das nicht nur zur Beerdigung, sondern auch in einer Kolonne hinter dem Leichenwagen her. Marie antwortete:
„Danke, Hedwig. Ich freue mich auch und ich weiß eure Hilfsbereitschaft zu schätzen." Hedwig setzte sich kerzengerade auf und sagte:
„Ich möchte mich nochmal bei dir entschuldigen. Im Namen aller, die blöd über dich geredet haben. Weißt du, Marie, ich habe Hans sehr gerne gemocht, schon in der Schule. Ich wusste, dass ich gegen dich nie eine wirkliche Chance hatte. Ich war immer ein bisschen eifersüchtig, wenn ich ehrlich bin. Mein Mann war auch kein schlechter Mann, aber er war nicht annähernd so wie Hans. Ich hätte warten sollen, bis mir der richtige über den Weg läuft. Du weißt ja, wie das damals alles war. Und ausgerechnet ich habe dann von meinem Sohn verlangt, dass er den gleichen Fehler machen soll wie ich. Ich schäme mich, Marie." Hedwigs Augen füllten sich mit Tränen.
„Es ist gut, Hedwig. Du musst nicht auf Knien vor mir rutschen. Ich habe mehr als genug Streit in meinem Leben gehabt. Es ist gut."
In der anschließenden Sitzung, bei der auch Matthias dabei war,

wurde über das Thema nicht mehr geredet. Es war erledigt, ein für alle Mal. Marie merkte natürlich, dass sie mit Samthandschuhen angefasst wurde. Doch das hatte nichts mit den Streitigkeiten zu tun, sondern nur mit ihrer Trauer. Als ihre Eltern gestorben waren, war das ähnlich, aber trotzdem anders gewesen. Wenn die betagten Eltern gehen, ist das schmerzhaft. Dennoch gehört es zum Leben dazu, wie jede Tochter und jeder Sohn erfahren muss. Als Lisa, ihre beste Freundin, so früh gehen musste, war es auch anders gewesen. Den einen Verlust, konnte man nicht mit dem anderen vergleichen.

Wie gehen aber Menschen miteinander um, die in ihrer Mitte jemanden haben, der um einen geliebten Menschen trauert? - Um den Mann, um die Frau oder um das Kind?

Marie dachte auf einmal daran, wie es ihr ging, wenn sie einem Rollstuhlfahrer oder einem geistig behinderten Menschen begegnete. Sie verhielt sich nie wie gewöhnlich, nie normal. Entweder sah sie weg oder sie starrte die Menschen geradezu entschuldigend an. Es waren Gefühle der Scham, die sie in diesen Situationen überkamen, der grenzenlosen Scham. Sie war gesund und andere waren krank. Musste man sich nicht eigentlich dafür entschuldigen, dass andere so schwer an einer Last zu tragen hatten, man selbst aber geradezu vor Gesundheit strotzte? Waren die Gefühle, wenn es um den Tod ging, ähnlich? Konnte man der Nachbarin, der Kollegin oder der guten Bekannten nicht mehr in die Augen gucken, weil man zu den anderen, den Glücklichen und den Sorglosen gehörte? Wenigstens auf den ersten Blick? Plötzlich wurde Marie aus ihren Gedanken gerissen, denn Matthias sagte wohl schon zum dritten Mal:

„Marie, kommst du bitte auf die Erde zurück. Was sagst du dazu?“

Marie musste lachen und die anderen lachten mit. Sie dachten wohl alle dasselbe. Bei ihrem Treffen, noch vor der Gründung des Vereins, hatte Marie auch nicht zugehört.

„Entschuldigung, ich war gerade ganz weit weg. Was hast du gefragt, Matthias?

„Mimi, Mimi." Marie breitete ihre Arme aus und die kleine Greta flog geradezu in sie hinein. Sie wirbelte die Kleine ein paar Mal durch die Luft und begrüßte Carsten und Anne. Gemeinsam gingen sie ins Haus. Marie hatte ihre allseits beliebte Trümmertorte gebacken. Carsten aß zwei Stücke und konnte sich danach kaum noch rühren.

„Weltklasse, Marie! Einfach Weltklasse!" Sie lächelten sich über den Tisch hinweg an. Marie war froh, dass Carsten und seine kleine Familie die Einladung zum Sonntagskaffee angenommen hatte. Anne nahm Greta und ging mit ihr zu den Pferden. Sie wollte die beiden alleinlassen, damit Mutter und Sohn sich aussprechen konnten. Wenn jemand ihm die Gefühle der Schuld nehmen konnte, dann war es Marie, das wusste sie. Carsten war zwar wieder etwas gesprächiger geworden und nicht mehr ganz so in sich gekehrt, aber er wurde geplagt von den Geschehnissen des Angelausflugs. Marie räumte den Tisch ab und Carsten half ihr dabei. Sie setzten sich an den Küchentisch.

„Ich habe mich fast nicht getraut, dir in die Augen zu sehen, Marie. Das ist alles so schrecklich, so furchtbar und so unnötig. Warum nur? Warum musste das passieren und ausgerechnet kurz vor eurer Reise. Hans hat noch so von Kanada geschwärmt und von den Niagarafällen erzählt. Könnte ich doch diesen verfluchten Tag rückgängig machen." Er sah sie traurig an.

„Es geht leider nicht, Carsten. Alles was passiert ist, ist passiert. Nichts kommt wieder. Ich habe es jetzt schon ein paar Mal gesagt, ich mache dir und Justus keine Vorwürfe. Selbst Anna hat das nicht getan. Vielleicht kann wirklich keiner weglaufen vor dem, was kommen soll. Egal ob es eine schwere Krankheit oder ein Unfall ist. Du hast keine Schuld, Carsten. Es war ein Unglück. Keiner von euch beiden hat Hans ins Wasser gestoßen, keiner von euch beiden hat absichtlich ein Leck in das Boot geschlagen."

„Und die Schwimmwesten?" fragte Carsten.

„Ihr wart doch gar nicht weit draußen. Die See war ruhig. Wie ich Hans kenne, hätte er bestimmt gesagt, wir brauchen doch keine

Westen, was kann schon passieren. Und ich habe es schon zu Justus gesagt. Hans hat einen Herzschlag erlitten. Das wäre auch mit Weste passiert." Marie trank einen Schluck.
„Und noch etwas, Carsten. Ihr beide habt Hans nicht im Stich gelassen. Hör auf, dir das einzureden. Hans wollte am Boot bleiben und ihr wolltet Hilfe holen und wäret beide fast selbst ertrunken." Carsten blickte aus dem Fenster.
„Du bist so stark, Marie, wie kommt das?"
„Ach, ich bin gar nicht so stark. Aber ich habe in meinem Leben lernen müssen, mich von lieben Menschen für immer zu verabschieden. Das tut so unsagbar weh und es dauert lange, bis der Schmerz weniger wird." Sie schwiegen für einen Moment.
„Marie, ich habe übrigens ein Schreiben von der Staatsanwaltschaft bekommen. Das Verfahren wurde eingestellt."
„Siehst du, mein Junge. Es ist, wie ich gesagt habe, du hast keine Schuld." Kaum hatte Marie das gesagt, kamen Anne und Greta zurück. Anne fragte:
„Wer kümmert sich jetzt eigentlich um die Pferde?"
„Ich füttere sie und miste die Ställe aus. Manchmal macht das auch Justus. Ein junger Mann aus dem Dorf und zwei Mädchen reiten die Pferde und striegeln sie. Natascha meckert immer deswegen. Sie sagt, solche klasse Pferde können nur von klasse Reitern bewegt werden. Sie meint sich, natürlich. Aber die Super-Reiter wachsen nun mal nicht auf den Bäumen. Früher kamen auch schon immer ein paar junge Leute aus dem Dorf."
„Und wenn du reiten würdest?" Anne sah Marie lächelnd an.
„Gott bewahre! Ich setze mich nicht auf diese großen Tiere. Ich sorge für Sauberkeit. Damit müssen sich die Pferde zufrieden geben." Carsten und Anne lachten. Greta setzte sich auf Maries Schoß und gluckste vor Vergnügen. Sie wusste nicht, um was es ging, aber es wurde gelacht. Also lachte sie mit. Es wurde ein entspannter Nachmittag. Als die kleine Familie zum Auto ging, begleitete Marie sie. Carsten kramte in seinem Kofferraum herum und reichte ihr zum Abschied eine Papiertüte.

„Für dich Marie. Und danke für den schönen Nachmittag und für alles, was du gesagt hast."
Marie winkte dem Auto noch kurz hinterher um sich dann neugierig an den Küchentisch zu setzen. Sie zog ein Fotoalbum aus der Tüte, schlug die erste Seite auf und las:
Du hast mich oft gefragt, wie ich als Kind war, wie ich ausgesehen habe. Ich habe bei meiner Mutter in alten Bildern gekramt und heimlich welche weggenommen. Die habe ich dann nachmachen lassen. Sie sind nicht alle so deutlich, aber es sind Bilder von mir. Carsten.
Wehmütig und bewegt schaute sie sich ein Bild nach dem anderen an. Es waren Bilder einer ganzen Kindheit und Jugend. Der kleine Junge mit der Schultüte, der kleine Junge auf einem Ausflug, der schon größere auf Klassenfahrt. Bilder von Carstens Konfirmation. Auf der letzten Seite hatte Carsten sein Hochzeitsfoto lose in das Album gelegt. Sie betrachtete es lange. Auf der Rückseite stand das Hochzeitsdatum und: Für Dich, Marie. Anne und Carsten.
Marie sah sich alle Bilder immer wieder an. In manchen sah sie die deutliche Ähnlichkeit mit Jakob. Die Figur, die schmalen Hände und die dunklen Haare. Die Augen aber, die schönen blauen Augen, das waren ihre Augen. Noch nie war ihr das so bewusst geworden, wie in dieser Stunde. Er hatte nicht bei ihr aufwachsen können, aber er war ein Teil von ihr. Es war ihr Junge, auch wenn seine Mutter eine andere war.
Gleich am nächsten Vormittag fuhr Marie ins Dorf, um einen Bilderrahmen zu kaufen. Als sie das Hochzeitsfoto zwischen die Fotos ihrer anderen Kinder stellte, war sie so ergriffen, dass sie am liebsten losgeheult hätte.

Mit jedem Tag, der verging, näherte sich Marie wieder ihrer Lebensbahn, aus der sie durch den Tod von Hans geworfen worden war. Sie kümmerte sich um den Verein, das Haus und den Garten und um ihre Familie. Die tiefe Freundschaft zu Matthias und Mechthild half ihr über manche schwere Stunde hinweg. Die kleine Verstimmung wegen Jakobs Wunsch war längst vergessen. Christian und Nina wurden große Stützen des Alltags. Marie hatte zwar keinen Partner mehr, aber sie war nicht einsam. Sie genoss lange Spaziergänge, ging zu den Hütten und hielt stille Zwiesprachen mit Hans.

Justus hatte seinem Vater unter Tränen gebeichtet, dass im Boot doch Schwimmwesten gewesen waren. Er konnte es nicht mehr vor ihm verheimlichen, fühlte sich wie ein Betrüger. Drei Tage hatte Christian nicht mit seinem Sohn gesprochen, dann war er mit ihm und Nina auf den Hendrikshof gekommen. Noch einmal sprachen sie über die Umstände des Unglücks. Christian bewunderte die Haltung Maries. Sie sagte genau das, was sie schon vorher zu Justus und Carsten gesagt hatte. Nach dem Gespräch nahm Christian seinen Sohn endlich tröstend in die Arme und sagte:
„Ich will dich nicht auch noch verlieren. Du hast wirklich keine Schuld, Justus."

Steine

Auf dem Grab von Hans stand nun der Grabstein. Der Steinmetz hatte Marie einen besonders schönen Naturstein gezeigt, der Marie sofort gefiel. Zeit seines Lebens hatte Hans Steine gesammelt und einmal gesagt: „Steine erzählen Geschichten." Marie fand, dass der Naturstein die Lebensreise von Hans erzählte: Klar und einfach, aber mit Ecken und Kanten. Sie suchte die schönsten Exemplare seiner Sammlung heraus und begann, das Grab anzulegen. Christian half ihr bei der Grabeinfassung und schaffte Erde herbei. Anstatt mit Buchsbäumen, wie die meisten umrandet waren, zierten nun bunte und weiße Steine die Grabstelle. In einem weiten Bogen, direkt vor dem Felsstein, baute Marie einen Mini-Friesenwall auf der Familien-Grabstätte. Stundenlang war sie mit ihrer Arbeit beschäftigt. Vor dem Wall pflanzte sie verschiedene bunte Blumen. Marie hatte immer eine Hand für Blumen gehabt, drinnen wie draußen. Sie hatte schon immer die bunten Farben der Natur geliebt. Warum sollte es auf einem Grab anders sein? Wo stand eigentlich geschrieben, dass man außer Erika, Stiefmütterchen und Knollenbegonien nichts anderes pflanzen durfte? Aus den Augenwinkeln sah Marie, andere Friedhofsbesucher heimlich zu ihr herüberschauen. Mit einem Mal musste sie an Lisa denken und lächelte vor sich hin. Zum Schluss pflanzte sie gelbe Bauernrosen. Hans hatte die Rosen im eigenen Garten immer bewundert, sie würden ihm auch hier gefallen. Als Marie fertig war, betrachtete sie zufrieden ihr Werk. Bevor sie den Friedhof verließ, ging sie noch zu dem Grab ihrer Eltern, zu Lisa, zu Anna und zum Schluss zu Klaras letzter Ruhestätte. In ihrer Erinnerung sah sie Klara deutlich vor sich. Die einst bildschöne Frau, die zerstochen und abgemagert in der Küche stand. Sie sah sich und Lisa einen Bollerwagen ziehen, um die schwerkranke Freundin ins Dorf zu bringen. Aber sie sah auch die Klara, die nach dem Krieg noch schöne Jahre mit Dr. Rasmussen hatte. Marie löste sich von den aufkommenden Erinnerungen und fuhr nach Hause.

Marie war gerade mit anderen Frauen damit beschäftigt, bunte Girlanden im Spiegelzimmer von Lisas Haus aufzuhängen, als Matthias kam und sie zu sich herauswinkte. Sie stieg von der Leiter und ging hinter ihm her.
„Marie, ich glaube, du bekommst großen Ärger.“
„Ärger?“ antwortete sie verdutzt.
„Ja, es ist wegen der Grabbepflanzung, na, sagen wir eher, der Gestaltung.“ Marie sah ihn ungläubig an und erwiderte:
„Ich verstehe nicht, was du mir eigentlich sagen willst, Matthias. Was ist mit dem Grab von Hans?“ Matthias räusperte sich einige Male umständlich und sagte:
„Einige Frauen haben sich beschwert. Das Grab sei zu überladen und störe die Ruhe der Toten.“ Verlegen schaute er auf den Boden.
„Das Grab stört die Ruhe der Toten? Die haben wohl nicht mehr ihr Heu im Schober. Haben diese alten Weiber nichts anderes zu tun, als sich um die Gräber anderer Leute zu kümmern?“ Marie stampfte mit dem Fuß auf den Boden. Auch mit über sechzig Jahren hatte sie sich den deutlichen Ausdruck ihrer tiefsten Abneigung nicht abgewöhnen können.
„Marie, nun rege dich nicht auf. Noch ist ja nichts passiert. Ich wollte dir das nur sagen, bevor du vielleicht erschrickst, weil ein Schreiben von der Friedhofsverwaltung kommt.“
„Ein Schreiben von der Friedhofsverwaltung?“, widerholte Marie fassungslos. „Das glaube ich alles nicht. Warum sollte ich das bekommen?“
„Marie, es gibt eine Friedhofssatzung. Da ist festgeschrieben, wie die Gräber gestaltet werden dürfen. Aber nun warten wir erstmal ab. Vielleicht ist das Ganze ja auch nur ein Sturm im Wasserglas.“
„Ich glaube das nicht“, wiederholte Marie noch einige Male. Und immer wieder: „Was für zickige, alte Weiber!“ Sie konnte sich nur

sehr schwer beruhigen.
Nachdem sie im Spiegelzimmer mit der Dekoration für den Kindernachmittag fertig war, fuhr sie sofort zum Friedhof. Schon von weitem konnte sie sehen, dass eine Gruppe alter Frauen kopfschüttelnd vor dem Grab standen. Eine schien Marie zu sehen, denn in Windeseile humpelten sie mehr oder weniger schnell von der Grabstelle weg. Marie sah sich nach allen Seiten um, keiner der hauptberuflichen Witwen war mehr zu sehen. Sie betrachtete das wunderschöne Grab und sprach leise zu Hans. Sie erzählte von den dämlichen Zicken. Als sie sich ihren Ärger von der Seele geredet hatte, ging sie mit schnellen Schritten zu ihrem Auto und fuhr nach Hause.

Exakt drei Tage später kam ein Schreiben von der Friedhofsver-waltung. Marie riss den Briefumschlag auf dem Weg zur Küche auf. Die Verwaltung teilte ihr freundlich und sachlich mit, dass sie die Stein-Gestaltung innerhalb von 14 Tagen zu räumen habe und bezog sich auf den betreffenden Paragraphen der Friedhofssatzung. Andernfalls würden die Friedhofsgärtner dies tun und Marie hätte für die Kosten aufzukommen. Die Verwaltung verabschiedete sich mit freundlichen Grüßen. Marie war nicht nur verärgert, sie war wütend. Das durfte doch wohl alles nicht wahr sein. Hatte die Verwaltung keine anderen Sorgen, als sich um eine Grabgestaltung zu kümmern? Lächerlich! Sie fand das Schreiben einfach lächerlich. Sie würde auf diesen Schwachsinn nicht antworten und schon gar nicht das tun, was man von ihr verlangte. Das ganze Paragraphen-Theater würde im Sande verlaufen. Davon war Marie überzeugt. Sie sollte sich irren.

Genau vier Wochen später kam der zweite Brief von der Friedhofsverwaltung. Sehr sachlich im Ton, aber nicht mehr ganz so freundlich. Sie las:

Sehr geehrte Frau Hendriks,
leider haben Sie auf unser vorheriges Schreiben nicht reagiert.

Wir fordern Sie letztmalig auf, die Steine und weiteren Grabschmuck innerhalb von 10 Tagen von dem Grab zu entfernen. Sollten Sie der Aufforderung wieder nicht nachkommen, wird die Grabstelle von unseren Mitarbeitern geräumt. Die Kosten werden Ihnen in Rechnung gestellt.

Die Friedhofssatzung besagt, dass die Einfassung nicht aus Steinmaterialien bestehen darf, sondern nur die Pflanzung von Buchsbäumen erlaubt ist. Diese und andere Vorgaben dienen dem Gesamtbild des Friedhofs, das Gesamtbild darf nicht gestört werden. Darüber hinaus sehen wir die Würde der Toten und die Totenruhe durch Ihre Grabgestaltung gefährdet. Zumal die Verwendung von Steinen eine erhebliche Gefahr für Besucher und Mitarbeiter darstellt. Steine könnten umherfliegen und den Betroffenen erhebliche Verletzungen zufügen.

Wir erlauben uns abschließend den Hinweis, dass es uns bei schwerwiegenden Verstößen unbenommen ist, eine Grabstelle zu kündigen.

Marie las den Brief zwei Mal, drei Mal. Mit jeder gelesenen Zeile wurde sie zorniger. Sie begann zu weinen. Es waren Tränen der Wut. Sie lief zum Telefon und rief Matthias an. Er wurde aus ihrem Gestammel nicht klug und sagte:
„Beruhige dich, Marie. Wir kommen nachher vorbei. Dann kannst du in Ruhe erzählen, was passiert ist. Bis nachher, Marie."
Matthias las das Schreiben sorgfältig durch und zeigte es dann seiner Frau. Mechthild schüttelte ein paar Mal mit dem Kopf. Sie sagte zu Marie:
„Ich habe selten solch eine schöne, liebevolle Grabstelle gesehen. Erst heute habe ich gedacht, wie viel Liebe das Grab ausstrahlt. Es tut mir so leid, Marie. Aber ich fürchte, dir wird nichts anderes übrig bleiben, als das Grab tatsächlich zu räumen."
Marie sah erst die Freundin und dann Matthias an.
„Ja, Mechthild hat leider recht. Wenn du nicht tust, was die Verwaltung verlangt, können Sie dir sogar die Grabstelle kündigen. Und was dann?" Marie sagte aufgebracht:

„Du bist nicht nur unser Freund, Matthias, du bist auch unser Pastor. Wieso lässt du das zu? Warum unternimmst du nichts gegen diese blöde Verordnung?"

„Das kann ich nicht, Marie. Jeder Friedhof hat seine Satzung. Als Pastor habe ich darauf keinen Einfluss. Was bei uns verboten ist, kann schon drei Dörfer weiter erlaubt sein, oder umgekehrt. Bei den Kindergräbern drücken immer alle beide Augen zu, denn selbst die Stofftiere und liebevollen Andenken sind nicht erlaubt. Aber wie soll jemand das den trauernden Eltern beibringen. Bei den übrigen gibt es allerdings keine Ausnahmen. Stell dir vor, jemand hat ein Leben lang gesoffen, da kann die Witwe das Grab doch auch nicht mit Korken zieren. Oder jemand hat Feuerzeuge gesammelt. Es tut mir leid, Marie, ich weiß, dass die Beispiele hinken, aber ich kann nichts tun."

„Steine gehören zum Leben. Kieselsteine liegen auch auf den Friedhofswegen. Wir haben lediglich das Grab mit Steinen eingefasst und ich habe den Friesenwall gebaut. Der ist keine 15 cm breit und sieht wunderschön aus. Was für eine bescheuerte Begründung, zu schreiben, die Steine könnten Leib und Leben gefährden und würden die Würde der Toten verletzen. Wir leben doch in keinem Erdbebengebiet!" Matthias konnte sich ein Lächeln nicht verkneifen.

„Es geht nicht um die Steine, natürlich gefährden sie keinen Menschen. Es geht auch nicht um die Würde. Es geht um die Einhaltung der Friedhofssatzung. Das ist nun mal in unserem Land so. Wir haben das Glück, in einer Demokratie zu leben, wir haben Meinungsfreiheit und Wahlfreiheit. Wir haben das Glück, über viele Jahre in keinen Krieg verwickelt zu sein. Aber unser Land ist ein Irrgarten von Satzungen, Gesetzen und Verordnungen. Immer werden uns irgendwelche Steine in den Weg gelegt." Resigniert schaute Marie die Freunde an und sagte nun leise:

„Und wenn ich Hans umbetten lasse? Auf einen Friedhof, der erlaubt, was bei uns verboten ist?"

„Überlege es dir gut, Marie. Im Dorf ist Hans in deiner Nähe. Zur

Not könntest du auch zu Fuß zum Grab gehen."

Acht Tage später halfen Christian und Nina das Grab zu räumen und neu zu bepflanzen. Marie war den Tränen nahe, als sie die vielen Steine auf die Schubkarre lud. Von weitem sah sie einige Frauen stehen, die miteinander tratschten.
Marie lief samt Schaufel und mit drohender Gebärde auf sie zu und schleuderte ihnen voller Wut und Traurigkeit nur ein Wort entgegen:

„Zufrieden?!"

Wenn der Wind ein Lied erzählt

Marie war inzwischen wieder Großmutter geworden. Lilli hatte einen kleinen Jungen auf die Welt gebracht. Hans wäre außer sich vor Freude gewesen, dachte Marie so manches Mal. Natascha und Johanna hatten bisher nicht geheiratet, wollten es wohl auch gar nicht. Johanna erinnerte Marie an ihre Freundin Lisa. Ab und zu eine Liebelei, aber keine Bindung, keine Verpflichtung. Sie machte auch keinen Hehl aus ihrer Abneigung gegenüber festen Beziehungen. Und sie wollte auch keine Kinder. Und Natascha? Seit der traurigen Liebe zu Fabian, dem verheirateten Mann, hatte Nane nie wieder etwas von Freunden erzählt.

Schon über 18 Monate war Marie allein. Oft kam es ihr jedoch vor, als wäre der Abschied erst gestern gewesen oder in der vergangenen Woche. Noch immer hingen seine Hosen, Jacken und Hemden im Schrank. Sein blauer Pullover, den sie nie mehr gewaschen hatte, lag unter ihrem Kopfkissen.
Manchmal plagte Marie ein Schwindelgefühl, wie schon in früheren Jahren. Sie war deswegen bei ihrem Hausarzt und wieder bei einem Internisten gewesen. Die Ursache konnte nach wie vor nicht gefunden werden. Der Internist schlug ihr vor, zu einer gründlichen Untersuchung in ein Krankenhaus zu gehen. Marie wollte das nicht. So schlimm seien die Beschwerden nun auch wieder nicht.

Matthias erzählte nach einer Veranstaltung, dass Jakob wieder geschrieben hatte. Ein paar Zeilen nur. Seine Reise im letzten Jahr sei leider ins Wasser gefallen, aber im Mai wäre er in Dänemark. Wenn es etwas Neues wegen Carsten gäbe, würde er gern Matthias treffen. Es gab nichts Neues.
Nach seinem ersten Brief hatte Matthias ihm geschrieben, dass er leider nicht zwischen ihm und Carsten vermitteln könne. Daran

hatte sich nichts geändert. Wie es aussah, gab Jakob aber nicht auf. Ein paar Tage später bekam auch Marie einen Brief von Jakob. Er hatte an die Vereinsadresse geschrieben. Ihre Finger zitterten ein wenig, als sie seine Handschrift erkannte. Er schrieb:

Meine liebe Marie,
ich hoffe, es geht dir und deiner Familie gut. Ich bin im Mai auf der Durchreise nach Dänemark und ich würde dich gerne treffen. Darf ich dich zu einem Essen einladen? Ich überlasse die Wahl des Restaurants deinem guten Geschmack. Es sei denn, du möchtest in Dänemark essen. Ich kenne an meinem Urlaubsort ein kleines, ganz vorzügliches Restaurant, nicht weit von der Grenze entfernt. Sobald ich da bin, werde ich mich melden.

Ich freue mich, dich wiederzusehen.
Dein Jakob

Wie immer, wenn Jakob ihr nahe kam, und war es auch nur ein kurzer Brief, bekam Marie weiche Knie und eine unsagbare Sehnsucht im Herzen. Schon tausende Male hatte sie sich gefragt, warum dieses Gefühl nie aufhörte. Als sie ihn kennengelernt hatte, war sie achtundzwanzig Jahre alt gewesen. Das war fünfunddreißig Jahre her. Nur zwei Mal hatten sie sich danach gesehen, aber die Zeit hatte nichts mit ihren Gefühlen, nichts mit ihrer Sehnsucht zu tun.
Sie hatte ihm gesagt, dass sie sich für Hans entschieden hatte. Aus Liebe. Und das stimmte auch bis zum heutigen Tag. Selbst wenn sie Jakob nie wieder begegnet wäre, selbst wenn sie wissen würde, dass er längst nicht mehr lebte, an ihrer Sehnsucht hätte das nichts geändert. Der einzige Unterschied zu früheren Jahren war heute, dass Marie aufgehört hatte, immer wieder darüber nachzudenken, warum es so war, wie es war. Es war so.

Marie war abends auf dem Weg nach Tondern in Dänemark. Es

war der Weg zu dem Wiedersehen mit Jakob. Eine gute halbe Stunde dauerte die Fahrt. Nur noch zehn Minuten, dachte sie. Dann sehe ich ihn wieder. Ob er sich verändert hat? Jakob hatte sie zum Essen eingeladen und sie überredet, in das Restaurant seines Hotels nach Tondern zu kommen. Marie zögerte erst, sagte dann aber zu. In Tondern kannte sie kein Mensch. Das war gut so. Sie wollte nicht, dass Bekannte sie zufällig zusammen in einem Restaurant sahen. Jakob hatte die Lage des Hotels gut beschrieben, sie fand mühelos den Weg. Als sie auf dem Parkplatz hielt, atmete sie ein paar Mal tief durch und drehte den Rückspiegel etwas, damit sie sich betrachten konnte. Ganz zufrieden war sie nicht mit ihrem Äußeren. Wäre sie doch lieber vorher noch zum Friseur gegangen. Egal, nun war es ohnehin zu spät. Sie öffnete die Tür und stieg mit zitternden Knien aus. Sie sah sich auf dem hell erleuchteten Platz um und entdeckte das Restaurant, das zum Hotel gehörte, aber nicht im selben Gebäude war. Ein Mann kam ihr entgegen. Es war Jakob. Er umfasste wortlos ihre Schultern und hielt sie ein Stück von sich weg.

„Oh, Marie. Ich freue mich dich zu sehen."

„Jakob." Sie legte eine Hand auf seinen Arm und sah direkt in seine warmen Augen. Nebeneinander gingen sie zum Restaurant. Der Kellner führte sie an den reservierten Tisch.

Jakob rückte einen Stuhl für Marie zurecht und setzte sich dann auch. Der Kellner reichte die Speisekarten und verschwand.

Marie und Jakob sahen sich über den Tisch hinweg an. Das erste Mal seit dem Krieg saßen sie wieder gemeinsam an einem Tisch, um etwas zu essen. Damals hatten sie in der schäbigen Küche auf dem ärmlichen Hendrikshof nebeneinander gesessen. Direkt neben dem Kellerloch, das nur von einer Spanplatte bedeckt war.

„Oh, Marie", wiederholte Jakob, „du wirst immer schöner. Ein Wunder, dass dein Mann dich gehen ließ, heute Abend. Oder weiß er nicht, dass wir uns treffen?" Fragend sah er sie an.

„Hans ist seit fast zwei Jahren tot." Mehr sagte sie nicht. Jakob sah sie mitfühlend an und entgegnete:

„Das tut mir sehr leid, Marie. Das tut mir wirklich leid." Wehmut lag in der Luft. Beide waren mit ihren Gedanken weit weg. Jakob war bei Martine und Marie bei Hans. Zerstreut blätterte Marie in der Speisekarte, ohne etwas zu lesen.

„Weißt du, Marie, ich habe schon ein paar Mal hier gegessen. Die Ente schmeckt wirklich vorzüglich. Oder magst du das nicht?"

„Doch, doch", beeilte Marie sich zu sagen. „Hört sich doch gut an. Gebratene Ente in Rotweinsauce. Das nehme ich."

„Und was möchtest du trinken?"

„Ein Glas Wasser. In der Sauce wird schon genug Alkohol sein. Und ich muss ja noch fahren."

Jakob lächelte sie an und rief den Kellner herbei. Marie schaute sich in dem gut besuchten Restaurant um. Wie die Preise war auch das Publikum, dachte sie. Goldbehangen und aufgetakelt die Frauen, und die zumeist viel älteren Männer in edlen Anzügen. Sie passte irgendwie nicht in diesen Raum, zu diesen Leuten. Marie trug ein dunkelgraues, eng geschnittenes Wollkleid, das ihre mädchenhafte Figur unterstrich. Sie trug keinen Schmuck, nur ihren Ehering.

Marie merkte gar nicht, wie viele Männeraugen sie heimlich anerkennend betrachteten. Sie war wirklich eine schöne Frau. Klare Augen, in denen immer noch viel zu viel blaues Wasser war. Ein ebenmäßiges Gesicht, in dem die kleinen Fältchen ihre Lebensjahre so harmonisch widerspiegelten, dass alles andere nicht zu ihrem Gesicht gepasst hätte. Ihre kinnlangen, blonden Haare waren von Silberfäden durchzogen. Marie hatte die Lippen ein wenig nachgezogen. Sonst nichts. Inmitten der mehr oder weniger gleich aussehenden bunten Frauengesichter im Lokal bestach sie durch ihre Natürlichkeit.

Der Ober brachte die Getränke. Natürlich hatte Jakob bemerkt, wie viele Blicke zu ihrem Tisch gingen und Marie galten. Er fühlte sich bestätigt und war stolz, dass er es war, der neben ihr sitzen durfte. Jakob nahm das Gespräch wieder auf:

„Ich habe Urlaub auf der Halbinsel Seeland gemacht. Das ist

Erholung pur, sage ich dir. Sandstrände, Steilufer, Dünen, eine wunderschöne Insel. Martine und ich haben ein paar Mal zusammen auf Seeland Urlaub gemacht. Auf der Heimreise machten wir in Tondern Station. Deshalb kenne ich das Restaurant. Heute Nacht bleibe ich im Hotel und morgen fahre ich wieder nach Hause." Er sah sie aus seinen warmen Augen an. Marie ging gar nicht darauf ein, sondern erwiderte:
„Wolltest du nicht im letzten Jahr schon kommen?"
„Ich musste die Reise absagen. Es ging mir nicht so gut. Deshalb bin ich froh, dich in diesem Jahr zu sehen, Marie." Jakob war schmaler geworden, Marie hatte es gleich gesehen. Er zog sein linkes Bein etwas nach, auch das war ihr nicht entgangen. Aber sein braungebranntes Gesicht hatte sich kaum verändert. Die Falten waren zwar etwas tiefer, aber seine braunen Augen strahlten so viel Wärme und Liebe aus, wie sie es noch nie bei einem anderen Menschen gesehen hatte. Marie und Jakob waren befangen. In der ersten halben Stunde plätscherte das Gespräch hin und her. Sie sprachen über das Wetter, Marie erzählte vom Hendrikshof und ihren Töchtern und Jakob redete über seinen Urlaub, über die Museen und die Schlösser, die er besucht hatte. Das Essen kam.
„Schmeckt es dir, Marie?", fragte Jakob.
„Ja, es schmeckt wirklich ganz toll", log Marie. Sie hatte den Eindruck, die ganze Rotweinflasche sei versehentlich in die Sauce gefallen. Oder sollte das so schmecken? Ihre Rouladen mit Schnippelbohnen und Rotkohl wären ihr lieber gewesen als Rotwein mit Ente und dem merkwürdigen Kartoffelzeugs. Wie hieß das nochmal? Es fiel ihr wieder ein: Kartoffelgratin. Auch gut. Sie stocherte mehr herum, als dass sie aß. Als sie Jakobs fragenden Blick sah, riss sie sich zusammen und schnitt beherzt ein Stück Fleisch mit dem Käse drum herum ab. Jakob lächelte sie über den Tisch hinweg an.
„Du kannst nicht gut schwindeln, Marie." Sie lachte ihn an. Nein, das konnte sie wirklich nicht. Als sie mit dem Essen fertig waren, nahm der Ober etwas pikiert ihren halbvollen Teller vom Tisch.

„Nebenan ist eine Bar, Marie. Wollen wir?" Marie nickte. Jakob zahlte und sie gingen eine Tür weiter. In ihrem ganzen Leben war Marie noch nie in einer Bar gewesen. Gut, manchmal hatte sie an der Theke in der Dorf-Wirtschaft gestanden und einen Schnaps getrunken. Aber eine Bar? Die kannte sie nur aus dem Fernsehen. Der Raum war abgedunkelt. Lampen hingen an einem kreisrunden Tresen herunter. In kleinen Nischen boten lederbezogene Bänke Platz für zwei oder vier Personen. Jakob und Marie nahmen einen der größeren Tische. Dort setzten sie sich gegenüber. Eine Serviererin kam sofort, um nach ihren Wünschen zu fragen. Jakob bestellte für sich einen Rotwein und für Marie eine Weißweinschorle. Sie prosteten sich zu. Gedämpfte Musik erklang von einem Klavier, das von einem Mann im weißen Smoking gespielt wurde. Sie sahen sich in die Augen und wurden beide sentimental. Jakob nahm ihre Hand und sagte:
„Wie schnell doch die Jahre vergehen. Es ist fast 35 Jahre her, seitdem wir uns das erste Mal begegnet sind. Wo ist nur die Zeit geblieben? Manchmal denke ich, es wäre gestern gewesen. Du hast mir das Leben gerettet, Marie. Wenn sie mich gefunden hätten, ich wäre schon lange tot, begraben mit anderen, im hintersten Eck des Friedhofs. Alles, was ich nach dem Krieg machen konnte, habe ich dir zu verdanken. Es waren gute Jahre. Ich habe einen Beruf gehabt, der mich ausfüllte, ich konnte schöne Reisen machen und ich hatte Martine. Und tief in meinem Herzen, hatte ich immer dich." Jakob lächelte sie scheu an. Er fuhr fort:
„Ich habe mir oft darüber den Kopf zerbrochen, warum ich dich nicht vergessen konnte. Manchmal habe ich in Gedanken mit dir geredet. Ich habe dir von meinem Leben erzählt. Du warst immer bei mir, Marie. Jeden Tag, jede Stunde." Er brach unvermittelt ab, während sich seine Augen mit Tränen füllten. Seine Hand lag immer noch auf ihrer.
„Wenn ich einen Wunsch frei hätte, Marie, dann würde ich mir wünschen, die Zeit zurückzudrehen. Dann wäre ich nach dem Krieg sofort zurückgekommen, um dich und deine Kinder zu mir

zu holen. Und dann hätte ich vielleicht jetzt auch einen Sohn." Jakob wischte sich über die Augen. Marie nahm ihre Hand von seiner und streichelte sein Gesicht.

„Wir können die Zeit nicht zurückholen, Jakob. Keiner kann das. Ich habe dich auch nie vergessen. Wie oft habe ich in den ersten Jahren gehofft, dass du kommst. Wie oft habe ich auf der Futterkiste gesessen und mir nichts sehnlicher gewünscht, als neben dir sitzen zu können. Ich wäre mit dir bis ans Ende der Welt gegangen, aber du bist nicht gekommen."

„Wenn ich damals gewusst hätte, dass du ein Kind von mir erwartest, ich schwöre dir, Marie, ich wäre noch kurz vor der Grenze wieder umgekehrt. Und vielleicht wäre auch noch alles anders gekommen, wenn du meine Briefe bekommen hättest." Jetzt füllten sich Maries Augen mit Tränen. Ihre Gedanken schweiften zu der längst verstorbenen Freundin, zu Lisa. Wäre wirklich alles anders gekommen?

Einige Paare tanzten auf der kleinen Tanzfläche. Jakob sah sie an. Sie schüttelte kaum merklich den Kopf. Nein, sie wollte nicht tanzen.

„Marie, du weißt, dass es immer noch mein Wunsch ist, unseren Sohn kennenzulernen."

Als sie sofort etwas erwidern wollte, fuhr er dazwischen.

„Lass mich bitte ausreden. Ich möchte ihn doch nur einmal sehen, einmal mit ihm sprechen. Ich will doch nicht Vater spielen. Aber er ist doch auch mein Kind, er ist auch ein Teil von mir. Ich habe dem Pastor geschrieben, aber das wirst du ja wissen. Er kann mir nicht helfen, hat er geschrieben. Was um alles in der Welt soll ich tun, damit ich den Jungen sehen kann? Was soll ich nur tun?"

Marie hatte Mitleid mit ihm. Sie wusste, dass er keine Kinder hatte. Und natürlich war er der Vater von Carsten, wenn auch nur der biologische. Aber Jakob konnte nichts dafür, dass sie den gemeinsamen Sohn zur Adoption freigegeben hatte, er wusste ja nichts von dem Kind. Ihn hatte sie nicht fragen können. Marie stand plötzlich auf. Jakob erhob sich zögerlich vom Stuhl. Er hatte

Angst, dass Marie jetzt gehen würde. Sie sah es ihm an, nahm ihre Tasche und sagte:
„Ich bin gleich wieder da.“ Jakob war erleichtert.
Marie ging in die Nacht hinaus. Sie wollte für einen Moment alleine sein. Es war nicht kalt, sie fror trotzdem. Ihr Blick ging ins Leere. Wohl fünf oder sechs Minuten stand sie regungslos an einem Fleck. Sie konnte sich dem Zauber Jakobs nicht entziehen, sie hatte es nie gekonnt. Jakob brauchte sie nur anzusehen, ihr ein nettes Kompliment machen, etwas erzählen. Sie hing an seinen Lippen, als gäbe es nur ihn und nur sie. Seinen Herzenswunsch konnte sie gut verstehen, aber sie kannte auch nur zu gut Carstens Meinung zu diesem Thema. Um nichts auf der Welt wollte sie Carsten wieder verlieren. Marie kramte ihren Spiegel aus der Tasche und betrachtete sich im Licht einer Laterne. Durch den Spiegel sah sie einen schlanken Mann, der leicht hinkte, auf sie zu kommen. Sie drehte sich um und flog in seine Arme. Unendlich zärtlich küssten sie sich. Sie hielten sich in den Armen wie zwei Menschen, die ein Leben lang aufeinander gewartet hatten. Wie zwei Menschen, die ahnten, dass sie sich vielleicht in dieser Nacht zum letzten Mal küssten, zum letzten Mal zusammen träumten. Behutsam löste sich Jakob von Marie:
„Komm, Marie, gehen wir wieder in die Bar.“ Er legte seinen Arm um sie und gemeinsam gingen sie an ihren Platz zurück. Beide waren verlegen und schauten auf die Tanzenden. Sie betrachteten die bunten und die alten Gesichter, die sich redlich bemühten, sich gegenseitig ihre Liebe zu zeigen. Jakob umschloss wieder die Hände Maries. Er sah ihr ernst und voller Wehmut in die Augen uns sagte:
„Ich kann dich nur bitten, Marie, nochmal mit Carsten zu reden. Wenn er nicht will, dann ist es ganz bestimmt nicht deine Schuld. Ich weiß das. Du sollst aber wissen, dass ich eine Verfügung getroffen habe. Martine und mir blieb der Kinderwunsch leider versagt, du weißt das ja. Deshalb wird Carsten mein Vermögen erben. Es sind keine Reichtümer, aber Martine und ich haben beide gut ver-

dient und wir konnten einiges sparen. Mein Anwalt hat die Adresse von Carsten. Er wird sich, wenn es soweit ist, mit ihm in Verbindung setzen." Erschrocken sah Marie Jakob an. War er schwer krank oder was war mit ihm los? Jakob schien ihre dunklen Gedanken in ihren Augen lesen zu können. Er sagte lächelnd:
„Keine Angst. Ich hoffe doch, es ist noch lange nicht soweit."
Marie seufzte erleichtert. Jakob griff in die Innentasche seines Anzugs und holte ein Schmuckkästchen hervor.
„Ich habe dir etwas mit gebracht, meine kleine Marie." Mit zitternden Fingern öffnete sie die kleine Schachtel und zog eine silberne Kette mit einem Anhänger heraus. Erst auf den zweiten Blick sah sie, dass in dem herzförmigen Anhänger eine weiße Perle hing. Sie hielt die Kette in beiden Händen und wusste sofort, warum Jakob ihr ausgerechnet diesen Anhänger schenkte. Jakob stand auf und sagte:
„Darf ich?"
Marie nickte zustimmend. Jakob legte behutsam die Kette um ihren Hals und drückte auf den Verschluss.
„Ich habe es nie vergessen, Marie. Damals habe ich dir die Perle geschenkt und bei unserem ersten Wiedersehen hast du sie mir zurückgegeben. Ich möchte aber, dass du die Perle behältst. Deshalb habe ich sie von einem Juwelier in ein Silberherz einfassen lassen. Gefällt dir die Kette?"
„Sie ist wunderschön, Jakob. Ich danke dir. Dieses Mal werde ich sie auch behalten." Sie streichelte wieder voller Liebe sein schmales Gesicht. Für einen Moment kämpfte Marie mit sich. Dann holte sie aus ihrer Handtasche ein eingerahmtes Foto und reichte es Jakob. Als er zum ersten Mal seinen Sohn sah, wenn auch nur auf einem Foto, liefen ihm die Tränen über sein Gesicht. Er wischte sich ein paar Mal über die Augen, denn er konnte fast nichts erkennen. Carsten sah ihm sehr ähnlich, genauso hatte er als junger Mann ausgesehen. Bis auf die Augen. Sein Sohn hatte die Augenfarbe von Marie geerbt. Er hatte blaue, sprechende Augen. Jakob betrachtete immer wieder den attraktiven, lächelnden jun-

gen Mann. Seine Tränen tropften auf die Fotografie. Sein Sohn. Jakob legte das Bild auf die Mitte des Tisches und nahm wieder Maries Hände:
„Ich danke dir, Marie. Ein schöneres Geschenk konntest du mir nicht machen. Er hat deine Augen, Marie. Er hat deine wunderschönen Augen. Oh mein Gott, könnte ich nur die Zeit zurückdrehen. Ich würde alles dafür geben.“
Marie sah ihn liebevoll, aber auch besorgt an. Schon einmal an diesem Abend hatte er etwas Ähnliches gesagt. Jakob war nicht nur schmaler geworden, sie hatte den Eindruck, er war auch dünnhäutiger geworden. Oder war es tatsächlich nur Wehmut, die ihn weinen ließ. Nein, Jakob trauerte um eine Zeit, die nie wieder kommen würde. Er trauerte um einen Sohn, den er so gerne gehabt hätte. Er trauerte um eine Liebe, die ihn nie losgelassen hatte. Er trauerte um ein Leben, das er gerne mit seiner Marie verbracht hätte. Jakob erhob sich und sagte:
„Entschuldige mich einen Moment, Marie.“
Marie sah Jakob hinterher. Er verließ mit schleppenden Schritten die Bar. Sollte sie ihm hinterhergehen?
Marie blieb an ihrem Platz. Sie sah den tanzenden Paaren zu und dachte an ihre erste Begegnung mit Jakob. Sie sah die Lagerkleidung, den kahlgeschorenen Kopf, sie sah die Angst in seinen Augen. Marie hatte ihn vom ersten Moment an geliebt. Die Liebe zu Jakob hatte sie ein Leben lang begleitet. Die Sehnsucht nach ihm, nach seiner Nähe, nach seiner Stimme hatte nie etwas mit Hans zu tun gehabt. Auch Hans hatte sie geliebt, von Herzen geliebt. Sie wollte keinen anderen Mann. Trotzdem nahm die unerfüllte Liebe zu Jakob einen lebenslangen Platz in ihrem Herzen, in ihren Gedanken ein.
Jakob kam an den Tisch zurück. Er hatte sich wieder beruhigt. Als Marie ihm erzählt hatte, dass ihr Mann gestorben war, da hätte er sie am liebsten sofort in den Arm gerissen und sie mit in seine Heimat genommen. Instinktiv spürte er aber, dass sie das nicht wollte. Sie würde nicht mit ihm gehen. Nicht heute und auch nicht morgen.

Der Klavierspieler spielte die ersten Takte einer Melodie, die zu Maries und Jakobs Liebesmelodie geworden war. Jakob erhob sich: „Darf ich um diesen Tanz bitten, meine kleine Marie." Sie erhob sich ebenfalls. Jakob nahm ihren Arm und sagte lächelnd:
„Ich habe den Pianisten mit einem Drink bestochen." Als sie die Tanzfläche betraten, deutete Jakob eine Verbeugung an und nahm Marie in seine Arme. Der Pianist hatte eine warme, angenehm dunkle Stimme und sang den Refrain mit:
Der Wind hat mir ein Lied erzählt von einem Glück, unsagbar schön. Er weiß, was meinem Herzen fehlt, für wen es schlägt und glüht.
Maries Kopf ruhte auf Jakobs Brust. Sie bewegten sich sehr langsam und genossen die Nähe des anderen. Die übrigen Tanzenden schienen zu spüren, dass Jakob und Marie nicht nur nach einer alten Melodie tanzten, sondern dass dieses Lied eine ganz besondere Bedeutung für die beiden hatte. Nach und nach verließen sie die Tanzfläche.
Am Meer stand ich abends oft und ich habe gehofft, auf was? Ich sah bunten Vögeln nach – ach, mein Glück zerbrach wie Glas.
Eng umschlungen und mit geschlossenen Augen vergaßen sie die Welt um sich herum und hingen ihren vergangenen Träumen nach.
Der Wind hat mir ein Lied erzählt, von einem Glück, unsagbar schön. Er weiß, was meinem Herzen fehlt, für wen es schlägt und glüht. Er weiß für wen. Komm, komm, Ach. Der Wind hat mir ein Lied erzählt, von einem Herzen, das mir fehlt.

Jakob begleitete Marie zu ihrem Wagen. Beide waren durcheinander, überwältigt von ihren Gefühlen. Jakob hatte nicht gefragt, ob sie mit ihm gehen würde, auch nicht für diese eine Nacht. Er konnte die Antwort in ihren Augen lesen. Marie wollte schon los fahren, als Jakob an die Scheibe klopfte. Sie kurbelte das Fenster herunter und sah ihn fragend an:
„Marie, ich werde auf dich warten. Und sollte es bis zum Ende meines Lebens sein. Wenn du eines Tages zu mir kommen möch-

test, ich wäre der glücklichste Mensch der Welt. Vergiss es nicht, Marie, ich warte auf dich."

Langsam rollte der Wagen vom Parkplatz. Jakob blickte solange hinter dem Auto her, bis er in der Dunkelheit verschwand. Würden sie sich je wiedersehen?

An der Grenze wurde Marie durchgewunken. Sie war froh, dass kein Zollbeamter ihr verstörtes Gesicht sah. Ungefähr zwei Kilometer weiter fuhr sie an den Straßenrand. Die Begegnung mit Jakob hatte Marie bis ins Innerste aufgewühlt. Sie konnte keinen klaren Gedanken fassen. Immer wieder sah sie sein Gesicht vor sich, die Tränen in seinen Augen. Die vergangenen Stunden wirbelten in ihrem Kopf durcheinander. War es richtig gewesen, ihn wegzuschicken? Beide waren sie jetzt frei, warum also nicht ein spätes Glück erleben? „Nein", sagte sie laut zu sich. „Nein, das geht nicht. Ich würde Hans ein zweites Mal verraten. Ich kann das nicht, nein, ich kann das nicht."

Marie wischte sich die Tränen aus dem Gesicht und startete den Wagen. Sie wollte so schnell wie möglich nach Hause. Sie wollte an dem Pullover von Hans riechen. Marie wollte ihm nahe sein. Es dauerte noch Stunden, bis sie zur Ruhe kam. Vielleicht konnte sie sich im nächsten Jahr wieder mit Jakob treffen. Ja, nächstes Jahr würde sie vielleicht zu ihm fahren. Aber nicht jetzt. Mit dem Pullover im Arm schlief Marie erst in den Morgenstunden ein.

Der richtige Platz im Leben

Der Bürgermeister hatte Marie angerufen und ihr mitgeteilt, dass Jugendliche aus dem Dorf bei den Hütten öfter feierten. Marie ließ alles stehen und liegen und fuhr los.
„Heilige Hühnerkacke, das darf doch wohl nicht wahr sein. Heilige Hühnerkacke!" Maries Gesicht war vor Zorn rot angelaufen. Sie merkte gar nicht, dass sie laut fluchte. Die Türen waren aufgebrochen, die Innenräume total verwüstet. Überall lagen zerbrochene Flaschen und Gläser herum. Essensreste türmten sich auf den Tischen. Marie war wütend, auch auf sich selbst. In den letzten Monaten war sie viel zu selten hier gewesen. Hans hatte mindestens ein Mal in der Woche nachgesehen, ob alles in Ordnung war. Auf dem Platz vor den kleinen Holzhäusern lagen Reste von verbranntem Holz. Sie haben also ein Lagerfeuer gemacht, dachte Marie.
Als sie nach Hause kam, war sie fast noch wütender und begann zu weinen. In den letzten Tagen war Marie ohnehin sehr nah am Wasser gebaut. Hans fehlte ihr an allen Ecken und Enden. Glaubte sie bis vor ein paar Wochen noch, sie hätte das Schlimmste überstanden und ihre Trauer, die in Wellen kam, würde langsam weniger, so war ihre Traurigkeit, ihre Sehnsucht nach Hans, wieder so nah, wie nach den ersten Tagen seines Todes. Marie fühlte sich manchmal einsam. Sie war nicht allein und sie kämpfte um ein ausgefülltes Leben, auch wenn sie keinen Mann mehr an ihrer Seite hatte, aber es fiel ihr unsagbar schwer. Die Kinder waren weit weg und kamen nicht so oft nach Hause. Marie spürte, dass sie im Leben ihrer Töchter schon lange nicht mehr die Hauptrolle spielte. Das war nicht erst seit heute so, aber früher war Hans da gewesen. Er hatte sie getröstet, wenn sie sich darüber beklagte und die Sehnsucht nach ihren Töchtern übermächtig wurde. Marie ertappte sich dabei, dass sie hin und wieder dachte, früher sei es einfach

besser gewesen. Früher hielten die Familien zusammen, sahen sich viel öfter, luden sich gegenseitig ein. Sie war noch kein einziges Mal bei ihren Kindern eingeladen gewesen. Wenigstens nicht so richtig. Wenn die Sprache darauf kam, dann sagten ihre Mädchen: Du kannst uns gerne besuchen kommen. Sag einfach Bescheid. Das war aber keine richtige Einladung, fand Marie. Das war weniger als nichts. Und ihr Sohn? Sie telefonierten miteinander. Manchmal kam er auf einen Sprung vorbei. Mehr nicht. Erwartete sie zu viel?

Nun also auch noch die Hütten. Marie überlegte hin und her. Es war sicher nur eine Frage der Zeit, bis betrunkene junge Leute die ganze Anlage abfackelten. Sollte sie die kleinen Holzhäuser abreißen lassen? Hans würde sich im Grabe umdrehen. Vielleicht konnte sie wieder Feriengäste aufnehmen. Aber wie sollte sie das Gelände bis dahin schützen? Es fehlte ein starker Arm an ihrer Seite. Hans fehlte ihr.

Auf einmal erschien ihr alles zu groß: Das große Haus, Annas Abnahme, die großen, edlen Pferde, die große Entfernung bis zum nächsten Haus. Es hatte Marie bisher nichts ausgemacht, ohne direkte Nachbarn allein auf dem Hof, oder was davon übrig geblieben war, zu leben.

Sie musste sich zusammenreißen. Sie wollte doch gar nicht weg von hier. Von ein paar blöden Jugendlichen würde sie sich doch nicht den Schneid abkaufen lassen. „Heilige Hühnerkacke“, sagte sie laut zu sich selbst. „Du tust ja gerade so, als würde die Welt wegen ein paar Scherben untergehen.“ Mitten in ihr Selbstgespräch klingelte das Telefon.

„Ich bin es, Matthias. Können wir nachher zu dir kommen? Mechthild und ich müssen dir etwas Wichtiges sagen.“

Eine gute Stunde später saßen die drei am Küchentisch. Marie hatte Kaffee gekocht und ein paar Kekse auf den Tisch gestellt. Ausführlich erzählte sie von den Hütten. Es dauerte eine ganze Weile, bis sie merkte, wie zurückhaltend die beiden Freunde waren.

„Was ist denn eigentlich mit euch? Ihr seid ja so still. Was wolltet ihr mir Wichtiges sagen?"
Mechthild und Matthias sahen sich an.
„Marie, wir wollen im nächsten Jahr zurück nach Hamburg gehen." Matthias hustete verlegen. Jetzt war es raus. Mechthild sah, an Marie vorbei, angestrengt aus dem Fenster. Marie glaubte, sich verhört zu haben.
„Ihr wollt nach Hamburg? Warum das denn?" Matthias antwortete:
„In Hamburg fing alles an, mit Mechthild und mir. Und in Hamburg soll es auch zu Ende gehen."
„Meine Güte, wie dramatisch", entfuhr es Marie. „Ihr tut ja gerade so, als sei eure letzte Stunde gekommen und die wollt ihr unbedingt in Hamburg verbringen." Jetzt ergriff Mechthild das Wort:
„Ich war hier nie so richtig zuhause, Marie. Ich bin nun mal ein Stadtmensch. Und in Hamburg kann ich Matthias viel mehr unterstützen, als ich es in einer Dorfgemeinde kann." Marie rutschte auf ihrem Stuhl hin und her. Damit hatte sie nicht gerechnet. Ihre beiden letzten Freunde wollten so einfach sang- und klanglos aus ihrem Leben verschwinden. Matthias schien ihre Gedanken zu erraten, denn er sagte jetzt:
„Marie, wir werden immer befreundet bleiben. Und Hamburg ist doch nicht aus der Welt. Ich komme immer wieder gerne zurück. Und noch sind wir doch auch gar nicht weg." Nach einer kurzen Pause fuhr er fort:
„Noch drei Jahre, dann werde ich pensioniert. Mechthild ist mir zuliebe auf´s Land gezogen. Das war nie geplant. Wenn wir Markus nicht verloren hätten, wir wären nie aus der Stadt weggegangen. In einer Großstadt gibt es so viele Problembezirke. Ich will nicht mehr Sonntags vor leeren Kirchenbänken predigen und zum Senioren-Kaffee eingeladen werden. Ich will mehr, Marie."
„Glaubst du etwa, dass die Kirchenbänke in Hamburg voll sein werden?", warf Marie ein.
„Nein, ganz gewiss nicht. Aber ich kann nicht nur Gottes Wort

verkünden, ich muss es leben, verstehst du. Ich muss es dort leben, wo ich gebraucht werde. Und das ist in unserer kleinen Gemeinde eben nicht der Fall. Wir Pastoren müssen uns umstellen. Wir können nicht erwarten, dass die Leute zu uns kommen, wir müssen zu den Leuten gehen. Wenn wir das nicht beherzigen, werden unsere Kirchen immer leerer werden. Ich will kein Pastor mehr sein, der junge Paare traut, nicht etwa, weil sie unbedingt Gottes Segen haben wollen, sondern weil es so schön feierlich ist. Ich will nicht mehr nur gebraucht werden, wenn eine Familie mich ruft, weil ein Angehöriger gestorben ist und sie von mir Trost erwarten. Ich habe keine Lust mehr, Konfirmanden zu unterrichten und sie nach der Konfirmation erst bei ihrer Hochzeit wieder zu sehen. Ich…"
Matthias hörte abrupt auf zu reden. Marie hatte ihn noch nie so erlebt. Wenn sie ehrlich war, hatte sie sich auch nie viele Gedanken um seinen Beruf gemacht. Sie sah, wie Mechthild seine Hand ergriff und sie liebevoll streichelte.
„Weißt du, Marie", sagte Mechthild jetzt, „es ist so anstrengend für Matthias geworden, immer Zuversicht, Liebe und Hoffnung zu verbreiten und das immer nur dann, wenn sich die Menschen auf Gott besinnen, wenn es feierlich oder würdevoll sein soll. Matthias hat es ja schon gesagt."
Marie fühlte sich unwohl. Bei allem, was die beiden sagten, musste sie ihnen recht geben. So war es wohl wirklich. Marie war der leise Vorwurf in den Stimmen ihrer Freunde nicht entgangen. Sie gehörte auch zu denen, die nur nach Gott fragten, wenn es ihr schlecht ging und sie Trost brauchten. Und trotzdem. Marie mochte den Menschen unter dem schwarzen Talar. Sie sah Matthias als Freund und nicht als Pastor. Zum zweiten Mal an diesem Nachmittag schien Matthias zu ahnen, was sie gerade dachte.
„Du bist unsere Freundin, Marie. Hans war mein Freund. Ich erwarte nicht von dir, dass du jeden Sonntag in der Kirche sitzt. Ich erwarte es noch nicht einmal zu Weihnachten." Marie blickte gedankenverloren auf die Tischdecke, ihre Finger spielten mit dem Stoff. Matthias schaute auf ihre Finger. Er kannte sie so gut, dass

er ahnte, was in ihr vorging.
„Weißt du, Marie, manchmal ist die Zeit einfach reif für Veränderungen. Mechthild und ich haben viel über unser Leben gesprochen, Wir haben überlegt, ob wir etwas ändern müssen. Unser Entschluss ist nicht über Nacht gefallen, das kannst du uns glauben. Aber wir sind nicht mehr die Jüngsten. Jahrzehnte liegen hinter uns, aber nicht mehr vor uns. Deshalb müssen wir jetzt die Weichen für unsere Zukunft stellen." Matthias machte eine kleine Pause und sagte dann: „Vielleicht solltest du das auch tun. Ich meine, die Weichen für die Zukunft stellen." Marie sah erst Mechthild und dann Matthias fragend an.
„Na, ja, Marie. Matthias meint, dass du auch nochmal neu anfangen könntest, wenn du es willst. Jakob wartet auf dich. Du hast es uns selbst erzählt. Warum wagst du nicht den Sprung in ein neues Leben? Jakob ist bestimmt kein schlechter Mann und heute seid ihr beide frei." Unbeherrscht unterbrach Marie die Freundin:
„Ich kann doch nicht alles stehen und liegen lassen, um nach Holland zu Jakob gehen. Mein Zuhause ist hier. Und hier will ich leben und alt werden. Ich kann doch nicht von hier weg und schon gar nicht nach dem Tod von Hans. Vielleicht in ein paar Jahren, aber doch nicht jetzt."
„Marie", sagte Matthias so vorsichtig wie möglich, „manchmal geht etwas abrupt zu Ende, aber es muss nicht das Ende sein. Warum gibst du dir und Jakob nicht eine Chance? Du brauchst ja nicht gleich nach Holland zu ziehen. Ihr könntet euch schreiben, euch treffen, eine gemeinsame Reise machen, euch richtig kennenlernen und dann sieht man weiter. Warum willst du das nicht, Marie? Ist es wegen Hans?" Maries Finger spielten immer noch mit dem Stoff. Sie sah nur kurz hoch und erwiderte leise:
„Ich bin noch nicht so weit. In meinem Kopf dreht sich alles um Hans. Es ist kein Platz für Jakob." Mechthild schenkte Kaffee nach. Für einen Augenblick hing jeder seinen Gedanken nach. In die Stille hinein sagte Marie:
„Es gab nur Hans und Jakob in meinem Leben. Beide habe ich

geliebt und beide habe ich gehasst. Ich habe Hans dafür gehasst, dass er mich damals zwang, Carsten zur Adoption frei zu geben und ich habe Jakob gehasst, weil er mich allein gelassen hat. Als Hans und ich das zweite Mal geheiratet hatten, da war kein Hass mehr da. Es waren die schönsten Jahre meines Lebens. Jetzt hat er mich allein gelassen. Und Jakob? Ihn habe ich auch immer geliebt, aber anders. Aber immer wenn ich an ihn denke, dann kommt meine unendliche Traurigkeit wieder hoch. Dann habe ich das Gefühl, ich erlebe die schlimmen Tage vor und nach der Adoption immer und immer wieder. So war es auch bei unserem letzten Treffen. Wenn er mich umarmt, verändert sich etwas in mir. Ich bin dann nicht über sechzig sondern knapp dreißig und will dieses unsagbare Gefühl von damals wieder einfangen. Ich weiß nicht, was das ist. Es ist irgendwie nicht heute, versteht ihr?"

Matthias wollte etwas erwidern, aber er ließ es. Er wusste, was sie meinte. Marie musste selbst entscheiden, ob sie die Liebe zu Jakob irgendwann zuließ. Heute zuließ.

Als die Freunde sich verabschiedeten, blieb Marie nachdenklich zurück. Sie musste den ersten Schritt tun, wenn sie etwas in ihrem Leben ändern wollte. Egal, ob es nun um die Kinder, die Hütten, die Freunde oder um Jakob ging. Und sie würde auch etwas ändern. Sie brauchte nur etwas Zeit.

Am nächsten Morgen fuhr Marie wieder zu den Holzhütten, um aufzuräumen. Nachdem die Glasscherben weggeräumt waren und das abgewaschene Geschirr wieder im Schrank stand, überlegte sie, wie es weiter gehen sollte. Sie brauchte unbedingt jemanden, der regelmäßig auf dem Gelände war, einen Mann, der handwerklich geschickt war und vor dem junge Leute Respekt hatten. Dann würden sie mit der Zeit schon woanders ihr Bier trinken, dachte Marie. Aber wen konnte sie fragen? Sie würde mit Christian und Justus sprechen. Bestimmt kannten die beiden jemanden, der sich ein paar Mark hinzuverdienen wollte. Marie setzte sich auf eine Bank vor dem künstlichen See, der eigentlich nur noch ein Tümpel war. Sie betrachtete das dreckige Wasser, in dem Holzreste und

Flaschen schwammen. Sie wischte sich die Tränen mit ihrem Jackenärmel aus ihrem Gesicht. Aber sie konnte gar nicht so oft wischen, wie die Tränen unaufhaltsam über ihr schönes Gesicht liefen. Marie begann zu frieren. Es war eine innere Kälte, die ihr schon seit einigen Wochen zu schaffen machte. Sie schloss die Augen und dachte an die Zeit, als Feriengäste mit dem Holzboot auf den See fuhren, Natascha mit den Kindern lachte und spielte und Hans so unsagbar stolz darauf war, dass sein Traum wahr geworden war. Ein Traum, der in der Gefangenschaft, im Dreck und der Kälte Russlands entstanden war. Marie schämte sich und weinte umso mehr. Sie stand auf. Wo war eigentlich das Boot? Ihre Augen schweiften hin und her, als ihr Bruder plötzlich auf sie zukam.

„Ich habe gerade von der Verwüstung gehört“, sagte Christian statt einer Begrüßung. Zerstreut antwortete Marie:

„Wo ist das Boot? Ich finde es nirgends.“

„Ich habe es kurz und klein geschlagen.“

„Du hast was? Warum denn? Warum hast du denn nichts gesagt?“ Die Geschwister setzten sich gemeinsam auf die Bank. Christian griff nach Maries Arm.

„Ich war so wütend damals, als das Unglück passierte. Ich hätte alles kurz und klein schlagen können. Dann habe ich immer gedacht, warum haben sie nicht ein anständiges Boot mitgenommen. Das Boot von hier, zum Beispiel. Vor lauter Trauer habe ich es dann zertrümmert. Es war kindisch, ich weiß. Ich kann dir den Schaden ersetzen, wenn du willst.“ Marie sah Christian an, der sich eine Träne aus den Augen wischte. Die Geschwister saßen weinend nebeneinander und trauerten um Hans, um den Mann, um den Freund. Selten waren die beiden sich so nah gewesen. Die Trauer vergeht wirklich nie, dachte sie. Auch wenn es mal mehr und mal weniger schmerzhaft ist, die Trauer bleibt. Christian schnäuzte sich und sagte:

„Justus und ich werden die Schäden reparieren. Wir müssen uns auch um den See kümmern. Du könntest wieder Feriengäste aufnehmen, Marie. Dann wäre wieder Leben in den Hütten und es würde nicht alles so trist und verlassen aussehen."

„Ich habe auch schon daran gedacht, Christian. Hans würde sich freuen, wenn wieder Leben in die Buden kommt." Marie und Christian mussten unfreiwillig lachen.

„Gut, Marie. Wenn du meinen Rat brauchst, ich bin immer für dich da. Komm doch am Sonntag zu uns, dann können wir in Ruhe über alles reden. Ich habe ein paar Ideen, was die Anlage betrifft." Christian stand auf und ging zu seinem Auto. Marie wischte sich die letzten Tränen aus dem Gesicht und ging kurze Zeit später auch zu ihrem Wagen. Sie fuhr auf den Friedhof. Dort stand sie am Grab von Hans und sprach in Gedanken mit ihm. Marie erzählte von den Hütten, von Christians Tränen, sie erzählte von Mechthild und Matthias und zum Schluss stockend von ihrem Treffen mit Jakob. In diesen Minuten war sie ganz bei Hans. Erst als ihre Augen am Grabstein haften blieben, kam sie langsam in die Wirklichkeit zurück. Marie ging zur letzten Ruhestätte ihrer Eltern, sie ging zu Anna und zum Schluss zu Lisa. Als sie vor dem Grab stand, schwankte sie ein bisschen. Deshalb setzte sie sich schnell auf die kleine Bank, die gegenüber der Grabstelle stand. Unbewusst faltete Marie ihre Hände. Was hatte das Leben eigentlich für einen Sinn, wenn der Tod dazwischen funkte, dachte sie auf einmal. Und warum kam der Tod, wann er wollte? Konnte er nicht warten, bis es einem passte? In ihre schweren Gedanken hinein glaubte sie, die vertraute Stimme von Lisa zu hören:

Ach, Marie. Ein Friedhof ist bestimmt kein Ort, wo man tanzt und lacht. Aber du kommst immer nur mit schweren Gedanken. Das macht einen ja ganz nervös.

Die Stimme war weg. Marie musste lächeln. Sie stand auf und ging zum Ausgang. Ein paar alte Frauen sahen ihr verwundert nach. Lächeln auf dem Friedhof? Marie spürte die Blicke förmlich in ihrem Rücken. Zwei Frauen hatten sich damals über die Steine auf dem Grab von Hans beschwert. Sie drehte sich um und ging zurück:

„Ihr könnt euch ja erkundigen, ob Lächeln auf dem Friedhof verboten ist. Vielleicht wird ein passender Paragraph gefunden."
Geradezu beschwingt verließ sie den Friedhof und fuhr zur Eiche.

Sie staunte über das Farbenspiel der bunten Blätter, als sie durch den Wald zu ihrem alten Freund ging. Erst jetzt wurde ihr bewusst, wie lange sie nicht mehr bei der Eiche gewesen war. Der vertraute Platz beruhigte ihr Herz. Sie atmete tief ein und dachte an die vergangenen Jahre. Marie war so in Gedanken versunken, dass sie erschrak als der alte Baum zu reden begann:

Mariechen. Ich habe dich vermisst. Weißt du, Marie, ich stehe schon über zweihundert Jahre an meinem Platz. Manchmal habe ich gedacht, es wäre besser, etwas tiefer im Wald zu stehen oder an einer ganz anderen Stelle. Aber ich kann nicht weg, wie du weißt. Ihr Menschen aber, ihr könnt gehen, wohin ihr wollt, wenn ihr es wollt. Ihr seid nicht an einen Platz gebunden, wenigstens nicht in eurem Leben. Das gilt auch für dich, Marie. Du bist ein treuer Mensch, du liebst die Welt um dich herum. Aber es gibt auch andere Plätze, die schön sind. Und in Gedanken kannst du immer zu deinem Lieblingsplatz zurückkehren. In Gedanken bleibst du mit allen Menschen verbunden, die du liebst oder geliebt hast. Sie werden ihren Platz in deinem Herzen behalten, egal wo du lebst und mit wem du lebst. Du musst kein schlechtes Gewissen haben, wenn du von Herzen lachst oder an einen Mann denkst, der dein Leben seit vielen Jahren begleitet. Du musst nur diesen einen Platz finden oder wiederfinden. Einen Platz, der dich ausfüllt und der dich glücklich und zufrieden macht. Es ist nicht wichtig, wo er ist, Marie. Es gibt ihn, du musst ihn nur finden. Die Zeit wird kommen, wo du dich wieder wohl fühlst. Du wirst noch viele schöne Jahre vor dir haben, Mariechen. Finde den richtigen Platz.

Marie stand auf und streichelte den mächtigen Stamm.
„Ich werde wiederkommen und ich werde den Platz finden. Ich verspreche es dir."

Das Licht

Marie hatte alles vorbereitet. Der Weihnachtsbaum war geschmückt, die Gans brutzelte im Ofen. Schon das zweite Weihnachten ohne Hans, dachte Marie wehmütig. Spätabends würden sie wieder alle gemeinsam mit einem geschmückten Tannenzweig zum Grab von Hans gehen. Das stand fest. Er sollte an diesem Tag nicht allein sein. Plötzlich wurde Marie schwindelig. Sie hielt sich an der Tischkante fest. Nach ein paar Atemzügen ging es wieder. Der Schwindel war weg. Marie ging um den Tisch herum, als ein gewaltiger Schmerz durch ihre Brust ging. Sie hielt sich mit einer Hand am Tisch fest und legte die andere auf ihr Herz. Wie durch eine Wand voller Nebel sah sie keuchend auf den geschmückten Baum. Marie fiel zu Boden. Mit einem unbändigen Lebenswillen versuchte sie, zum Telefon zu kommen. Sie stützte sich mit der einen Hand auf und zog dann die Beine nach. Zentimeter für Zentimeter bewegte sie sich fort. Durch einen Schleier sah sie das Kabel des Telefons. Mit letzter Kraft zog sie daran, das Telefon fiel zu Boden. Von weit her hörte sie das Freizeichen. Der Hörer lag direkt neben ihr. Sie schaffte es, die Nummer von Matthias zu wählen und flüstere immer wieder:
„Hier ist Marie. Hier ist Marie."
Eine metallene Stimme schrie am anderen Ende der Leitung:
„Marie, was ist mit dir? Marie? Marie? Mechthild und ich kommen sofort. Wir sind gleich da. Oh mein Gott!"

Marie wurde ganz ruhig. Sie schloss die Augen und sah geradewegs in die Sonne. Ein Gefühl von Wärme und Licht umschloss ihren Körper und ihre Seele. Bilder tauchten vor ihr auf. Sie sah einen großen alten Freund. Es war die Eiche. Zwei Schatten tanzten miteinander. Marie hielt Babys in den Armen. Sie ging den Sonnenstrahlen entgegen. Leise Stimmen kamen näher. Sie hörte eine

Melodie. Die Stimmen kamen immer näher, die Melodie kam näher.

Es dunkelt schon in der Heide, nach Hause lasst uns gehen. Wir haben das Korn geschnitten mit unserem blanken Schwert.

Jetzt kamen die Menschen näher, die auf einem Wagen voll goldenen Strohs saßen und sangen und lachten. Es waren die Menschen, von denen sie geliebt wurde und die sie geliebt hatte.

Marie sah ihren Vater und ihre Mutter und sie sah ihren Bruder. Ihr Vater zwinkerte ihr zu. Ihre Mutter rief immer wieder:

„Nein, Marie. Nein. Es ist zu früh."

Marie erkannte Lisa und deren Mutter Dorothea. Lisa lachte sie voller Freude an. Marie sah Klara und Dr. Rasmussen, die sich an den Händen hielten.

Ganz vorne stand Hans. Er hatte nur ein kurzärmeliges Hemd an und streckte voller Liebe seine Hände aus:

„Komm, Marie. Komm nach Hause."

Marie

Jeder Mensch braucht eine Eiche

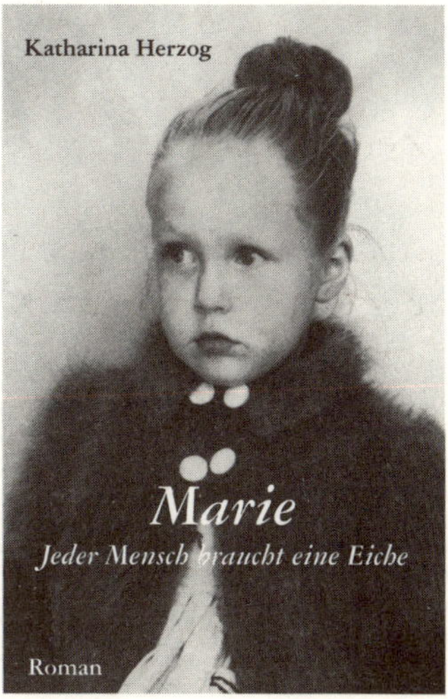

Nach einer unbeschwerten Kindheit erlebt Marie, die Bauerntochter aus dem nördlichen Schleswig-Holstein schwere Schicksalsschläge, aber auch Liebe und Versöhnung.
Zu allen Zeiten ist eine 250 Jahre alte Eiche ihr Zufluchtsort.

1937 heiratet sie den Sohn des Nachbarhofes und bleibt während des Krieges allein mit ihren drei Töchtern und der zänkischen Schwiegermutter zurück.
Soviel Mut hätte sich Marie gar nicht zugetraut.
Sie versteckt eine jüdische Freundin auf dem Hof und bietet einem Holländer, der aus dem Lager des nächsten Dorfes geflohen ist, für wenige Tage Unterschlupf.
Die Begegnung mit Jakob wird ihr ganzes Leben verändern.

Herzog-Verlag
ISBN: 978-3-00-033092-6